Alena Schröder

Bei euch ist es immer so unheimlich still

»Auf dem Ildinger Friedhof hinter der gotischen Kirche aus hellem Sandstein ging Silvia die sauber geharkten Kiesreihen ab. Am Familiengrab der Borowskis setzte ihr Herzschlag einen Moment aus, als ihr auffiel, dass ein Stein fehlte. Ein Stein, der eine Frage beantwortet hätte, die sie nie gestellt hatte, weil sie sich sicher war, die Antwort zu kennen. Es gab keinen Stein für Tante Betti.«

Alena Schröder, geboren 1979, arbeitet als freie Journalistin und Autorin in Berlin. Sie hat Geschichte, Politikwissenschaft und Lateinamerikanistik in Berlin und San Diego studiert und die Henri-Nannen-Schule besucht. Ihr Romandebüt ›Junge Frau, am Fenster stehend, Abendlicht, blaues Kleid‹ stand wochenlang auf der SPIEGEL-Bestsellerliste und wurde in sieben Sprachen übersetzt.

Alena Schröder

Bei euch ist es immer so unheimlich still

Roman

dtv

Von Alena Schröder ist bei dtv erschienen:
Junge Frau, am Fenster stehend, Abendlicht, blaues Kleid
Alles muss man selber falsch machen

MIX
Papier | Fördert gute Waldnutzung
FSC® C019821

Ungekürzte Ausgabe 2024
5. Auflage 2025

Tumblingerstraße 21, 80337 München
produktsicherheit@dtv.de

Umschlaggestaltung: dtv nach einem Entwurf
von FAVORITBUERO, München
Umschlagmotive: shutterstock.com / Ekaterina Mikheeva,
ArtDemidova, Elena Terletskaya
Satz: Fotosatz Amann, Memmingen
Gesetzt aus der Sabon
Druck und Bindung: Druckerei C.H.Beck, Nördlingen
Printed in Germany · ISBN 978-3-423-22070-5

Für Marison

Transit

1989

Silvia hatte in ihrem Leben schon viel geklaut, aber ein Auto bislang noch nicht. Kann ich das also auch von der Liste streichen, dachte sie.

Wobei …

War das überhaupt Diebstahl, wenn man einen Zweitschlüssel besaß? Sie hatte Dirks roten Polo ja nicht kurzschließen müssen, auch keine Scheibe eingeschlagen, sie hatte ihn einfach nur auf unbestimmte Zeit geliehen, ohne zu fragen, und sie hatte auch nicht vor, Dirk im Nachhinein um Erlaubnis zu bitten. Sollte das Arschloch ruhig glauben, dass die Karre weg war, der hing doch eh die meiste Zeit high auf dem braunen Cordsofa in ihrer Kreuzberger Hinterhof-WG herum und schnallte überhaupt nichts. Falls es also hart auf hart käme, würde sie immer behaupten, Dirk habe ihr das Auto aus freien Stücken geliehen, vielleicht sogar geschenkt. Und wem würde man dann wohl glauben, einem bekifften Hausbesetzer oder ihr, einer frischgebackenen Mutter? Na also.

Und überhaupt, scheiß auf Dirk. Auf den hatte sie eine Riesenwut, genau wie auf Iris und Zecki. Die konnten den ganzen Tag was von Solidarität quatschen, aber ein bisschen Rücksicht nehmen auf ein Neugeborenes, das war zu viel verlangt. Einfach nur mal das Fenster aufmachen, wenn sie die Küche vollgequarzt hatten. Oder beim Bumsen ein bisschen leiser sein, wenn das Baby gerade schlief. Oder ab und zu mal was Richtiges kochen, auch wenn das sonst immer Silvias Ding gewesen war, die großen Eintöpfe für alle, von denen dann eine Woche lang gegessen wurde, weil sie das nicht mehr ganz frische Gemüse aus dem Genossenschaftsladen mitnehmen konnte, in dem sie tagsüber arbeitete. Seit sie aus dem Krankenhaus wiedergekommen war, mit gebrochenem Herzen und schmerzenden Brüsten, gab es nur noch Käsestulle, und in der Gemeinschaftsküche schimmelte das benutzte Geschirr in der Spüle.

Silvia fuhr die Kantstraße Richtung Westen, um am Internationalen Congress Center, das wie ein großes silbergraues Raumschiff im Westen Berlins herumstand, Richtung AVUS abzubiegen. An der Spinnerbrücke würde sie mit ihrem letzten Geld noch mal tanken, bevor es auf die Transitstrecke ging. Benzin war zwar in der Zone billiger, aber eigentlich wollte sie da nicht anhalten. Sie konnte nur hoffen, dass sie mit der Tankfüllung bis nach Ildingen kam. Und dass die Grenzer ihr keinen Stress machten in Dreilinden und sie nicht zu lange warten musste. Und dass Hannah erst wieder aufwachen und Durst haben würde, wenn sie in der BRD waren. Wessiland.

Neben Silvia auf dem Beifahrersitz lag Hannah in einem grauen, mit Handtüchern und Mullwindeln ausgepolsterten Plastikwäschekorb und schlief. Die winzige, zur Faust geballte linke Hand lugte neben ihrem Kopf unter der Babydecke hervor, die Silvia im Krankenhaus geklaut hatte. Na, das würde den Grenzern gefallen, zwölf Wochen alt und schon die Faust zum sozialistischen Gruß erhoben, vielleicht ließen sie sie ausnahmsweise einfach fahren, ohne Aussteigen und Kofferraumaufmachen und die ganze Schikane.

Hinter Silvia hupte jemand, es war grün, sie hatte es nicht

mitbekommen, weil sie ihre Augen nicht von ihrer Tochter lösen konnte. Wie perfekt die war. Wie absolut unvergleichlich und vollkommen in all ihrer Winzigkeit, das kleine ernste Gesicht, der braune Haarflaum, die Spuckebläschen, die sich in ihrem Mundwinkel sammelten, während sie schlief. Das habe ich gemacht, dachte Silvia, und spürte, wie eine warme Welle aus Stolz, Liebe und Sorge über sie hinwegschwappte, sodass ihr schon wieder die Augen feucht wurden.

Ich ganz allein habe dieses Geschöpf gemacht.

Martins Beteiligung wollte sie in Zukunft ausblenden, die Erinnerung an ihn einfach aus ihrem Gehirn kratzen, so gründlich und endgültig, bis alles weg war und es nicht mehr wehtat. Angefangen von ihrer ersten Begegnung im Roten Hirsch, wo er am Tresen gesessen hatte während ihrer Schicht. Und dann immer wieder. Zufällig immer dann, wenn sie Dienst hatte, donnerstags und freitags, ihre Kolleginnen hatten sich schon lustig gemacht über den Typen, der nach Geld aussah und hier gar nicht hinpasste. Die Haare ein bisschen zu kurz, die Klamotte ein bisschen zu neu. Lederhalbschuhe. War wahrscheinlich gelangweilt von der Ollen zu Hause in Charlottenburg oder Dahlem, wollte sich mal ein bisschen Kreuzberger Nachtluft durchs Hirn pusten lassen. Er hatte Silvia zugesehen beim Gläserspülen und Bierzapfen, aber nie den Versuch gestartet, mit ihr zu reden. Bis an einem Abend Thorsten reingekommen war, ihr Ex, besoffen und aggressiv, und sie über den Tresen hinweg angepöbelt und beleidigt hatte. Da hatte Martin ihm wortlos und mit einer ganz selbstverständlichen Bewegung den Arm auf den Rücken gedreht und ihn mit der anderen Hand am Nacken aus der Kneipe geschoben, und Silvia hatte durch die Scheiben gesehen, wie Martin draußen noch etwas zu Thorsten sagte, was den offenbar so beeindruckt hatte, dass er sich trollte und etliche Wochen nicht mehr im Roten Hirsch aufgetaucht war.

Nicht dass Silvia mit jedem ins Bett gegangen wäre, der ihr in der Kneipe mal einen aufdringlichen Typen vom Hals gehalten hatte, aber bei Martin hatte es sich irgendwie ergeben. Der war so höflich und zuvorkommend gewesen, geradezu ritterlich. Rührend und ungewöhnlich hatte Silvia das gefunden. Wie er zum ersten Mal nackt in ihrem Zimmer gestanden und sie ausgezogen und dann bestaunt hatte, als hätte er eine wie sie noch nie gesehen. Als wäre Silvia eine griechische Statue, perfekt und kostbar. Wie spannend er ihr Leben fand, das ehemals besetzte Haus, die WG, ihre Jobs in der Obst- und Gemüsekooperative und in der Kneipe, die politischen Initiativen, in denen sie sich engagierte. Sehnsuchtsvoll hatte er all das aufgesogen, weil es das Gegenteil von seinem Leben war, Grunewald, Segelclub, Jurastudium, dann Juniorpartnerschaft in der Kanzlei seines Vaters, Hochzeit mit seiner Studentenliebe.

Ihre Mitbewohner waren nicht sehr begeistert gewesen von dem neuen Gast, der nun ab und zu wie Falschgeld in ihrer Küche herumsaß. »Der sieht aus wie'n Spitzel, Silvi«, hatte Dirk gesagt. »Wie so'n Zivilbulle.«

»Ne, dafür ist der viel zu auffällig«, hatte Iris gesagt. »Der will sich hier nur ablenken von seiner traurigen Bürgerexistenz. Verknall dich nicht in den.«

Doch da war es längst zu spät gewesen. Silvia hätte eigentlich wissen müssen, dass sie nur eine kurze Abweichung von Martins Lebensplan war, aber irgendwie war sie in den Honigtopf seiner Zuneigung gefallen und kam nun nicht wieder heraus. Silvia war es nicht gewohnt, so vehement umschwärmt zu werden, auf so eine altmodische Art. Martin gab ihr das Gefühl, überirdisch schön und begehrenswert zu sein, während er mit ihr in ihrem Bett lag, einem alten, brettharten Futon auf ein paar Holzpaletten. Er wollte mit ihr verreisen, weg aus Berlin und dann die Welt sehen, endlich rauskommen und frei sein und keine Erwartungen mehr erfüllen. Silvia wollte es sich erst nicht eingestehen, aber je mehr sie über sein Leben wusste, desto mehr fing sie an, sich auszumalen, selbst ein Teil davon zu sein. Vielleicht war es ja doch langsam an der Zeit, die WG zu verlassen und eine andere Art von Leben zu führen. Vielleicht könnten sie sich gegenseitig retten, Silvia Martin vor der totalen Verspießerung in einem vorgefertigten Lebensentwurf mit einer Frau, die er schon lange nicht mehr begehrte, Martin Silvia vor einem Leben in Sperrmüllmöbeln.

Als Silvia merkte, dass sie schwanger war, sagte sie Martin erst mal nichts davon. Wie eine Vorahnung kam es ihr heute vor. Sie wollte dieses Kind auf jeden Fall, und sie wollte sich noch eine Weile selbst erzählen, dass Martin es auch wollen würde. Wollte er dann aber nicht. Das Kind nicht und Silvia wollte er plötzlich auch nicht mehr. Wie hart sein Gesicht geworden war, als sie ihm eröffnet hatte, dass er Vater würde. Da hatte er sie angesehen, als hätte sie eine Maske abgenommen und ihm nun ihre wahre, hässliche Fratze präsentiert.

»Führerschein, Fahrzeugpapiere, Ausweis!«

Silvia reichte dem Grenzbeamten am ersten Wärterhäuschen des Grenzübergangs Dreilinden ihre Papiere durch das Autofenster den Fahrzeugschein hatte sie zum Glück im Handschuhfach gefunden, eine leere Bierdose und eine Tüte mit einem kleinen Rest Gras noch rechtzeitig beim Tanken entsorgt. Hannah machte keinen Mucks in ihrem Wäschekorbbettchen.

»Waffen, Munition, Funkgeräte?«

Silvia verneinte und schaute so harmlos wie möglich. Der DDR-Grenzer legte ihre Papiere auf das kleine Förderband, das in das nächste Wärterhäuschen führte, sein Kollege hielt lustlos den Spiegelstab unter ihr Auto, ein Blick in den Kofferraum, dann bedeutete man ihr mit einer Kopfbewegung, sie solle weiterfahren.

Silvia stand auf keiner Fahndungsliste und ihr Passbild sah ihr noch immer ähnlich genug. Lange rotbraune Haare, immer ein bisschen zottelig und ungekämmt, die grünen Augen ihres Vaters, in jedem Ohrläppchen drei kleine Silberringe, ein paar Sommersprossen, die sie jünger aussehen ließen als 33. Der Grenzer am zweiten Wärterhäuschen hatte ihren Ausweis in der Hand und schaute ihr fest und leicht abschätzig ins Gesicht, dann wieder auf das Foto und wieder zu ihr. Silvia hielt seinem Blick stand, anders als dem Blick von Martin. Den hatte sie nicht ausgehalten.

Ein paar Wochen lang war er einfach nicht mehr aufgetaucht. Dann hatte Silvia im Telefonbuch nach der Nummer seiner Kanzlei geschaut, dort angerufen, einer Frau am anderen Ende der Leitung ihren Namen genannt und erklärt, sie wolle Martin van der Kampen sprechen. »Kleinen Moment mal bitte«, hatte die Frau gesagt, es hatte zweimal geknackt in der Leitung, und dann hörte Silvia, leider sei Herr van der Kampen nicht im Hause, er habe einen wichtigen Termin zusammen mit seiner Gattin beim Regierenden Bürgermeister. Das war gelogen, viel zu spezifisch, um die Wahrheit zu sein. Und welche Sekretärin hätte extra eine Gattin erwähnt, wenn ihr Chef sie nicht explizit darum gebeten hätte?

»Gattin« – wie das schon klang.

Silvia bekam ihre Papiere zurück und den Zettel mit dem Transitvisum, sie durfte weiterfahren. Nicht schneller als 100 km/h, aber mehr schaffte Dirks Polo ohnehin nicht. Der gleichmäßige Sound, den die Reifen auf den Betonnarben der Autobahn machten, gefiel ihr, und Hannah schien er auch nicht zu stören, die schlief einfach weiter.

Wie sie sich geschämt hatte für ihren Liebeskummer. Wie sie mit ihrem immer dicker werdenden Bauch durch Kreuzberg gelaufen war und einfach nur verschwinden wollte, der Erdboden sollte sich auftun und sie in eine unterirdische Höhle saugen, in der sie in Ruhe ihr Kind gebären könnte. Wie sie schwach geworden und von einem Spießerleben geträumt hatte, das war schon ein enormer Verrat an allem, woran sie doch eigentlich glaubte. Dass sie dem Typen jetzt auch noch hinterherweinte: die größtmögliche Demütigung.

»Sei froh, dass du den Pisser los bist, wir kriegen den Wurm schon groß«, hatte Zecki zu ihr gesagt und Iris und Dirk hatten genickt. Aber als die Wehen einsetzten, war sie doch allein mit dem Fahrrad ins Krankenhaus gefahren. Wenigstens konnte sie dort einfach alles rausschreien, die ganze Traurigkeit und die ganze Wut, bei jeder Wehe. Und sie hatte gemerkt, wie sie sich stärker fühlte mit jeder Phase dieser Naturgewalt, die von ihrem Körper Besitz ergriff. Wie sie sich in den Schmerz werfen und durch ihn hindurchtauchen konnte. »Sie machen das gut, Frau Borowski, seien Sie ruhig laut, es dauert nicht mehr lang«, hatte die junge Hebamme gesagt und Silvia hatte gedacht: Ja, das mache ich gut, ich mache das verdammt gut, ich habe noch nie irgendwas in meinem Leben wirklich gut gemacht, aber das hier, das kann ich.

Hannah regte sich neben ihr auf dem Beifahrersitz, bewegte sich, machte kleine, leise Schmatzgeräusche, und sofort fingen Silvias Brüste an zu spannen. War ja klar, jetzt würde sie auf einen der Parkplätze fahren und unter den Augen irgendwelcher Stasitypen ihr Kind stillen müssen, aber es war von Anfang an unrealistisch gewesen, die Transitstrecke ohne Zwischenstopp schaffen zu wollen. Kaum hatte sie den Polo ganz am Rand des nächsten Parkplatzes unter einem Baum geparkt, die greinende Hannah aus ihrem Wäschekorb geholt und sich das Sweatshirt hochgezogen, standen schon zwei Bullen an ihrem Auto und klopften an die Scheibe.

Ja, sie würde gleich weiterfahren.

Ja, sie wisse, dass sie nur im Notfall halten dürfe, aber ihr Baby habe Durst.

Zehn Minuten, nicht länger, versprochen.

Und dann hatten die beiden sich vor ihrem Auto postiert und ihr durch die Windschutzscheibe auf die Brust geglotzt, an der Hannah konzentriert saugte.

Als Hannah das erste Mal auf Silvias Bauch gelegen hatte, unbeschreiblich war das gewesen. Noch nie hatte Silvia sich so richtig, so durchlässig und so voller Liebe gefühlt. Nach zwei Nächten im Krankenhaus hatte Dirk sie mit dem Auto abgeholt und zurück in die Wohnung gebracht, sie hatten alle gemeinsam auf dem braunen Cordsofa gesessen und das kleine Wunder bestaunt, die winzigen Fingernägel, die kleine Nase, die faltigen Öhrchen. Die Stimmung in der WG war ganz heilig gewesen an diesem ersten Tag, alle flüsterten, aber das hatte schon nach kurzer Zeit aufgehört und alles ging wieder seinen gewohnten Gang. Es wurde gefeiert und gekifft und rumgebumst, gestritten und diskutiert, nur jetzt ohne Silvia, die mit Hannah auf ihrem Futon lag, blutend und mit entzündeten Brüsten. Sie hatte noch einmal in der Kanzlei angerufen und der Sekretärin gesagt, sie möge Herrn van der Kampen ausrichten, seine Tochter sei auf der Welt, sie heiße Hannah. Und gegen alle Wahrscheinlichkeit hatte sie gehofft, Martin würde kommen und Hannah sehen wollen und dann würde vielleicht doch noch alles gut oder wenigstens anders, aber Martin kam nicht. Stattdessen rief er sie eines Tages zurück, um ihr mitzuteilen, dass er die Vaterschaft nicht anerkennen werde, auch keinerlei Kontakt wünsche, aber bereit sei, monatlich einen festen Betrag zu überweisen, unter der Voraussetzung, dass sie Stillschweigen über ihre Beziehung wahre und sich in Zukunft von ihm fernhalte.

Als Silvia schließlich am Grenzübergang Marienborn ihr Transitvisum und ihre Papiere erneut einem DDR-Grenzbeamten durch das Autofenster reichte und endlich in die BRD fuhr, überkamen sie Zweifel, ob das wirklich eine gute Idee war. Jetzt war sie runter von ihrer Insel und wieder auf dem Festland, sie war einem archaischen Impuls gefolgt, einem Gefühl, an das sie sich kaum noch erinnern konnte, so lange hatte sie es nicht gespürt. Wahrscheinlich waren das die Hormone gewesen oder die Umstände oder beides. Aber nach Martins Brief war sie zwei Wochen lang kaum aus ihrem Zimmer gekommen und hatte einfach in ihrem Bett gelegen und zusammen mit Hannah geheult, bis irgendwann Dirk reingekommen war, um zu fragen, ob es denn jetzt langsam mal gut sei und ob das jetzt immer noch wegen diesem komischen Spießer sei und ob sie ihm mal fünf Mark für Kippen leihen könne.

Da hatte Silvia es erst nur gedacht und dann leise geflüstert.

»Ich will meine Mama.«

Und kaum hatte sie es ausgesprochen, wuchs dieser Wunsch und wurde immer größer, drängender und klarer. Silvia wollte ihre Mutter, die sie seit Jahren nicht gesehen und nur selten gesprochen hatte, sie wollte Hannah schnappen und einfach nur weg aus Berlin, weg von diesen Leuten, die sie für ihr Zuhause gehalten hatte, weg aus diesem Provisorium von Wohnung. Sie wollte im alten Garten ihrer Kindheit sitzen unter der gelben Markise und Schwarzwälder Kirschtorte essen, sie wollte auf Frau Hagerles Eckbank sitzen und Flädlesuppe schlürfen, sie wollte zurück an den Ort, von dem sie vor so vielen Jahren geflohen war, zurück zu ihrer Mutter, der sie sich plötzlich unerklärlich nah fühlte, trotz allem, was zwischen ihnen stand. Hannah würde all das wiedergutmachen. Wenn irgendjemand Doktor Evelyn Borowskis Elefantenhaut durchdringen konnte, dann dieses Baby, da war sich Silvia sicher.

In fünf oder sechs Stunden würde sie in Ildingen sein, wenn der Polo durchhielt. Hinter Stuttgart runter von der Autobahn, dann noch eine Weile auf der sicherlich frisch geteerten Landstraße durch die Weinberge, am Fluss entlang. Sie würde quer durch den Ort fahren, an der Kirche und dem kleinen Marktplatz vorbei, dem Gasthof Zum Ochsen, dann den kleinen Hügel hoch, vorbei an der Neubausiedlung mit den Flachdachbungalows, dem Sportplatz und dem Vereinsheim, dann am Ortsrand nach rechts, wo unter hohen Bäumen die älteren Einfamilienhäuser standen, bis zum Buchenweg 14. Die Nachbarn würden sich wundern über das Auto mit dem Berliner Kennzeichen und sich ihren Reim darauf machen, es würde auf jeden Fall innerhalb eines Tages die Runde machen, dass die verlorene Tochter wieder da war. Silvia würde die drei Stufen zur Haustür hochlaufen und die Klingel drücken und schon bei der Vorstellung spürte sie ihr

Herz bis unter die Schädeldecke klopfen. Die Tür würde aufgehen, und da würde ihre Mutter stehen, streng und still, die Haare in kurzer Dauerwelle eng am Kopf anliegend, der Blick schneidend klar. Evelyn würde Silvia mustern und in nur einer Sekunde alles verstanden haben, sie wäre kein bisschen überrascht.

»Hallo Mama«, würde Silvia dann sagen und hoffentlich würde ihr nicht die Stimme zittern.

»Das ist Hannah. Deine Enkeltochter.«

Hochzeit

1950

Man kann eine Geschichte immer auf mehrere Weisen erzählen, aber am Vorabend einer Hochzeit, da zählte nur die eine. Die der Brautleute, vor allem die der Braut, das wusste Betti. Und deshalb blieb sie still und knotete Schleifen aus weißem Tüllband, eine nach der anderen, sorgfältig und gleichmäßig. Sie war eine gute Schleifenknoterin, sie war eine gute Schwester, eine gute Tochter, sie war eine gute beste Freundin. Und ab morgen würde sie sich bemühen, eine gute Schwägerin zu sein, auch wenn es sich gerade so anfühlte, als müsste ihr gleich der Kopf platzen.

Die Ochsenwirtin hatte in der Schankstube drei Holztische zusammengeschoben, um die saßen neben Betti noch fünf weitere Frauen: Evelyn, rotwangig und verlegen wegen der Aufmerksamkeit, die ihr bei aller Vorfreude auf die morgige Hochzeit mit Karl nicht behagte. Ihre zukünftige Schwiegermutter, die Frau Professor, Bettis Mutter, aufrecht und stolz, hocherfreut über den Gang der Ereignisse, drei Nachbarinnen, die sich bereit erklärt hatten, beim Vorbereiten des Kirchenschmucks und der Blumengestecke zu helfen, und die die rührende Liebesgeschichte immer und immer wieder hören wollten. Und Agnes Borowski, die Mutter des Bräutigams, erzählte sie gern.

Wie keiner mehr geglaubt habe, Karl käme je wieder heim. Wie er aber dann im Frühling siebenundvierzig plötzlich in Stuttgart in der Hochschule aufgetaucht sei und unten am Eingang der Fakultät nach seinem Vater gefragt habe. Der sei gerade nicht im Haus gewesen. Und dann der Pförtner, wie der so ganz beiläufig dem Herrn Professor bei dessen Rückkehr zugerufen habe, dass der Sohn aus Russland da gewesen sei und nach ihm gefragt habe. Und wie dann der Herr Professor Hals über Kopf nach Hause gefahren sei, nach Ildingen, hoffend, der Pförtner habe sich keinen Scherz erlaubt. Und die Frau Professor, wie sie gerade mit Betti und Evelyn im Garten gesessen habe, sich vom Unkrautjäten ausruhte, und plötzlich habe da dieser Kerl am Gartenzaun gestanden, dünn wie ein Strich, *an rechter Hämpfling*, nur noch Haut und Knochen und in zerlumpter Kleidung, sie wollten ihn schon verjagen, aber dann habe Karl »ja wisst ihr denn nicht mehr, wer ich bin« gesagt und an der Stimme hätten sie ihn erkannt. Ein solches Glück sei das gewesen, unbeschreiblich, nach so vielen Jahren, stimmt's, Elsbeth? Weinend habe man sich in den Armen gelegen, und da sei auch schon der Herr Professor die Straße entlanggehastet, der habe sich schnell nach Hause fahren lassen, und dann das Wiedersehen mit dem einzigen Sohn, da könnte man ja gleich wieder das Heulen anfangen, wenn man daran dachte.

Und wie das Dienstmädchen gleich den Herd angefeuert habe, um dem Bub was *G'scheits* zu kochen, so gut das eben ging mit den Lebensmittelmarken, und wie Betti nicht aufhören konnte, den Bruder zu umarmen. Und nach einer Weile hätten sich alle gefragt, wo denn *des Evele* sei. Die habe sich einfach in ihrem Zimmer versteckt, weil sie die Familie nicht stören wollte, dabei gehörte sie doch längst dazu.

»Aber so ist sie, unsere Evelyn, nimmt sich immer zurück. So bescheiden. Stimmt's, Elsbeth?«

Evelyn errötete, als ihre Schwiegermutter ihr liebevoll die Hand drückte, und Betti nickte.

Dann nahm sie einen großen Schluck von dem viel zu sauren Wein, den die Ochsenwirtin ihnen in einem Krug auf den Tisch gestellt hatte, und spülte so den großen Räusperer weg, der ihr im Hals hing. Die Nachbarinnen zupften weiter gerührt an den Kornblumen herum, die sie zuvor vom Feld gesammelt hatten und die nun mit den Dahlien und Ringelblumen aus Agnes Borowskis Garten zu kleinen Sträußen gebunden wurden. Und Betti dachte daran, wie Evelyn Teil ihrer Familie geworden war. Weil sie Evelyn gerettet hatte. Ihre Freundin, mit der sie das Kriegsende erlebt hatte, als Rot-Kreuz-Schwester im Lazarett in Bad Doberan, an deren stoischer Disziplin sie sich festgehalten hatte. Ihre Freundin, die ihre Familie und ihr Zuhause verloren hatte und nicht wusste, wohin, als das Lazarett aufgelöst worden war und die Russen sie heimgehen ließen. Es war Betti gewesen, die ihr vorgeschlagen hatte, sich mit dem Rot-Kreuz-Ausweis ihrer kleinen Schwester Margit einen Passierschein für die amerikanische Besatzungszone zu erschwindeln. Margit, Rita, die Kleine, Empfindsame, das Sorgenkind der Familie, die sich umgebracht hatte im letzten Kriegsjahr, weil ihr das Sterben offenbar leichter schien, als die Angst weiter auszuhalten. Ihre kleine Schwester hatte Betti nicht retten können, für deren Hochzeit würde sie keine Blumensträußchen zusammenstecken und keine Tüllschleifen knoten. Ihr nicht die langen braunen Haare flechten und hochstecken, ihr kein Kleid nähen.

Evelyn war ganz selbstverständlich aufgenommen worden im Hause Borowski. Man half Freunden in Not und sie hatten ja Platz und bevor man ihnen jemand Fremdes einquartierte ... Und wie schnell Evelyn vom Hausgast zur

Tochter geworden war, wie leicht sie es allen machte, sie zu mögen. Immer freundlich, zurückhaltend, bescheiden. Bettis Vater, ein gebürtiger Stralsunder, war so glücklich über sein »Küstenkind«, endlich eine Mecklenburgerin, mit der er manchmal das Platt seiner Kindheit sprechen konnte. Bettis Mutter hatte anscheinend all ihre Trauer um Rita in Zuneigung für Evelyn verwandeln können. Und nie wurde darüber gesprochen, wie Rita gestorben war. Und warum. Nur ein stiller Vorwurf, der Betti manchmal anwehte wie ein kalter Luftzug.

»War's gleich Liebe auf den ersten Blick?«, wollte Heide wissen, die Nachbarstochter, die Evelyn anhimmelte, seit die ihr einmal eine Platzwunde am Kopf genäht hatte.

Evelyn lächelte verlegen, ohne die Frage zu beantworten. Alle hatten ja recht schnell bemerkt, was da vor sich ging, das hatten sie und Karl ja gar nicht verheimlichen können.

»Ohne das Evele wär unser Karl ja gar nicht mehr zu Kräften gekommen«, sagte Bettis Mutter. Ganz und gar in den Dienst von Karls Gesundung habe sie sich gestellt, ihn gepflegt, genau gewusst, was sein von der Zeit im russischen Lager ausgezehrter Körper an Nahrung brauchte und vertrug, sie habe seine zerschundenen Füße und seine schlecht heilenden Wunden am Rücken versorgt, zumindest in den ersten Wochen, bis sie mit ihrem klinischen Semester in Würzburg beginnen sollte. Denn Bettis Vater hatte für Evelyn seine Kontakte spielen lassen, ihr ein Zimmer besorgt und einen Studienplatz. Damit das Evele eine richtige Ärztin werden konnte. Ihr Physikum hatte sie ja noch in Rostock gemacht, kurz bevor die Universität schließen musste, wegen des Krieges.

Aus Betti würde jedenfalls keine Ärztin mehr werden. Das war mal ihre Fantasievorstellung gewesen, ihr gemeinsamer

Kindertraum mit ihrem nur ein Jahr jüngeren Bruder. Dass sie beide Ärzte würden, in gestärkten weißen Kitteln und mit je einem dieser mysteriösen Lederkoffer voller Instrumente, Pflaster, Mullbinden und Tiegelchen. Sie übten erst an Bettis Puppen und dann an den anderen Kindern in der Straße, hörten ihnen mit Stöckchen die Brust ab, verschrieben ihnen »*Bettruh und kalde Wiggl*«. Und als Betti ihr Abitur gemacht hatte, war es Karl gewesen, der den Vater überzeugte. Theodor Borowski, Professor für Mathematik, hatte für seine Tochter höchstens eine Ausbildung zur Krankenschwester und seinen Assistenten als Ehemann vorgesehen, und Karl sollte eine Ingenieurskarriere anstreben, wenn es denn schon etwas Praktisches sein musste. Ein ewiger Schmerz würde es ihm sein, dass der Sohn nicht in die Wissenschaft, sich nicht mit Geistigem befassen, sondern Chirurg werden wollte. Wie so ein besserer Metzger. Aber er ließ sich überzeugen von Karls beharrlicher und leidenschaftlicher Fürsprache, für sich und seine Schwester. Beide begannen ein Medizinstudium. Für Betti endete es nach vier Semestern mit einem nicht bestandenen Physikum. Für Karl etwas später mit seiner Einberufung in die Wehrmacht.

Betti knotete ihre letzte Tüllbandschleife, ihr war übel vom Duft der Blumen, der sich mit dem Gaststättengeruch nach Bier, kaltem Rauch und geschmelzten Zwiebeln mischte. Vielleicht auch vom Trollinger. Oder dem Schluck Melissengeist, den sie heimlich genommen hatte, direkt aus dem kleinen Fläschchen mit den blauen Nonnen, das bei ihrer Mutter im Badezimmerschrank stand. Sie spürte Evelyns unsicheren Blick auf sich, aber sie konnte sie nicht ansehen. Sie durfte ihrer Freundin ja nicht übel nehmen, dass sie so liebenswürdig, so fleißig und zielstrebig war. Und dabei so bescheiden. Nicht mal das war Betti vergönnt: ein richtiger Anlass für ihre leise köchelnde Wut und Enttäuschung. Wie konnte man böse sein auf diese perfekte Ergänzung ihrer Familie, auf die bezaubernde Evelyn, die sich einfügte bei den Borowskis wie das letzte fehlende Puzzleteil, eine Lücke schloss, die eigentlich nicht zu schließen war.

»Und hat Karl dir einen richtigen Antrag gemacht? Ist er vor dir auf die Knie gegangen?«

Heides Backfischwangen glühten. Betti wusste, dass ihre Eltern ihr das Kino verboten, damit sie nicht auf »falsche Gedanken« kam, da musste eben die Liebesgeschichte ihrer Nachbarn herhalten, um wenigstens abends beim Einschlafen auf »falsche Gedanken« kommen zu können.

»Nein«, sagte Evelyn. »Aber das war auch nicht nötig, er hat mich gefragt und ich habe Ja gesagt. Mein zukünftiger Mann muss doch nicht vor mir auf die Knie fallen.«

Gerührtes Aufseufzen in der Damenrunde, leise Enttäuschung bei Heide, Betti zwang sich zu einem Lächeln. Sie erinnerte sich nämlich gut daran, wie sie vor ihrem Bruder auf den Knien herumgerutscht war, um ihm einen Verband an seinen auch Wochen nach seiner Heimkehr immer noch wunden Füßen zu wechseln, sie konnte das mindestens genauso gut wie Evelyn. Aber die war in Würzburg und studierte und da hatte Betti gehofft, dass sich zwischen ihr und Karl wieder die gleiche geschwisterliche Verschworenheit einstellen würde, die sie als Kinder verbunden hatte. Betti und Karl, immer zusammen, und wenn die Nachbarskinder Rita ärgerten, was sie gerne taten, weil Rita viel zu lieb, viel zu leise war, sich viel zu leicht herumschubsen ließ, dann waren sie zur Stelle gewesen, um ihre kleine Schwester zu beschützen, zur Not auch mit Backpfeifen.

Aber von diesem Gefühl war nicht mehr viel übrig nach Karls Rückkehr, vielleicht erwartete Betti auch zu viel. Zu viel Zuwendung und Interesse von ihrem körperlich und seelisch versehrten Bruder, der Albträume hatte und schweigsam war, der nicht erzählen wollte, was er getan und erlebt hatte. Nicht im Krieg und auch nicht in der Gefangenschaft. Und er wollte auch nicht, dass Betti erzählte. Manchmal hatte sie bei ihm gesessen und versucht, mit Karl über Rita zu sprechen. »Willst du nicht wissen, wie sie gestorben ist? Sie war so tapfer, sie war eine wirklich gute Lazarettschwester, aber sie hat es nicht ausgehalten, sie konnte nicht mehr, sie ist immer weniger geworden, immer trauriger, und ich konnte nichts für sie tun. Sie ist eines Nachts einfach verschwunden aus der Baracke, im Nachthemd, wahrscheinlich Richtung Meer und dann ... Wir haben nur noch ihre Schuhe am Strand gefunden.«

Karl hatte einfach den Kopf weggedreht und in die Ferne geschaut und geschwiegen, und als Betti fertig war mit dem Verbandswechsel, hatte er gesagt, er wünschte, Evelyn wäre wieder da.

Zu Weihnachten war sie dann tatsächlich gekommen, auf Karls ausdrücklichen Wunsch hin. Erst hatte Evelyn sich geziert, oder besser: bescheiden abgelehnt. Sie wolle die Familie nicht stören beim ersten Weihnachtsfest nach Karls Rückkehr, sich nicht dazwischendrängen. Aber dann hatten alle darauf bestanden, zumal Evelyn ja niemanden hatte, zu dem sie hätte gehen können. Betti hatte an Heiligabend den Tisch gedeckt. Und sie hatte, wie jeden Sonntag davor auch, ein zusätzliches Gedeck für Rita auf den Tisch gestellt. Das hatte ihre Mutter schweigend zurück in den Schrank geräumt. Betti hatte das Gefühl, der Geist ihrer kleinen Schwester verstecke sich hinter der Gardine, schwebe über dem Tisch, rausche durch die trockenen Nadeln des Weihnachtsbaums, zeige sich im leichten Flackern der Kerzen. Aber sie war allein mit dieser Wahrnehmung, nur Betti spürte Rita an diesem Abend. Immer wieder hatte sie den Blick ihres Bruders gesucht, aber der hatte nur Augen für Evelyn. Und als Evelyn und sie nachts gemeinsam in Bettis Zimmer lagen und Betti geräuschlos weinte, weil sie ihre kleine Schwester so vermisste, drückte Evelyn ihr die Hand und sagte: »Ich glaube, ich habe deinen Bruder sehr gern. Wärst du mir böse, wenn er mich auch gernhätte? Sind wir dann noch Freundinnen?«

Inzwischen waren alle Sträuße und alle Schleifen gebunden, die Frauen fegten gemeinsam die übrig gebliebenen Halme und Blätter zusammen, die Ochsenwirtin räumte die Gläser ab und versicherte Bettis Mutter noch einmal, morgen sei alles pünktlich hergerichtet für die Feier nach der Trauung, und nein, da müsse sich die Frau Professor keine Sorgen machen, die Tischdecken seien schon gestärkt und gemangelt.

Heide, das Nachbarsmädchen, hatte noch nicht genug. Es hatte schon so lange keine Hochzeit mehr gegeben im Ort. »Sag, Evelyn, wie ist dein Kleid? Hast du einen Schleier? Hast du es selber genäht?«

»Betti hat es mir genäht, es ist wunderschön!«

»Ja, unsere Elsbeth ist eine sehr begabte Schneiderin«, sagte Bettis Mutter in einem Tonfall, der gleichzeitig huldvoll und herablassend war und der Betti wünschen ließ, die Wirtin hätte die Gläser noch nicht abgeräumt. Es war Bettis Hochzeitsgeschenk für ihre beste Freundin, ein schlichtes weißes Kleid mit Spitzenbesatz und einer Schleife am Rücken, Evelyn auf den Leib geschneidert. Den Stoff hatte Betti lange suchen müssen, es gab kaum welchen und er war sündhaft teuer gewesen. Aber Evelyn sah natürlich bezaubernd darin aus und sie hatte geweint vor Dankbarkeit und Rührung, als sie das Kleid in Bettis Zimmer zum ersten Mal anprobiert hatte.

Es war das Kleid, das Betti einmal für sich selbst entworfen hatte, als sie eine Zeit lang dachte, sie würde vielleicht selbst eine Braut werden. Ein lächerlicher Gedanke, ausgelöst durch eine kurze Schwärmerei, die schnell vergangen war. Betti würde nicht mehr aufspringen auf diesen Zug, der war vor Jahren ohne sie abgefahren. Als Karl Evelyn an die Universität gefolgt war, um dort sein Studium zu beenden. Und Betti zurückgeblieben war. Für sie würde es nicht weitergehen an der Universität, sie hatte versagt, so wie ihr Vater es vorausgesehen hatte. Und sie selber auch, wenn sie ehrlich zu sich war. Sie hatte gewusst, dass sie das Physikum nicht bestehen würde. Ärztin zu werden, war gar nicht ihr heimlicher Traum gewesen. Nur niemals ohne ihren Bruder sein zu müssen – das war es, was sie mehr als alles andere gewollt hatte. So sein wie er, das tun und erreichen, was er tat und erreichte.

Und nun war Betti also die Übriggebliebene. Ohne Mann, ohne Beruf. An die Kunsthochschule wäre sie gern gegangen, malen, zeichnen, Mode entwerfen, sie hatte eine kleine Mappe zusammengestellt, aber ihr Vater hatte nur verächtlich geschnaubt. So was fehlte ihm gerade noch! Eine Ausbildung zur Schneiderin, na schön, eigentlich war das schon nicht standesgemäß, aber da war weit und breit nichts zu finden und Betti doch auch längst zu alt. In ein paar Wochen würde sie 28 Jahre alt sein, die Hochzeit ihres Bruders wäre die letzte Hochzeit in ihrer Familie, jedenfalls bis Evelyns und Karls Kinder heirateten. Betti würde zu Hause wohnen bleiben, immerhin an Geld mangelte es nicht und da musste man dankbar sein in diesen Zeiten. Sie würde irgendwann die Eltern pflegen und bis dahin ab und zu ein paar Kleider schneidern und dabei zusehen, wie ihre Freundin Evelyn das richtige Leben führte, an der Seite ihres Bruders. Sie würde

Ritas Geist Gesellschaft leisten, ihr zuzwinkern, wenn sie sie hinter der Gardine erahnte, immer wieder einen zusätzlichen Teller auf den Tisch stellen, auch wenn ihre Mutter den jedes Mal zurück in den Schrank räumte.

»Bist so ruhig heute, Betti, freust du dich nicht auf das Fest morgen?«

Eine der Nachbarinnen hatte in den kurzen Moment der Stille hinein gesprochen, der entstanden war, als alle Frauen noch einmal das getane Werk begutachteten. Sie hatten gemeinsam die schweren Holztische wieder an ihren Platz gerückt, die Schleifen in eine Schachtel getan und die kleinen Sträuße auf diverse Wassereimerchen verteilt.

Betti war ruhig gewesen heute, hatte sich all das verkniffen, was es eigentlich zu sagen gäbe. Sonst hieß es doch immer: »Betti, nicht so laut«, »Betti, red nicht so viel«, »Betti, darüber spricht man nicht, Reden ist Silber, Schweigen ist Gold«, »Betti, das sagt man nicht.« Und jetzt war es auch nicht recht.

»Ich wünschte, Rita wäre hier.«

Da.

Bitteschön.

Jetzt hatte sie doch was gesagt.

Schnittchen

1989

Im Polo stank es erbärmlich und Silvia bereute die Sache mit den Windeln. Da wollte man wenigstens beim eigenen Kind alles richtig machen, einmal an ein paar Idealen festhalten, und dann wurde man doch dafür bestraft. Silvia hatte sich vorgenommen, ihrem Baby nicht diese schrecklichen Plastikpampers anzuziehen, die zwar praktisch, aber auch teuer waren und den Planeten vermüllten. Deshalb hatte sie zehn Stoffwindeln und diverse Mulltücher gekauft, und das hatte schon in Berlin zu Problemen geführt. In der WG gab es nur eine Waschmaschine, die ohnehin nur noch kalt waschen konnte, und als Silvia damit begonnen hatte, Hannahs Windeln im großen Topf auf dem Herd auszukochen, wurde ausgerechnet von Zecki ein Plenum einberufen. Plötzlich sorgten sich alle um die Hygiene. Wo war diese Sorge all die Jahre davor gewesen, fragte sich Silvia, die oft genug den Schimmel aus den hinteren Kühlschrankecken entfernt und die angetrockneten Pissflecken rund ums Klo weggeschrubbt hatte.

Silvia hatte an ihren Stoffwindeln festgehalten, schon aus Trotz, aber für eine lange Autofahrt waren sie nicht wirklich geeignet. Kurz vor Würzburg bekam Hannah noch einmal Durst und brauchte nach dem Stillen eine neue Windel, Silvia musste sie auf dem Beifahrersitz wickeln, während das Baby brüllte wie am Spieß. Und eine Tüte für die volle Windel hatte Silvia vergessen, deshalb legte sie sich das stinkende Stoffbündel zusammengeknotet auf den Schoß und fuhr weiter, in der Hoffnung, das Motorengeräusch und das Schaukeln würden Hannah wieder beruhigen. Aber Hannah lag in ihrem Wäschekorb und schrie. Und Silvia schrie und weinte schließlich mit, müde und geschafft von der Fahrerei und der ängstlichen Vorfreude auf das Wiedersehen mit ihrer Mutter und einfach von der Tatsache, dass sie jetzt wirklich ein Kind hatte. Sie hatte ein wunderschönes Lebewesen in diese unwirtliche Welt hineingeboren, das sie für immer beschützen und von allem Unglück fernhalten wollte. Aber wie sollte das gehen in einer Welt voller Unrecht und voller Arschlöcher? Einer Welt, in der jemand wie Martin lebte, der sich Hannah nicht einmal ansehen wollte. Seine eigene Tochter.

Als Hannah irgendwann tatsächlich wieder einschlief, beruhigte sich auch Silvia wieder, sie musste sich auf die Straße konzentrieren, einatmen, ausatmen, tief in den Bauch. Dahin, wo ihr kaputter Beckenboden mit ihrer vollen Blase kämpfte und wo immer noch die volle Windel lag. Silvia fuhr auf die linke Spur, um einen Schweinetransporter zu überholen, und versuchte, den Blick nicht nach rechts schweifen zu lassen, um bloß keine nach Luft schnappenden Schweinerüssel durch die kleinen Öffnungen der Metallboxen sehen zu müssen. Sie hätte sofort wieder zu heulen angefangen. Und als ein Mercedes hinter ihr mit Lichthupe heranrauschte, um sie von der Straße zu scheuchen, schlug die Traurigkeit in Wut um, und die stinkende Windel flog aus Silvias Fenster, kaum dass sie wieder nach rechts gezogen war. Hätte schiefgehen können, und zum Glück war das Ding nicht einem anderen Auto einfach auf die Scheibe geklatscht und zum Glück hatten das die Bullen nicht gesehen und zum Glück hatte Silvia nun wieder einen festeren Griff ums Lenkrad.

Kurz vor dem Ildinger Ortsschild hielt Silvia am Rand der Landstraße an, schaltete den Motor aus und versuchte, sich zu sammeln. Dieses Sonntagslicht – das gab es in Berlin einfach nicht, da brach das Licht irgendwie anders. Dieser tief hängende Himmel, dieses trübe, milchige Wischiwaschi-Weißgrau, diese zähe Langeweile in der Atmosphäre, die fühlte sich schon sehr nach Zuhause an. Passte eigentlich ganz gut zu ihrer Stimmung, ausgeweint, erschöpft, mit diesem leichten, dumpfen Kopfschmerz. Ob das alles hier wirklich eine gute Idee war? Und falls die Antwort auf diese Frage Nein lautete, was dann?

Da war sie jetzt also. Zurück in der »Heimat«, dem Ort, von dem sie sich so lange so weit wie möglich weggewünscht hatte. Direkt vor dem gelben Ortsschild von Ildingen stand ein kleines verwittertes Kreuz, den Namen darauf konnte man nicht mehr lesen, aber Silvia wusste, dass dort »Joachim« gestanden hatte: einer der Hagerle-Buben, der hier vor vielen Jahren mit seinem Mofa ohne Helm gegen den großen Findling gefahren und gestorben war. Ihr Vater hatte ihn im Krankenhaus noch »auf dem Tisch gehabt«, wie er sagte, also notoperiert. Aber Joachim konnte nicht gerettet werden und am Abend nach der Schicht hatte die achtjährige Silvia ihren Vater heimlich weinen sehen. Er hatte in seinem Sessel vor dem Fernseher gesessen und es waren ihm einfach die Tränen gelaufen, Silvia hatte sich angeschlichen, um einen Blick auf den Fernseher zu erhaschen, es war ihr strengstens verboten, den Vater nach der Arbeit zu stören. Aber überraschenderweise hatte ihr Vater genau gewusst, dass Silvia in der Tür stand, obwohl sie nicht das kleinste Geräusch gemacht hatte, er hatte vom Sessel aus den Arm nach ihr ausgestreckt und sie herangewunken und dann auf seinen Schoß gezogen. Ihr einen Kuss auf den Scheitel gedrückt. Und Silvia hatte ganz stillgehalten in dieser unverhofften Umarmung, und der Schreck über den Tod des Nachbarsjungen, dem sie so oft beim Hausaufgabenmachen auf der Kücheneckbank zugesehen hatte, war von einem Gefühl von Wärme und Sicherheit überschrieben worden. So lange, bis ihre Mutter sie gefunden und ins Bett geschickt hatte. Ob es den Sessel noch gab? Ob noch irgendwas in diesem alten Haus nach ihrem Vater riechen würde, nach Pfeifentabak, Rasierwasser und Alles-ist-gut?

Im Wäschekorb auf dem Beifahrersitz wurde Hannah wieder unruhig. Silvia drehte noch einmal den Rückspiegel zu sich, um das Gesicht zu betrachten, mit dem sie gleich ihrer Mutter gegenübertreten würde. Eine mittlere Katastrophe. Aber das war nun nicht zu ändern, warum also es nicht einfach hinter sich bringen. Sie startete den Motor und fuhr auf der Ildinger Hauptstraße zur anderen Seite des Ortes. Immer noch das gleiche elende Kaff wie vor achtzehn Jahren, als sie das letzte Mal hier gewesen war, aber ein paar Neuerungen gab es doch. Eine zusätzliche Ampel und noch einen Zebrastreifen. Eine italienische Eisdiele, wo vorher das Bekleidungsgeschäft gewesen war. Der Gasthof Zum Ochsen hatte einen neuen Anstrich in Apricot bekommen, der alte Marktplatz eine moderne Bronzeskulptur in Form einer überdimensionierten Schraubenmutter (Ildingen, Ort des grundsoliden Handwerks!). Dann raus aus dem eigentlichen Ortskern, den Hügel hinauf, vorbei an der Wiese mit dem Kirschbaum, die inzwischen einem Neubaugebiet hatte weichen müssen, auch die alte Scheune gab es nicht mehr. Immerhin: Das alte Bushaltestellenhäuschen aus Spritzbeton stand immer noch und wahrscheinlich roch es darin immer noch nach Pisse.

Die Tanknadel rutschte ganz auf die Nulllinie, als Silvia in die Straße ihrer Kindheit einbog. Sofortige Flucht also kaum möglich. Sie parkte vor der Nummer 14, das Haus kam ihr kleiner vor, als sie es in Erinnerung hatte, aber vielleicht waren auch nur die Bäume drumherum größer geworden. Der Rhododendron am Eingangstörchen war enorm, ein großer dunkelgrüner Blätterplanet, jetzt hätte man sich in seinem Innern eine perfekte Höhle bauen können. Silvia holte Hannah aus ihrem Wäschekorb und legte sich das nass geschwitzte Baby vorsichtig über die Schulter. Süß sah sie aus in ihrem dunkelgrünen Frotteestrampler. Ohne hinsehen zu müssen, spürte Silvia, wie in den Häusern rechts, links und gegenüber die Vorhänge einen Spalt zur Seite geschoben wurden. Das Gartentörchen quietschte beim Öffnen, da wuchs Gras zwischen den Bodenplatten, der Rasen war länger nicht gemäht worden und auch die Beete sahen verwildert aus. Vielleicht war Evelyn gestorben, dachte Silvia plötzlich. Vielleicht war sie seit Wochen tot und niemand hatte ihr Bescheid gesagt, weil niemand ihre Adresse hatte. Oder weil Evelyn höchstselbst verfügt hatte, die nichtsnutzige Tochter nicht zu informieren, sollte sie das Zeitliche segnen. Oder weil sie längst alle Freunde vergrault hatte mit ihrer Härte und ihrer Unerbittlichkeit, ihrer Disziplin und ihren hohen Ansprüchen an alle und jeden. Vielleicht würde sie die Tür aufbrechen lassen müssen, um dann ihre mumifizierte Mutter im Sessel sitzend vorzufinden, den Telefonhörer in der starren Hand, bis zum Schluss zu stolz, um jemanden anzurufen und um Hilfe zu bitten.

Ein Schwall warmer Muttermilch ergoss sich aus Hannahs Mund über Silvias Schulter und lief ihr unter ihrem T-Shirt langsam den Rücken runter, als sie schließlich doch die Klingel drückte. Erst hörte sie nichts außer dem Rauschen ihres Blutes in den Ohren und in der Ferne das spitze Jaulen einer Kreissäge, dann hinter der Tür doch ein Schlurfen, ein gemurmeltes »Moment«, dann das Klackern von mehreren Sicherheitsschlössern.

»Ja, bitte?«

Im Türspalt sah Silvia ihre Mutter stehen, eine gebückte Frau, die älter aussah als ihre 66 Jahre. Die Haare zerzaust, die Brille fleckig. Eine geblümte Bluse, ungebügelt, im Blick ein einziges Fragezeichen. Silvia konnte nichts sagen, so perplex war sie, sie hatte diesen Moment auf der Fahrt hierher im Kopf tausend Maldurchgespielt, aber mit einem hatte sie nicht gerechnet: dass sich das Gesicht ihrer Mutter aufhellen würde, als sie sie erkannte. Nur für einen kurzen Moment. Dann hatte sich Evelyn wieder gefangen. Straffte die Schultern, räusperte sich. Öffnete die Tür schließlich ganz.

»Ah. Du bist es.«

So als wäre Silvia nur mal kurz weg gewesen.

»Gut. Komm rein.«

Da saß Silvia nun also auf dem alten braunen Ledersofa, Hannah auf dem Schoß, Evelyn in ihrem Sessel gegenüber, still und regungslos, wie zwei Kontrahenten mit gezogenen Colts auf der staubigen Straße einer Wildwest-Stadt. Drei Uhren tickten in leicht asynchronem Rhythmus, die große mit dem Pendel, die kleine goldene neben dem Barometer, auf dem Tischchen neben dem Sessel ein grauer Braun-Wecker. Hannah lag in Silvias Arm und schaute aufmerksam zu ihrer Großmutter hinüber.

»Kann ich vielleicht ein Glas Wasser haben, Mama? Ich muss gleich stillen und ich bin sehr lang gefahren«, sagte Silvia schließlich. Und Evelyn sprang auf, als hätte man sie aus einer Trance geweckt.

»Ja. Ja, natürlich. Entschuldige.«

Silvia wusste nicht, wann ihre Mutter sich das letzte Mal bei ihr entschuldigt hatte oder ob sie das überhaupt jemals getan hatte. Sie war verwirrt von dem Bild, das sich ihr bot. Wie klein ihre Mutter plötzlich schien. So durch und durch unaufgeräumt, irgendwie aus der Spur, fahrig. Sie hörte sie nebenan in der Küche herumkramen, sollte doch eigentlich nicht so schwer sein, ein Glas Wasser zu holen, aber vielleicht musste Evelyn sich erst sammeln.

Das Wohnzimmer sah aus, wie Silvia es in Erinnerung hatte, nur staubiger, abgewohnter, wie schlecht konserviert. So als habe sich in diesem Raum schon lang nichts mehr bewegt, außer den Zeigern und Pendeln und Zahnrädchen der Uhren. Der große Esstisch aus dunklem Holz war mit einem vergilbten Plastikbezug verdeckt worden. An diesem Tisch hatte schon lang niemand mehr gegessen, Evelyn schien nur noch ihren Sessel zu bewohnen.

Evelyn schlurfte zurück ins Wohnzimmer, stellte eine Flasche Sprudel und ein Glas voller Kalkflecken vor Silvia ab, dazu eine blaue Blechdose. Dänische Butterkekse. Dann setzte sie sich zurück in ihren Sessel und schwieg weiter.

»Ist das dein Auto da draußen?«, fragte sie schließlich.

»Nein, hab es nur geliehen.«

Wieder Schweigen. Offenbar hatte Evelyn Borowski nicht vor, ihrer Tochter Fragen zu dem Kind in ihrem Arm zu stellen.

Silvia räusperte sich und versuchte, mit der freien Hand die Sprudelflasche zu öffnen, was ihr nicht gelang. Ihre Mutter machte keine Anstalten, ihr zu helfen. Silvia gab es schließlich auf.

»Ich habe ein Kind bekommen«, sagte sie schließlich so fest, wie es ging, auch wenn ihre Augen schon wieder zu brennen begonnen hatten.

»Das sehe ich«, sagte Evelyn.

»Sie heißt Hannah, sie ist drei Monate alt.«

»Und wer ist der Vater?«

Silvia zuckte mit den Schultern.

»Brauchst du Geld?«

Noch ein Schulterzucken.

Dann wieder Schweigen.

Schließlich stand Silvia auf. »Ich muss mal auf Toilette, kannst du sie kurz ...«

Sie legte Hannah ihrer Mutter in den Arm, die das Kind entgegennahm wie ein schweres Holzscheit, und verschwand in den Flur. Schloss die Tür der kleinen Gästetoilette gleich bei der Haustür. Pinkelte. Blieb länger sitzen, als nötig gewesen wäre. Ohrfeigte sich selbst vor dem kleinen Spiegel, um die Tränen zu vertreiben, die viel zu dicht unter der Oberfläche auf ihren Einsatz lauerten. Das grüne Stück Seife mit der Magnethalterung, die jahrzehntealten Kölnischwasser-Fläschchen, die auf der kleinen Ablage unter dem Spiegel standen – alles immer noch an Ort und Stelle, so wie die unüberwindbare Mauer zwischen ihr und ihrer Mutter.

Als Silvia sich wieder einigermaßen gefangen hatte, ging sie zurück zum Wohnzimmer und blieb in der Tür stehen. Evelyn saß in ihrem Sessel, hielt Hannah im Arm und betrachtete reglos ihre Enkeltochter. Und dann fing sie an zu summen. »Der Mond ist aufgegangen.« So vertieft war sie in den Anblick des Kindes, dass sie Silvia gar nicht wahrnahm. Hannah hatte ihre kleine Hand fest um Evelyns Zeigefinger geschlossen und war ganz still. Evelyn summte und wiegte sich ein wenig hin und her. Strich Hannah mit der freien Hand vorsichtig über den braunen Haarflaum.

Lächelte.

Silvia stand stumm in der Tür und traute sich kaum zu atmen. Jetzt die Mutter umarmen, dachte sie. Sich der Mutter in den Arm werfen und die Nase an ihren Hals drücken, festgehalten werden und alles rausweinen. Das Haar gestreichelt bekommen. Ein Muttersummen und Mutterwiegen, ein Pusten aufs Aua. Das wär's.

Als Evelyn Silvia schließlich doch bemerkte, schaute sie erschrocken, als sei sie bei etwas Verbotenem erwischt worden. Fasste sich, stand auf und legte Hannah zurück in Silvias Arm.

»Kann ich ein paar Wochen hierbleiben, Mama?«

Evelyn seufzte. So recht konnte Silvia dieses Seufzen nicht deuten. Normalerweise hätte sie es als klassisches Enttäuschungsseufzen aufgefasst, wie sie es aus dem Mund ihrer Mutter schon oft gehört hatte. Weil sie wieder mal gescheitert und in Schwierigkeiten geraten war. Ihrer Mutter Umstände machte. Immer nur Umstände.

Aber jetzt war sie sich nicht sicher.

»Gleich fängt ›Lindenstraße‹ an«, sagte Evelyn schließlich und strich sich die knittrige Bluse glatt. »Ich habe Aufschnitt da, ich kann uns Brote machen. Hast du Hunger?«

Nicht von hier

1952

Draußen piepte das Amselküken, drinnen stöhnte Frau Kollberg. Evelyn lehnte am offenen Fenster und schaute in den Innenhof des kleinen Kreiskrankenhauses. Dort stand eine Eiche, in der Eiche war ein Vogelnest, eines der Küken war offensichtlich herausgefallen, vielleicht bei seinem ersten Flugversuch, und schrie nun im Gras sitzend nach seiner Mutter. Die machte aber keine Anstalten, ihrem Küken beizustehen. Hatte es vermutlich schon aufgegeben. War zu sehr mit anderen Dingen beschäftigt. Manchen Müttern war einfach nicht zu trauen, dachte Evelyn.

Sie fühlte sich diesem todgeweihten Amselküken auf schmerzhafte Weise verbunden, seine kleinen, verzweifelten Rufe bohrten sich wie Stecknadeln in ihre Gehörgänge und übertönten die Leidensbekundungen ihrer Patientin. Frau Kollberg war beim Bohnern auf der Treppe gestürzt, hatte sich den Arm gebrochen und eine Gehirnerschütterung zugezogen, die Schwestern hatten alles verbunden und eingegipst, Evelyn sollte nun Schmerzmittel verabreichen, noch einmal Blutdruck messen, gut zureden. Aber Frau Kollberg wimmerte weiter und verlangte nach einem Arzt. Einem richtigen Arzt. Einem Mann.

»Die Frau Borowski gibt Ihnen gleich noch was gegen die Schmerzen, Frau Kollberg«, sagte Schwester Elise in diesem etwas zu lauten, etwas zu aufmunternden Krankenschwesternton, und Evelyn hatte so scharf wie möglich »Frau DOKTOR Borowski« gesagt, während sie noch aus dem Fenster schaute und darauf wartete, dass die Schwester fertig wurde mit ihren Verrichtungen. Das Amselküken unten weinte um sein Leben. Was für eine Verschwendung, dachte Evelyn. Ein Ei ausgebrütet, ein Leben produziert zu haben, um es dann im Stich zu lassen bei der erstbesten Gelegenheit.

Seit fast zwei Jahren war sie nun Assistenzärztin in diesem Krankenhaus, einem sandsteinfarbenen zweigeschossigen Zweckbau, der in Form eines U und wie zum Schutz um die uralte Eiche herumgebaut zu sein schien. Ihr Examen hatte Evelyn mit Bestnoten bestanden, anschließend mit *summa cum laude* promoviert, noch nie auch nur den kleinsten Fehler gemacht. Sie hatte Karl bei den Prüfungsvorbereitungen geholfen, seine Noten waren schlechter gewesen als ihre, aber die Stelle am Krankenhaus, die hatte er bekommen. Eine Assistenzarztstelle in der Chirurgie musste dringend besetzt werden. Und Karl hatte nur angenommen unter der Voraussetzung, dass man auch seiner Frau eine Stelle anbot.

Evelyn legte Frau Kollberg die Blutdruckmanschette um den gesunden Arm und versuchte, deren skeptischen Blick zu ignorieren.

»Sie sind aber nicht von hier, Frau Doktor?«

»Aus Ildingen.«

»Aber nicht gebürtig.«

»Nein, nicht gebürtig«, sagte Evelyn, ohne weiter ins Detail zu gehen. Was ging es diese alte Schnepfe an, wo sie herkam. Karl würde man so etwas nie fragen, trotz des gänzlich unschwäbischen Nachnamens. Aber Karl hatte den örtlichen Singsang in der Stimme, der seine Zugehörigkeit eindeutig bewies und der sich nicht imitieren ließ, jedenfalls wollte es Evelyn nicht gelingen. Sie war eine *Neigschmeckte*, eine Fremde, im Grunde eine Aus-dem-Nest-Gefallene wie das arme Amselküken.

»Kommt der Herr Doktor noch?«, jammerte die Kollberg, während Evelyn mit einer kleinen Lampe ihren Pupillenreflex kontrollierte.

»Ich bin der Herr Doktor, Frau Kollberg. Ich gebe Ihnen jetzt noch ein Schmerzmittel, Sie schlafen sich aus und morgen können Sie wieder nach Hause. Der Gips bleibt drei Wochen dran, danach müssen Sie den Arm noch eine Weile schonen. Aber bald ist er fast wieder wie neu.«

Die Visite war sterbenslangweilig an diesem Tag, man hatte Evelyn die leichten, eindeutigen Fälle gegeben, einen Bruch, eine Alkoholvergiftung, einen Abszess. Für die Zwillingsgeburt und die Bauch-OP-Assistenz waren ihre Kollegen eingeteilt worden. Evelyn bekam, was übrig war.

Als Karl und sie gemeinsam hier ihren Dienst angetreten hatten, beide frisch approbiert und verheiratet, hatte niemand damit gerechnet, dass sie lange bleiben würde. Auch Evelyn nicht. Sie würde ja nun sicher bald Kinder bekommen, mit beinahe 28 Jahren sei sie spät dran. Das kleine Haus am Stadtrand von Ildingen, das sie mit der großzügigen Unterstützung von Karls Eltern gekauft hatten, hatte ein Kinderzimmer, von dem Evelyn schon sehr genau wusste, wie sie es einrichten wollte, wenn es endlich so weit wäre. Eine Wiege und einen Sessel, in dem sie sitzen und ihr Kind im Arm halten würde. Eine Kommode, auf der ein Teddybär sitzen sollte. Gardinen in einem kräftigen Gelbton würden das Zimmer in warmes bernsteinfarbenes Licht hüllen, wenn sie es morgens betrat, um ihr Kind aus seinem Bettchen zu heben. Ihr Kind, das sie sich nur als eine Miniaturausgabe von Karl vorstellen konnte. Ihr erstes Kind, dem mindestens zwei weitere folgen sollten, so hatten sie es sich ausgemalt in den ersten Wochen ihrer Verliebtheit und auf ihrer kurzen, verregneten Hochzeitsreise am Bodensee, die sie weitestgehend im Hotelbett verbracht hatten.

Das war jetzt zwei Jahre her.

Kein Kind.

Evelyn hatte nicht für möglich gehalten, dass sich der Wunsch nach einem Baby so körperlich anfühlen würde, wie ein Hunger. Jedes Mal, wenn sie in ihrem Haus an dem kleinen Raum neben ihrem Schlafzimmer vorbeiging, der das Kinderzimmer werden sollte und inzwischen voller Gerümpel stand, für das sie keinen anderen Platz fanden, wurde ihr flau vor Sehnsucht. Evelyn war unterdessen 30 geworden, die erst hoffnungsfrohen, schließlich immer skeptischer werdenden Blicke ihrer Schwiegermutter und schließlich der ganzen Nachbarschaft auf ihre Körpermitte wurden zu ihrem täglichen Spießrutenlauf. Diese Augen sahen direkt hinter ihre Fassade und erkannten, wer sie wirklich war. Eine Hochstaplerin war sie. Ein Findelkind, aufgenommen von der angesehensten und wohlhabendsten Familie des Ortes. Hatte sich den Sohn geschnappt, einen netten, klugen Mann, der wie durch ein Wunder unversehrt aus Krieg und Gefangenschaft zurückgekehrt war, der ihre Berufung teilte und ihr auch nach der Hochzeit zu arbeiten erlaubte, der ihr nie auch nur den leisesten Vorwurf machte und sie vor seinen Eltern in Schutz nahm. Diesem Mann konnte sie kein Kind schenken, ihren Gönnern keinen Enkel.

»Vielleicht liegt es nicht an dir, sondern an ihm«, hatte Betti gesagt, als sie neulich zusammen im Garten Tee getrunken und geraucht hatten. »Vielleicht haben sie ihm im Krieg ja doch was kaputt gemacht. Oder schlaft ihr nicht miteinander?«

Evelyn hatte sich verschluckt und war rot geworden. Manchmal hatte Betti solche Ausbrüche, als gäbe es da eine Art Falltür in ihrem Kopf, aus der die Gedanken direkt in ihren Mund und ohne Zwischenhalt ins Freie purzelten. Ihre Freundin und Schwägerin hatte sich verändert in den letzten Jahren und manchmal fürchtete sich Evelyn vor ihr. Als sie noch zusammen im Lazarett geschuftet hatten, war Betti still, zurückhaltend und ernsthaft gewesen, als habe sich eine norddeutsche Sprödigkeit über ihr Wesen gelegt. Zurück im Süden, waren ihre Vokale schnell wieder breiter, ihre Stimme lauter, ihr Tonfall spöttischer, ihr ganzes Wesen widerspenstiger geworden. Und je mehr Evelyn sich ganz selbstverständlich als Teil von Bettis Familie empfand, desto größer wurde die Distanz zwischen ihnen beiden. Vielleicht bereute Betti es insgeheim, Evelyn damals nach Ildingen mitgebracht zu haben.

Nach der Hochzeit hatte Betti angefangen, aus jedem Stückchen Stoff, das sie auftreiben konnte, Babykleidung zu nähen für Evelyn. Kleine Geschenke, kleine Grausamkeiten. Als Evelyn ihre Freundin freundlich gebeten hatte, damit aufzuhören, noch zu warten, bis es wirklich so weit sei, hatte Betti angefangen, Puppen zu nähen und diesen Puppen die kleinen Babykleidchen und Hosen anzuziehen, bis ihr Zimmer in ihrem Elternhaus, das sie nach wie vor bewohnte, wie ein Schrein für das ungeborene Leben aussah. Nach und nach verschenkte Betti die Puppen schließlich an die Nachbarskinder. Und anders als ihre Mutter, die Evelyn nur mit Blicken musterte, nur manchmal versteckte Andeutungen machte und Evelyn ermahnte, gut und reichlich zu essen, sprach Betti offen aus, was alle dachten.

»Es wär schon ein Jammer, wenn ihr keine Kinder bekommen könntet. Für mich ist es zu spät, aber Karl sollte doch welche haben. Und du wünschst es dir doch auch so sehr. Wirklich ein Jammer.« Betti nippte am Tee und machte keine Anstalten, der hustenden Evelyn auf den Rücken zu klopfen.

»Es liegt ganz sicher nicht an Karl«, keuchte Evelyn schließlich mit belegter Stimme. Nein, an Karl lag es sicher nicht, es lag an ihr. Es lag daran, dass sie zu viel gewollt und dann doch auch reichlich bekommen hatte. Irgendwo mussten die Mächte des Schicksals nun mal einen Strich ziehen. Das war nur gerecht. Sie hatte den Krieg überlebt, durfte als Ärztin arbeiten, hatte eine neue Familie bekommen, war das nicht genug an Glück? Hatte sie das überhaupt verdient? Und jetzt noch ein Kind?

Am Himmel vor dem Krankenzimmerfenster zogen dunkle Wolken auf, es war schon den ganzen Tag schwül gewesen, die Luft feucht und schwer wie Grütze. Im Kreißsaal würde sicher viel los sein, Gewitterwetter war Geburtenwetter. Evelyn sehnte sich nach einer Zigarette im Pausenraum, vielleicht würde sie Karl sehen, und sie konnten kurz zusammensitzen und rauchen, aber vorher musste sie noch den entzündeten Amputationsstumpf im Zimmer nebenan versorgen. Eine Schwester hatte ihr Bescheid gegeben, dass der Patient plötzlich hohes Fieber bekommen hatte, kein gutes Zeichen. Vielleicht würde das hier doch noch ein interessanter Tag werden.

Das Amselküken auf der Wiese piepte nicht mehr. Es saß im Gras und hatte sich offenbar in sein Schicksal ergeben, während die Amselmutter oben im Nest seinen Geschwistern Würmer in die kleinen weit aufgerissenen Schnäbel stopfte. Kurz hatte Evelyn den Gedanken, eine Pappschachtel zu suchen, in den Innenhof hinunterzugehen und das Küken aufzusammeln. Es zu wärmen, vielleicht mit der Pipette ein paar Tropfen Wasser in seinen Schnabel zu träufeln. Sie könnte es mit nach Hause nehmen, im Garten Regenwürmer ausgraben und versuchen, diesen kleinen Vogel zu retten.

Alberne Sentimentalitäten. Evelyn streckte ihren Rücken durch, überließ die immer noch jammernde Frau Kollberg ihrem Schicksal und ging aus dem Krankenzimmer. Nebenan lag der Mann mit dem amputierten Bein, der nun also Fieberschübe bekommen hatte, vermutlich war es eine Blutvergiftung. Im Kopf ging Evelyn ihre Möglichkeiten durch und versuchte dabei, das eindeutige Ziehen in ihrem Unterleib zu ignorieren. Das Ziehen, das ihre Regel ankündigte, der Schmerz ihres allmonatlichen Versagens. Sie hatte das perfekte Nest gebaut, alles war da, nur in ihr wollte nichts nisten. Manchmal hatte Evelyn einen Tagtraum, für den sie sich schämte. Sie stellte sich vor, Betti würde schwanger. Betti machte gern Besorgungen für ihre Mutter, denn am Marktplatz gab es eine kleine Milchbar, an der ab und zu amerikanische Soldaten herumlungerten, die Betti immer unverhohlen anlächelte. »Wie Filmstars sehen die aus!«, schwärmte sie, und Evelyn dachte jedes Mal, dass Betti die falschen Filme sah oder sehr viel Fantasie hatte. Die Soldaten feixten jedenfalls zurück. In der Siedlung, wo die Flüchtlinge aus dem Osten in Baracken untergebracht waren, gab es einige alleinstehende Frauen, die mit Amerikanern poussierten. Was, wenn Betti sich mit einem von ihnen einließe und schwanger würde? Behalten würde sie das Kind nicht können, sie würde es, um dem Kind die Schande der Unehelichkeit zu ersparen, an sie und Karl abgeben. Evelyn würde es großziehen und lieben wie ihr eigenes, so wie ihre Tante sie großgezogen und geliebt hatte, nachdem ihre Mutter verschwunden war. Und sie würde ihre Freundin retten. Betti würde für immer dankbar sein.

Sie wären wieder quitt.

Der Patient, ein 50-jähriger Kriegsinvalide, lag in seinem Schweiß, träumte mit flatternden Augenlidern und reagierte nicht auf Ansprache. Der Beinstumpf sah nicht gut aus, sie würden ihm das entzündete Gewebe wegschneiden müssen, falls es nicht schon zu spät war. »In meiner Schicht wird nicht gestorben, Herr Mühlbeck«, murmelte Evelyn, während sie die Penicillin-Lösung aufzog. Viel Hoffnung für ihren Patienten hatte sie nicht, niemand wartete zu Hause auf ihn und eigentlich wünschte sie ihm ein rasches Ende. Aber sie nahm es persönlich, wenn unter ihrer ärztlichen Obhut der Tod die Oberhand gewann. So als wollte der sie auch noch verhöhnen. Siehst du? Du kannst es eben nicht. Du taugst nicht, du gehörst hier nicht her.

Von draußen hörte Evelyn ein dumpfes Grollen, das erlösende Gewitter kündigte sich an und würde hoffentlich Regen und Abkühlung bringen und diese unangenehme Spannung aus der Luft waschen. Evelyn schloss das Fenster und spähte ein letztes Mal zum Amselküken hinunter. Es war nicht mehr da. Dort, wo es zuletzt gesessen hatte, saß nun eine getigerte Katze und leckte sich die Pfote.

Alte Freunde, alte Feinde

1989

»Isch des Ihr Auto?«

Silvia war gerade aus der Gartenpforte getreten, die Haare noch nass von einer langen, ausführlichen Dusche, Hannah im Tragetuch vor den Bauch gebunden.

Neben Dirks rotem Polo stand ein Typ im Blaumann, die rotblonden Haare hinten deutlich länger als vorne und im Gesicht die zarte Ahnung eines Schnauzbarts. Rüdiger Hagerle, Silvia erkannte ihn sofort. Der Jüngste der Hagerle-Buben, drei Jahre älter als sie, der Held ihrer Kindheit. Stand da, die Hände in die Hüften gestemmt, und schaute abwechselnd zu Silvia und dann kopfschüttelnd zum Auto, das offensichtlich nicht seinen Vorstellungen von einem satisfaktionsfähigen Fortbewegungsmittel entsprach.

»Koi TÜV. Koi Profil auf dene Roife. Händ Sie die Stoßstang gsäh? Die fällt fascht ab. Des isch doch unglaublich.«

Silvia zuckte mit den Schultern und sah Rüdiger ins Gesicht, immer noch ein richtiges Babyface, obwohl er ja allmählich auf die 40 zuging.

Als Kind war sie so oft wie irgend möglich abgehauen aus ihrem stillen Zuhause, rüber zu Frau Hagerle, die den ganzen Tag in der Küche gestanden und gebacken, gekocht, eingeweckt hatte und Silvia einfach stundenlang hatte auf der Kücheneckbank sitzen und zuschauen lassen. Wenn die Buben aus der Schule kamen, durfte Silvia ihnen beim Hausaufgabenmachen zusehen und hinterher Grießbrei mitessen oder Flädlesuppe. Frau Hagerle war immer fröhlich gewesen. Eine »schlichte Person«, wie Silvias Mutter sagte, in diesem neutral scheinenden, aber doch abfälligen Ton, mit dem sie eigentlich alle Ildinger bedachte. Aber Silvia liebte Frau Hagerle. Die Eindeutigkeit ihrer Stimmungen, die Lebendigkeit ihres Haushalts und wie erwartungslos sie Silvias Anwesenheit einfach hinnahm, als wäre sie ein Teil der Familie.

Ihre vier Söhne hatten nie groß Notiz von Silvia genommen, nur der Jüngste, Rüdiger, sprach manchmal mit ihr. Einmal hatte er ihr geholfen, sich im großen Sägespänehaufen zu verstecken, als Evelyn geklingelt hatte, um sie abzuholen. Obwohl die Werkstatt von Herrn Hagerle im Keller tabu war und er sicher Dresche bekommen hatte später. Er hatte ihr die Katzenjungen gezeigt, die hinterm Gartenschuppen geboren worden waren. Und er hatte Silvia eingebläut, es niemandem zu erzählen, weil sein Vater die Kätzchen sonst in der Regentonne ertränken würde. Sie hatten ein Geheimnis, Rüdiger und sie, und Silvia hatte ihn von da an vergöttert wie einen großen Bruder.

»Na, kennst du mich nicht mehr?«

Rüdiger legte den Kopf schräg wie ein Welpe und sah Silvia an, dann endlich fiel der Groschen.

»Ah, Silvia. Du bisches. Ja, das … also, ich hab dich nicht … also das ist ja … Bisch du … jetzt aus Berlin gekommen?«

Rüdiger hatte versucht, den Dialekt abzustellen, kaum dass er sie erkannt hatte. Da war er wieder, der Graben, der sich damals schon aufgetan hatte, als sie irgendwann nicht mehr einfach nur Nachbarskinder waren, die mit den anderen auf der Straße spielten, er Anführer der Bande, Silvia sein größter und treuester Fan. Irgendwann waren sie nicht mehr Gleiche unter Gleichen gewesen. Irgendwann war Silvia zur Arzttochter geworden, die ins Internat ging und der man zu Hause den Dialekt verbot und das Schreiben mit der falschen Hand. Rüdiger war Hauptschüler, der eine Lehre beim örtlichen Automechaniker anfing.

Da stand er nun also und kratzte sich unsicher am Kopf, und Silvia kam ihm auf halbem Weg entgegen. Gab ihrer Stimme den schwäbischen Klang, den ihre Mutter ihr einst ausgetrieben hatte, weiche Konsonanten, breite Vokale. Sie drehte sich zur Seite und zeigte ihm die schlafende Hannah, deren kleines Gesicht aus dem Tragetuch hervorlugte. Erzählte ihm, dass sie ein paar Wochen bleiben wolle und so gern auch seine Mutter besuchen würde. Ob es der denn gut gehe?

Rüdiger hob die Schultern. Nein, nicht so richtig gut. *A bissle depperd* sei die Mutter hin und wieder seit dem Tod des Vaters, konfus und vergesslich. »Die lässt den Herd an, legt den Geldbeutel in den Kühlschrank und die Butter neben den Fernseher. Deshalb wohn ich auch noch daheim.«

Die Brüder hätten alle Familie und gebaut. Und einer müsse sich ja kümmern. Also vorbeikommen könne Silvia natürlich jederzeit, aber sie dürfe sich nicht erschrecken, wenn die Mutter sie nicht mehr erkenne.

»Ist ja auch gut, dass du mal nach dem Rechten schaust hier. Wir machen uns schon auch Sorgen um deine Mutter. Also, die Frau Doktor, meine ich«, sagte er und schaute an Silvia vorbei Richtung Gartenpforte.

Silvia konnte sich genau vorstellen, wie der Zustand des Hauses und seiner Bewohnerin in der Nachbarschaft besprochen wurde. Mit wohligem Schaudern, beim Kaffeeklatsch, bei Zufallsbegegnungen im kleinen Spar-Markt oder beim Metzger. Hast du den Vorgarten gesehen? Da muss ja dringend was passieren. Alles zugewuchert, das ist ja auch für die ganze Nachbarschaft nicht schön, so ein Anblick. Die Straße hat sie ja noch nie gekehrt, aber früher hat sie ja wenigstens dem Nachbarsbuben ein Taschengeld gegeben, dass der das für sie macht. Und die Frau Doktor selber, also man erkennt sie ja gar nicht mehr. So eine tüchtige, patente Frau. Und jetzt kommt sie einem vor wie ein altes Weib. Lässt sich gehen, dreht sich nicht mal mehr die Haare auf. Das ist bestimmt der Kummer. Jetzt ist der Herr Doktor schon so lange tot und im Ruhestand ist sie ja sicher sehr allein. Hat ja immer viel gearbeitet. Und die Tochter? Die sieht man ja auch nicht mehr hier in Ildingen. Die soll ja in Berlin leben. Kann man sich ja vorstellen, wie die da haust. Unter all den Langhaarigen.

Rüdiger stemmte noch einmal die Hände in die Hüften und betrachtete kopfschüttelnd Dirks Polo. »Magsch mir den mal in die Werkstatt bringen?«

»Klar.«

Silvia wollte ihren Spaziergang fortsetzen, bevor Evelyn merkte, dass sie mit Hannah vor die Tür gegangen war. Vermutlich würde sie versuchen, sie aufzuhalten, »in diesem Aufzug« Richtung Marktplatz zu marschieren, die Haare nass und dann noch mit diesem Tragetuch, was sollten denn die Leute denken.

Am Abend zuvor hatten sie gemeinsam »Lindenstraße« geschaut, das war Silvia ganz recht gewesen, denn für ernste Gespräche und gegenseitige Vorwürfe war sie ohnehin noch viel zu erschöpft gewesen. Evelyn war erstaunlich informiert über die Handlungsstränge der Serie: Anna Ziegler war schwanger, mit großer Sicherheit war das Kind von Hans Beimer, dessen Ehe mit Helga Beimer wohl kaum zu retten sein würde.

»Wusste gleich, dass das nicht gut endet«, hatte Evelyn bemerkt. »Aber warum sie jetzt Zorro da mit reinziehen? Als könnte dieser Herumtreiber ein Vater für das Kind sein. Anna soll es einfach alleine großziehen, es wäre für alle das Beste.«

Silvia hatte auf dem Sofa gesessen und Hannah gestillt und dabei Fleischwurstschnittchen mit Senf gegessen. In Hannahs Haarflaum sammelten sich ein paar Schwarzbrotkrümel, während sie an Silvias Brust saugte, und Silvia fragte sich, ob ihre Mutter wohl mit sich selbst sprach oder ob das ihre Art war, Silvias Situation zu kommentieren. Ja, Martin war vielleicht auch ein bisschen so ein Hans-Beimer-Typ. Nur weniger stoffelig. Ein solider Mann, der sich noch einmal einer ganz unsoliden Affäre hingeben wollte, mit einer Frau, die so gar nicht aus seiner Welt kam. Und der dabei ausgerechnet an Silvia geraten war, die vielleicht so wirkte, sich die schwäbische Kleinstadt aber offenbar doch nicht ganz ausgetrieben hatte. »Viel Glück, Anna Ziegler«, dachte sie. »Vergiss den Typen besser gleich wieder.«

Aus dem Augenwinkel hatte Silvia gesehen, wie ihre Mutter ihr immer wieder auf die Brüste schaute. Sicher würde sie gleich einen Kommentar über das Stillen abgeben. Wie schlecht das für die Brüste sei, diese ständige Nuckelei, und man solle das Kind erst gar nicht daran gewöhnen, dass man ihm jeden Wunsch erfüllt – Silvia konnte Evelyns Gedanken förmlich hören. Aber zu ihrem Erstaunen sagte ihre Mutter nichts und stellte ihr irgendwann tatsächlich kommentarlos ein großes Glas Mineralwasser auf den Couchtisch.

Diesen unverhofften Frieden wollte Silvia nicht zerstören und hatte deshalb beschlossen, zumindest die Stoffwindeln vorerst aufzugeben. Zu viel Konfliktpotenzial. Am Marktplatz gab es eine kleine Drogerie, gleich neben dem Supermarkt, dort würde sie Pampers kaufen und an anderer Stelle Buße tun für diese Sünde am Planeten Erde.

Nach ihrer Begegnung mit Rüdiger lief sie die Straße bergab Richtung Ortsmitte, vorbei an sorgfältig gestutzten Hecken, blühenden Vorgärten mit ordentlich abgemulchten Beeten, perfekt domestizierte Natur. In manchen standen Frauen, die Silvia misstrauisch ansahen, während sie mit der Gartenschere an ihren Rosensträuchern zugange waren oder die Fenster von außen putzten, weshalb Silvia besonders laut und herzlich »Grüß Gott!« sagte. Nun würden die braven Ildinger Hausfrauen sich fragen, ob man die wohl kannte, diese zerzauste Rumtreiberin, ob die wohl jemandem ähnlich sah von den RAF-Fahndungsplakaten, die auch hier sicherlich in der Volksbank-Filiale hingen. Gefiel Silvia ganz gut, der Gedanke, dass man sie für eine »anarchistische Gewalttäterin« halten könnte, eine Terroristin. Mit einem Baby im Tragetuch. Oder eine Heroinabhängige. Eine aidskranke, heroinabhängige Terroristin.

In der Drogerie am Markt kaufte Silvia Windeln, Apfelshampoo und eine Dose Nivea-Creme. Die Kassiererin, die sie schon die ganze Zeit nicht aus den Augen gelassen hatte, weil sie Silvia offenbar für eine Ladendiebin hielt, fragte halb besorgt, halb vorwurfsvoll, ob das Baby denn genügend Luft bekäme »in diesem Ding«, ob das nicht sehr schlecht für den kleinen Babyrücken sei, ob das warm genug sei für so ein Kind, ob man das jetzt so mache »in der Stadt«.

»Ja, macht man jetzt so, weil so hat man beide Hände frei, um zur Not jemandem die Nase brechen zu können. Grüß Gott und schönen Tag noch«, sagte Silvia und steckte ihr Wechselgeld ein. Den 20-Mark-Schein, mit dem sie bezahlt hatte, hatte sie ihrer Mutter zuvor heimlich aus dem Geldbeutel geklaut.

In Berlin hatte sich Silvia nie Sorgen um Geld gemacht, sie brauchte wenig, ein bisschen kellnern, ein bisschen Gemüsekisten stapeln – das hatte immer ausgereicht. Sie würde irgendwie ihre Zimmermiete weiterzahlen müssen, damit Zecki, Dirk und Iris nicht auf die Idee kamen, jemand anderen dauerhaft dort einzuquartieren. Ob die sie vermissten? Ob die überhaupt schon bemerkt hatten, dass sie weg war? Vermutlich weder noch.

Auf dem Marktplatz stand eine Bank und Silvia löste das Tragetuch, setzte sich und nahm Hannah auf den Schoß. Diese Mischung aus Beklemmung und Vertrautheit, die sich in ihr breitmachte. Das Kopfsteinpflaster, das Fachwerk, alles so klein und unschuldig und idyllisch, alles hier strahlte eine Unveränderbarkeit und eine Selbstsicherheit aus, alles hier war vorhersehbar. Die Haarschnitte, die die Models auf den Plakaten im kleinen Friseurladen trugen, würde sich kein Ildinger und erst recht keine Ildingerin jemals schneiden lassen, die Tatsache, dass es theoretisch möglich wäre, genügte den allermeisten hier. Silvia hatte die theoretische Möglichkeit von Freiheit irgendwann nicht mehr genügt. Dazu war hier zu viel passiert. Sie hatte die Schule geschmissen und war abgehauen, in eine Landkommune in der Nähe von Köln, freie Liebe und Permakultur, dann war sie durch Frankreich getrampt, hatte auf Kreta in einer Höhle gehaust und war schließlich in Berlin gelandet. Wie krank ihr Vater war, hatte sie zu spät erfahren, sie hatte ihn nicht mehr gesehen, bevor er starb, und bis die Nachricht sie erreicht hatte, war er schon lang beerdigt. Das war dann die Krönung ihres Versagens als Tochter gewesen, und die Scham darüber war ein tiefes schwarzes Loch, in das Silvia nicht blicken durfte, sonst würde sie verrückt werden.

Einmal hatte sie doch hineingesehen, vor sieben Jahren,

als Evelyn sie in Berlin gefunden und versucht hatte, sie zurückzuholen. Plötzlich hatte sie im Gemüseladen gestanden, den Silvia in einem der seltenen Telefonate einmal erwähnt haben musste. Silvia hatte gerade Weißkohlköpfe in die Auslage geräumt in ihrer groben Arbeitshose und der braunen Schürze, als die Tür aufging und Evelyn hereinstürzte, in Hut und einem bis oben zugeknöpften Mantel, und mit wütender Verzweiflung »Silvia, du kommst jetzt mit, du kommst mit mir nach Hause!« sagte.

Silvia war zurückgewichen und hatte nur den Kopf geschüttelt und keinen Ton rausgebracht, und zum Glück war Eddie von hinten aus dem Lager gekommen, ihr Kollege. »Momentchen mal, ja? Hier wird niemand einfach so mitgenommen, dit is ja hier keen Kinderladen, hier gibt's nur Erwachsene und die entscheiden selber.« Eddie mit seinen bunt gefärbten Haaren hatte sich vor Evelyn aufgebaut und ihr einen Vortrag über die Freiheit des Individuums und die notwendige Niederschlagung aller gesellschaftlichen Zwänge und Autoritäten gehalten, während Silvia sich nach hinten geflüchtet hatte und auf den Kartoffelsäcken saß und heulte.

»Sie ist weg, kannst wieder rauskommen«, hatte Eddie irgendwann gerufen und ihr einen 100-Mark-Schein in die Hand gedrückt. »Hat sie dagelassen, falls du es dir anders überlegst. Mal das Grab von deinem Alten besuchen willst.«

Und jetzt saß sie hier auf dem Ildinger Marktplatz, viele Jahre später, auf der Bank, auf der sie auch mit ihrem Vater schon gesessen und mit baumelnden Beinen ein Eis gegessen hatte. Zwischen Friseur und Eisdiele stand ein Ladengeschäft leer, und Silvia versuchte sich vorzustellen, sie würde jetzt für immer hier bleiben. Ein neues Leben anfangen in Ildingen. Sie könnte hier einen Naturkostladen eröffnen, mit biologisch angebautem Gemüse, fair gehandeltem Kaffee, Getreide zum Selberschroten. Evelyn könnte dann Hannah betreuen, bis die in den Kindergarten durfte. Silvia müsste sich dann auch so eine praktische Frisur zulegen, praktische Kleidung und vielleicht sogar einen praktischen Mann, dem sie morgens eine Blechdose mit Wurstbroten überreichen würde, bevor der sich zu seiner Schicht beim Bosch oder beim Daimler aufmachte. Nicht mehr kellnern, keine WG-Partys mehr, keine Demos, keine Soli-Aktionen für Nicaragua, kein Sex mehr außer dem monatlichen Gnadenakt mit dem eigenen Ehemann, keine Drogen, dafür ein schmuckes Heim mit einer Spülmaschine, einem Wäschetrockner und einer Sandkiste im Garten und einmal im Jahr Urlaub in Rimini oder an der holländischen Nordseeküste. Für Hannah wäre das mit Sicherheit eine schöne, sichere, geborgene Kindheit.

Die Drogerieverkäuferin war vor ihren Laden getreten, um die Sonderangebotskörbe vor dem Schaufenster aufzufüllen, und starrte misstrauisch zu ihr herüber. Silvia hatte das dringende Bedürfnis, ihr die Zunge rauszustrecken, aber sie verkniff es sich, sie würde in den nächsten Tagen sicher noch öfter Windeln kaufen müssen. Außerdem war Hannah unruhig geworden auf ihrem Schoß, und so schnürte sie das Kind wieder in ihr Tragetuch, nahm ihren Einkauf und machte sich auf den Rückweg, erleichtert, auf ihrem Spaziergang bis auf Rüdiger niemanden getroffen zu haben, den sie von früher kannte.

Am quietschenden Gartentörchen vor ihrem Elternhaus blieb sie eine Weile stehen und schaute in den Garten. Eigentlich gefiel ihr der ganz gut, so verwildert. Aber ein kleines bisschen wollte sie sich trotzdem nützlich machen in den nächsten Tagen, Unkraut jäten, ein paar Sträucher zurückschneiden. Dann würde es sich vielleicht wirklich ein bisschen so anfühlen, als sei sie hier, um mal nach dem Rechten zu sehen und sich um die leicht verwahrloste Mutter zu kümmern. Und nicht wie eine Flucht.

Silvia umrundete das Haus, bis sie auf der Terrasse vor der abschüssigen Rasenfläche stand, von der aus man einen schönen Blick über Ildingen hatte, die Kirche neben dem Marktplatz, der Fluss, ein kleiner Neckar-Seitenarm, und auf der anderen Seite die »Siedlung«, inzwischen kein Arme-Leute-Viertel mehr, sondern ein sich immer weiter ausbreitendes Neubaugebiet, mit Giebelhäusern und auch einigen Flachdachbungalows. Silvia ahnte, was die alteingesessenen Ildinger von ihnen hielten: gar nichts.

Durch die Terrassentür konnte Silvia ins Wohnzimmer sehen, da saß ihre Mutter regungslos in ihrem Sessel. Und ihr gegenüber eine Frau in Silvias Alter, dunkle Haare, Föhnfrisur, weiße Bluse, sehr roter Lippenstift, die Silvia vage bekannt vorkam. Vor sich auf dem Couchtisch hatte sie Cremedöschen und verschiedene Flaschen und Tiegel aufgestellt, in der Hand hielt sie einen aufgeschlagenen Katalog, offenbar versuchte sie, Evelyn etwas zu verkaufen.

Als Evelyn Silvia bemerkte, öffnete sie rasch die Schiebetür zum Garten und zog Silvia ins Wohnzimmer. »Da bist du ja endlich, hab mich schon gefragt, wo du dich rumtreibst. Kennst du Monika noch? Sie will gerade gehen.«

Monika sah nicht so aus, als wolle sie tatsächlich gerade gehen, aber sie behielt ihr rot umrandetes Lächeln tapfer bei, während Silvia die Mimik komplett entgleiste. Natürlich kannte sie Monika noch. Sie hatte sie nur nicht gleich erkannt.

»Nein!«, rief Monika und schlug sich theatralisch die Hand vor den Mund, ohne dabei ihren perfekten Lippenstift zu verschmieren. »Silvia? Bist du's? Des glaub ich jetz net!«

Sie sprang vom Sofa auf, und Silvia hatte Angst, sie wolle sie umarmen, aber Monika blieb in gebührendem Abstand stehen und legte ihr nur sanft die Hand an den Oberarm.

»Du hast dich ja gar net verändert!«, rief Monika.

»Du … auch nicht«, log sie. Monika lachte spitz auf.

»Na, bissle schon, denk ich. Hat sich schon bissle was getan bei mir in den letzten … wie lang ham wir uns net gsehn? Fuffzehn Jahr? Achtzehn?«

»Kommt hin.«

»Ach, und was ist das? Ein Baby? Nein, wie süß! Bub oder Mädle?«

»Ein Mädchen. Hannah.«

»Ja, man sieht's ja so schlecht da in dem … Tuch. Meine sind ja jetzt in der Schule. Da arbeite ich als Avon-Beraterin vormittags, hab ja jetzt wieder ein bissle mehr Zeit, gell? Und die Frau Doktor, dachte ich, die kann vielleicht ein bissle Pflege gebrauchen. Also, dass sie sich selbst mal was Gutes tut. Nach den vielen Jahren harter Arbeit. Darf man sich selbst ja nicht vergessen, gell? Mal ne schöne Creme, ne Gesichtsmaske, einen schönen Duft. Gell, Frau Doktor?«

Evelyn hatte keine Miene verzogen und ließ Monikas aufgeregtes Geplapper einfach an sich abperlen. Kosmetik war noch nie ihr Ding gewesen, Selbstfürsorge auch nicht. Anständig wollte sie aussehen, ordentlich. Respektabel. Aber nun, da sie nicht mehr jeden Tag im Krankenhaus ihren Dienst antrat, war ihr selbst das offenbar einerlei.

»Frau Doktor, ich lass Ihnen den Katalog da. Und die Pröble, Sie probieren das mal und dann melden Sie sich, Sie haben ja meine Nummer, gell? Sonst komm ich auch noch mal«, flötete Monika und es klang wie eine Drohung.

»Ach, und, Silvia, ich mach nächste Woche am Freitag eine kleine Party, nur für Frauen, komm doch auch. Bei mir daheim. Das wär schön. Dann erzählst du uns allen mal, was du so machst in Berlin, gell? Wie das da so ist. Das tät mich schon arg interessieren.«

»Ja … weiß nicht … mal sehen«, sagte Silvia. An ihrem Bauch breitete sich eine feuchte Wärme aus und ein unverkennbarer Geruch zog ihr in die Nase. Hannahs Stoffwindel hatte nicht dicht gehalten und jetzt war es wirklich allerhöchste Zeit, dass eine von den neu gekauften Pampers zum Einsatz kam und diese Begegnung mit Silvias ältester Kindheitsfeindin ein Ende nahm.

»Hab auch ein Produkt für deine Haare da, das zeig ich dir dann, das wirkt Wunder«, sagte Monika und zwinkerte Silvia verschwörerisch zu. Evelyn reichte ihr den Mantel, als unmissverständliche Aufforderung, nun bitte wirklich zu gehen.

»Ade, Frau Doktor, machen Sie's gut, gell?«, sagte Monika beim Rausgehen und Evelyn schloss energisch die Tür hinter ihr.

»Grauenhafte Person«, murmelte sie und verschwand in der Küche. Und Silvia gab ihr recht. Das musste wirklich das erste Mal seit vielen Jahren sein, dass sie und ihre Mutter sich in einer Sache vollkommen einig waren.

Helden

1954

Männerschweiß.

Überall Männerschweiß, aufgekratztes, erregtes Männerpalaver, Männerlachen. Der ganze Gastraum des Ochsen war dicht gefüllt mit Männerkörpern und mittendrin Karl Borowski, als Einziger nicht am Ort seiner Träume.

Deutschland stand im Endspiel der Fußballweltmeisterschaft und ihm war es egal. Karl interessierte sich nicht für Fußball und auch nicht für Deutschland, er wollte nie wieder so dicht gedrängt zwischen aufgeregten, schlecht riechenden Männern stehen. Aber wie hätte das ausgesehen. Was hätten *die Leut* wieder gedacht. Und seine Freunde, Günther und Edgar, die ihn überredet hatten mitzukommen. So was muss man doch in Gemeinschaft erleben. Das ist doch nicht das Gleiche, allein zu Hause vorm Radio, mit der Frau. Da muss man doch unter Männern sein und im Ochsen hatten sie eigens ein Fernsehgerät angeschafft. Die Übertragung war nicht immer zuverlässig, manchmal setzte das Bild aus, aber der Ochsenwirt hatte schon angekündigt, man werde gleichzeitig das Radio laufen lassen, sodass nichts verpasst würde.

Jeder Stuhl im Gastraum war besetzt, die Tische an die Seite geschoben worden, darauf saßen und standen Schulkinder, einige waren sogar auf den Kachelofen geklettert. Die Fenster standen offen und von außen versuchten weitere

Zuschauer einen Blick auf den kleinen Fernseher zu erhaschen, den der Ochsenwirt oben auf einen Schrank gestellt hatte. Den Ton hatte er leise gedreht und stattdessen das Radio eingeschaltet.

... ein echtes Fußballwunder. Ein Wunder, das allerdings auf natürliche Weise zustande kam und das wir dem Fußballverstand unserer Spieler und der Vollkommenheit ihres Spiels verdanken ...

Das Bier in Karls Hand war warm, Bier mochte er auch nicht besonders, aber wie hätte das wieder ausgesehen, wenn er keins genommen hätte. Wenigstens hatte er so etwas in der Hand, das er zum Mund führen konnte, während sie das Deutschlandlied sangen. Jemand hatte ihm auf den Rücken gehauen, »Ach, der Herr Doktor ist da, na schau!«, und dabei war eine ordentliche Menge auf sein Hemd geschwappt. Evelyn würde es waschen und plätten müssen, und während Karl daran dachte, sehnte er sich nach seiner Frau und wünschte sich, er könnte jetzt einfach mit ihr am Küchentisch sitzen, rauchen und schweigend Karten spielen, und dabei würden sie eine Platte auflegen, Chopins Nocturnes oder Mozarts Klavierkonzerte.

Heute war ein wichtiger Tag, und da musste man sich im Ort bei den anderen Männern blicken lassen, damit sie nicht dachten, man hielte sich für was Besseres. Das dachten sie natürlich trotzdem, das wusste Karl. Hatten sie immer schon. Professorensöhnchen, Gymnasiast. Einer, mit dem sich die anderen Jungs lieber nicht anlegten, nicht weil er ihnen körperlich überlegen gewesen wäre, dünn und schlaksig, wie er war, mit seinen feinen, langfingrigen Klavierspielerhänden. Sondern weil das Ärger geben würde zu

Hause. Die Stellung des Vaters, die Mutter Spross einer alteingesessenen Ildinger Familie, da riskierte man lieber nichts.

... und Angriff der Deutschen, von Rahn als Flanke geschlagen, Schäfer lässt den Ball durch, hinter ihm steht Ottmar ...

Morlock hatte gerade das Anschlusstor geschossen, nach einer frühen Zwei-zu-null-Führung der Ungarn, und Karl sah die Chancen schwinden, in der Halbzeit einfach gehen zu können. In den schwitzigen Gesichtern der anderen Männer las er die Hoffnung, eine aussichtslose Lage doch noch drehen zu können, er kannte diese Blicke und ihm wurde kalt davon. Wer weiß, wenn er ähnlich gefühlt hätte, wenn er zu dieser Art von Hoffnung fähig gewesen wäre, vielleicht hätte er sich damals heldenhafter verhalten. Männlicher.

Als er sich nach dem Einberufungsbefehl das erste Mal in Wehrmachtsuniform im Spiegel betrachtet hatte, da hatte er sich ein inneres Regelwerk auferlegt. Er würde stark und mutig und menschlich bleiben, er würde sich ehrenhaft verhalten. Naiv war er gewesen, blauäugig und dumm, und es hatte nur wenige Tage an der Front gebraucht, bis nichts mehr von all dem übrig war. Erst war er ängstlich gewesen, feige und überfordert, er heulte nachts vor Heimweh und zeigte keinerlei Heldenmut im Angesicht des Feindes. Und auch keine Menschlichkeit. Er klaute verwundeten Kameraden die Stiefel. Er hatte mehrfach darüber nachgedacht, sich selbst ins Bein zu schießen, um eine Weile ins Lazarett zu können, weg aus dem matschigen Elend im Schützengraben, aber dazu fehlte ihm der Mut. Und während um ihn herum ein Kamerad nach dem anderen fiel, blieb er wie durch ein Wunder unverletzt. Als würde ihn nicht einmal der Tod für voll nehmen.

Mit der Zeit fühlte er immer weniger. Eine große innere Gleichgültigkeit hatte die Angst irgendwann abgelöst. Nun sah er sich die Sterbenden an wie Präparationsobjekte, völlig fühllos, taub. Ah, interessant, wie sauber diese Tellermine hier den Oberschenkelknochen freigelegt hatte, oh, ein Bauchschuss, wie fleißig und druckvoll die getroffene Aorta das Blut ins Freie pumpte.

Seinen Eltern schrieb er Briefe voller Lügen, damit sie sich nicht sorgten. »*Es ist schrecklich langweilig hier, wenig zu tun für uns, vertreiben uns die Zeit mit Gesang und Kartenspiel.*« Da hatten sie gerade erst ein Dorf erobert und die alten Männer aus ihren Häusern geholt und an einer Scheunenwand erschossen. Er hatte nicht vorbeigezielt.

… Doch da kommt Schäfer, Schäfer im Kampf mit zwei Ungarn … Jetzt die deutsche Angriffsmaschine mit drei, vier Leuten …

Der Ausgleich in der 18. Minute, ein Schuss von Rahn, und im Ochsen gab es kein Halten mehr. Ein einziges Taumeln, Brüllen, Jubeln, Edgar packte Karls Gesicht mit seinen großen Pranken, strahlte ihn an und spuckte beim Sprechen: »Ist das zu glauben, Karl, das ist doch nicht zu glauben!« Karl lachte höflich und wand sich aus Edgars Griff. Wie fremd er sich hier fühlte unter den anderen. Er wollte einfach nur nach Hause, zu Evelyn. Diese überschäumenden Emotionen hier im Raum machten ihm Angst, dieses Entfesselte, das hatten sie doch gerade erst alles einigermaßen unter Kontrolle bekommen. Was ihm Sicherheit gab und was er an seiner Frau so liebte, war ja gerade ihre Disziplin, auch ihrem eigenen Gefühlshaushalt gegenüber. Wie wunderbar man gemeinsam mit ihr schweigen konnte. Wie viel leichter sich in ihrer Gegenwart die unendliche Scham ertragen ließ, die er spürte. Und wenn er nachts Albträume hatte, dann nahm sie seine Hand und sagte: »Beruhige dich jetzt. Du wirst gebraucht morgen. Morgen ist die Herz-OP mit Professor Bender, der braucht einen ausgeschlafenen, konzentrierten Assistenten. Morgen rettest du ein Leben. Und jetzt schlaf.«

In der Halbzeitpause holte Günther frisches Bier an der Theke, es gab ein großes Geschiebe und Gedränge, und Karl war froh, sich am Rande halten zu können. Edgar verwickelte ihn in ein Gespräch über die Weizenpreise, und Karl nickte zustimmend, ohne ihm wirklich zuzuhören. Etwas hatte ihn abgelenkt, ein lautes, vertrautes Frauenlachen, dann hatten seine Augen am anderen Ende des übervollen Gastraums seine Schwester entdeckt. Betti, in bester Laune, inmitten einer Gruppe jüngerer Männer, die er vage vom Sehen kannte. Sie musste sich aus dem Haus geschlichen haben, Vater und Mutter hätten mit Sicherheit nicht gutgeheißen, dass sie sich hier unter lauter Männern in der Kneipe herumtrieb. Aber Betti war nur schwer aufzuhalten. Und anders als Karl genoss sie es, wenn es eng, laut und voll war. Karl sah sie lachen und diskutieren und wie einer der jungen Kerle den Arm um sie legte und sie einen großen Schluck aus seinem Bierglas trinken ließ. Betti wirkte glücklich und ausgelassen. Nicht standesgemäß, schoss es Karl durch den Kopf, im Tonfall seines Vaters. Nicht anständig, nicht angemessen, was würden *die Leut* da wohl denken, was würden die sich schon wieder die Mäuler zerreißen über das Fräulein Borowski, die Übriggebliebene, die die Eltern nicht im

Griff hatten. Und auf die auch der Bruder nicht ausreichend aufpasste.

Karl beschloss, Betti zu ignorieren. Er würde so tun, als hätte er sie nicht gesehen, und als die zweite Halbzeit begann, starrte er wie die anderen auch auf den Fernseher. Es war nun mucksmäuschenstill im Gastraum. Sogar der Ochsenwirt hatte aufgehört, Bier zu zapfen und mit den Gläsern zu klirren, und Karl hoffte insgeheim, die Ungarn würden nun schnell zwei, drei Tore schießen, damit das hier vorbei wäre, damit alles wieder seine Ordnung hätte. Aus dem Radio knarzte die konzentrierte Stimme des Reporters:

... Puskás, immer wieder Puskás, der Major, dieser großartige Spieler aus Budapest ...

Die Luft im Ochsen stand und war zum Schneiden dick.

Plötzlich ein Schrei und ein Klirren, hektische Bewegung am anderen Ende des Raumes, dann Bettis Stimme, den Radiokommentar übertönend: »Nimm deine dreckigen Griffel von mir, DU SAU!«

Ein Raunen ging durch den Ochsen, und Karl drückte Edgar sein Bier in die Hand, schob sich durch die Menge, hin zu seiner Schwester. Sie hatte einem der Männer ein Glas über den Kopf gezogen, der kniete nun am Boden und blutete aus einer Platzwunde. Karl packte Betti am Arm und zog sie nach draußen, ihm pochte das Blut unter der Schädeldecke, und kaum waren sie vor der Tür, hörte er, wie der Gastraum explodierte. Tor, Tor, Tor, Tor für Deutschland!

»Betti, was machst du? Was um Himmels willen machst du hier?«

Bettis Blick flackerte vor Aufregung und Wut.

»Das wollt ich dich gerade fragen. Was machst du denn

hier? Interessierst dich doch gar nicht für Fußball. Warum bist du nicht zu Hause bei deiner Frau?«

»Betti, bist du betrunken?«

Karl hatte Bettis Arm losgelassen, und er sah ihr an, wie heftig sie gegen die Tränen ankämpfte.

»Und wenn? Darf ich mich nicht mal amüsieren, so wie du? So wie alle anderen? Ich wollte das Spiel sehen.«

»Geh nach Hause, Betti. Ich muss zurück und den Kerl versorgen, der hat eine Platzwunde, das muss genäht werden.«

Die Enttäuschung in Bettis Blick, ein pechschwarzer Abgrund, in den er nicht allzu lange blicken konnte.

»Ach, dem hilfst du jetzt? Und mich schickst du heim? Was mit mir ist, ob mir wehgetan wurde, ist dir egal?«

»Betti, ich bin Arzt, der Mann blutet am Kopf. Geh jetzt nach Hause.«

»Ja, ein feiner Herr Doktor bist du. Aber als Bruder taugst du gar nichts mehr.«

Betti stapfte davon, während Karl ihr noch einen Moment hinterherschaute. Dann drehte er sich seufzend um. Hoffentlich hatte die Ochsenwirtin Garn und eine Nähnadel da, er würde etwas Hochprozentiges zum Desinfizieren brauchen. Und hoffentlich war der Kerl noch bei Bewusstsein. Aber als er den Gasthof wieder betrat, war da nur noch ein einziger Freudentaumel, ein nicht enden wollendes Jubelgetöse, alles lag sich in den Armen, das Spiel war aus, Deutschland war Weltmeister, drei zu zwei, unglaublich, ein Wahnsinn, ein Wunder!

Auf einem der Tische, die am Rand standen, sah Karl den Mann mit der Platzwunde sitzen, er presste sich einen Lappen gegen die Stirn und sah blutverschmiert, aber munter aus. Seine Kameraden hatten ihm ein frisches Bier in die

Hand gedrückt, er würde wohl zurechtkommen. Und als Karl noch überlegte, ob er seinen Eid verletzte, wenn er den Mann nun sich selbst überließe und die Wunde nicht versorgte, hatte irgendjemand schon wieder das Deutschlandlied angestimmt. »Deutschland, Deutschland über alles, über alles in der Welt«, Karl musste sich zusammenreißen, um sich nicht die Ohren zuzuhalten.

Wenn er Glück hatte, würde dieser Sieg alles andere an Wichtigkeit überstrahlen, und Bettis Anwesenheit und die Unruhe, die sie verursacht hatte, würden einfach in Vergessenheit geraten. Die Geschichte würde nicht bis zu seinem Vater durchdringen und seiner Mutter keinen Kummer bereiten. Unwahrscheinlich. Aber hoffen durfte man ja.

Die Straße vor dem Gasthaus Zum Ochsen leuchtete im goldenen Abendlicht, und Karl Borowski hatte beschlossen, einfach nach Hause zu gehen, ohne sich von seinen Freunden zu verabschieden. Ihm war nicht nach Feiern zumute, und ihm war noch viel weniger danach, einem unflätigen, besoffenen Kerl eine Platzwunde am Kopf zu nähen, die der mit Sicherheit verdient hatte. Heute hatte er als Mann auf ganzer Linie versagt, er war ein schlechter Sohn, ein schlechter Bruder, ein schlechter Freund und ein schlechter Arzt, und vermutlich hatte er vor den anderen Männern nicht verbergen können, wie gleichgültig ihm dieser historische Sieg war. Er wollte endlich nach Hause, in die Ruhe seines Wohnzimmers, zu seiner Frau, für die er auf genau die richtige Art und Weise Mann war. Sie würden noch gemeinsam eine Zigarette rauchen und dann früh zu Bett gehen, morgen gemeinsam zur Arbeit fahren und dann würde er im OP stehen und jemanden zusammenflicken.

Jemanden wieder ganz machen, wieder zusammensetzen.

Erscheinung

1989

Silvia schlief überraschend gut in ihrem alten Kinderzimmer, das inzwischen eine Art Gästezimmer war, in dem nie Gäste übernachteten. Eher ein Gerümpelzimmer mit einem Bett, einem alten Heimtrainer-Fahrrad, das wohl selten benutzt worden war, und einem aufgeklappten Bügelbrett. In der Holzvertäfelung sah Silvia noch die etwas hellere Stelle, an der viele Jahre lang ihr Pierre-Brice-Poster gehangen hatte, gleich neben der Astmaserung, die aussah wie ein Hund. Als Kind hatte sie sich vorgestellt, dieser Hund würde sie beschützen, vor Geistern und Einbrechern. Wenn sie nachts nicht schlafen konnte, wegen eines Gewitters oder eines leisen, unerklärbaren Geräuschs, und starr vor Angst unter ihrer Bettdecke lag, dann hatte sie sich vorgestellt, dass Winnetou aus seinem Poster steigen und dieser Hund sich aus dem Holz lösen und zu einer zähnefletschenden Bestie werden würde, und gemeinsam würden sie ihr Bett bewachen wie einen kostbaren Schatz. Das Poster hatte sie irgendwann abgehängt, aber der Hund war noch da. Und jetzt wachte er über sie, während sie nachts im Bett sitzend Hannah stillte und sich Gedanken darüber machte, wie, wo und wovon sie in Zukunft leben wollte.

Silvias altes Bücherregal war inzwischen voll mit Ordnern, von ihrer Mutter säuberlich beschriftet. Steuerbescheide, Bankauszüge, Korrespondenzen, Rechnungen, Versicherungsunterlagen. Evelyn hatte schon immer ein besonderes Faible für Ordnung und für Ablagesysteme gehabt. Und für alles Offizielle. Nicht eine Kinderzeichnung von Silvia hatte sie aufbewahrt, wohl aber all ihre Grundschulzeugnisse und die Korrespondenz mit dem Mädcheninternat, auf das sie zur fünften Klasse gegangen war. In dem Zimmer, das sie sich dort mit drei anderen Mädchen teilen musste, durften keine Poster aufgehängt werden. Und so waren Pierre Brice und der Holzhund ihre stummen Freunde, in deren Beisein sie sich geborgen fühlte, wenn sie an manchen Wochenenden und in den Ferien nach Hause gekommen war.

Beim Frühstück hatte Evelyn ihrer Tochter eröffnet, dass sie heute gemeinsam ein Kinderbett für Hannah kaufen würden. Wenn Silvia und Hannah tatsächlich eine Weile bleiben wollten, dann solle das Kind nicht in einem Wäschekorb schlafen müssen. Außerdem sei eine Babybadewanne sicher sinnvoll und unbedingt auch ein Kinderwagen für Spaziergänge. »Das kann ja nicht gut sein, wenn du sie die ganze Zeit rumschleppst wie eine Affenmutter«, sagte Evelyn. »Irgendwo haben wir auch noch eine Babywaage, du solltest sie regelmäßig wiegen, wenn du ihr schon partout nicht die Flasche geben willst, sie sieht zu dünn aus.«

Evelyn hatte sich heute Morgen ganz offensichtlich Mühe gegeben – eine gebügelte Bluse angezogen, die Haare aufgedreht und geföhnt. Und auch ihr Gemütszustand schien besser zu sein, wenn sie schon wieder in der Lage war, Silvia herumzukommandieren.

»Weißt du«, sagte Silvia, während sie mit Hannah im Tragetuch am Küchentresen stand, sich Margarine auf ein Stück Schwarzbrot schmierte und sich unerwartet stark fühlte, »aus gestillten und getragenen Affenbabys werden meistens glückliche Affen.«

»Aber ich bin keine Affengroßmutter, Silvia«, sagte Evelyn. »Und solange du mit deinem Kind hier wohnst, wird es ein richtiges Bett und einen Kinderwagen haben. Keine Diskussion.«

Sie fuhren in Evelyns altem Mercedes, den sie offenbar schon länger nicht mehr bewegt hatte. Er war nicht gleich angesprungen, und dann hatte Evelyn eine Weile gebraucht, ihn aus der engen Garage zu fahren, ohne den Motor abzuwürgen. Sie hasste Autofahren. Und Silvia erinnerte sich wieder, wie sehr sie es hasste, mit ihrer Mutter im selben Auto zu sitzen. Wie jemand, der sonst so kontrolliert und souverän war, so fahrig und unkonzentriert Auto fahren konnte, das war wirklich erstaunlich.

Silvia saß auf der Rückbank und hielt Hannah fest im Arm, während Evelyn nervös die Gänge ins Getriebe prügelte. Sie fuhren einmal quer durch Ildingen, dann auf die Landstraße in Richtung Industriegebiet, wo es ein großes Möbelgeschäft gab. Für einen kurzen Moment zog eine Erinnerung an Tante Betti durch Silvias Kopf. Wie gern sie mit der gefahren war als Kind, auf dem Rücksitz, den Blick von schräg unten durch das geschwungene Autofenster hoch zum Himmel, Schlager aus dem Autoradio und am Steuer ihre Tante, so souverän und entspannt wie an sonst keinem anderen Ort.

Nicht dran denken, dachte Silvia. Den Stich im Magen ignorieren. Heute war noch nicht der Tag dafür.

Bei Möbel-Ludger marschierte Evelyn schnurstracks in die Kinderabteilung, sah sich gar nicht erst lange um, sondern schnappte sich sofort eine junge Verkäuferin.

»Ein Kinderbett, stabil, schlicht, kein Schnickschnack. Eine Babywanne und einen Kinderwagen. Bitte zügig, wir haben wenig Zeit.« Sie hatten natürlich reichlich Zeit, aber Silvia vermutete, dass Evelyn nur so kurz wie irgend möglich mit ihrer Tochter in der Öffentlichkeit gesehen werden wollte. Dabei hatte sie heute zur Feier des Tages die Jeans ohne Löcher an den Knien angezogen und aus ihrer hastig gepackten Tasche den letzten Pullover ohne Milchkotzflecken geholt, die Haare zu einem Pferdeschwanz gebunden und Hannah ihren niedlichsten Frotteestrampler angezogen.

Vielleicht genierte Evelyn sich aber auch gar nicht, vielleicht hatte sie nur nach einigen Monaten Untätigkeit das innere Kraftwerk wieder hochgefahren, mit dem sie all die Jahre zuvor ihre Karriere als Klinikärztin befeuert hatte: Direktheit, Dringlichkeit und Dominanz. Die junge Verkäuferin lief jedenfalls sofort dienstbeflissen hinüber zu den Kinderbetten, präsentierte das schmuckloseste Gitterbettchen unter ihnen, und ohne dass Silvia nach ihrer Meinung gefragt wurde, verfügte Evelyn: »Das nehmen wir.« Bei den Kinderwagen war sie wählerischer und entschied sich schließlich für ein riesiges türkisfarbenes Ungetüm mit rüschigem Bezug und weißen Reifen. »Wir brauchen noch ein Plumeau, damit das Kind nicht friert«, sagte Evelyn, und Silvia schwor sich, stark zu bleiben und Hannah niemals in diesem Monster von einem Kinderwagen, begraben unter einem gigantischen Federbett, durch Ildingen zu schieben – das würde Evelyn dann wohl selbst machen müssen.

Neben der Kasse stand ein Regal mit einer kleinen Auswahl von Spieluhren, die Silvia betrachtete, während Evelyn mit der Verkäuferin die Bestellung und Lieferung abwickelte. An der Kasse nebendran stand noch ein anderer Kunde, der gerade seine Adresse diktierte, ein Mann, vielleicht Mitte vierzig, dunkle, lockige Haare, ein schwarzes Sakko, Jeans und Turnschuhe, Silvia sah ihn nur kurz von hinten. Aber seine Stimme tröpfelte in ihr Bewusstsein, während er mit der Verkäuferin scherzte. Ihr wurde schlagartig kalt. Eine einnehmende, dunkle Stimme, die am Satzende immer ein wenig nach oben verrutschte, so als wäre alles Gesagte mit einem leichten Fragezeichen versehen, niemals ganz endgültig. Diese Stimme kannte Silvia, sie war unverkennbar.

Einen Moment lang dachte Silvia, dass sich ihre Erstarrung nicht mehr lösen würde. Sie würde einfach wie angewurzelt für den Rest des Tages vor diesem Spieluhrenregal stehen bleiben müssen, bis man sie mitsamt der im Tragetuch schlafenden Hannah vom Fußboden löste und per Einkaufswagen ins Freie bugsierte, wie eine Schaufensterpuppe. Aber dann sah sie ihrer eigenen Hand dabei zu, wie sie sich hob und ausstreckte und eine rote Spieluhr in Form einer Ente aus dem Regal nahm und an der Kordel zog. Jetzt hörte sie ihn nicht mehr, jetzt hörte sie nur noch »Alle meine Entchen«, und aus den Augenwinkeln sah sie, wie ihre Mutter sich zu ihr umdrehte und sie alarmiert ansah. Evelyn nahm Silvia die Spieluhr aus der Hand, und als das Entchen die Kordel endlich zurück in seinen Bauch gezogen hatte und das Lied verstummt war, war auch der Mann verschwunden.

Auf der Autofahrt zurück nach Ildingen schrie Hannah, als wäre sie ein Radio, eingestellt auf die Frequenz von Silvias Gefühlswellen. Auf der Rückbank versuchte Silvia, ihr Kind zu beruhigen und Evelyn zu ignorieren, die ihren Mercedes mit unsicherer Hand über die Landstraße steuerte, wie eine Kapitänin ein Segelschiff im Sturm und mit meuternder Mannschaft.

»Hast du ihn erkannt?«, fragte Silvia schließlich abends auf dem Sofa, einen Teller mit Käsebroten vor sich auf den

Knien. Sie hatte sich den ganzen restlichen Tag innerlich vorbereiten müssen auf diese Frage, obwohl ihr eigentlich schon klar war, dass ihre Mutter alles abstreiten würde.

»Wen erkannt?«, fragte Evelyn, einen Hauch schneidender, als notwendig gewesen wäre.

»Georg. Vorhin, im Laden, an der Kasse.«

Evelyn sah Silvia gerade ins Gesicht.

»Nein. Das hast du dir eingebildet. Das kann nicht sein. Du halluzinierst. Du musst mehr Wasser trinken, Silvia, das Stillen zehrt deinen Körper aus. Und du nimmst doch keine Drogen, oder? Silvia, wenn ich herausfinde, dass du Drogen nimmst, dann …«

»Ich nehme keine Drogen, Mama. Ich dachte nur …«

»Nein. Völlig unmöglich. Ein Hirngespinst.«

Evelyn hatte sich von Silvia abgewandt, sich in die lederne Umarmung ihres Sessels geschmiegt und mit der Fernbedienung den Fernseher eingeschaltet, was die Unterhaltung mit Silvia automatisch beendete. Heute lief »Liebling Kreuzberg« und Silvia bekam sofort eine tiefe Sehnsucht nach Berlin. Sie hätte vielleicht doch nicht herkommen sollen, was war das für eine Quatschidee gewesen. Aber einfach wieder zurückzufahren, war auch keine Option. Und apropos Drogen. Jetzt einen Joint zu rauchen, das wäre vielleicht das Allerbeste, sich einfach ein bisschen ausknipsen und entspannen. Sobald der schreckliche türkisfarbene Kinderwagen geliefert war, konnte Silvia ihre Mutter mit Hannah auf lange Spaziergänge schicken. Dann könnte sie heimlich mal bei Rüdiger nachfragen, ob der vielleicht was hatte. Oder eine Quelle wusste. Dann wäre das alles hier schon sehr viel einfacher auszuhalten. Dann würde sie die Stimme vielleicht wieder vergessen.

Neben Silvia lag Hannah auf dem Sofa und strampelte

fröhlich mit den Beinchen. Niemals würde ich dich so anlügen, mein Schatz, dachte Silvia. Im Fernseher war Manfred Krug gerade in einen launigen Dialog mit seiner Anwaltsgehilfin verwickelt, und Evelyn schnaubte verächtlich, wahrscheinlich wurde ihr in der Serie zu heftig berlinert.

Kurz hatte Silvia den Impuls, Hannah zu schnappen und sie Evelyn in die Arme zu legen. So wie an ihrem ersten Tag zu Hause in Ildingen. Wie eine Wärmflasche, aber für den Gefühlshaushalt. Vielleicht würde dieser Eisberg ja doch ein bisschen antauen. Vielleicht würde dann ja doch etwas ins Rutschen geraten. Es wäre allerhöchste Zeit.

Patience

1955

»Was machen wir nur mit Betti? Was soll aus unserer Elsbeth werden? Ich weiß wirklich nicht, was in sie gefahren ist in letzter Zeit.«

Agnes Borowski seufzte theatralisch, während sie ihren kleinen Stapel Patiencekarten mischte. Und dann seufzte sie noch ein zweites Mal, zur Sicherheit. Um zu unterstreichen, was sie da gerade gesagt hatte. Damit es auch ankam bei ihrem Mann. Damit ihre Worte und deren Bedeutung in seine Gehörgänge eindrangen und in seinem komplizierten Gehirn ihre Wirkung entfalteten. Eine Tür in seinem Geist aufstießen zu jenem kleinen Bereich, der nicht für mathematische Formeln, sondern für profane Alltagssorgen reserviert war. Sorgen, für die sonst nicht der Herr Professor, sondern seine Frau zuständig war, aber ab und an war es notwendig, dass auch das Familienoberhaupt miteinbezogen wurde.

Sie hatten gemeinsam zu Abend gegessen und danach war Betti noch einmal aus dem Haus gegangen, ohne sich zu verabschieden, und nun saßen beide hier in der Stube, um die Abendstunden gemeinsam niederzuringen, bis es endlich Schlafenszeit war.

»Sie war doch immer so ein liebes und ruhiges Kind. Weißt du noch? Unser großes Mädle, immer verlässlich. Der konnte man Karl und Rita an die Hand geben und sie nach draußen schicken, und da konnte ich sicher sein, dass sie keinen Unfug anstellen. Und wie wunderbar sie Geige gespielt hat, so begabt war sie. Und auch so hübsch.«

Theodor Borowski saß seiner Frau in seinem Sessel gegenüber, vertieft in die Tageszeitung, die er am Morgen noch nicht vollständig gelesen hatte. Missmutig überflog er einen Artikel über Adenauers Moskau-Reise und die durchwachsenen Ergebnisse der Verhandlungen mit Sowjetrussland, immerhin eine vage Zusage, was die übrigen deutschen Kriegsgefangenen anging, die Frage der Wiedervereinigung dagegen weiter offen. Agnes kannte den Artikel und hatte schon am Morgen nach ihrer Zeitungslektüre geahnt, dass er die Laune ihres Mannes verdüstern würde. Sie hörte ihn zustimmend brummen, aber sie wusste ganz genau, dass er ihr nicht wirklich zugehört hatte.

»Jetzt reden die Leut über sie. Ja, du weißt davon nichts, weil du den ganzen Tag über deinen Büchern sitzt. Aber glaub mir, die Leut reden. Die halten sie für übergeschnappt. Neulich war ich mit ihr auf dem Markt, da hat sie dem Bürgermeister nicht die Hand geben wollen. Er wüsst schon, warum, hat sie gesagt. Die Frau Gruber vom Gemüsestand hat das mitbekommen. Und danach hat sie vor der Gruber noch gesagt, sie gebe keinem Mann die Hand, der seine Frau so schlägt, dass die tagelang nicht aus dem Haus kann. Stell dir das mal vor.«

Bei der Erwähnung des Herrn Bürgermeister hatte Theodor Borowski die obere Hälfte der Zeitung heruntergeklappt und seine Frau stirnrunzelnd angesehen.

»Ach, was kümmern uns die Leut«, sagte er schließlich und klappte die Zeitung wieder hoch.

Agnes Borowski hatte schon zwei Asse gefunden und drehte Karte um Karte um, es war eine gute Partie und sie hoffte, die Patience würde aufgehen. Sie sehnte sich nach dem kleinen Gefühl der Befriedigung, das sich einstellte, wenn sie die Karten in vier gleiche Stapel sortiert hatte, diese wunderbare Ordnung, hergestellt aus dem Chaos eines durchmischten Spiels.

Ihr Mann hatte gut reden. Ihn kümmerte wenig, was die Leute dachten und redeten, seine Stellung war unangefochten, er konnte sich jederzeit hinter seinen Schreibtisch im Obergeschoss zurückziehen oder in sein Büro an der Stuttgarter Hochschule und dort in seinen Büchern und Manuskripten verschwinden. Er war ein Außenseiter, aber ein Außenseiter auf die angenehmste Art und Weise: allseits geachtet und bewundert für seinen Titel, ohne Wurzeln in Ildingen, die ihm die Last familiärer Verwicklungen aufgeladen hätten. Agnes Borowski dagegen war eine geborene Reichenbach, verwandt und verschwägert mit dem halben Ort, und da konnte es ihr eben nicht einerlei sein, was *die Leut* so redeten. Da gab es ein jahrzehnte-, wenn nicht jahrhundertealtes Gerüst aus Fehden, Erbstreitigkeiten und Skandalen, aus Verrat, Verbindungen und Verpflichtungen, das alles zusammenhielt. Und Betti war in diesem Gerüst wie eine lose Schraube.

»Das mit dem Medizinstudium war ein großer Fehler, das hätten wir nicht erlauben dürfen. Eine Träumerei, das war ja nichts für sie. Es hat sie nur Zeit gekostet. Sie hätte etwas Musisches machen sollen, sie hätte Unterricht geben können, sie mochte doch kleine Kinder immer so gern, sie wäre sicher auch eine gute Volksschullehrerin geworden. Ich kann sie ja jetzt nicht mehr auf die Hauswirtschaftsschule schicken. Wie sähe das denn aus, in ihrem Alter.«

Theodor Borowski brummte vage zustimmend hinter seiner Zeitung. Agnes wusste, dass er nach dem Artikel über Adenauers Moskau-Reise nun bei einem Kommentar über die Halbstarken angelangt war, den sie selbst zuvor mit einer gewissen Angstlust gelesen hatte. Junge Menschen, die sich den Regeln der Gesellschaft widersetzten. Rowdytum, Krawalle.

Und dann diese Musik der Amerikaner, die auch Betti gern hörte. Dieses Laute, geradezu Primitive, das einem durch den ganzen Körper fuhr – Agnes Borowski fürchtete sich davor. Sie verstand sehr genau, was ihre Tochter daran anzog, ja, es war etwas daran, was die dunklen Seelenkräfte weckte, die gebändigt werden mussten, bevor sie zu viel Unruhe stiften, zu viel Chaos anrichten konnten. Ihr selbst war es gelungen, als sie diesen etwas spröden, aber zuverlässigen norddeutschen Doktoranden der Mathematik vor vielen Jahren bei einem Tanztee für sich gewonnen hatte. Karl und Evelyn waren auch auf dem richtigen Weg. Nur Betti hatte den Zeitpunkt nicht erkannt, an dem man sich zufriedengeben und fügen musste. Und mit 32 Jahren war es doch nun höchste Zeit.

»Warum sie deinen Assistenten damals nicht wollte, wie hieß der noch gleich? Bernhard? Also, das will mir nicht in den Kopf. Der hat sich so um sie bemüht. Die hätten gut zueinander gepasst und sie wär doch versorgt gewesen. So ein netter Kerl, aus gutem Hause, Manieren, gute Anstellung. Nazi war er auch nicht, also jedenfalls kein überzeugter. Da hätten sich schon Gefühle eingestellt mit der Zeit. Da kann man doch heutzutage nicht so wählerisch sein, gibt doch kaum Männer. Stattdessen turtelt sie mit den Amis«, sagte Agnes und hängte eine Reihe Karten mit dem oben liegenden Kreuzbuben an eine frisch aufgedeckte Herzdame. Theodor Borowski ließ nun doch die Zeitung sinken und sah seine Frau fragend und ungläubig an. Nun also hatte sie endlich seine Aufmerksamkeit.

»Doch, Helga hat es mir erzählt. Dass sie unsere Elsbeth mit den Soldaten reden sieht. Und mit beim Gottesdienst war sie auch schon lang nicht mehr. Das fällt schon auf im Ort.«

Jetzt legte Theodor Borowski entnervt die Zeitung beiseite und begann seine Pfeife zu stopfen. Agnes wusste, dass ihr Mann den Kirchgang mindestens so sehr verabscheute wie Betti, aber das war nun kein Grund, es Betti jedes Mal durchgehen zu lassen. Sie wollte doch nichts weiter als ihren Mann zum Verbündeten machen, nun, da ihr die Tochter endgültig entglitt. Es hatte sich etwas verschoben zwischen ihnen und das war Agnes unheimlich. Wie Betti sie manchmal ansah, als könnte sie ihr bis auf den Grund ihres Herzens blicken. Als hätte sie keinerlei Autorität mehr über sie.

»Ich mache mir Sorgen um Betti, sie ist ganz verändert in letzter Zeit«, fuhr sie fort, »so unbeherrscht manchmal. Ständig widerspricht sie mir. Geht hier ein und aus und sagt mir nicht mehr, wo sie hingeht. Und sie achtet auch nicht gut auf sich. Sie ist ja nun kein Backfisch mehr, ich finde es unangemessen, wie sie sich kleidet. Du solltest auch mal mit ihr sprechen, Theodor. Sie hört diese schreckliche Musik und benimmt sich wie ein halbstarker Kerl. Du bist ihr Vater und es geht um das Ansehen der Familie. Denk doch nur an Karl. An seine Stellung. Er will doch Oberarzt werden und dann immer das Gerede über die alleinstehende Schwester, die sich mit den Leuten anlegt und den Bürgermeister beleidigt.«

»Betti hat nun mal ihren eigenen Kopf, wir können es nicht erzwingen«, murmelte Theodor Borowski, zog an seiner Pfeife und griff erneut nach der Zeitung, was Agnes Borowski die nächste Eskalationsstufe ihrer diplomatischen Mission zünden ließ.

»Mein Lieber, bitte mach dir nichts vor, unsere Tochter hat einen Hang zu … einfachen Leuten. Sie hat wohl auch Freundinnen aus der Siedlung, denen bringt sie diese Stoffpuppen und selbst genähte Kleider für die Kinder. Das ist sicher kein guter Einfluss für sie. Wer weiß, welche Flausen man ihr dort in den Kopf setzt. Am Ende hat sie da noch Kontakt zu Kommunisten. Nun stell dir das mal vor!«

Zu ihrem großen Unmut bemerkte Agnes, dass ihre Patience nun doch nicht aufgehen würde, obwohl alles so vielversprechend angefangen hatte. Es blieb eben ein Glücksspiel und bisweilen half nicht mal die beste Strategie. Theodor Borowski jedenfalls wirkte nicht allzu beunruhigt, er war schon wieder in die Zeitung vertieft, als könne dieses lose Bündel Papier ihm all diese lästigen Dinge vom Hals halten. Aber Agnes hatte einen Plan. Sie brauchte ein Pfand für Betti. Ihre Tochter war eine alleinstehende, kinderlose Frau, die sich nicht um ihren Ruf und ihre Stellung zu scheren schien, weil sie nichts zu verlieren hatte. Also musste es in ihrem Leben etwas geben, was sie auf keinen Fall verlieren wollte, etwas, das Betti binden würde, wenn es nun schon kein Mann war. Es war eine riskante Idee, aber immerhin kam sie von ihrem Sohn.

»Karl hat neulich gesagt, wir sollten Betti den Führerschein machen lassen. Ich halte das für keine schlechte Idee«, sagte Agnes und mischte ihre Karten neu.

»Betti? Den Führerschein? Ist das dein Ernst?«, fragte ihr Mann hinter seiner Zeitung, leicht ungläubig, vielleicht sogar amüsiert.

»Ja, das wäre doch praktisch, sie könnte uns immer mal fahren. So ein Fährtle dann und wann, das täte dir doch auch gefallen. Und ich glaube, Betti braucht etwas Eigenes. Etwas, das ihr Freude macht. Und Karl und Evelyn brauchen Zeit für sich. Jetzt, wo bald das Kind kommt.«

Agnes Borowski seufzte. Ja, wenigstens bei Karl und Evelyn lief nun alles in geregelten Bahnen. Endlich kam das ersehnte Kind. Und wie gut es Evelyn tun würde, nicht mehr jeden Tag die Hektik im Krankenhaus aushalten zu müssen. Ein richtiger eigener Haushalt, auf den sie sich ganz und gar konzentrieren konnte, das war ja nun auch in Karls Sinne.

Aber für Betti war es schwer. Vermutlich fühlte sie sich ausgeschlossen. Betti war wie einer dieser neuen Schnellkochtöpfe, die neuerdings in Mode waren – sie stand unter Druck und brauchte ein Ventil, und dieses Ventil war ihr Mundwerk, das sie nicht halten konnte. Ein Auto wäre ein viel besseres Ventil für Betti, dachte Agnes. Ein Freiheitsversprechen, das Betti gleichzeitig zu Hause halten würde. Sie beide wurden schließlich nicht jünger und jemand musste sich ja im Alter um sie kümmern. Agnes hatte sich immer vorgestellt, dass Rita diese Aufgabe übernehmen würde, ihre Jüngste. Rita, die Liebe, Sensible, die schon als Kind am liebsten ganz nah bei ihr geblieben war, wie ein Schatten.

Aber Rita war ja nun nicht mehr da.

Theodor Borowski blätterte in seiner Zeitung, paffte an seiner Pfeife und brummte nachdenklich vor sich hin.

»Betti und ein Auto, also, ich weiß ja nicht …«, murmelte er, und Agnes sagte nichts weiter, um seinen Verarbeitungsprozess nicht zu stören. Sie hatte die Tür aufgestoßen und einen Wunsch platziert, nun musste sie geduldig abwarten, bis ihr Mann ihr ihren Willen ließ, schon um diese Tür wieder schließen und sich wieder ganz und gar seinen wichtigen Gedanken widmen zu können.

»Also gut, wenn du meinst«, sagte Theodor schließlich, halb resigniert, halb desinteressiert.

Agnes lächelte zufrieden, auch ihre zweite Patience war nicht aufgegangen, aber das war ihr egal. Im Pfeifenrauch, der hinter der Zeitung emporstieg, sah sie für einen kurzen Moment Ritas Gesicht. Einen Augenblick verharrte es über Theodors kahlem Schädel, dann waberte es weiter in Richtung Decke, wo es sich im Kronleuchter verfing und schließlich verschwand.

Party

1989

Auf dem gesamten Fußweg zu Monikas Haus wurde Silvia das Gefühl nicht los, sie habe etwas Wichtiges vergessen. Es war das erste Mal seit vier Monaten, dass sie allein unterwegs war, ohne Hannah. Da, wo sich sonst der warme Babykörper, eingewickelt in das grüne Tragetuch, an ihre Brust schmiegte, war nun plötzlich Leere, da fehlte Gewicht. Silvia fühlte sich leicht, aber nicht erleichtert. Ein überraschender Kälteeinbruch im Juli, die Luft zog kalt an ihrem Hals, trotz des alten Parkas. Den hatte sie Dirk auch geklaut. Sie hatte ihn im Kofferraum des Polos gefunden und er stand ihr sowieso viel besser als ihm.

Sie hatte sich rausgeputzt für diesen Frauenabend: die besonders kaputte Jeans, die ausgetretenen Turnschuhe, die rotbraunen Haare wie eine Explosion um ihren Schädel festgesprüht. Nicht dass in ihrer hastig gepackten Reisetasche viel Auswahl gewesen wäre, und Evelyn hatte schon mehrfach angemerkt, es sei ja wohl an der Zeit, endlich eine »vernünftige Garderobe« zu besorgen. Aber wenn sie da heute Abend schon auftauchte, dann wollte sie Monika und den anderen Frauen genau das bieten, was sie sich von ihr erhofften: eine Berliner Hausbesetzerin auf Heimatbesuch, mit ein paar Gruselgeschichten aus der großen Stadt.

Drei Stunden hatte sie Zeit, dann würde Hannah sicher aufwachen und sie würde ohnehin gehen müssen. Eigentlich hatte Silvia gar nicht vorgehabt, Monikas Einladung zu folgen, aber in den Tagen nach ihrer Begegnung hatte sie noch zweimal angerufen und die Einladung bekräftigt. Jedes Mal war Evelyn rangegangen und hatte für ihre Tochter schließlich fest zugesagt, sicherlich um das Telefonat möglichst schnell beenden zu können. Und dann überraschenderweise vorgeschlagen, derweil auf Hannah aufzupassen.

»Was soll passieren, Silvia, du musst dein Kind auch mal loslassen, triff dich mit den anderen Frauen, du kannst nicht immer neben mir auf dem Sofa sitzen.«

Auch wieder wahr. Sie hatten nun jeden Abend zusammen ferngesehen und dabei Schnittchen gegessen. »Herzblatt«, »Liebling Kreuzberg«, »Lindenstraße«, »Tatort«, »Falcon Crest« und immer die »Tagesschau«. Nur bei einem Bericht über die Hausbesetzer-Krawalle in der Hamburger Hafenstraße hatte Evelyn unvermittelt umgeschaltet und Silvias Blick gemieden. Aber ihre Kiefer hatten gemahlen, Silvia kannte diese subtilen Zeichen der Enttäuschung an ihrer Mutter, die kleine pulsierende Beule, wenn sie die Zähne aufeinanderpresste. Tagsüber waren sie meistens umeinander herumgeschlichen, und Evelyn war einmal am Tag zum Marktplatz gelaufen, um »Besorgungen« zu machen, auch wenn es nichts zu besorgen gab. Den Rest des Tages löste sie Kreuzworträtsel. Oder sie betrachtete Hannah, die in ihrem zum Stubenwagen umfunktionierten Wäschekorb im Wohnzimmer lag. Prüfend und konzentriert, als wäre das Kind eine Patientin und Evelyn bei der Visite. Den Kinderwagen hatte sie bislang noch kein einziges Mal ausgeführt – und Silvia hatte das türkisfarbene Ungetüm auch nicht angerührt. Sie hatte sich tagsüber vor allem im Garten beschäftigt. Sie wollte ein Gemüsebeet für ihre Mutter anlegen, aber Evelyn hatte nur müde abgewunken. War sie vielleicht eine

Bäuerin? Oder warum sollte sie plötzlich einen Kartoffelacker in ihrem Garten bestellen? Aber ein Kräuterbeet, damit konnte Evelyn sich anfreunden. Heilkräuter, wie Ringelblumen, Kamille und Johanniskraut, wenn's sein musste.

In der Tasche ihres Parkas erfühlte Silvia einen Geldschein, 50 Mark. Den musste Evelyn heimlich hineingesteckt haben. Geld – schon immer das Einzige, was Evelyn großzügig zur Verfügung stellte. Und eine Flasche »Söhnlein Brillant«, die sicherlich schon seit Jahren im Vorratsschrank herumgestanden hatte, hatte sie ihr noch als Mitbringsel mitgegeben, verbunden mit einem resignierten Blick auf Silvias schmutzig-graue Turnschuhe.

Vielleicht hatte Evelyn nur deshalb angeboten, auf Hannah aufzupassen, weil sie die leise Hoffnung hegte, dass ein Abend mit ein paar verheirateten Ildinger Eigenheimbesitzerinnen Silvia endlich zur Vernunft bringen könnte. Und dass sie dann ihr altes Leben endgültig abstreifen und hierher zurückkehren würde. Dass es nicht längst zu spät wäre für das richtige Leben, was auch immer Evelyn darunter verstand und sich für ihre Tochter vorstellte.

Keine Chance, dachte Silvia. Aber neugierig war sie schon darauf, wie Monika heute so lebte. Der Star ihrer Schulzeit, gefürchtet und bewundert. Und wie man heute in Ildingen wohl Partys feierte, das interessierte sie schon auch, sie selbst erinnerte sich nur an Feuerwehr- und Weinfeste, und das aus gutem Grund nur ungern und dunkel.

Monikas Zuhause lag auf der anderen Seite des kleinen Flusses, nicht weit von der Siedlung, in der sie zusammen mit ihrer alleinerziehenden Mutter und ihren drei Brüdern groß geworden war. Im Ildinger Neubaugebiet hatte sie sich nun offensichtlich einen Traum erfüllt: ein weiß verputztes Haus mit Giebeldach und zwei Garagentoren, ein blühender

Vorgarten, zwei Steinlöwen, die die Eingangstür bewachten, an der Haustür ein Kranz aus Trockenblumen. Silvia drückte die Klingel und hörte die Big-Ben-Glocken, noch vor dem letzten Ton öffnete sich die Tür.

»Ja, komm rein, Silvia, wir haben schon gewartet, du bist die Letzte, es geht gleich los. Komm, ich nehm dir mal den … Mantel ab.«

Monika sah blendend aus, im wahrsten Sinn des Wortes: weiße Bluse, Perlenohrringe, ein Strahlelächeln wie aus einem Werbespot. Die dunklen Haare fielen ihr in sanften Wellen auf die Schultern, die porenlose Haut war dezent geschminkt, die Nägel schimmerten perlmutt-rosé. Silvia fühlte sich nun doch nicht ganz wohl in ihrem Aufzug, als Monika sie unterhakte und in ihr weiß gefliestes Wohnzimmer führte, wo bereits eine Gruppe Frauen in der schwarzen Kunstleder-Sitzgruppe um einen Glastisch voller Kosmetikartikel herumsaß. Sie hatte den biederen Provinzmuttis mit all ihrer Kreuzberger Coolness gegenübertreten wollen. Aber jetzt kam sie sich doch eher vor wie ein Straßenkater, den man aus einer Mülltonne gezogen und neben einem Rudel Perserkatzen platziert hatte. Monika drückte Silvia eine Sektflöte in die Hand und erhob ihr eigenes Glas.

»So, meine Damen! Wir sind vollzählig! Ganz herzlich willkommen! Die meisten kennen sich ja, aber wir haben heute auch ein paar neue hübsche Gesichter dabei. Und da hab ich mir ein Kennenlernspiel überlegt!«

Silvia, die immer noch neben Monika stand, spürte, wie sechs Augenpaare auf sie gerichtet waren. Es war sonnenklar, dass alle anderen Frauen sich schon länger kannten und nur sie neu in der Runde war. Sie hockte sich schließlich auf einen Stuhl, den Monika ihr an den Couchtisch geschoben hatte, und jetzt saß sie höher als alle anderen Frauen, die auf den niedrigen Polstermöbeln Platz genommen hatten.

Für das Kennenlernspiel sollte jede Teilnehmerin ihrem Vornamen ein Adjektiv mit dem gleichen Anfangsbuchstaben voranstellen, »also, ich wär dann zum Beispiel die mutige Monika«, und dann etwas benennen, das man an sich schön fand, und etwas anderes, das man weniger mochte. »Dann wissen wir auch gleich, woran wir ein bisschen arbeiten können, gell? Ich hab wirklich für jede von euch ganz tolle neue Produkte da.«

Arbeiten, puh. Auch noch an sich selbst. So hatte sich Silvia eine Party nicht vorgestellt. Jetzt saß sie hier fest und wusste nicht, wohin mit der Sektflöte in ihrer Hand. Trinken wollte sie das lauwarme Zeug nicht, aber sie saß zu weit entfernt vom Couchtisch, um das Glas abzustellen. Also hielt sie es weiter fest und hockte mit zusammengepressten Knien auf ihrem unbequemen Stuhl und dachte darüber nach, ob sie nicht einfach sofort wieder gehen sollte. Silvia fühlte sich plötzlich wieder wie in der Grundschule, wenn die Lehrerin die Sitzreihen durchgegangen und alle nacheinander drangenommen hatte mit einer simplen Frage und in Silvias Kopf nichts als Angst und Leere gewesen war, sodass sie gar nichts hatte sagen können. Jetzt würde sie sich ein verdammtes Adjektiv ausdenken müssen, eines mit S am Anfang, und dann über ihren Körper sprechen, vor diesen ordentlichen, adretten Frauen.

»Also, ich fang dann einfach mal an. Ich bin die mutige Monika und ich bin eure Avon-Beraterin und auch ein bissle aufgeregt heute. Ja, und was ich an mir mag, das sind eigentlich meine Augen, also, die betone ich gern, da zeig ich euch gleich auch mal die wunderschöne neue Lidschattenpalette jetzt für den Frühling. Und was ich nicht so mag an mir?

Also mein Bindegewebe. Das kennen ja alle Mamis hier, das war schon mal straffer, ich hab ein paar Streifen. Nicht schön! Da hab ich aber was ganz Tolles da zum Massieren, das zeig ich euch. So, Gabi, machst du weiter?«

Silvia versuchte, ihre Erinnerung an Monika mit der heutigen Monika zusammenzubringen, aber es gelang ihr nicht. Das Einzige, was gleich geblieben war, war dieses Cheffige an ihr, diese absolute Selbstverständlichkeit, mit der sie einen Raum und eine Gruppe dominierte. Sie war schon in der Grundschule eine Anführerin gewesen, vor der alle Angst hatten. Vielleicht niemand so sehr wie Silvia. Monika war schöner als die anderen Mädchen, sie war stärker und schneller als die Jungs. Sie wusste, wie man so zutrat, dass es wehtat, und auch, wie man sich niemals dabei erwischen ließ. Sie war klüger als alle anderen, ehrgeiziger, hungriger. Sie war das Schlüsselkind ohne Vater, das sich verdächtig oft am Kopf kratzte, und alle Mütter wollten, dass man sich von ihr fernhielt. Und doch wollten alle mit ihr befreundet sein. Monika hatte einen gnadenlosen Blick für Schwächen gehabt. Silvias Schwäche war die Angst gewesen. Vor Hunden, vor Gespenstern, vorm Zuspätkommen, vor Käfern, vor dem Turnunterricht, vor der Schultoilette, vor dem Pausenhof, auf dem sie meistens allein hinter einem Busch hockte und auf den erlösenden Gong wartete. »Da haben sie mal eine umgebracht hinter dem Busch und dann die Leiche da verscharrt, und seitdem spukt es da«, hatte Monika mal laut genug zu ein paar anderen Mädchen gesagt, als sie auf ihrer Pausenhofrunde an Silvias Busch vorbeigekommen waren.

Die Vorstellungsrunde war inzwischen in vollem Gange, die »glamouröse Gabi« mochte ebenfalls ihre Augen, fand aber ihre Haut zu trocken und ihre Lippen zu schmal, die

»kecke Kathrin« mochte ihre blonden Haare, hätte aber gern eine kleinere Nase, die »rasende Renate« fand sich zu mollig, »aber da hasch keine Creme gegen, Moni, oder?«, mochte aber ihr Lachen, und dann lachte sie verlegen und schlug sich sofort die Hand vor den Mund.

Gleich würde Silvia etwas sagen müssen, und sie dachte angestrengt darüber nach, was sie eigentlich an sich mochte und was nicht. Sie wusste ziemlich genau, was Männer an ihr mochten und schön fanden: Titten, Arsch, die wilden rotbraunen Haare. Und dann fiel ihr Martin ein und was der alles an ihr schön gefunden hatte. Den einen leicht schiefen Schneidezahn, den rot-blonden Flaum in ihrem Nacken, wenn sie die Haare hochgebunden hatte, ihren Geruch nach Rauch, Schweiß, Bier, Patschuli-Öl und Impulse-Deo am Ende einer langen Schicht in der Kneipe. Und ganz besonders ihren kleinen runden Bauch. Den hatte er ganz besonders geliebt. Jedenfalls bis in diesem Bauch ihr gemeinsames Kind zu wachsen begann.

»Silvia? Alles in Ordnung? Du bist dran! Wir sind schon alle so gespannt!«

Monika und die anderen Frauen sahen Silvia erwartungsvoll an, während die in der dunklen Leere ihres Gehirns nach einer Antwort suchte und gleichzeitig gegen den plötzlichen Kloß in ihrem Hals anatmete. Das fehlte gerade noch, dass ihr jetzt hier und vor diesem Publikum die Augen feucht wurden wegen eines Scheißkerls.

»Ja, also ... ich bin ... die süße Silvia und ich mag meine Haare und ... alles andere eigentlich auch.«

Die anderen Frauen lachten freundlich und nachsichtig, wie über ein kleines Kind, das beim Krippenspiel den Text vergessen hat. Niedlich, diese merkwürdige Vogelscheuche aus der Stadt, die offensichtlich selten in den Spiegel schaute.

»Silvia ist eine alte Freundin, die gerade aus Berlin zu Besuch ist. Die Tochter von der Frau Doktor Borowski, gell, Renate, die kennst du doch auch, aus dem Krankenhaus. Wir haben uns lange nicht gesehen, gell, Silvia. Und ich freu mich so, dass du heute da bist und sogar ungeschminkt gekommen bist, da kann ich dich gleich als Versuchskaninchen nehmen für ein leichtes Sommer-Make-up, das auch ganz schön die Augen betont. Da könnt ihr alle mal zusehen.«

Monika zog einen Rougepinsel und mehrere Schwämmchen aus einer kleinen Kosmetiktasche, und als sie bemerkte, dass die anderen Frauen offenbar nicht konzentriert genug zusahen, sondern einfach weiter miteinander quatschten, erhob sie noch einmal die Stimme.

»Also, ihr könnt auch alle Produkte mal ausprobieren, ich hab euch alles auf den Tisch gestellt, greift einfach zu. Und auch am Buffet, gell, die Gabi hat auch ihren Wurstsalat mitgebracht und ich hab euch meine Lachs-Spinat-Täschle gemacht, die sind ja letztes Mal schon so gut angekommen, gell? Greift zu. Und Silvia, ich fang bei dir schon mal an mit der Grundierung.«

Silvia hatte das Gefühl, dass ihre Seele ihren Körper in dem Moment verließ, in dem sich Monika einen kleinen runden Klavierhocker schnappte, ihn direkt vor ihren Stuhl stellte, die Zähne zu einem Lächeln fletschte und ihr mit einem Make-up-Pinsel in der Hand sehr intensiv ins Gesicht schaute. Sie hatte doch eigentlich Übung im Umgang mit Menschen, die ihr auf diese Weise zu nahe kamen, Besoffene in der Kneipe, Bullen auf Demos, Autofahrer beim Trampen. Die hätte sie sich mit großer Bestimmtheit vom Leib gehalten, aber hier war sie wieder die kleine Silvia, die einfach einfror und alles mit sich machen ließ, die die Augen schloss und die Klappe hielt. Dabei hätte es ja eine Menge gegeben, was sie hätte sagen können, zum Beispiel:

Ich habe gedacht, das hier ist eine Party und kein Schönheitssalon.

Ich mache mir nichts aus Schminke. Ich mache mir nicht nur nichts aus Schminke, ich halte Make-up für einen Zurichtungs- und Unterdrückungsmechanismus des Patriarchats.

Ich bin gegen Tierversuche, und das Zeug, das du mir da gerade ins Gesicht schmierst, wurde mit Sicherheit an armen, wehrlosen Äffchen getestet.

Und weißt du noch, Monika, wie du in der Schule hinter mir gesessen und mir jeden Tag heimlich immer ein bisschen was von meinem Zopf abgeschnitten hast? Jeden Tag nur ein bisschen, immer mit der Bastelschere, und keiner hat es gemerkt. Aber ich habe es gemerkt und nichts gesagt. Und mir fast in die Hose gemacht vor Angst, dass meine Mutter es sieht und mit mir schimpft. Denn meine schönen langen Haare waren, glaube ich, das Einzige, was sie wirklich gut an mir fand. Und was ich selber gut an mir fand.

Die anderen Frauen waren inzwischen aufgestanden und hatten sich am Büffet Tellerchen mit Käse-Trauben-Spießchen und Blätterteigtäschle vollgeladen und plaudernd wieder auf den schwarzen Kunstledermöbeln Platz genommen. Silvia saß mit geschlossenen Augen auf ihrem Stuhl und atmete flach gegen Monikas Hand. Die anderen unterhielten sich über neue Autos, Elternabende, das große Gartencenter an der Bundesstraße Richtung Stuttgart, wo es sehr günstige Bodendecker zu kaufen gebe. Keine schien sich für die Kosmetikpröbchen und Kataloge zu interessieren, was Silvia daraus schloss, dass Monika ab und zu aufhörte, an ihr herumzupinseln und »Gell, ihr probiert einfach mal was aus. Steht ja alles da. Alles ganz freiwillig, das wisst ihr ja« in Richtung Sitzgruppe flötete.

»So, jetzt siehst du schon viel frischer aus.«

Silvia öffnete die Augen, und Monika hielt ihr einen kleinen Handspiegel hin, damit sie sich betrachten konnte. Sie erschrak darüber, wie gut sie sich gefiel. Seit Wochen hatte sie sich im Badezimmer nicht mehr so richtig ins Gesicht geschaut, weil sie die dunklen Augenringe nicht ertragen konnte und ihre fahle Gesichtsfarbe. Ein trübsinniges, unterschlafenes Muttertier mit gebrochenem Herzen und diffuser Zukunftsangst. Jetzt sah sie tatsächlich wacher aus. Monika hatte es etwas zu gut gemeint mit dem Rouge und auch mit dem blaugrauen Lidschatten, aber das Ergebnis war definitiv eine Verbesserung. Sie sah geradezu aufgeräumt aus. Evelyn wäre begeistert.

»So, jetzt schaut doch mal bitte, wie viel frischer die Silvia jetzt ausschaut. Sie hat ja gerade ein Baby bekommen, da ist man ja immer ein bissle gestresst, das kennen wir ja alle noch, gell? Da ist so eine schnelle Schminkroutine genau das Richtige.«

Die anderen Frauen unterbrachen ihr Geplauder und betrachteten Silvia wohlwollend und interessiert.

»Und wo ist dein Baby jetzt?«, fragte die glamouröse Gabi.

»Zu Hause. Also, bei meiner Mutter.«

»Ah, ja, das ist immer gut, wenn die Oma da ist, gell, grad, wenn die so klein sind. Also, bei meinem Mann hätt ich den Alexander damals nicht lassen können.«

Nee, ich auch nicht, dachte Silvia und lächelte gequält.

»Und du wohnst also in Berlin? Richtig in der Stadt?«, fragte die kecke Kathrin. »Das ist schon ganz schön weit weg.«

»Ja, schon, richtig in der Stadt.«

»Habt ihr da Eigentum, dein Mann und du?«, fragte die rasende Renate.

»Nein, ich wohn da in einer Wohngemeinschaft, mit drei ... Freunden«, sagte Silvia. »Ich habe da kein Eigentum.«

»Ach, zur Miete?«

Die rasende Renate wollte es offenbar ganz genau wissen, das hätte Silvia sich schon denken können, nachdem sie gerade erst mit angehört hatte, mit welcher Penetranz sie der glamourösen Gabi die Geheimzutat für ihren berühmten Wurstsalat abgerungen hatte. (Gurkenwasser anstatt Essig!)

»Wir haben die Wohnung besetzt zusammen, das Haus stand leer. Vor ein paar Jahren wollten sie uns räumen, aber es gab vorher eine Einigung mit der Stadt und jetzt zahlen wir Miete an eine Genossenschaft. Und der Vater meines Kindes will nichts mehr mit mir zu tun haben.«

Jetzt bekam sie doch noch ihren Auftritt, aber plötzlich war sich Silvia gar nicht mehr so sicher, ob sie diese Frauen wirklich würde beeindrucken können mit ihren Geschichten. Und ob sie das überhaupt noch wollte. Wenn sie es so erzählte, kam es ihr selbst unwirklich vor. Der rasenden Renate war inzwischen jedenfalls das Lächeln eingefroren.

»Also, ich könnt ja nicht so leben. Das ist ja schon auch arg für so ein Kind«, schob die ulkige Ulrike noch leise in die entstandene Stille.

»Arg? Weil ich nicht in einem Haus mit Garten wohne, oder was? Ich komme klar, ich arbeite, und ich brauch nicht viel. Dieser ganze Konsum, das ist doch krank. Das ganze System, in dem wir leben. Und meinem Kind geht es gut, es hat mich und ich liebe es sehr und das ist mehr, als die allermeisten Kinder haben«, sagte Silvia schließlich, und es klang weniger überzeugt, als ihr lieb war.

Monika schien diese abrupte Abkühlung der heiteren Stimmung gar nicht zu gefallen. Überhaupt war Silvia verblüfft darüber, wie angespannt sie plötzlich wirkte, das passte gar nicht zu ihr. Sie klatschte in die Hände, knipste ihr Lächeln wieder an, und Silvia bemerkte, dass sich winzige Schweißperlen auf ihrer Oberlippe gebildet hatten. Monika zeigte mit einladender Geste noch einmal auf die Fläschchen, Pröbchen und Broschüren, die sie so sorgfältig auf dem Glastisch aufgestellt und ausgelegt hatte und die bislang noch keine von den Frauen angerührt hatte.

»Also, jetzt fragt mal die Silvi nicht so aus und greift einfach zu. Das sind alles wirklich ganz tolle neue Produkte, ich benutz auch viele von denen selber. Ulrike, schau, die Augencreme, die mochtest du doch so, die ist auch wieder dabei. Und ich hab auch Badekugeln da, also, da kann ich euch auch welche mitgeben, wenn ihr für mehr als 20 Mark bestellt, das lieben ja auch die Kinder.«

Die Frauen hatten aufgehört zu essen und sahen nun alle etwas betreten auf ihre Knie.

»Moni, ich hab noch so viel vom letzten Mal. Ich kann nicht jedes Mal was kaufen«, sagte die lustige Lydia schließlich.

»Ja«, sagte die glamouröse Gabi, »Moni, sei mir nicht bös, aber ich krieg meine Cremes viel günstiger beim Schlecker, da komm ich ja jeden Tag vorbei, und so viel brauch ich auch nicht.«

»Schau, wir können uns doch einfach so sehen, ohne die Kosmetik. Oder mal was anderes, die Beate hat mir neulich erzählt, sie macht so Tupperpartys, das wär doch auch was, die haben so tolle Sachen da, das ist echt super Qualität. Kann ja die Silvia auch gern mal mitkommen.«

Monika hielt immer noch den Rougepinsel umklammert,

mit dem sie Silvia gerade noch zu Leibe gerückt war, aber jetzt sah es aus, als würde sie ihn gleich in ihrer Hand zerbrechen.

Aus dem Flur hörte man ein Poltern und eine Tür, die etwas zu heftig ins Schloss fiel. Die Wohnzimmertür flog auf und da stand ein Mann mit Bürstenhaarschnitt und Sonnenstudiogesicht.

»Ah, hier ist immer noch Weiberabend«, sagte er und hielt sich dabei schwankend am Türrahmen fest und Silvia lief ein Schauer den Rücken hinunter. Sie kannte diesen Typ Mann aus der Kneipe, betrunken genug, um sich unbesiegbar zu fühlen, noch nicht betrunken genug, um leicht außer Gefecht gesetzt zu werden. Immer ein bisschen zu viel Bizeps und den Nacken ein bisschen zu verspannt, irgendeine Kränkung mit sich herumtragend, wie einen Splitter im Fuß.

»Die Damen wollten eh gerade gehen, Bernd«, sagte Monika und hielt ihr Lächeln mit letzter Kraft im Gesicht. »Ich räum noch gschwind auf, dann komme ich hoch, geh doch schon mal. Und sei nicht so laut, die Kinder schlafen.«

Bernd zog die Wohnzimmertür wieder zu. Die glamouröse Gabi und die rasende Renate sahen sich wissend und betreten an, und dann standen alle Frauen auf und schnappten sich ihre kleinen Handtaschen.

»Ich nehm mir mal die Broschüre mit, Moni, ja? Ich meld mich dann, gell?«, sagte die freche Friederike. Und bevor Silvia aufstehen konnte, um ihren Parka zu suchen und auch zu verschwinden, waren die anderen schon eilig aus der Tür und sie stand allein mit Monika im Flur.

»Tut mir leid«, sagte Silvia. »Ich muss auch los, mein Baby …«

»Schon gut«, sagte Monika.

»Ich würde echt gern bestellen, was du mir heute ins

Gesicht geschmiert hast. Ich fand's gar nicht so schlecht. Ich schmink mich eigentlich nie, aber so für ab und zu … Und dann nehm ich noch irgendwas für meine Mutter. Badekugeln oder so.«

Monika nahm den 50-Mark-Schein, den Silvia aus der Tasche ihres Parkas gezogen hatte, und zum ersten Mal an diesem Abend sah sie Silvia ohne ihr angeknipstes Lächeln ins Gesicht.

»Bestell ich dir, bring ich dann vorbei, wenn es angekommen ist«, sagte sie matt. Dann schob sie Silvia wortlos nach draußen und schloss die Haustür, so vehement, dass der Kranz aus Trockenblumen, der um den Türspion herumdrapiert war, auf den Boden fiel.

Herzblut

1957

Das Wort, an dem Evelyn sich festhielt wie an einem Rettungsring, war: »Gelinggarantie«. Die Rezepte in ihrem Dr.-Oetker-Kochbuch hatten eine Gelinggarantie, sie waren mehrfach geprüft. Sie musste sich einfach nur an die Vorgaben halten. Die Häppchen vorweg, der Braten, die Nachspeise. Da durfte nichts schiefgehen, da konnte auch gar nichts schiefgehen, solange Evelyn präzise arbeitete und die Regeln befolgte, und das war ja normalerweise nun wirklich nichts, was ihr schwerfiel. Regeln befolgen.

Sie hatte alles eingekauft und den Tisch schon am Morgen mit dem guten Porzellan gedeckt, sie hatte gesaugt und staubgewischt, die Kristallgläser poliert und das Familiensilber, das sie zur Hochzeit von Karls Eltern bekommen hatten. Professor Bender und seine Gattin kamen heute Abend zu Besuch, und da musste alles stimmen, denn Karls weitere Laufbahn hing vom Wohlwollen dieses aufgeblasenen Wichtigtuers ab. Des Mannes, der sie seit Bekanntwerden ihrer Schwangerschaft keines Blickes mehr gewürdigt hatte. Der nicht zu ihrem kleinen Abschiedsumtrunk im Schwesternzimmer erschienen war und der nun aber das häusliche Glück bei Borowskis bestaunen wollte, das propere Kind, die glückliche Hausfrau und den zufriedenen Herrn Kollegen, der möglicherweise eines Tages sein Nachfolger als Klinikleiter werden könnte.

So eine Gelinggarantie, die bräuchte es auch für Kinder, dachte Evelyn, während sie den Bräter für das Fleisch aus dem Küchenschrank holte und dabei Silvias klägliches Weinen wegschieben musste, das aus der Stube zu ihr drang. Sie hatte doch gerade erst. Es war doch noch lang nicht Zeit. »Nicht verwöhnen, nicht verwöhnen, nicht verwöhnen«, murmelte Evelyn wie eine Beschwörung vor sich hin. Milch alle vier Stunden, nicht gleich beim ersten Weinen trösten, das Kind daran gewöhnen, dass es nicht ständig getragen wurde, sondern Zeit in seinem Stubenwagen verbringen musste, dazu viel frische Luft. Das waren die Regeln, das war das Rezept für ein zufriedenes, gedeihendes Kind und Evelyn hielt sich präzise daran. Nur dass Silvia nicht gedieh. Jedenfalls nicht so wie gedacht. Es war überhaupt vieles nicht so, wie Evelyn es sich vorgestellt hatte, nachdem sich die erste Freude über ihre nicht mehr für möglich gehaltene Schwangerschaft gelegt hatte. Die Plumpheit ihres Körpers im letzten Drittel der Schwangerschaft etwa. Wie alles an ihr weich und unförmig wurde und Karl ihr zum Schluss die Schuhe anziehen musste, wie einem Kleinkind, demütigend war das gewesen, auch wenn sie damals darüber gelacht hatten.

Und dann die Geburt. Eine unvorstellbare Tortur. Bislang hatte sie die Frauen im Kreißsaal insgeheim immer verachtet für ihr Gestöhne und Geschrei, sie hatte sich fest vorgenommen, sich trotz der Schmerzen unter Kontrolle zu haben, aber das war ihr nicht gelungen. Und nach eineinhalb Tagen entsetzlicher Wehen wurde ein Kaiserschnitt angeordnet, da Evelyn wohl nicht mehr die Kraft haben würde, das Kind natürlich zu gebären, das offenbar auch nicht richtig lag. Und als sie dann aus ihrer Narkose aufgewacht war, hatte Karl an ihrem Bett gesessen und die Schwester hatte ihr dieses kleine Bündel gereicht.

Ein Mädchen.

Was für eine Mischung aus widersprüchlichen Gefühlen sie da plötzlich über sich zusammenschlagen fühlte, wie eine Welle im Meer. Erleichterung über das Ende der Schmerzen, Enttäuschung darüber, keinen Sohn geboren zu haben. Fremdheit beim Anblick des kleinen Kindergesichts, das so ganz anders aussah, als sie es sich vorgestellt hatte. Und eine überwältigende Angst. Das Wissen, nun für immer in Sorge sein zu müssen um dieses Wesen, das mit fest zusammengekniffenen Augen und blau schimmernder Kopfhaut in ihrem Arm lag.

Dann das Stillen. Die natürlichste Sache der Welt. Jedes Säugetier war dazu in der Lage, es war doch ein Grundinstinkt, warum fiel es ausgerechnet ihr so schwer? Warum konnte Silvia nicht einfach kräftig trinken? Bei allen anderen Wöchnerinnen sah es leicht und natürlich aus, Mutter und Kind, eine Einheit. Nur Silvia und sie passten irgendwie nicht zueinander, beinahe so, als ob sie nicht kompatibel wären.

Die Schwestern wogen Silvia nach den Mahlzeiten und warfen sich dann vielsagende Blicke zu, es war zu wenig, sie nahm nicht zu, nur direkt sagen wollten sie es der Frau Doktor lieber nicht. Überhaupt: eine Zumutung, vor den Schwestern, deren Vorgesetzte sie bis vor Kurzem noch gewesen war, nun entblößt und mit schmerzenden Brüsten in einem Krankenbett zu liegen. Schließlich hatte der Kinderarzt befunden, es helfe alles nichts, man müsse nun zufüttern und das Kind an Flaschennahrung gewöhnen.

Zu Hause dann war Evelyn den ganzen Tag beschäftigt, und wenn Karl vom Dienst kam und sie nach ihrem Tag fragte und was sie erlebt hatte, konnte sie ihm eigentlich nichts berichten. Es war gleichzeitig zu viel und zu wenig. Die Flaschen auskochen, das Milchpulver anrühren, das

Haus in Ordnung halten, die Wäsche machen, die Windeln, Abendessen zubereiten. Das alles war so anstrengend und dabei geistig so unterfordernd, dass Evelyn wütend wurde vor Langeweile. Und das alles begleitet von Silvias kläglichem Weinen. Silvia schrie nicht, sie forderte nicht, sie jammerte. Nicht laut, aber stetig. Vermutlich vertrug sie die künstliche Milch nicht, aber auch die teure Vorzugsmilch direkt aus der Molkerei mochte sie nicht trinken. Das Rübenmus, das Evelyn ihr kochte und mit einem Löffel in den Mund steckte, spuckte sie auch aus, genau wie den Grießbrei. Es war zum Verzweifeln. Für eine jammernde Patientin im Krankenhaus wäre Evelyn der rettende Engel gewesen, sie konnte spritzen, behandeln und verschreiben und in den meisten Fällen heilen, und wem das nicht half, wer dann noch jammerte, der war eh ein Fall für den Pfarrer oder den Psychiater. In keiner Sekunde ihrer Berufstätigkeit hatte sie sich so hilflos gefühlt wie mit ihrem leise vor sich hin greinenden Kind. »Frau Doktor, es ist immer so still bei Ihnen«, hatte die Hagerle von gegenüber gesagt, als sie eines Tages einfach vor der Tür gestanden hatte mit einem großen Topf Hühnersuppe. »Da wollt ich mich mal erkundigen, ob alles in Ordnung ist. Man hört das Kind ja nie schreien.«

Am liebsten hätte sich Evelyn da der Nachbarin in Kittelschürze an den großen Busen geworfen, um in Tränen auszubrechen, weil sie so erschöpft war, aber das ging natürlich nicht. Bei Hagerles waren vier Buben, die hörte man von früh bis spät brüllen und Frau Hagerle schien niemals angestrengt davon zu sein. Sie kochte und buk und manchmal wurde den Kindern der Hintern versohlt, wenn es zu wild zuging. Diese Blöße wollte Evelyn sich nicht geben, sie hatte studiert, sie war vom Fach, sie hatte in einem Kriegslazarett gearbeitet, sie hatte in der Klinik jeden Tag Entscheidungen von großer Tragweite treffen und Hektik und Dringlichkeit aushalten müssen. Da würde es ihr doch wohl möglich sein, mit einem einzigen Kind fertigzuwerden.

»Ach, sie schläft halt viel, Sie kennen das ja«, sagte Evelyn und nahm dankbar den Topf mit Suppe entgegen. Schlimm genug, dass sie ihre Tochter nicht richtig ernähren konnte. Aber dass ihr das Kochen einfach keine Freude machen wollte und am Ende Karl darunter zu leiden hatte, das durfte auf keinen Fall sein. Sie bemerkte den prüfenden Blick ihrer Schwiegermutter, wenn die zu Besuch kam. Gern nahm sie Silvia aus ihrem Stubenwagen und klopfte ihr den Rücken und befühlte ihre dünnen Schenkelchen, und dann erzählte sie Evelyn, was für wonnige Kinder Karl und Betti gewesen seien, mit kleinen Speckröllchen an Ärmchen und Beinchen, zufrieden und wohl. Nur Rita, die sei auch »schwächlich« gewesen als Kind.

Schwächlich.

Evelyn schloss die Küchentür, um Silvia nicht länger zu hören, sie musste einen klaren Kopf bewahren. Zuerst den Nachtisch vorbereiten, der musste eine Weile kalt stehen. Karl hatte sich eine Ananaskrem gewünscht, er war seit Wochen versessen auf Ananas, eines Tages wollte er dort hinreisen, wo die Ananas wuchs, denn ein Ort, der eine derart überirdische Frucht hervorbringe, müsse ganz und gar paradiesisch sein. Evelyn schnitt sich beim Öffnen der Büchse in den Finger, es blutete in die Sahne, die sie gerade steif geschlagen hatte, sie verfluchte die verdammte Ananas. Jetzt würde sie alles wegkippen müssen, aber sie hatte keine Sahne mehr und zum Einkaufen war es zu spät, die Nachbarin wollte sie nicht fragen, also rührte sie ihr Blut in die Krem und hoffte, dass es später bei schummrigem Kerzenlicht nicht auffallen würde.

Daran würde schon niemand sterben. An der Mayonnaise, die sie als Nächstes anrühren musste für die gefüllten Eier, womöglich schon. So eine ordentliche Lebensmittelvergiftung von nicht mehr ganz frischem Ei, die konnte schon mal böse enden. Professor Bender und seine dusslige Gattin hätten es durchaus verdient, aber Chefarzt würde Karl wohl kaum werden nach einem Giftanschlag durch seine Ehefrau. Und auch Evelyns Rückkehr ans Krankenhaus wäre dann noch fraglicher als ohnehin schon. In einigen Jahren vielleicht. Wenn Silvia groß genug wäre. Besser, sie dachte erst gar nicht darüber nach. Aber sie konnte diesen Gedanken einfach nicht beiseiteschieben.

Nun musste sie das Fleisch aus der Kühlung holen für den Rinderbraten, enthäuten, zusammenbinden, einreiben. Nicht zu früh und nicht zu spät in den Ofen tun, damit er gerade richtig und nicht zu trocken war, wenn es an den Hauptgang ginge. Eine Bratensoße anrühren. Die Bohnen mussten geputzt und die Kartoffeln geschält werden. Und hinter der geschlossenen Küchentür Silvias Wimmern.

Hoffentlich kam Betti heute nicht auf die Idee, unangekündigt vorbeizuschauen. Das machte sie gern, einfach vor der Tür stehen. Und einerseits freute sich Evelyn über den Besuch und die Abwechslung und Gesellschaft, an guten Tagen eine Erinnerung an früher, als sie noch einfach Freundinnen gewesen waren. Dann rauchten sie und tranken Tee und Betti erzählte Evelyn ein bisschen Dorftratsch. An schlechten Tagen schämte sich Evelyn, dass Betti Zeugin ihres Versagens wurde. Wie Evelyn in all diesem Wohlstand saß und sich seiner nicht würdig erwies, ein frisch renoviertes Haus, eine Einbauküche, die Möbel alle neu, sogar eine Waschmaschine gab es und vielleicht ganz bald obendrein noch einen Fernsehapparat, jedenfalls hatte Karl darüber nachgedacht.

Auch Betti holte Silvia immer sofort aus ihrem Stubenwagen, legte sie an ihre Schulter und strich ihr über den verschwitzten Rücken. »Warum bist du immer so unzufrieden, mein Spätzle«, sagte sie dann, und Evelyn war sich nicht sicher, ob Silvia oder sie gemeint war. Silvia war eindeutig unzufrieden mit ihr als Mutter und Evelyn war es auch. Sie machte doch alles, was gefordert war, sie hielt sich an alle Empfehlungen, sie hatte Ratgeber gelesen, sie wog, wickelte, versorgte ihr Kind streng nach Vorgabe. Sie hatte noch in der Schwangerschaft alles vorbereitet, sie hatte sich gefreut auf dieses neue Leben, ein Leben, wie es doch eigentlich sein sollte. Und manchmal dachte Evelyn voller Bitterkeit an ihre eigene Mutter. Die einfach abgehauen war und sie als Zweijährige bei der Tante zurückgelassen hatte, weil sie das Ehe- und Hausfrauenleben nicht aushielt, getrieben war von Egoismus und Vergnügungssucht. Sie dagegen brachte nichts als Opfer für ihr Kind. Sie hatte den Beruf aufgegeben, der ihr alles bedeutete, gerade, als sie endlich Anerkennung bekam. Und nun saß sie hier mit diesem unglücklichen, unzufriedenen Säugling, der nicht essen und nicht trinken mochte, obwohl doch von allem im Überfluss da war.

Immer wenn Betti wieder aus der Tür war und in ihren roten Wagen stieg und davonfuhr, fühlte Evelyn einen säuerlichen Neid, für den sie sich schämte. Sie hatte das Leben, das eigentlich für Betti vorgesehen gewesen war: Mann, Kind, Haus, Garten. Und doch konnte sie es nicht mit Freude füllen.

Konnte ein Baby von fünf Monaten undankbar sein?

Oder war sie undankbar?

Evelyn war mit dem Kochen in Verzug geraten. Da würde auch die Gelinggarantie nichts nützen. Sie musste Silvia trockenlegen, die beim Wickeln plötzlich Durchfall bekam und nun ganz umgezogen und am besten gleich gebadet werden musste. Dafür war heute keine Zeit, also wusch sie das weinende Kind nur schnell mit einem Waschlappen. Nun musste auch noch die Wickelkommode gereinigt werden, und Evelyns Schürze war auch in Mitleidenschaft gezogen worden, und währenddessen kochte in der Küche das Wasser über, zwei der Eier im Topf waren geplatzt. Also noch einmal von vorn, diesmal auf kleinerer Flamme, und noch immer waren die Kartoffeln nicht geschält und dann fiel ihr ein, dass sie vergessen hatte, Kerzen zu kaufen für den silbernen Leuchter, obwohl Karl sie doch noch daran erinnert hatte, und als er endlich nach Hause kam, saß Evelyn auf dem Sofa neben Silvias Stubenwagen und weinte zusammen mit ihrer Tochter.

Karl umarmte Evelyn und legte eine Schallplatte auf, sie würden schon alles noch irgendwie rechtzeitig fertig bekommen. Dann nahm er Silvia aus ihrem Stubenwagen und trug sie ein wenig im Garten umher, wo Evelyn ihr Weinen nicht hörte. Sie wusch sich das Gesicht, drückte sich einen kalten Lappen gegen die geschwollenen Augen, ohrfeigte sich selbst rechts und links und ging zurück in die Küche. Silvia ließ sich schließlich auf Karls Schoß beinahe eine ganze Flasche Milch einflößen und lag nun ruhig in ihrem Stubenwagen und greinte ausnahmsweise einmal nicht, als pünktlich um halb acht Herr und Frau Professor Bender vor der Tür standen, mit einer Flasche Weinbrand in der Hand, beide eingehüllt in den Duft des Wohlstands.

»Ein goldiges Mädle«, sagte die Frau Professor beim Blick in den Stubenwagen und ihr schweres, blumiges Parfum nahm Evelyn den Atem. »In Ihrem Alter hatte ich ja schon drei und ich kann Ihnen nur raten: Genießen Sie diese Zeit, es ist die schönste, und sie geht so schnell vorbei. Mit den Großen hat man dann ganz andere Sorgen.«

Ganz andere Sorgen, dachte Evelyn bang, als sie Silvia kurz darauf in ihr Bettchen trug, wo sie sich in den Schlaf wimmern würde, und Evelyn würde es spüren, trotz der beiden geschlossenen Türen zwischen Kinderzimmer und Esstisch, und sie würde sich vage schuldig fühlen, obwohl sie doch das Richtige tat.

Evelyns Essen war misslungen, der Braten zu trocken, die Kartoffeln zu weich, die Soße hatte nicht genug gebunden. Es war gerade eben gut genug, dass alle höflich darüber hinwegsahen und trotzdem aßen, aber nicht nachnahmen. »Ganz vorzüglich«, sagte Professor Bender zu Evelyn, es war das einzige Mal, dass er an diesem Abend das Wort an sie richtete, und Evelyn wusste genau, dass er log. Dann fachsimpelte er den Rest des Abends mit Karl über Herzchirurgie, und Evelyn hätte gern teilgenommen an dem Gespräch, aber jedes Mal, wenn sie versuchte einzuhaken, wurde sie von Frau Professor Bender mit einem Rat zu Kleinkindpflege und Kindererziehung bedacht. Konsequenz sei das Allerwichtigste, sagte Frau Professor Bender, bei den Buben genau wie bei den Mädchen. Konsequenz und Strenge – auch das sei Teil der Mutterliebe. Wer sein Kind verwöhne, der nehme ihm die Möglichkeit zur Stärke und zur Selbstregulierung. Und Evelyn nickte, und inzwischen wusste sie nicht mehr, ob das leise Weinen, das sie hörte, nur noch Einbildung war oder ob es tatsächlich von Silvia in ihrem Kinderbettchen kam.

Kurz hatte Evelyn darüber nachgedacht, die Ananaskrem gar nicht erst anzubieten, aber dann fragte Karl danach, er habe sich schon den ganzen Tag darauf gefreut, und von ihrem Missgeschick hatte sie ihm nichts erzählt. Also holte sie die Glasschüssel mit der Krem doch aus dem Kühlschrank und beobachtete dann mit Befriedigung, wie Professor Bender begeistert davon aß. Er schaufelte geradezu mit dem kleinen silbernen Dessertlöffel, immer rein in seinen riesigen Mund mit den erstaunlich schlechten Zähnen, offenbar war er nicht satt geworden von Evelyns misslungenem Braten. »Ach, da können Sie mir gleich mal das Rezept verraten«, sagte Frau Professor Bender und legte Evelyn schwesterlich die Hand auf den Arm. »Schmeckt ganz vorzüglich, das hat ja eine ganz eigene Note. Was ist das, ich komme nicht drauf?«

»Ganz viel Herzblut«, sagte Evelyn und alle am Tisch lachten höflich.

Der Rest des Abends verlief zäh. Man war nach dem Essen in die Sitzgruppe umgezogen, Karl hatte eine Jazzplatte aufgelegt, es wurde geraucht und Weinbrand gereicht und die Herren redeten weiter über ihre Arbeit, über die Neustrukturierung in der Klinik, über ein neues, vielversprechendes, weil besonders verträgliches Narkosegas und die Zukunft der Transplantationsmedizin, seit es vor einigen Jahren in den Vereinigten Staaten erstmals gelungen war, eine Niere zu transplantieren. Evelyn hörte mit halbem Ohr hin und war immer ganz kurz davor, etwas einzuwerfen, anzumerken, sich zu beteiligen. Sie wollte auch über Narkosegase reden, über die neueste Forschung und den Kliniktratsch, aber das war heute nicht ihre Rolle. Und deshalb nickte sie artig, während die Frau Professor weiter unablässig über Haushaltsführung, Staubsaugermarken und das Für und Wider einer Reinigungskraft plauderte und gar nicht zu bemerken schien, wie wenig all das Evelyn interessierte. Und dann hörte sie doch genauer zu, was die Männer besprachen, denn Karl saß plötzlich anders da, aufrechter, eine Spannung ging von ihm aus, als habe er plötzlich die Frequenz gewechselt, und Professor Bender, der schon zwei, drei Gläser Weinbrand zu viel intus hatte, erzählte, dass auch er einmal kurz davor gewesen sei, bahnbrechende Fortschritte in der Transplantationsmedizin zu erzielen, und an diesen Forschungen gern weiterarbeiten würde, »aber man lässt mich ja die Experimente nicht mehr machen. Das war noch ganz anderes wissenschaftliches Arbeiten damals, Herr Kollege. Ich sage Ihnen, das waren goldene Zeiten für die Wissenschaft. Braucht man ja jetzt nicht mehr mit kommen. Nicht mal an den übelsten Strafgefangenen darf man heute noch Experimente machen, zum Wohle der Menschheit. Das ist doch die reine Verschwendung, wenn Sie mich fragen.«

Karl war blass geworden. Evelyn sah, wie er den Mund öffnete und etwas erwidern wollte, aber er tat es nicht. Auch die Frau Professor hatte aufgehört zu reden und legte ihrem Gatten die Hand aufs Knie.

»Erich. Lass gut sein. Und ich bin sicher, die Frau Borowski ist müde, lass uns langsam nach Hause gehen.«

Die Frau *Doktor* Borowski. Immer noch, dachte Evelyn bei sich.

Nachdem die Benders aus der Tür waren, machten Karl und sie gemeinsam den Abwasch. Schweigend. Wie gut, dass Betti nicht dabei gewesen war an diesem Abend, dachte Evelyn. Die hätte alles in die Luft fliegen lassen, die hätte sich nicht im Griff gehabt so wie Karl, Betti hätte den Mund nicht halten können und damit wäre doch auch niemandem geholfen gewesen. Manche Dinge musste man ruhen lassen, sonst wurde man doch verrückt.

»Ich muss mich hinlegen, ich fühl mich nicht wohl«, sagte Karl schließlich. »Aber dein Essen war ganz vorzüglich, ich danke dir.« Mit einem Knall schlug er das Handtuch aus und hängte es zurück an den Haken. »Ein wirklich sehr gelungener Abend!«

Faden

1989

Silvia hatte ganz vergessen, wie sehr das in die Arme ging, wenn man aufgeribbelte Wolle spannen musste. Als Kind war das bei Hagerles ihre Aufgabe gewesen, der Tribut, den sie zu zahlen hatte dafür, dass sie immer und jederzeit auf Frau Hagerles Eckbank sitzen durfte. Oder vielleicht waren die Hagerle-Buben auch zu schnell und geschickt genug gewesen früher, sich ihrer Mutter rechtzeitig zu entziehen, wenn die die aufgeribbelte Wolle eines alten Pullovers nach einer Nacht über der Stuhllehne zu einem Wollknäuel aufwickeln wollte und zwei Kinderarme brauchte, die die gespannte Wolle festhielten.

»Darfst dich nicht wundern, das macht sie fast jeden Abend. Sie verstrickt ein Knäuel Wolle, dann ribbelt sie es wieder auf und dann verstrickt sie es wieder. Ich sag ja, sie ist ein bissle deppert geworden«, hatte Rüdiger zu Silvia gesagt, als er sich verabschiedet hatte.

Silvia war heute zum Babysitten engagiert worden. Oder besser: zum Demente-Mutter-Sitten. Ein paar Tage zuvor hatte sie Rüdiger noch einmal auf der Straße getroffen und ihn vorsichtig gefragt, ob er vielleicht wüsste, wo man hier was zu rauchen herbekäme. So direkt nach dem Stillen heimlich einen durchziehen, sodass es Hannah nicht schadete und Evelyn nichts mitbekam – Silvia fand, das habe sie sich verdient. Und Rüdiger hatte glücklicherweise sofort verstanden und keine weiteren Fragen gestellt und gesagt, er könne was besorgen, in der Stadt. Da wolle er eh bald hin, also ab und zu müsse er halt auch mal raus und den Kopf frei bekommen. Und es wäre gut, wenn dann jemand bei der Mutter sitzen könnte, und Silvia wollte ja eh vorbeischauen.

In der Zeit, in der Silvia auf Frau Hagerle aufpasste, passte Evelyn im Haus gegenüber auf Hannah auf. Wobei es Silvia eher so vorkam, als wachte ihre Mutter über das Kind, wie ein Hirtenhund. Als sie einige Tage zuvor von Monikas Frauenabend zurückgekommen war, hatte sie Hannah friedlich schlafend in ihrem Bettchen vorgefunden – und ihre Mutter auf einem Stuhl direkt daneben, mit geradem Rücken, den Blick nicht vom schlafenden Kind abwendend, als könnte jederzeit ein Ungeheuer durchs Fenster steigen und Hannah in die dunkle Nacht hinaus entführen.

»Du hättest ruhig fernsehen können«, flüsterte Silvia.

»Ach, kommt doch eh nur Schrott.«

Überhaupt schien Silvias und Hannahs Auftauchen in Evelyn langsam, aber sicher eine Art von Energie freizusetzen. Erst war Silvia erschrocken gewesen, wie kraftlos und zerbrechlich ihre sonst so unnahbare Mutter gewirkt hatte. Nie hätte sie sich vorstellen können, Evelyn jemals in einem solchen Zustand zu sehen, so zerfasert und unentschlossen. Sie hatte damit gerechnet, dass Evelyn ihr spätestens nach einer Woche Fragen stellen würde. Wie es denn nun weitergehen solle mit ihr. Was sie sich eigentlich für eine Zukunft vorstelle für sich und das Kind. Wovon sie eigentlich leben wolle und wo überhaupt. Aber nichts davon geschah, als gäbe es zwischen ihnen eine Art Waffenstillstand. Du stellst mir keine Fragen, dann stell ich dir auch keine. Und zwischen ihnen Hannah, wie ein Mensch gewordenes kleines Lagerfeuer, an dem sie sich beide wärmten, zufrieden und pflegeleicht, großzügig ihr kleines, zahnloses Lächeln verschenkend.

Silvia hatte durchaus mitbekommen, dass ihre Mutter eine alte Kinderwaage vom Dachboden geholt hatte und Hannah täglich wog. Einmal war sie ins Wohnzimmer gekommen und hatte Evelyn über Hannahs Stubenwagen gebeugt vorgefunden, Stethoskop in den Ohren, Hannahs Brust abhörend. Inzwischen hatte sie auch damit begonnen, Hannah im Kinderwagen auszufahren. Immer genau eine Stunde lang, immer dieselbe Runde durch den Ort.

»Ärmle fescht!«, mahnte Frau Hagerle aus ihrem Schaukelstuhl heraus. Silvia saß ihr auf einem kleinen Fußschemel gegenüber und spannte schuldbewusst die schmerzenden Arme, sodass die Wolle wieder stramm saß, während Frau Hagerle in unendlicher Langsamkeit das Garn zu einem Knäuel aufrollte.

Silvia war sich erst nicht ganz sicher, ob Frau Hagerle wirklich wusste, wer sie war. Rüdiger hatte sie vorgestellt, bevor er gegangen war, schau, Mutter, die Silvia, weißt doch noch, die Kleine von den Borowskis von gegenüber. Dann hatte er seiner Mutter einen Abschiedskuss gegeben und war, eingehüllt in eine Wolke aus Gammon After Shave und in einem bordeauxfarbenen Hemd zu Jeans und Stiefeln, in die Nacht verschwunden.

Frau Hagerle hatte Silvia freundlich angelächelt, sie hatte sich gar nicht so sehr verändert. Klein und rund war sie, die grauen Haare hatte sie zu einem Dutt geknotet, um die Augen eine Landschaft aus guten und schlechten Zeiten. Eine warme Gleichmut ging von ihr aus und ein Geruch nach Spätzleteig und Apfelkompott. Der Haus- und Familiengeruch bei Hagerles hatte Silvia umfangen wie eine Umarmung, Sägespäne, Kartoffelkeller, geschmelzte Zwiebeln,

Blechkuchen. Bei Hagerles roch es lebendig, immer noch, obwohl hier nur noch die alte Frau und ihr Sohn lebten.

»Bist du die Freundin vom Rüdiger?«, fragte Frau Hagerle.

»Nein. Also, doch, klar, ich bin eine Freundin vom Rüdiger. Ich bin Silvia, von gegenüber. Wir haben uns lang nicht gesehen«, sagte Silvia.

Vielleicht war da tatsächlich ein kleiner Glimmer des Wiedererkennens in Frau Hagerles trübem Blick, jedenfalls stand sie von der Küchenbank auf, sagte: »Dann hilf mir mit der Wolle«, und jetzt saßen sie voreinander neben dem großen Kachelofen in der Stube und der dunkelblaue Faden wickelte sich langsam von Silvias schmerzenden Armen.

»Weißt du, wo der Eugen ist?«

»Nein, tut mir leid«, log Silvia. Eugen Hagerle war seit mindestens fünf Jahren tot und das tat ihr kein bisschen leid, er war ein Tyrann gewesen, der seine Söhne verdroschen hatte und vermutlich auch seine duldsame Frau.

»Und was ist mit Betti? Hat die geheiratet?«

Silvia hielt den Atem an und wusste nicht, was sie darauf antworten sollte.

»Ich hab die Betti so lang nicht gesehen. Das rote Auto.«

Ganz offenbar war da also doch eine Verbindung, irgendeine Brücke im ansonsten durcheinandergerüttelten Hirn von Frau Hagerle, die vom Anblick der erwachsenen Silvia direkt zu Betti führte.

»Die Betti und das rote Auto …«

Frau Hagerle lächelte und wiegte den Kopf hin und her und in Silvias Magen zog sich alles zusammen. So viele Jahre hatte sie die Erinnerung an ihre Tante Betti mehr oder weniger erfolgreich weggeschoben, jedes Mal, wenn ihr ein vertrauter Duft in die Nase zog oder im Radio ein alter

Song dudelte, Elvis, Bill Haley, Connie Francis. Dann bildeten die Sehnsucht und das schlechte Gewissen ein dunkles, brodelndes Gebräu, das schnell und effizient abgelöscht werden musste, mit Schnaps oder – noch besser – mit einem Joint, der sofort jede Erinnerung milchig und verschwommen werden ließ, und wenn das nicht half, dann holte Silvia die belegte Stimme ihres Vaters zurück in ihren Kopf. Die drei wesentlichen Dinge, die er ihr damals gesagt hatte nach Bettis Unfall:

Es ist nicht deine Schuld.

Fahr nicht hin, es ist kein schöner Anblick.

Sie ist nicht mehr da.

Das war ihre Absolution gewesen. Ihr Vater hatte ihr erlaubt, mehr noch, er hatte ihr geraten, sich dieser Sache nicht zu stellen, und Silvia hatte es bis heute nicht getan.

»Heiratest du meinen Rüdiger?«

»Nein, ich glaub nicht«, sagte Silvia und lächelte entschuldigend. Damals, als Zehnjährige, hätte sie diese Frage noch begeistert bejaht, aber das war lange her. Und ob Rüdiger jemals heiraten würde, bezweifelte sie ein bisschen, nachdem er so vage geblieben war, was seine Abendpläne betraf und wo genau er hinging, wenn er so aufgebrezelt »in die Stadt« fuhr.

»Und die Betti? Hat die Betti geheiratet? Wo ist die Betti? Ich hab das rote Auto so lang nicht gesehen.«

Bettis roter BMW, Silvia erinnerte sich gut an ihn. An seine glänzende Karosserie und die beigen, cordbezogenen Sitze. Ein Auto, das sogar einen eigenen Namen bekommen hatte: Wolf. BMW – das stand für »Betti mit Wolf«. Tante Betti brauchte keinen Mann. Wer brauchte schon einen Mann, wenn er einen roten Wolf hatte, der einen beschützte und überall hinbrachte. »Der Wolf hat Durst, ich muss tanken«, »Der Wolf muss noch eine Runde drehen, kommst du mit?«

Und dann war der rote Wolf mit dem Kopf voraus gegen einen Brückenpfeiler geprallt.

»Ich schwätz ja immer so gern mit der Betti. Eine gescheite Frau«, sagte Frau Hagerle. »Eine so gescheite Frau … Hab sie lang nicht gesehen.«

Daran erinnerte sich Silvia auch: dass Tante Betti mit allen geschwätzt hatte. Mit den Amerikanern, mit den Flüchtlingen aus der Siedlung, mit allen Nachbarinnen genauso wie mit dem Pfarrer. Im Gegensatz zu ihrer Mutter, die seit jeher sehr wählerisch war, wenn es darum ging, wem sie ihre Zeit und Aufmerksamkeit widmete. Vielleicht war Evelyn auch vorsichtiger und misstrauischer. Aber Tante Betti kannte keine Vorsicht, keine Scham und keine Schüchternheit. Manchmal, wenn Silvia mit ihrer Tante im Ort unterwegs gewesen war, kam sie sich unbesiegbar vor. Und an anderen Tagen, wenn Betti diese Aufgekratztheit an sich hatte, die ihren Gang weniger fest und ihre Stimme immer einen Hauch zu laut machte, dann machte die Tante ihr Angst.

»Soll ich die Betti mal grüßen von Ihnen, Frau Hagerle?«

»Ha ja«, sagte Frau Hagerle und strahlte Silvia an. »Weißt du, wo der Eugen ist?«

Das würde ein langer Abend werden. Silvias Arme brannten, aber wenigstens würde das Wollknäuel bald fertig aufgewickelt sein und vielleicht würde Frau Hagerle dann ja ins Bett gehen. Sobald sie schlafe und keine Gefahr mehr bestehe, dass sie den Herd anließ oder die Fernbedienung in die Ofenklappe warf, könne Silvia gehen, hatte Rüdiger gesagt. Wie sich das wohl anfühlte, immer und immer wieder aufs Neue zu vergessen, dass der eigene Mann nicht mehr lebte? Dass die nette Frau mit dem roten Auto schon seit vielen Jahren nicht mehr zum Schwätzen vorbeigekommen war? Wie sich dieser Erinnerungsfaden immer neu zusammenstrickte und dann wieder aufribbelte und dann alles von vorn. War das vielleicht leichter auszuhalten als Silvias Methode: abzuhauen und so zu tun, als ginge einen alles nichts mehr an?

Als der blaue Wollfaden endlich aufgerollt war und Silvia die Arme senken konnte, schaute Frau Hagerle erschrocken zum Fenster. »Es ist ja schon dunkel, deine Mutter sucht dich bestimmt, Spätzle, du musst heim.«

»Ist schon gut, sie weiß, dass ich hier bin, und sagt, ich darf noch bleiben«, sagte Silvia.

Als Silvia später wieder in ihrem alten Kinderzimmer auf dem Bett saß und ihre schlafende Tochter betrachtete, fasste sie einen Entschluss. Wenn sie das nächste Mal Frau Hagerle besuchen würde, wollte sie Hannah mitnehmen. Und auch wenn sie noch nicht wirklich wusste, was für ein Leben sie sich für sich und ihre Tochter vorstellte, war sie doch wild entschlossen, ihr Kind nicht in Sprachlosigkeit und Stille aufwachsen zu lassen. Hannah sollte sich niemals zur Nachbarin flüchten müssen, um ein bisschen Chaos und Lebendigkeit und Wärme zu erleben.

Silvias Blick fiel auf ihr altes Bücherregal, die säuberlich beschriftete Ordnerwand, und irgendwas schien nicht ganz in Ordnung zu sein. Etwas war verrutscht, es gab eine Lücke, wo vorher keine war. Da fehlte etwas. Da fehlte ein Ordner, und zwar ganz unten rechts. Immer, wenn sie in den vergangenen Nächten aufrecht im Bett gesessen und Hannah gestillt hatte, war sie die Ordnerreihen durchgegangen: Steuer, Versicherungen, Handwerkerrechnungen, Arztbriefe, alles perfekt abgeheftet, jeder Ordner präzise beschriftet. Und immer war ihr Blick an dem einen Ordner rechts unten hängen geblieben und dann hatte es ihr einen Stich versetzt. Auf dem Ordnerrücken hatte nur G gestanden. Nur ein einziger Buchstabe. Sie hatte mal reinschauen wollen in diesen Ordner, schon um sich selbst zu beruhigen. Um sich mit eigenen Augen zu überzeugen, dass das G für »Grabmal« stand. Oder für »Gasrechnungen«.

Aber seit heute fehlte dieser Ordner. Evelyn musste ihn herausgenommen haben, als einzigen. Vielleicht hatte sie ihn weggeschmissen. Aber warum? Die Ordner mit den 20 Jahre alten Kontoauszügen und den nie ausprobierten Brigitte-Kochrezepten standen ja auch noch dort. Und das konnte eigentlich nur eines bedeuten. Das G stand für Georg. Evelyn hatte einen Ordner über Georg angelegt, und jetzt war er verschwunden.

Kirschbaum

1961

Oben im Kirschbaum war es still, aber nicht auf diese unheimliche Art. Nicht wie zu Hause am Sonntag, wenn Ruhe zu herrschen hatte, wenn Silvia nicht rüber zu Hagerles durfte, sondern allein in ihrem Zimmer spielen musste. Den Vater nicht stören, der musste sich ausruhen. Die Mutter nicht stören, die hatte doch schon genug um die Ohren. Aber hier im Kirschbaum, in der obersten Astgabel, war es auf eine ganz friedliche Art still, und Silvia stellte sich vor, sie wäre ein Baumgeist. Hoch oben, geschützt und gut verborgen unterm grünen Blätterdach, durch das die Spätnachmittagssonne blitzte, umgeben von prallroten Süßkirschen. Die konnte man sich paarweise an die Ohren hängen, sie in den Mund stecken und die Kerne runterspucken. Oder sie für später in den Kleidertaschen verstauen. Leider platzten die Kirschen sehr leicht auf und nun waren überall dunkelrote Flecken auf dem cremefarbenen Stoff und das würde Ärger geben. Mama würde schimpfen. Noch mehr schimpfen als ohnehin schon, denn es war Silvia verboten, weiter weg zu gehen als bis zur Straßenecke. Und auf einen Baum zu klettern, in ihrem neuen Kleid, das Tante Betti ihr genäht hatte, das war sicher auch verboten. Und Kirschen zu klauen ohnehin. Es wäre also das Beste, wenn sie hierbliebe in diesem Baum, für immer. Allein.

Dann müsste sie auch nicht in die Schule gehen. Dann

müsste sie nicht schreiben lernen mit der guten Hand und laut vorlesen müsste sie auch nicht. Wenn sie hier oben in ihrer Astgabel bliebe, würde sie sicher von alleine irgendwann schrumpfen und klein genug werden für das Loch im Stamm des Kirschbaums, dann könnte sie sich dort eine Höhle bauen, und vielleicht käme ab und zu ein Eichhörnchen vorbei, mit dem sie sich anfreunden könnte. Die anderen würden sie sicher schnell vergessen haben und gar nicht erst nach ihr suchen. Und bei dem Gedanken hätte sie fast wieder angefangen zu weinen, aber sie atmete tief ein und aus und vertrieb die Tränen wieder. Die würden am Ende noch den Schäferhund vom alten Huber zurücklocken, Hunde konnten nämlich Angst riechen, hatte Rüdiger ihr erklärt, und wenn Hunde ihre Angst riechen konnten, dann waren Tränen dazu sicher noch schlimmer.

Dabei hatte dieser Tag mit einem echten Triumph begonnen, die anderen Kinder hatten sie auf der Straße bei »Himmel und Hölle« mitspielen lassen, nachdem sie eine Weile nur schüchtern vom Gartenzaun aus zugesehen hatte. Rüdiger hatte gesagt, sie könne ruhig mitmachen, obwohl sie die Kleinste war und im Sommer erst in die Schule käme und die anderen waren alle schon in der Dritten. Dann war ihnen das Spiel zu langweilig geworden und Stephan und Helene hatten von Hubers Kirschbaum erzählt, auf der Wiese unten am Ufer, der hing voll mit Kirschen, da könne man leicht über den Zaun steigen. Silvia durfte nicht einfach so mit, aber sie ging trotzdem, weil Rüdiger sie an der Hand genommen hatte, und das war das beste Gefühl überhaupt. Die Straße entlanglaufen in ihrem hellen Kleid und mit den blauen Sandalen und zusammen mit Rüdiger die Arme schlenkern, und niemand traute sich, sie zu ärgern oder ihr heimlich ein Bein zu stellen oder sie zu schubsen. Am Jägerzaun, der die Wiese von der Straße trennte, wäre sie fast umgedreht, aber Rüdiger half ihr und zeigte ihr, wohin sie die Füße setzen musste, und als sie es auf die andere Seite geschafft hatte, war sie sich fast unbesiegbar vorgekommen. Sie schlichen sich durch das hohe Gras zum Kirschbaum, und weil Silvia die Kleinste war und der unterste Ast immer noch zu weit oben, um einfach hochzuklettern, wurde beschlossen, sie auf Theos Rücken steigen zu lassen und dann hochzuheben, sodass sie in den Baum klettern und von dort die Kirschen runterwerfen konnte.

Oh, und wie bedeutend sie sich gefühlt hatte, sie, die Kleinste, war nun plötzlich wichtig und unverzichtbar, sie wollte alles richtig machen und niemanden enttäuschen, sie ließ sich von Kai und Rüdiger auf Theos Rücken heben und kletterte von dort auf den untersten Ast und dann immer höher.

»Ich kann deine Unterhose sehen«, rief Brigitte von unten, aber Rüdiger zischte ihr zu, sie solle die *Gosch* halten, und keiner der Jungs traute sich, zu lachen. Silvia machte sich gleich ans Werk, kletterte höher und höher, pflückte Kirschen, ließ sie fallen, und die anderen Kinder feuerten sie an, während sie unten im Gras lagen und sich die Taschen und die Münder vollstopften.

Aber dann gab es ein großes Gebell und Geschrei, der alte Huber hatte sie entdeckt und seinen Hund losgelassen und da waren die anderen Kinder auseinandergestoben wie die Spatzen. Durchs hohe Gras, zurück zur Straße, über den Zaun und schnell den Berg hoch Richtung Buchenweg, während Silvia ganz oben im Kirschbaum saß. Aus ihrem Triumphgefühl war bleierne Angst geworden. Die Zweige knackten, die glatte Baumrinde bot wenig Halt. Der Schäferhund rannte immer noch bellend um den Baum, bis der alte Huber ihn zurückpfiff und zeternd in seiner Holzscheune verschwand. Jetzt war Silvia allein, der alte Huber hatte sie nicht gesehen, die anderen Kinder waren weg, und für eine Weile hatte sie noch gehofft, Rüdiger würde zurückkommen und sie holen. Er kam aber nicht.

Die Sonne war inzwischen tiefer gesunken und im goldenen Abendlicht blitzte der Wetterhahn auf dem Ildinger Kirchturm. Silvia konnte nicht sagen, wie lang sie nun schon oben im Kirschbaum saß, und sie versuchte, nicht an die Nacht zu denken, die kommen würde. Papa hatte sich bemüht, ihr beizubringen, wie man die Uhr liest, aber sie konnte es sich nicht merken, großer Zeiger, kleiner Zeiger, und warum gab es sechzig Minuten und Sekunden, aber nur zwölf Stunden, und dann auch noch jede Stunde zweimal an einem Tag? Der Blick auf die Kirchturmuhr half ihr also nicht weiter, aber als die Glocken läuteten, zählte sie mit. Sieben Schläge. Ein Schlag zu viel. Um sechs hätte sie spätestens zu Hause sein müssen. Mama würde sich wundern und dann würde sie wütend werden, auf diese stille Art, immer gespannt wie ein Flitzebogen, dessen Pfeil nie abgeschossen wurde. Papa würde traurig schauen, das war fast noch schlimmer. Aber vielleicht würden Mama und Papa auch gar nicht nach ihr suchen, vielleicht wären sie ganz froh, sie los zu sein. Dann hätte die Mama weniger Ärger und der Papa weniger Sorgen und für die Leute im Krankenhaus wäre es auch gut. Dann könnte die Mama wieder dort arbeiten und niemand müsste auf Silvia aufpassen. Dann müsste sie sich nicht mehr so schrecklich ärgern über Silvias Trödelei und darüber, wie langsam sie war und dass sie immer noch nicht wusste, wie man eine feste Schleife bindet, und dass sie manchmal Schnecken aus dem Garten mit ins Haus brachte. Wenn sie hier im Baum bliebe, dann müsste sie auch nicht mehr aufessen und Mama müsste nicht mehr kochen, was ihr keine Freude machte. Je mehr Silvia sich all das vorstellte, umso friedlicher wurde sie.

Nur Tante Betti wäre sicher traurig. Meistens war Tante Betti fröhlich und Silvia liebte es, wenn sie gemeinsam in Bettis rotem Auto fuhren oder wenn sie bei den Großeltern in Bettis kleiner Einliegerwohnung sitzen durfte und aus dem Radio kam Musik und Tante Betti sang das Lied vom »schönen fremden Mann« mit. Manchmal wurde Tante Betti auch zu fröhlich. Dann sang sie zu laut und tanzte zu wild in ihrem Zimmer, dann bekam sie diesen Blick, und manchmal kippte sie dann von dieser Fröhlichkeit in eine Traurigkeit, die Silvia unheimlich war. Aber dafür schimpfte Tante Betti nie mit ihr. Und vielleicht könnte sie ihr eine geheime Botschaft zukommen lassen von hier oben aus ihrem Baumversteck. Dann könnte Tante Betti sie ab und zu besuchen hier bei ihrem Kirschbaum und ihr ein paar Butterbrote mitbringen, dann wäre sie auch nicht ganz so allein.

Über Ildingen legten sich langsam die ersten Abendgeräusche. Die Kreissäge verstummte, die Mauersegler pfiffen durchdringend, hinten auf der Wiese sah Silvia einen Fuchs aus dem Gras lugen und der kleine Fluss gurgelte. Und von ganz weit weg hörte sie ihren Namen. Jemand rief nach ihr. Erst war es nur eine Stimme, dann eine zweite, vielleicht bildete sie sich das auch nur ein, die Stimmen wehten mit dem leichten Abendwind in ihre Richtung und auch wieder weg von ihr, aber nach einer Weile war es eindeutig. Mama und Papa riefen nach ihr. Sie suchten sie.

Silvia hatte Bauchweh von den vielen Kirschen und den Tränen und da war dieser große rote Fleck, dort, wo in der kleinen Tasche vorn an ihrem Kleid die Kirschen aufgeplatzt waren, und ein weiterer unten am Knie, das hatte sie sich beim Klettern aufgeschrammt. Das Rufen kam näher, Silvia, Silvia, wo bist du, und Silvia hätte nur zurückrufen müssen, so laut sie konnte. Aber sie blieb stumm. Da wollte einfach kein Ton rauskommen aus ihrem Mund. Sie sah durch das Grün der Kirschbaumblätter zum Zaun hinüber, sie sah ihre Eltern die Straße entlanglaufen, gehetzt, ihre Mutter ein paar Schritte vor ihrem Vater, sie hörte ihren Namen und in der Stimme ihrer Mutter hörte sie etwas ganz Unvorstellbares, etwas nie Dagewesenes. In Mamas Stimme war Angst.

Kurz überlegte Silvia, ob sie nicht doch versuchen sollte, allein vom Baum herunterzuklettern. Vom untersten Ast würde sie springen müssen und dabei würde sie sich sicher wehtun. Aber vielleicht konnte sie es dann allein nach Hause schaffen und dann würde sie eine Lüge erzählen müssen, vielleicht von einem bösen Mann, der sie entführen wollte, oder von einer Hexe, der sie nur mit Not entkommen war, und vielleicht würden Mama und Papa dann gar nicht schimpfen, sondern sie erleichtert in die Arme schließen, und Mama würde eine Grießnockerlsuppe machen und sie dürfte mit Papa zusammen die Abendnachrichten sehen, bevor sie ins Bett ginge. Sie sah ihren Eltern hinterher, die an der Wiese vorbei Richtung Marktplatz liefen, die »Silvia!«-Rufe wurden leiser und Silvia saß weiter still in ihrer Astgabel und lauschte auf die Sorge in der Stimme ihrer Mutter.

Und plötzlich war Betti da.

Tante Betti stand unten am Baumstamm und schaute zu ihr nach oben, weder wütend noch besorgt, eher interessiert, als wäre Silvia ein seltenes Tier und Betti eine Naturforscherin. Sie trug eine Herrenhose aus grobem braunem Stoff und eine hellgrüne Bluse und sie hatte eine große Ledertasche dabei.

»Na? Hast du dir ein neues Nest gebaut? Komm runter, alle suchen nach dir!«

Und da kletterte Silvia mit zitternden Knien von ihrem Baum, und noch während sie die Füße vorsichtig auf die dünnen Äste setzte, liefen ihr wieder die Tränen, und als Betti sie vom letzten Ast gehoben und in die Arme genommen hatte, da konnte sie sich eine ganze Weile lang gar nicht beruhigen.

Betti hielt Silvia fest umschlugen und schimpfte auch nicht über die Kirschflecken, die sie nun zusammen mit ihren Tränen an Bettis Blusenkragen schmierte. Dann stellte sie Silvia auf den Boden, holte ein Taschentuch aus ihrer großen Tasche, spuckte hinein und wischte Silvia das Gesicht sauber.

»Mach mal die Arme hoch, Spätzle.«

Silvia hob die Arme und Betti zog ihr das cremefarbene Kleid mit den roten Kirschflecken über den Kopf. Holte aus ihrem Beutel ein neues Kleid, ein blaues, mit roten Abnähern, und zog es Silvia an.

»Rüdiger hat mir erzählt, wo du bist. Ich bring dich jetzt heim und dann sagen wir, du warst bei mir und wir haben beim Kleiderprobieren die Zeit vergessen. Aber du darfst deinen Eltern nie wieder solche Angst machen. Versprichst du mir das?«

Silvia versprach es. Und als sie nach Hause gingen, Silvias Hand in Bettis, schlenkerten sie zusammen mit den Armen, als wäre alles gut.

Walkman

1989

Am späten Nachmittag, wenn der Seniorchef endlich Feierabend machte und der Lehrling genug gebuckelt hatte und gehen durfte, konnte Rüdiger Hagerle endlich die Kopfhörer seines Walkman aufsetzen und Kassetten hören. Der Chef erlaubte zwar privates Rumschrauben in der Werkstatt, Gefälligkeitsreparaturen für Freunde und Familie, allerdings nur nach Feierabend. Aber Musik hören bei der Arbeit – das gehörte sich nicht. Wie sah das aus? Ist doch kein Festzelt hier. Es stand zwar ein Kassettendeck oben auf dem Schraubenregal, aber das war noch nie benutzt worden, jedenfalls nie in Rüdigers Anwesenheit, und Rüdiger hätte seine Kassette da auch nicht reingesteckt. Diese Musik musste direkt in seine Ohren und von dort in seinen Kopf, sein Herz, seinen Bauch, seine Nervenbahnen, und zwar per Kopfhörer. Der Walkman in der Vordertasche seines Blaumanns surrte an seinem Solarplexus. Zu Hause hatte er auch einen dieser neuen tragbaren CD-Player, aber der war zu unzuverlässig und zu empfindlich bei Erschütterungen, er blieb bei seinem Walkman und den gut kuratierten Kassetten, Rüdiger war Traditionalist. Und während er die Hebebühne bediente und Silvias Polo in die Höhe fahren ließ, kam diese Engelsstimme, gleich nach ein paar Eingangsakkorden. »Close your eyes, gimme your hand, darling …«

Rüdiger schloss tatsächlich kurz die Augen und umklammerte den Schrauber für die Radmuttern in seiner Hand, lehnte sich in diesen unglaublichen Sound. Zum Glück hatte er »Eternal Flame« von den Bangles gleich dreimal hintereinander aufgenommen, sodass er nicht jedes Mal zurückspulen musste. Das war ein ganzes Stück Arbeit gewesen, auch wenn sie den Song im SWF häufig spielten. Da rechtzeitig den Record-Knopf zu drücken und zu hoffen, dass die Moderatoren am Schluss nicht reinschwätzten – eine echte Aufgabe. Aber es hatte sich gelohnt. Rüdiger konnte nicht genug bekommen von dem warmen Schauer aus unbestimmter Sehnsucht, der ihm in den Magen fuhr, bei jedem »do you feel the same«. Wie ihm da das Herz weit wurde und etwas Großes aus ihm rauswollte, das war wie so ein Überquellen.

Er hatte Silvia versprochen, nein, besser gesagt: dringend empfohlen, ihm mal ihr Auto zu überlassen, damit er sich darum kümmern konnte. Neue Reifen, TÜV, mal nach dem Öl sehen, die Stoßstange und die Stoßdämpfer, na, von denen war vermutlich nicht viel übrig. Rüdiger kümmerte sich gern. Das war vielleicht ein Weg, dem, was da aus ihm rauswollte, eine kleine Tür zu öffnen. Einen Satz gebrauchter Reifen hatte er noch im Lager, die waren von einem Unfallwagen übrig geblieben, die würde er für sie dranmachen und dann mal sehen.

Unverantwortlich eigentlich, dass sie mit dieser Schüssel von Berlin aus bis hierher gefahren war. Und dann noch mit einem Kind. Durch die Zone. Da hätte doch wer weiß was passieren können. Rüdiger betrachtete mit in die Hüften gestemmten Händen den rostigen Unterboden. »Eternal Flame« lief nun zum dritten Mal und jetzt war er auch innerlich bereit für den nächsten Song, »Twist in My Sobriety«, Tanita Tikaram, düster und beschwörend. Wenn da die Oboe loslegte, das ging ganz tief rein, und Rüdiger stellte sich die Zone vor, wo alle Menschen doch sicherlich voller Sehnsucht waren nach einer anderen Welt, einem anderen Ort. So wie er. Ob man so einen Polo wohl zum Fluchtwagen umbauen konnte? Wo würde er ansetzen? Den Tank rausnehmen vielleicht und durch einen deutlich kleineren Behälter ersetzen, den gewonnenen Platz für ein Versteck nutzen. Die Rückbank ein bisschen vorbauen, sodass dort ein Hohlraum entstand. Wahrscheinlich zu auffällig. Aber er hatte schon von Isettas als Fluchtfahrzeugen gehört, von Hohlräumen hinter Armaturenbrettern. Die Menschen im Osten mussten auf jeden Fall klein und schmal sein.

Wie das wohl war, wenn man einfach verschwand? Er würde Silvia fragen, heute Abend. Wie man das anstellte, einfach alles hinter sich zu lassen und abzuhauen und sich kaum zu melden. Ob man dann wirklich frei war oder ob man nicht doch diese Schuld mitschleppte und das schlechte Gewissen. Er würde das nicht schaffen. Er würde hier bleiben, solange die Mutter lebte. Und das Flüchten weiter trainieren oder vielleicht auch nur simulieren, mit seinen kleinen Übungsfluchten, alle zwei Wochen, wenn einer der Brüder oder die Schwägerin mal abends bei der Mutter saß und er in die Stadt konnte, dahin, wo ihn keiner kannte. Wo er sich endlich entspannen konnte, und sich umsehen, Augenkontakt ohne Fragezeichen.

Die neuen Reifen waren drauf, als »Twist in My Sobriety« zum dritten Mal zu Ende ging. Rüdiger fuhr die Hebebühne wieder runter und setzte sich auf den Beifahrersitz von Silvias Polo. Ziemlicher Saustall, im Aschenbecher ein Konglomerat aus Kippen und Kaugummis, an der Beifahrertür fehlte die Fensterkurbel und gesaugt hatte hier schon seit mindestens einem Jahrzehnt niemand mehr.

Den nächsten Song hatte er nur einmal aufgenommen, den musste man konzentriert genießen. Rüdiger schloss die Augen, während die sphärischen Synthesizer ihn in die amerikanische Wüste beamten. »I can feel it coming in the air tonight«, das »oh Lord« sang er mit, in seinem Geist sah Rüdiger sich am Steuer eines Pontiac Firebird, hinter sich eine Staubwolke, vor sich nur den Sternenhimmel, Wüste, die Gebirgsformationen aus der Marlboro-Werbung, das druckvolle Schlagzeug, das sich noch zurückhielt, bis in der Mitte des Songs, wenn die Spannung fast nicht mehr auszuhalten war, endlich das Drumfill kam, diese Abwärtskaskade einmal quer über die Trommeln, der letzte Schlag so platziert, dass Rüdiger im Kopf den Schaltknüppel in den Vierten haute und das Gaspedal durchtrat. (Neben ihm saß Don Johnson. Oder vielleicht Morten Harket. Oder Tom Selleck. Und sah ihn wissend und bewundernd von der Seite an. Zwei Männer auf ihrem Weg durch die Wüste, der Freiheit entgegen, Benzin, Lederjacke, Zigarettenrauch, Bartstoppeln, Körper.)

Nach Phil Collins war die Seite zu Ende, und Rüdiger musste den Walkman aus seinem Blaumann pfriemeln, um die Kassette umzudrehen. Er wartete aber noch und ließ den letzten Song ein bisschen nachwirken. Vielleicht würde er den Innenraum aussaugen, bevor er sich ans Öl machte, das würde Silvia sicher freuen. Mal mit einem feuchten Lappen übers Armaturenbrett und das Handschuhfach. Klebte sicher alles. Machte ihm nichts aus, Rüdiger putzte ganz gern, er hatte auch schon Schlimmeres gesehen. Gerade bei den Unfallwagen, die sie ab und zu ausschlachteten, das hatte der Chef ihm früher immer übertragen, der konnte kein Blut sehen. Und oftmals klebte da noch so einiges, am Lenkrad, am Seitenfenster. Rüdiger hatte kein Problem damit, Blut wegzuwischen, es störte ihn viel mehr, wenn man es noch sah, wenn es einfach dablieb, eingetrocknete Flecken. Er kümmerte sich gern darum. Damals, als Joachim gestorben war, war er allein mit einer Kindergießkanne und einem alten Spülschwamm bis zum Ortseingang gelaufen, um den großen Findling zu waschen, an dem sein Bruder Joachim sein Mofa und seinen Kopf zerschmettert hatte, unerträglich war die Vorstellung für ihn gewesen, etwas von Joachim klebe noch an diesem grauen Stein. Da hatte er gestanden und geschrubbt und geheult, bis ihm Bauer Riedle die große Pranke auf die Schulter gelegt und ihn dann mit seinem Traktor nach Hause gefahren hatte.

Rüdiger holte die Sprühflasche mit dem Innenraumreiniger aus dem kleinen Metallschrank und machte sich ans Werk. Er mochte den Geruch nach Chemie und Neuwagen, Silvia würde ihr Auto kaum wiedererkennen, wenn er hier fertig war. Er hatte ihr aus der Stadt was zu rauchen mitgebracht, es hatte ihn im Cloud9 nur zwei kurze Unterredungen gekostet und schon hatte er ein Tütchen Marihuana in der Hosentasche. »Lass uns das doch zusammen machen«, hatte Rüdiger hoffnungsvoll vorgeschlagen. Abends, wenn alle schlafen, bei uns hinterm Haus, beim Schuppen. Silvia hatte das für eine gute Idee gehalten, und wenn alles glattging, würden sie heute gemeinsam einen Joint rauchen, zwei Flaschen Hofbräu trinken und in die Sterne schauen. Dann könnten sie ein bisschen von früher reden, und vielleicht würde Silvia ihm ja erzählen, warum sie damals einfach abgehauen und so viele Jahre nicht mehr aufgetaucht war, nicht mal zur Beerdigung ihres Vaters. Was aus der verrückten Betti geworden war, an die er sich gut erinnerte, eine richtige Erscheinung war das im Ort gewesen, »die Spinnerte«, hatten *die Leut* gesagt, »die kann ihr Gosch ned halde«. Aber ihren Wagen, einen roten BMW 1500, den hatten alle bewundert. Und ein Jammer war das gewesen, als sie ihm das Wrack in die Werkstatt geschleppt hatten, da war er gerade mit der Lehre fertig. »Da kann man hinten noch die Sitze rausnehmen und die Hinterreifen, der Rest ist Schrott«, hatte der Chef gesagt. »Rüdiger, du machst die Sauerei vorne weg.«

Und was für eine Sauerei das gewesen war. Sehr viel Blut.

Kurz dachte Rüdiger darüber nach, die Kassette zurückzuspulen und sich noch mal, mit den Bangles beginnend, in die Wohligkeit seiner Sehnsucht zu begeben, aber eigentlich müsste er jetzt den Staubsauger holen für die Polster und den Kofferraum und da passten die Songs auf der anderen Seite besser. »Sodele«, sagte er zu sich, als er aus dem Wagen stieg, den Blaumann glatt strich, die Kassette umdrehte und zu den Klängen von Kaomas »Lambada« den Staubsauger aus dem Schrank holte, auf dem Rückweg zur Hebebühne einen kleinen tänzelnden Ausfallschritt andeutend.

Gut, dass ihn die Brüder jetzt nicht sahen. Irgendwann würden sie ihn gar nicht mehr zu sehen bekommen, dann könnten sie endlich ihr anständiges Ildinger Leben führen und müssten sich keine Sorgen mehr darum machen, *die Leut* könnten über Rüdiger reden. Ja, immer noch bei der Mutter. Nein, noch nicht verheiratet. Auch keine »Bekannte«. Beim Stammtisch im Ochsen war er auch nicht regelmäßig. Ein Einzelgänger. Aber ein guter Mechaniker. Also: Schaffen konnte der Rüdiger, da immerhin waren sich alle einig. Heute Abend würde er Silvia zu Berlin befragen. Ob es da … ob da einer wie er … Anschluss finden könnte. Unsichtbar werden zwischen den anderen. Irgendwann, wenn die Mutter tot war. Berlin war nicht Marlboro-Country. Aber vielleicht ja doch ein guter Ort, um zu verschwinden. Oder richtig aufzutauchen, wie man es nahm.

Der Kofferraum roch wie eine frische Grabstelle, pilzig und erdig. Ob Silvia Gartenabfälle im Auto transportiert hatte? Befriedigt spürte Rüdiger, wie Sand und Erde durchs Staubsaugerrohr rasselten und als leichtes Knistern durch seine Kopfhörer drangen, die inzwischen »Tell it like it is« von Don Johnson spielten. Noch so ein Song, in den Rüdiger sich reinlehnen konnte, in dieses Saxophon und das drängende Keyboard, sexy und bodenständig zugleich. Besonders in den Refrain, den sang er laut mit und schloss dabei kurz die Augen, »Tell it like it i-his, let your conscience be your guide«, und als er die Augen wieder aufmachte, stand da Bernd, lehnte sich in seiner speckigen Lederjacke ans Werkstatttor und betrachtete ihn abschätzig.

»Ob du mei Frau gsehe hasch, du Nachtigall«, bellte er, als Rüdiger die Kopfhörer abgenommen hatte.

Nein, hatte er nicht. Und selbst wenn, hätte er es Bernd nicht gesagt. Monika würde schon ihre Gründe haben, ihm heute aus dem Weg zu gehen, so wie der schon wieder schaute, dieser Depp. Warum war der immer so schlecht gelaunt neuerdings? Hatte doch alles. Haus, Frau, zwei Kinder, Arbeit. Freunde, die ehrfürchtig und schweigend zuhörten, wenn er in der Kneipe seine Meinung zur Umgehungsstraße oder zum Fernsehprogramm kundtat.

Bernd winkte ab, schüttelte den Kopf und wandte sich zum Gehen.

»Ja, hab ich mir schon gedacht. Hast ja eh keinen Blick für die Weiber.«

In Rüdigers Walkman lief inzwischen Simply Red, »If you don't know me by now«, und kaum war Bernd wieder weg, hörte Rüdiger, wie Mick Hucknalls Stimme erst zu leiern anfing und sich der Walkman dann mit einem letzten traurigen Quietschgeräusch ausschaltete. Bandsalat. So als habe das

Gerät vor den schlechten Schwingungen kapituliert, die Bernd hier so plötzlich hereingebracht hatte. Rüdiger seufzte und nahm die Kopfhörer ab. Hoffentlich war das Band nicht gerissen, er würde es später aus dem Walkman fummeln und vorsichtig wieder aufspulen müssen. Er ließ die Hebebühne wieder runter, fuhr Silvias Polo zurück auf den Hof vor der Werkstatt und machte sich ans Aufräumen. Er musste nach Hause, nach der Mutter sehen. Kochen, waschen, alles wieder an seinen Platz stellen, was sie so über den Tag im Haus verteilt hatte.

Sich kümmern.

Klosterfrau

1963

Sechs Uhr in der Früh – Geisterstunde. Bettis Wecker rasselte neben ihrem Bett, und als sie ihn ausgestellt hatte, knipste sie schnell die kleine Lampe auf ihrem Nachttisch an, um nicht gleich wieder einzuschlafen. Vor dem Fenster Novemberregen und Dunkelheit, sie hasste das frühe Aufstehen. Es gab auch keinen Grund dafür, außer dass es sich eben so gehörte. Wenn nicht spätestens um sieben Uhr überall im Hause Borowski das Licht brannte, könnten die Nachbarn denken, hier würde gefaulenzt, hier würde nicht geschafft, Sittenverfall, Dekadenz.

Gleich würde Betti aufstehen, ihre Eltern wecken und dann Frühstück machen müssen. Die Haushälterin war vor einem Jahr zu ihrer Tochter nach Köln gezogen, um sich dort um ein Enkelkind zu kümmern, und danach hatten sie niemand Neues mehr eingestellt. Ohne dass es jemals offen ausgesprochen wurde, war allen klar gewesen, dass nun Betti einen Großteil ihrer Aufgaben übernehmen würde. Zum Großputz kam einmal in der Woche eine Frau aus der Siedlung, ums Kochen und um die Wäsche hatte Betti sich zu kümmern. Außerdem musste sie ihre Eltern zu Arztterminen in der Stadt fahren, ihren Vater dann und wann zu Vorträgen und Versammlungen, zu denen er auch nach seiner Emeritierung noch regelmäßig eingeladen wurde.

Dafür hatte sie den Wolf. Ihr Auto. Der Vater hatte es ihr

gekauft, nachdem sie den Führerschein bestanden hatte. Betti wusste, was ihn das damals gekostet hatte. Nicht an Geld, davon war reichlich da, sondern an Überwindung. Was er sich hatte anhören müssen von seinen Freunden und Kollegen. Wie die Männer im Ort darüber redeten, wenn sie im Ochsen Skat spielten, das wusste er zwar nicht, er ging fast nie ins Wirtshaus, aber er ahnte es gewiss. Frauen, die Auto fuhren – musste das wirklich sein? Unvernünftig. Und dann auch noch eine wie Betti, die ohnehin schon impulsiv war. Ohne Mann, der sie unter Kontrolle hielt.

Als Betti sich den BMW in Rot ausgesucht hatte, unbedingt in Rot, nicht in Grau oder Eierschale oder gar Grün, da hatte er noch versucht, sie umzustimmen. Musste es wirklich die auffälligste Farbe sein?

Was sollten *die Leut* …

»Dann wissen die Leut schon von Weitem, dass ich komm. Achtung, Frau am Steuer!«, hatte Betti gesagt und dann hatte sie den roten Wagen bekommen. Pfeif auf *die Leut.*

Der Preis, den Betti für ihren Wolf zahlte, war unter anderem, dass sie weiter unter dem Dach und mit den Regeln ihrer Eltern lebte, und die lauteten: Es wird morgens nicht ausgeschlafen. Auch nicht an einem düsteren, verregneten Novembermorgen. Seufzend schlug Betti die Decke zurück, setzte sich auf die Bettkante und öffnete die kleine Tür ihres Nachttisches. Sie holte zwei Schnapsgläser heraus und die Flasche Klosterfrau Melissengeist, ihre Medizin. Gut für die Nerven, gut für den Kreislauf, die belebende Kraft natürlicher Kräuter. Sie goss die beiden Gläser voll bis zum Rand, nahm das eine und prostete Ritas Geist zu, der sich wie jeden Morgen hinter der Gardine verbarg. Wehmütig dachte Betti an früher, als sie noch Kinder gewesen waren und Rita manchmal in der Früh noch zu ihr ins Bett geschlüpft war und ihre kalten Füße an Betti gewärmt hatte. Auf dich, kleine Schwester. Und weil Geister nicht trinken konnten, trank Betti Ritas Glas auch noch leer.

Betti ließ noch einmal den Kopf zurück aufs Kissen sinken und spürte dem warmen Fluss des Melissengeists durch ihre Speiseröhre nach. Sie liebte dieses Gefühl und sie liebte diese Flasche mit dem blauen Etikett. Darauf drei Nonnen unterschiedlicher Körpergröße unter einem gotischen Spitzbogen. Wie eine glückliche Kleinfamilie sahen die aus, bestehend aus Mutter, Mutter und Tochter. Betti fühlte sich gesehen und verstanden von ihrem milden, zufriedenen Blick.

Ins Kloster zu gehen, war noch eine Möglichkeit gewesen, die ihr offengestanden hatte, aber Betti glaubte dafür nicht genug an Gott. Woran sie glaubte, das war die Gegenwart ihrer toten kleinen Schwester in diesem Haus. Ritas Geist, den sie immer um sich spürte, der ihre Nähe suchte, ein leichter Hauch auf Bettis Arm, ein heller Schatten hinter der Tür, der Gardine, auf dem Kaminsims. Und gäbe es einen Gott, dann würde er die arme Rita doch nicht ewig hier herumspuken lassen, dann hätte er sie doch aus dieser Zwischenwelt befreit und zu sich ins Paradies geholt. Oder sie gar nicht erst so an der Welt verzweifeln lassen, dass sie einfach in die eiskalte Ostsee gegangen war. Und wieso war Rita überhaupt gegangen, wenn sie sich jetzt doch nicht lösen konnte von diesem Leben?

Vielleicht würde sie Annett fragen, später. Sie hatte so ein Gefühl, dass die sich auskannte mit Geistern und allen Dingen zwischen Leben und Tod. Überhaupt mit dem Ungefähren, dem Verborgenen, da war etwas in ihrem Blick, was Betti anziehend und geheimnisvoll fand, schon als sie Annett das erste Mal gesehen und mit ihr gesprochen hatte, beim Ildinger Weinfest im vergangenen Sommer. Seitdem hatten sie sich ab und zu getroffen, und heute war es diese Aussicht, die sie trotz der lausigen Dunkelheit doch einigermaßen gut aufstehen ließ: Später, am Abend, würde sie Annett von ihrer Schicht im Krankenhaus abholen, wo sie als Krankenschwester arbeitete, und sie nach Hause fahren. Das würde die Belohnung sein für einen zähen Tag. Bis dahin wollte sie die Bluse fertig genäht haben, die sie Annett schenken wollte. In Grün, passend zu Annetts rotblondem Haar und den hellen Wimpern. Aber jetzt erst mal die Eltern wecken. Kaffee aufbrühen, das gemeinsame Frühstück durchstehen.

Es war wieder sehr still am Tisch an diesem Morgen. Der Vater las die Zeitung, Erhard war zu Besuch bei De Gaulle in Paris, die Sowjets hatten ein persisches Flugzeug abgeschossen, die Regierung hatte für eine Stützung des Weizenpreises mit 15 Millionen Mark gestimmt. Die Mutter beklopfte ihr Frühstücksei mit dem kleinen Perlmuttlöffel, und als Betti ihrem mit dem Messer den Kopf abschnitt, wurde sie ermahnt wie eine Zehnjährige. Inzwischen war es Betti einerlei, sie aß ihr Frühstücksei so, wie es ihr passte, sie hatte es ja schließlich auch gekocht. Aber dann nickte sie doch zustimmend und tat so, als würde sie zuhören, als ihre Mutter über die Rosen plaudern wollte, die sie im nächsten Jahr unbedingt unterhalb der Veranda pflanzen wollte, und über die Nachbarin mit ihrem kläffenden Hund und die Beinschmerzen, die sie plagten und gegen die weder Karl noch Evelyn ein wirksames Mittel wussten, außer Schmerztabletten. Da waren gleich zwei Ärzte in der Familie und was hatte man davon?

»Ich reib sie dir später ein«, sagte Betti versöhnlich, und da schaute ihre Mutter sie liebevoll an und nahm ihre Hand. »Mein Mädle.«

Wann genau war die Tür zugefallen, durch die Betti sich hätte flüchten können? Sie hatte gesehen, wie der Spalt mit den Jahren immer schmaler wurde, aber sie hatte nicht den Mut gehabt zu gehen. Sie war in der kleinen Einliegerwohnung unten im Elternhaus geblieben und hatte sich in die Stadt geträumt. An die Kunsthochschule. Und selbst wenn man sie dort nicht angenommen hätte: Eine Schneiderlehre, später ein eigenes Modeatelier, das wäre möglich gewesen, auch gegen den Willen der Eltern.

Aber wie konnte man als Tochter die Eltern so im Stich lassen? Die ja schon ein Kind verloren hatten.

Wenn diese Gedanken wieder mal zu drängend wurden, wenn sich Bitterkeit hineinmischte, dann setzte sich Betti in ihren Wolf und fuhr los. Nie hätte sie gedacht, dass sie jemals so empfinden würde, für ein Ding aus Blech. Sie hätte dieses Auto geheiratet, wenn es möglich gewesen wäre, es bot ihr alles, was sie sich jemals von einer Romanze hätte erhoffen können. Schutz und Geborgenheit, dabei ein Gefühl von Grenzenlosigkeit. Den Schlüssel drehen, Gas geben, die Vibration des Motors spüren, das war wie eine Art körperlicher Verschmelzung. Und Betti liebte es, wie man sie ansah, wenn sie und der Wolf unterwegs waren. Ungläubig, respektvoll. Ihr konnte keiner was, solange sie jederzeit in ihren Wolf steigen und davonbrausen konnte, und wenn der Preis für diese Freiheit war, ihren Eltern den Haushalt zu führen, dann sollte es ihr recht sein.

Manchmal nahm sie Silvia mit auf ein kleines Fährtle und das war schön. Wie das Mädchen so still und verträumt hinten auf der Rückbank saß und aus dem Fenster schaute, ihr so ganz und gar vertraute, während sie über die Höhen fuhren. Manchmal bis in den Schwarzwald. Früher hatte sie auch noch Evelyn mitgenommen, in der Hoffnung, die Ausflüge würden der Freundin guttun und deren Laune heben. Damit sie mal rauskam. Irgendwo in Evelyn musste doch noch ein bisschen was von der Leichtigkeit stecken, die sie früher manchmal gehabt hatte, hinter ihrer ernsten Fassade, diesem Panzer aus Sorge und Pflichtgefühl. Aber Evelyn war eine miserable Beifahrerin, nervös und schreckhaft, sie hatte ganz offensichtlich wenig Freude an diesen Ausflügen. Manchmal, an schlechten Tagen, genoss Betti heimlich das Unbehagen, das es Evelyn bereitete, wenn sie zu schnell fuhr. Aber dann fühlte sie sich doch wieder schuldig deswegen, und sie einigten sich darauf, dass Betti hin und wieder Silvia mitnahm, damit Evelyn daheim ein paar ungestörte Stunden hatte. Wenn Betti nun Silvia abholte für einen Ausflug, sah sie im Rückspiegel, wie erleichtert Evelyn ihnen nachsah. Wie sie sich noch vorm Haus stehend eine Zigarette anzündete und kräftig daran zog. Wenn Betti und Silvia zurückkamen, holte Evelyn den Rezeptblock und schrieb Betti die Tabletten auf. Schmerztabletten und Librium für die Mutter, Herztabletten für den Vater. Einmal hatte sie Betti gefragt, ob sie auch was »zur Beruhigung« wolle. Da musste irgendetwas durchgesickert sein zu Evelyn und Karl. Dass Betti sich mal wieder nicht im Griff gehabt hatte, zu laut gewesen war. Dem Postboten die Tür im Morgenmantel aufgemacht, beim Weinfest allein getanzt hatte. In ihrem Alter!

Aber Betti wollte nichts zur Beruhigung. Sie wollte sich nicht beruhigen. Sie sah ja an Evelyn, was passierte, wenn man sich zu sehr beruhigte. Wenn man all das immer drinnen behielt, was doch eigentlich rauswollte. Dann verkümmerte man doch und wurde grantig und herrschte die eigene Tochter an, nur weil die ein kleines Träumerle war und keine Einser-Schülerin.

Am Nachmittag hatte Betti eigentlich die Bluse fertig

nähen wollen, für Annett. Sie hatte Stoff besorgt und zugeschnitten, alles abgesteckt, die grün lackierten Knöpfe sowie die Zeichnung bereitgelegt, die sie angefertigt und mit Annetts Maßen versehen hatte. Und während sie dasaß und die Singer-Maschine ratterte und ihr der Stoff unter den Fingerkuppen dahinfloss, dachte sie daran, wie sie Annett vermessen hatte. Wie Annett sich den Pullover ausgezogen hatte in ihrer winzigen Küche, damit Betti ihr das Maßband unter der Brust entlang auf den Rücken führen konnte. Wie Betti den Abstand zwischen ihren nackten Schultern abgemessen und in den pfirsichfarbenen Haarflaum in Annetts Nacken gepustet hatte dabei, und Annett hatte ganz stillgehalten und sich nicht gerührt, so als würde sie den Atem anhalten, obwohl auf dem Herd der Wasserkessel pfiff, für den Tee, den sie Betti angeboten hatte. Wenn Betti an diesen Moment dachte, wurde ihr warm, und die Vorfreude auf den Abend wuchs, auf eine kurze Fahrt zusammen mit Annett im Wolf, vom Krankenhaus zurück in die Siedlung zu ihrer kleinen Eineinhalb-Zimmer-Wohnung in einem dreigeschossigen Mietshaus. Vielleicht würden sie dann noch mal gemeinsam Tee trinken in der kleinen Küche, damit Betti gleich dabei sein konnte, wenn Annett die Bluse anprobierte.

Sie nähte gerade die Manschetten an, als ihre Mutter ins Zimmer kam. Ohne anzuklopfen, wie immer, und damit war Bettis Laune schlagartig im Keller. Und wie die Mutter dann da im Türrahmen stand und plötzlich diesen kindlich weinerlichen Ton anschlug, den sie sich angewöhnt hatte im Alter. Bettis Mutter, die ehemals stolze Frau Professor, die immer so viel Wert auf Haltung gelegt hatte, benahm sich nun manchmal wie ein mauliges kleines Kind, wenn sie Betti um etwas bat. Beim Eierpellen eben am Frühstückstisch noch ganz die strenge Mutter, die ihre erwachsene Tochter behandelte wie ein kleines Mädchen. Jetzt eine bedürftige alte Frau mit Schmerzen, die dringend jemanden brauchte, der für sie in die Apotheke ging.

»Elsbeth, ich bitt' dich, geh gschwind und hol mir die Tabletten, ich komm sonst heut' gar nicht zurecht, es sind solche Schmerzen, du machst dir keine Vorstellung.«

Betti nahm den Fuß vom Antriebspedal ihrer Maschine.

»Mutter, ich muss nähen heute, brauchst du wirklich die Tabletten? Ich reib dir die Beine mit Tonikum ein, wenn du möchtest.«

»Das reicht nicht, ich bitt dich, hol mir die Tabletten, geh doch einfach gschwind, es dauert doch nicht lang.«

Also legte Betti den Stoff beiseite, auch weil ihr einfiel, dass der Melissengeist alle war, vorhin hatte sie den letzten Rest getrunken, und nun war nichts mehr da, um ihrer Mutter die Beine einreiben zu können. Im Übrigen war ihr die Vorstellung, die nackten Beine ihrer Mutter anzufassen, gerade ohnehin zuwider. Also gut, dann fuhr sie eben *gschwind* in die Apotheke am Marktplatz, bitte sehr, sie war ja eine gute Tochter.

Ob sie nicht lieber laufen wolle, fragte ihre Mutter noch, draußen vorm Haus, und eigentlich war es nicht als Frage, sondern als Anweisung gemeint, nun, da sie von ihrer Tochter bekam, was sie wollte. »Elsbeth, du bewegst dich zu wenig, man muss doch nicht jeden Weg mit dem Auto machen.«

Aber da stieg Betti schon in ihren Wolf, zündete sich eine Zigarette an und startete den Motor, das Geräusch übertönte die Mutter, die Vibrationen beruhigten ihre aufsteigende Wut. Sie fuhr die kurze Strecke runter zum Marktplatz, hielt mit quietschenden Reifen am Bürgersteig, nahm einen letzten tiefen Zug von ihrer HB, bevor sie den Stummel in ihren Aschenbecher drückte, und betrat die Apotheke Zum Goldenen Löwen.

»Ach, das Fräulein Borowski, grüß Gott.« Der alte Steubler in seinem gestärkten weißen Kittel sah sie abschätzig an mit seinen zusammengekniffenen kleinen Schweinsäuglein, Betti hasste ihn aus tiefstem Herzen und er schien das Gefühl zu erwidern.

»Librium, Metamizol und drei Flaschen Klosterfrau bitte«, sagte Betti und schob das von Evelyn ausgestellte Rezept über den Verkaufstresen.

»Das hat Ihnen der Herr Doktor aufgeschrieben, Fräulein Borowski?«

Wie genüsslich er das Fräulein betonte, Betti hatte nicht übel Lust, ihm die Nase zu brechen.

»Für meine Mutter«, erwiderte sie kühl. Er wusste das ganz genau, es war ja nun nicht das erste Rezept, das sie hier einlöste.

»Ach, für die Frau Professor, verstehe, kleinen Moment.«

Er ging nach hinten und kramte in seinen Apothekerschränken herum, kam mit den Tabletten zurück.

»Sprechen Sie doch mal mit Ihrem Bruder über Librium, es ist ja doch segensreich, gerade für Frauen, die beruhigende Wirkung. Vielleicht wär das ja auch etwas für Sie, Fräulein Borowski, und nicht nur für Ihre Frau Mutter.«

»Drei Flaschen Klosterfrau fehlen noch, Herr Steubler.«

»Gleich drei«, sagte Steubler und hob vielsagend die Augenbrauen.

Betti hielt seinem Blick stand, während er nacheinander betont langsam drei der blau-weißen Klosterfrau-Schachteln aus dem Regal nahm und vor sie hinstellte.

»Das wär's dann, Fräulein Borowski?«

Betti trat einen Schritt näher, steckte Tabletten und Flaschen in ihren Einkaufsbeutel, legte einen Zehn-Mark-Schein auf den Tresen und sagte: »Wissen Sie, Herr Steubler, vor dem Krieg, als ich noch ein unschuldiger Backfisch war, da kann ich mich gut erinnern, wie der Herr Güldenstein hier hinterm Tresen stand und Sie noch sein Lehrling waren, und der Herr Güldenstein war ein ausgesucht höflicher und diskreter Mann, der mir damals immer Pfefferminzbonbons geschenkt hat, und dann war er auf einmal verschwunden, zusammen mit seiner Frau und seiner Tochter. Einfach weg. Und Sie haben hier die Apotheke übernommen und es wurde nie wieder darüber geredet. Die Leut' vergessen ja so viel. Aber Sie kennen mich ja, gell? Ich erinnere mich gut und ich will es eigentlich nicht vergessen und deshalb nehm ich auch kein Librium, verstehen Sie, Herr Steubler? Das Rückgeld können Sie gern behalten.«

Dann drehte sie sich um und ging, die Türglocke schepperte erschrocken, als sie die Tür mit etwas zu viel Schwung aufriss. Sie fuhr genauso sportlich davon, wie sie gekommen war, und dann beschloss sie, nicht direkt nach Hause zu fahren, noch ein Fährtle zu machen, um den kleinen Rausch ein bisschen auszukosten, den ihr diese Szene beschert hatte, der dumme, verkniffene Blick des Apothekers. Das würde wieder Gerede geben, das wusste Betti, aber letztlich war sie nun mal die Tochter vom Herrn Professor, und da konnten sich zwar alle heimlich das Maul über sie zerreißen, aber am Ende konnte ihr keiner was. Sie fuhr durch die Weinberge, hoch Richtung Wald, schnitt ein paar Kurven, überholte einen Traktor, genoss das Gefühl, wenn die Fliehkraft ihr in den Magen fuhr. Rauchte noch eine, machte das Radio an, der Soldatensender spielte »Wipe Out« und Betti wünschte, es wäre Sommer und sie könnte die Fenster aufmachen und sich den Wind durch die Haare pusten lassen, aber da draußen war nur der trübe süddeutsche November, daran konnte auch das Surferlied nichts ändern. Ihre Mutter würde sich sicher Sorgen machen, dass sie noch nicht längst zurück war, und das gefiel Betti ganz gut. An der nächsten Kreuzung entschied sie sich trotzdem gegen eine noch größere Runde und drehte um. Ihr war die Bluse für Annett wieder eingefallen, die sie jetzt vermutlich nicht mehr rechtzeitig fertig bekommen würde. Und je länger sie darüber nachdachte, desto schlechter wurde Bettis Laune wieder. Das kleine Hoch nach dem Apothekenbesuch war verschwunden. Sie parkte vor dem großen Sandsteinhaus ihrer Eltern, wusste, dass ihre Mutter schon aus dem Fenster des Erkers spähte und Ausschau nach ihr hielt, öffnete noch schnell eine der Klosterfrau-Packungen und nahm einen großen Schluck Melissengeist direkt aus der Flasche. Den hatte sie sich verdient.

Sie bekam die grüne Bluse an diesem Tag dann tatsächlich nicht mehr fertig. Die angefangenen Manschetten nähte sie noch fest, aber dann ließ ihre Konzentration nach und Betti wollte kein Risiko eingehen. Diese Bluse musste perfekt werden.

Nach dem Abendbrot fuhr sie noch einmal los, unter großer Missbilligung ihrer Eltern, diesmal zum Kreiskrankenhaus. Sie parkte nicht direkt vor dem Eingang, damit Karl sie nicht sah, falls er auch gerade seinen Dienst beendete. Nicht dass sie mit ihrem Bruder nicht auch gern mal wieder eine kleine Fahrt unternommen hätte, nur sie beide. Aber nicht heute Abend, heute Abend wollte sie ihre Freundin Annett nach Hause bringen, damit die nicht im Dunkeln den Bus nehmen musste, und da konnte sie ihren Bruder nicht gebrauchen. Deshalb parkte sie an einer Straßenecke, die auf dem Weg vom Krankenhaus Richtung Bushaltestelle lag, und als sie Annett in ihrer Schwesterntracht im Dunkeln den Gehsteig entlangkommen sah, kurbelte sie das Fenster runter und winkte ihrer Freundin zu.

Sie fuhren durch die Novembernacht, Annett hatte ihren Haarknoten gelöst und erzählte von ihrer Schicht. Jemand war gestorben, jemand war geboren worden, alles wie immer. Betti fuhr langsamer als gewöhnlich und nahm heimlich ein paar falsche Abzweigungen, um die gemeinsame Fahrt noch zu verlängern, und entweder fiel das Annett gar nicht auf oder sie hatte nichts dagegen.

»Glaubst du eigentlich an Geister?«, fragte Betti.

»Natürlich. Warum?«

»Ich sehe meine tote Schwester. Jeden Tag. Und wenn ich das jemandem erzähle, halten mich alle für verrückt.«

»Ich halte dich nicht für verrückt«, sagte Annett. »Ich sehe ständig Geister. Das ganze Krankenhaus ist voll von ihnen. Und deine Schwester möchte vielleicht auf dich aufpassen. Das ist doch schön!«

Betti wurde warm. Sie wünschte, sie hätte diese Bluse fertig bekommen, um sie Annett zu überreichen, andererseits blieb ihr so die Vorfreude darauf. Sie schaltete das Radio an, AFN spielte irgendeine Elvis-Schnulze, der Scheibenwischer quietschte über die Windschutzscheibe und wischte den leichten Novemberniesel weg und Betti fühlte sich so leicht wie lange nicht.

Sie waren gerade angekommen vor Annetts Haus, als der Moderator das Lied abrupt ausblendete und mit ernster Stimme verkündete, Präsident Kennedy sei im Krankenhaus seinen Schussverletzungen erlegen. Ein Attentat auf offener Straße, während eines Autokorsos. Betti hörte es, aber es erreichte sie gar nicht, sie sah nur, wie Annett neben ihr blass wurde, noch blasser, noch schöner, und sich die Hand vor den Mund schlug.

Vielleicht haben sie recht, dachte Betti. Vielleicht bin ich doch verrückt. Annett hatte ihren Kopf an Bettis Schulter gelegt und weinte um den toten Präsidenten, und Betti fühlte nichts als Glück. Sie hielt Annetts Hand und strich mit dem Daumen über ihre rauen Fingerknöchel und im Rückspiegel sah sie Ritas Geist auf dem Rücksitz sitzen. Sie zwinkerten sich zu.

Grabungen

1989

Der Spätsommer lag wie ein nasser, warmer Waschlappen über dem Ort und ganz Ildingen hielt ungewöhnlich still. Nur zeitig am Vormittag und dann wieder am frühen Abend hörte man den üblichen Klangteppich aus Kreissäge, Gehämmer, Vogelgezwitscher und Hundegebell. Das Haus von Doktor Evelyn Borowski dagegen hatte sich trotz der Schwüle in eine Art Ausgrabungsstätte verwandelt. Evelyn entrümpelte. Die Garage, alle Schränke, den Dachboden. Seit einer Woche ging das nun so. Bewaffnet mit einer Rolle großer schwarzer Müllsäcke lief sie durchs Haus und stopfte alles hinein, was ihr nicht von unmittelbarem Nutzen oder Wert erschien. Nein, da könne Silvia nun wirklich gar nicht helfen. Lauter alter Kram, der längst hätte entsorgt werden müssen. Nichts von Bedeutung, wirklich. Am allerbesten stünde sie einfach nicht im Weg herum. »Hast dich ja all die Jahre auch nicht dafür interessiert.«

Bei ihrer Ankunft vor einigen Wochen war es Silvia so vorgekommen, als hätte sie eine Grabkammer geöffnet, in der seit Jahrzehnten alles unbewegt an seinem Platz stand, ihre Mutter darin wie eine Untote, vollkommen antriebslos, seit ihr mit der Pensionierung der Lebensinhalt genommen worden war. So als hätte Evelyn mit dem weißen Arztkittel auch alle Lebendigkeit abgestreift und beschlossen, nun einfach vor sich hinzurotten. Ob anfangs wohl noch ehemalige

Kollegen und Kolleginnen angerufen hatten? Ob es Bekannte, vielleicht sogar Freunde gab, die immer mal vorbeigeschaut hatten? Und dann irgendwann nicht mehr, denn wer ließ sich schon gern ständig abwimmeln? Hatte ihre Mutter Freunde? Freundinnen? Silvia hätte keine einzige benennen können.

Aber nun war in den letzten Tagen doch eine Art Lebenstrotz in Evelyn erwacht, eine produktive Unruhe, die auf dem Dachboden nun endlich ein Ziel gefunden hatte.

Also hatte Silvia sich in den Garten zurückgezogen. Hatte dort angefangen umzugraben, hatte mit einem Spaten aus dem Gartenschuppen Beete neu abgestochen, ein kleines Wildkräuterbeet angelegt und Unkraut gejätet. Das umgefallene Vogelhäuschen, das ihr Vater vor vielen Jahren mal gezimmert hatte, hatte sie abgeschliffen, neu gebeizt und wieder einigermaßen gerade in den Rasen gerammt. Und Hannah hatte ihr dabei zugesehen, von einer Babywippe aus, die Monika zusammen mit der bestellten Kosmetik vor ein paar Tagen unangekündigt vorbeigebracht hatte.

Silvia hätte sie natürlich hereinbitten müssen, ihr einen Kaffee anbieten. Und wenn sie eine anständige Ildingerin gewesen wäre, hätte sie außerdem Kuchen dagehabt. Aber das war sie ja nun mal nicht und außerdem war sie ein bisschen überrumpelt gewesen, und als Monika begriffen hatte, dass man sie wohl nicht ins Haus bitten würde, hatte sie Silvia einfach mit ihrem viel zu großen Lächeln die Papiertüte voller Badekugeln und Kosmetik samt einer Babywippe in die Hand gedrückt.

»Hatte ich noch im Keller und meine beiden Mäusle sind ja nun schon groß. Du, ich wollt fragen, ob wir nicht mal zusammen spazieren gehen oder Kaffee trinken wollen?«

Silvia hatte vage zugesagt. Nicht zu enthusiastisch, aber

es gefiel ihr doch, sich von Monika bitten zu lassen. Sie genoss diese kleine, kindische Genugtuung. Jetzt auf einmal bemühte man sich um sie. Nachdem sie als Kind alles, wirklich alles dafür getan hätte – und auch getan hatte –, um in Monikas Gunst zu stehen.

Wie sich die Zeiten doch änderten, dachte Silvia, während sie mit Hannah auf dem Schoß im Gartenstuhl saß, Zitronensprudel aus der Flasche trank und nach der tagelangen Schufterei ihr Gartenwerk betrachtete. Hinter sich im Haus das Poltern und Stöhnen ihrer Mutter, die keine Hilfe annehmen mochte, nichts gefragt werden wollte und dafür ihrerseits Silvia auch nichts fragte. Es war ihr ganz recht.

Den frühen Abend verbrachten sie dann wieder zusammen im Wohnzimmer, es hatte sich – ohne dass sie es abgesprochen hatten – eine Art Routine etabliert. Evelyn machte Schnittchen, Aufschnitt auf Schwarzbrot, dazu saure Gürkchen und Mineralwasser, und pünktlich um 18 Uhr wurde der Fernseher angeschaltet. Am Anfang hatten sie noch zusammen »Herzblatt«, »Glücksrad«, »Lindenstraße«, »Liebling Kreuzberg« und die »Rudi Carrell Show« geschaut, die perfekte Weltflucht, neutraler Boden. Aber seit in den deutschen Botschaften in Budapest und Prag immer mehr Leute über Mauern kletterten, Grenzzäune durchschnitten wurden, Menschen mit Koffern, Kinder hinter sich herziehend, über Stoppelfelder rannten und der Tagesschau-Sprecher eine gewisse historische Bedeutsamkeit in seine Stimme legte, hatte Evelyn plötzlich keine Muße mehr für Serien und Spieleshows. Sie saß auch anders in ihrem Sessel. Vorne, auf der Kante, die Fernbedienung in der Hand, schaute sie alle Nachrichtensendungen, die am Abend ausgestrahlt wurden. Und dann verschwand sie am späten Abend wieder oben auf dem Dachboden. Silvia lag im Bett, hörte, wie ihre Mutter bis Mitternacht dort oben herumkruschtelte, Kisten über die Holzdielen schleifte, leise fluchte, wenn irgendwo ein Brett umgefallen war oder vielleicht ein alter Tennisschläger. Als Kind hatte Silvia den Dachboden gefürchtet und nie betreten. Aber das würde sie nun ändern, ob es Evelyn passte oder nicht.

»Was ist eigentlich mit den Ordnern aus meinem Zimmer?«, fragte Silvia am nächsten Morgen, während sie in einem der Küchenschränke nach Filtertüten für die Kaffeemaschine suchte.

»Was soll damit sein?«, fragte Evelyn zurück und Silvia glaubte, eine leichte Alarmiertheit in ihrer Stimme zu hören.

»Was hast du damit vor? Schmeißt du die auch weg?«

»Warum fragst du?«

»Nur so, ich hatte das Gefühl, es fehlen welche.«

Evelyn schob einen Laib Schwarzbrot durch die Brotschneidemaschine, zwei Scheiben lang schwieg sie und Silvia spürte die alte Angst ihrer Kindheit: abgetrennte Finger.

»Du musst dir langsam Gedanken übers Zufüttern machen, Silvia, Hannah wird nicht mehr richtig satt von deiner Milch«, sagte sie schließlich, offenbar wild entschlossen, das Thema zu wechseln. »Deine Stillerei, schön und gut, aber du darfst es nicht übertreiben. Es gibt doch heute so gute Gläschen, das war ja zu meiner Zeit noch ganz anders. Jeden Tag hab ich dir Brei gekocht. Und du warst so eine schlechte Esserin.«

Hannah lag friedlich in ihrer Babywippe, bereit, jeden mit ihrem großen, zahnlosen Babylächeln anzustrahlen, der sich ihr zuwendete. Silvia nahm die kleinen, knubbeligen Babyfüße in die Hände und küsste Hannah die Fußsohlen. »Gut«, sagte sie schließlich, mühsam jeden Anflug von Sarkasmus in ihrer Stimme unterdrückend. »Wenn du meinst? Du bist ja hier die Ärztin. Nimm doch Hannah und den Kinderwagen mit und kauf unten im Ort ein paar Gläschen, du weißt sicher, was da die richtigen sind.«

Zu Silvias großer Verwunderung hatte Evelyn den Köder geschluckt. Am Nachmittag hatte sie sich eine frische Bluse angezogen und eine von ihren zahllosen beigen Bundfaltenhosen, die kurze Dauerwelle einigermaßen in Form gesprüht, hatte Silvia gebeten, Hannah noch einmal zu wickeln und ihr einen von den »vernünftigen« Stramplern anzuziehen, und war mit Baby und dem türkisfarbenen Kinderwagen losmarschiert. Etwa eine Stunde würde Silvia bleiben, um den Ordner mit dem G zu finden. Oder überhaupt herauszufinden, was ihre Mutter da seit Tagen umherschob, umräumte und wegschmiss.

Sie stieg die steile Ausziehtreppe hoch in die überhitzte Staubigkeit des Dachbodens. Als Kind hatte sie eine präzise Vorstellung von all den Schrecken gehabt, die hier auf sie warten würden. Geister, Fledermäuse, die kleinen Schnappmausefallen, die auch in der Werkstatt von Herrn Hagerle in den Ecken lagen und die ihr problemlos einen Finger abtrennen könnten, wie Rüdiger gesagt hatte. Noch schneller als die Brotschneidemaschine.

Jetzt sah sie vor allem Staub, der im goldenen Spätnachmittagslicht tanzte. Es roch muffig, nach Vergangenheit und nach dem spezifischen Geruch großer schwarzer Müllsäcke. Silvia sah ein gutes Dutzend dieser Säcke prall gefüllt in einer Ecke des Dachbodens stehen, daneben drei offene Umzugskartons. Auf der anderen Seite des Dachbodens stand zusammengeschobener Sperrmüll: zwei alte Kommoden, ein Kinderschaukelpferd, an das Silvia sich dunkel erinnerte, zwei alte Korbsessel mit durchgebrochener Sitzfläche, Regaleinlegeböden – alles Dinge, die zu groß für Müllsäcke waren.

Silvia war sich nicht sicher, ob sie den G-Ordner in den Müllsäcken suchen sollte oder eher in den drei Kisten, in die Evelyn offenbar die Dinge einsortiert hatte, die sie behalten wollte. Die Zeit würde eh nicht reichen, um alle Säcke einmal zu durchwühlen, also nahm sie sich die Kisten vor.

Silvia fand ein weißes, an den Nähten vergilbtes Kleid, offensichtlich ein Hochzeitskleid. Sie ließ den Stoff durch ihre Finger gleiten und schaute instinktiv auf die Innenseite des Halsausschnitts. Und tatsächlich fand sie dort eine kleine Blüte aus weißem Garn, Tante Bettis Signatur, die sie in alle ihre selbst entworfenen Kleider gestickt hatte. Silvia fand einen weißen Arztkittel, auch der vergilbt. Vielleicht war das der erste, den ihre Mutter je getragen hatte, einer, auf den sie besonders stolz war. Sie fand eine schwarze Dokumentenmappe, darin Evelyns Approbation, die Kopie eines Artikels, den sie vor etlichen Jahren in einer medizinischen Fachzeitschrift veröffentlicht haben musste, einen ausgeschnittenen Zeitungsartikel mit einem Nachruf auf Karl Borowski, seine Todesanzeige aus den »Stuttgarter Nachrichten«, auf der auch ihr Name stand. In tiefer Trauer. Als die Anzeige erschienen war, hatte Silvia vom Tod ihres Vaters noch gar nichts gewusst. Sie hatte in Griechenland am Strand gehaust und gefeiert, während er auf dem Ildinger Friedhof zu Grabe getragen wurde. An das R-Gespräch, das Silvia viele Wochen später von einer Telefonzelle aus mit ihrer Mutter geführt hatte, weil sie Geld brauchte, und bei dem sie von seinem Tod erfahren hatte, konnte sie sich kaum erinnern. Zu schmerzhaft. Immer noch. Silvia legte die Dokumentenmappe wieder in die Kiste zurück.

Dann zog sie aus einer weiteren Kiste zwei Blechdosen hervor. In der einen lagen ungeöffnete Briefe mit brasilianischen Briefmarken und Poststempeln aus Rio de Janeiro, adressiert an Evelyn, mit unleserlichem Absender. Warum bewahrte ihre Mutter Briefe auf, die sie nie geöffnet hatte? In der anderen Dose waren Briefe, die Silvia kannte. Es waren ihre eigenen. Bettelbriefe, Heimwehbriefe. Hilferufe, die sie ihren Eltern im ersten Jahr aus dem Internat geschickt hatte. Silvia schaute auf ihre runde Kinderschrift und spürte, wie sich alles in ihr zusammenzog bei der Erinnerung an ihre Sehnsucht nach zu Hause. »Liebe Mama, liebster Papa, ich vermisse euch unendlich, bitte holt mich wieder ab.« Irgendwann hatte sie nicht mehr geschrieben.

In der Kiste war noch etwas Weiches. Ein kleiner Hund aus grauem Filz an einer Kordel, der ihr vage bekannt vorkam. Sie hielt ihn in das Sonnenlicht, das durch das ungeputzte Dachfenster schien, und plötzlich wusste sie es: Es war kein Hund, sondern ein Wolf. Und dieser Wolf hatte am Rückspiegel von Tante Bettis Auto gehangen. Ihr Talisman. Silvia steckte ihn in die Tasche ihrer abgeschnittenen Jeans.

Eigentlich hatte sie genug gesehen. Vielleicht war es doch ein Fehler gewesen, hier oben herumzustöbern. Den G-Ordner hatte sie nicht gefunden, dafür lauter alte, schlechte Gefühle aus diesen Kisten gekramt. Andererseits: Wer wusste schon, ob sie noch einmal die Gelegenheit bekommen würde, bevor alles im Müll landete? Also griff Silvia noch einmal in die Kiste.

Sie zog ein altes Fotoalbum heraus, darin sorgfältig eingeklebte Schwarz-Weiß-Bilder: Porträts einer sehr mondän wirkenden Frau mit Hut, Zigarette zwischen den Fingern, deren Gesichtszüge merkwürdig vertraut wirkten. Wie eine freiere, glücklichere, elegantere Version von Evelyn.

Das musste ihre Großmutter Senta sein. Und die ungeöffneten Briefe aus Brasilien, die waren vermutlich auch von ihr. Nichts wusste Silvia über diese Frau, außer dass man ihre Mutter besser nicht nach ihr fragte. Einmal hatte sie es doch getan, weil sie für die Schule einen Stammbaum zeichnen musste, damals, in der dritten Klasse. Die Lehrerin hatte allen mit der blauen Matrize ein Blatt abgezogen, auf dem die Umrisse eines Baumes zu sehen waren, und als Hausaufgabe sollten sie die Äste einzeichnen und Namen eintragen. Den Ast ihres Vaters hatte Silvia leicht zeichnen und beschriften können, die Großeltern, Tante Betti (kinderlos) und Tante Rita (tot). Und als sie Evelyn das Blatt gezeigt hatte, ängstlich, weil sie schon spürte, was nun kommen würde, hatte Evelyn den Ast, der ihren Teil der Familie darstellen sollte, einmal durchgestrichen, mit einer Vehemenz, als würde sie ihn tatsächlich gern mit einem Beil abhacken. »Ihr lernt wirklich nur Unfug in der Schule!«

Das wenige, was sie über ihre Großmutter Senta wusste, hatte Tante Betti ihr erzählt: dass sie Evelyn als Kleinkind zurückgelassen hatte, um nach Berlin zu ziehen und dort zu arbeiten. Dass sie nach dem Krieg ausgewandert und in Brasilien bei einem Autounfall gestorben war. Und dass ihre Mutter von ihrer Tante Trude großgezogen worden war, einer Krankenschwester, der sie die Liebe zur Medizin verdankte und die kurz nach Kriegsende an Typhus gestorben war.

Auch von Trude gab es ein Foto in diesem Album, ein einziges. Das Bild einer etwas verhärmt aussehenden Frau in Krankenschwesternuniform, graue Bluse, weiße Schürze, weiße Haube. Und am Revers ein kleines dreieckiges Abzeichen, darauf ein weißes F auf schwarzem Grund, in der Mitte des F ein winziges rotes Hakenkreuz. Offenbar kein

Foto, das Evelyn in einem Silberrahmen auf der Anrichte im Wohnzimmer stehen haben wollte, dort, wo Karls Familienfotos aufgereiht waren. Karl als Kind mit seinen Schwestern, Karl im Konfirmationsanzug mit den Eltern.

Silvias Mutter war als Frau ohne Vergangenheit lange vor Silvias Geburt in dieser schwäbischen Kleinstadt aufgetaucht und hatte alles dafür getan, damit es so blieb. Silvia merkte, wie eine alte Wut in ihr hochkochte, sie hatte das Rätselraten so satt, warum konnte nicht endlich alles offen auf den Tisch gelegt werden? Sie nahm noch einmal die Blechbüchse mit den ungeöffneten Briefen in die Hand, was für eine alberne Sache das war, Briefe aufzubewahren, die man nicht öffnete, es war so typisch für ihre Mutter. Etwas wegschieben und doch nicht loslassen können. Sie nahm den obersten Umschlag aus der Dose und riss ihn auf, faltete den Brief auseinander und versuchte, im trüben Dachbodenlicht die Zeilen ihrer Großmutter zu lesen. Schwachblaue Tinte, eine kantige Schrift: »Liebe Evelyn, heute habe ich …«.

Aus der Ferne hörte Silvia durch die leicht geöffnete Luke im Dachgiebel Babygeschrei und wusste instinktiv, dass das nur Hannah sein konnte. Als hätte ihre Tochter ein Gespür dafür, sie vorwarnen zu müssen. Evelyn und Hannah würden also gleich zurück sein, Silvia sah förmlich vor sich, wie Evelyn gehetzt den Kinderwagen den Buchenweg entlangschob, denn das war ja nun das Allerschlimmste für sie. Eine Situation, die sie nicht unter Kontrolle hatte, ein Kind, das nicht so wollte wie sie, Nachbarn, die Doktor Evelyn Borowski in dieser Lage beobachten konnten. Silvia steckte den Brief zurück in den Umschlag und den Umschlag zurück in die Dose, klappte das Fotoalbum zu und wollte es gerade zurücklegen, da rutschte ein letztes Bild in ihren Schoß. Es musste ganz hinten lose zwischen den Seiten gelegen haben.

Darauf ein junger Mann mit welligen hellbraunen Haaren in einem Gartenstuhl, anscheinend in ein Buch vertieft, als wüsste er nicht, dass er fotografiert wurde. Die obersten beiden Hemdknöpfe waren offen, die Hose an den nackten Füßen umgekrempelt. Lässig und konzentriert sah er aus und Silvia hörte ihr Blut in den Ohren rauschen. Georg.

Sie steckte das Foto zurück in das Album, und anstatt es zurück in den Karton zu legen, klemmte sie es sich unter den Arm. Kletterte die Ausziehtreppe hinunter und verschwand in ihrem Zimmer, gerade als sie hörte, wie Evelyn hektisch die Haustür aufschloss, die schreiende Hannah auf dem Arm. Wo das Album jetzt verstecken?

»Silvia!«, rief ihre Mutter von unten, in einem Befehlston, der kein weiteres Zögern duldete. »Dein Kind!«

Silvia hatte plötzlich eine große Sehnsucht nach Berlin. Ich muss hier wieder weg, dachte sie. Aber vorher musste diese Grabung abgeschlossen werden. Die Grabkammer war geöffnet, die Geister der Vergangenheit erwacht. Da konnte sie jetzt nicht einfach wieder den Deckel drauflegen und zurück in ihr altes Leben.

Silvia nahm das Album und stellte es unten rechts in das Bücherregal, zu den anderen Ordnern. Genau an die Stelle, an der der G-Ordner gestanden hatte. Der Waffenstillstand mit ihrer Mutter war hiermit aufgekündigt.

Astronaut

1965

Evelyn hatte nicht gehört, dass Karls VW-Käfer in die Garage gefahren war, sie hatte nicht gesehen, dass er ausgestiegen und mit großen Schritten auf sie zugelaufen war, erschöpft von seinem Arbeitstag, aber gut gelaunt. Sie hatte die Teppiche ausgeklopft im Garten. Notwendig war es nicht gewesen, jedenfalls nicht für den Läufer im Flur, den hatte sie vor zwei Tagen erst verdroschen. Aber der Läufer war am leichtesten in den Garten zu transportieren und über die Stange zu legen, und dann konnte sie mit dem Teppichklopfer all die Wut loswerden, die ihr seit Tagen durchs Gemüt waberte.

Warum nur war sie so wütend? Und auf wen eigentlich? Hatte sie irgendeinen Anlass dazu? Hatte sie nicht das beste aller Leben? Einen liebenden Mann, ein gesundes Kind, ein Haus, ein Auto, einen Garten mit einer Teppichstange, eine Haushälterin, die zweimal in der Woche kam und putzte und wusch, keinerlei Geldsorgen?

Du musst mehr unter Leute, sagte Betti ihr manchmal. Lad die Nachbarinnen ein. Geh zu den Landfrauen. Im Gemeindesaal machen sie Gymnastikkurse, vielleicht tut dir das gut.

Aber Evelyn wäre lieber gestorben. Sie wusste doch, wie die Frauen hier über sie dachten, die *Neigschmeckte*, das Findelkind aus dem Osten, die späte Mutter mit der verhuschten Tochter. Sie war nicht wie die Frauen hier, da konnte sie sich noch so viel Mühe geben. Wenn sie beim Bäcker oder beim Metzger anstand, wurden die Gespräche plötzlich leiser. Wie man sie »Frau Doktor« nannte, mit dieser ganz leichten Herablassung in der Stimme, eine vergiftete Respektsbezeugung. Sie war nämlich nur noch Frau Doktor, weil sie die Ehefrau vom Herrn Doktor war. Nicht aus eigenem Recht. Und so eine »Frau Doktor« lud man nicht zu einem Kaffeeklatsch unter Freundinnen ein oder zum gemeinsamen Weihnachtsschmuckbasteln. Die hielt man lieber höflich auf Distanz.

Und in Wahrheit wollte Evelyn ja auch nicht wie die Frauen hier sein. Sie wollte diese Distanz gar nicht durchbrechen. Sie wusste einfach nicht, wie man diese Gespräche führte, über Kinder, den Haushalt, den Garten, den Mann. Ein paarmal war sie bei der Nachbarin zum Kaffee eingeladen gewesen, eher zufällig, weil gerade der Kuchen fertig geworden war und Silvia ohnehin bei jeder sich bietenden Gelegenheit bei Hagerles in der Küche auf der Eckbank saß. So wie heute. Evelyn hatte Silvia dort abholen wollen, da hatte Frau Hagerle ihr schon eine Tasse Kaffee hingestellt und sie aufgefordert, sich doch kurz dazuzusetzen. Evelyn verstand, warum Silvia hier so gern ihre Nachmittage verbrachte. In diesem Haus war die ganze Zeit Lärm und Bewegung, eine Kulisse, in der sich Silvia wunderbar unsichtbar machen konnte. Die vier Buben, die sich wie junge Kälber auf der Weide aufführten. Frau Hagerle, rundlich und duldsam in der immer gleichen hellblau geblümten Kittelschürze am Herd, backend, Mahlzeiten zubereitend für die ewig hungrigen Mäuler, ab und an eine Backpfeife androhend, wenn es ihr zu wild wurde. Evelyn hatte dagesessen und ihren dünnen Kaffee getrunken, Frau Hagerle hatte für sie extra eine Tasse vom guten Service auf den Küchentisch gestellt. Und als Frau Hagerle sich zu ihr gesetzt hatte mit einem leichten Stöhnen und sich mit dem Ärmel den Schweiß von der Stirn wischte, hatten sie nichts zu reden gehabt. Bis Frau Hagerle schließlich mit einem freundlichen Lächeln sagte: »Gell, Sie vermissen die Heimat, Frau Doktor.«

Als hätte sie eine.

Als Karl ihr von hinten die Hand auf die Schulter legte, bekam sie einen solchen Schreck, dass sie ihn fast mit dem Teppichklopfer k. o. geschlagen hätte. Er strahlte.

»Du verausgabst dich zu sehr, du hörst ja nicht mal, wenn dein Mann nach Hause kommt«, sagte er und lachte Evelyn an. »Komm, lass uns reingehen, ich muss dir etwas zeigen. Heute kam Post aus Amerika!«

Karl nahm Evelyn den Teppichklopfer aus der Hand, hakte sie unter und zog sie ins Haus. Er dirigierte sie auf die Couch, und dann holte er zwei Gläser aus dem Schrank und goss ihnen beiden Cognac ein. Silvia kam die Treppe aus ihrem Kinderzimmer hinuntergerannt und warf sich Karl in die Arme: »Papi, ich hab etwas gestickt für dich heute im Handarbeitsunterricht, es ist fast fertig, kommst du in mein Zimmer und ich zeig es dir?«

»Später, Mäusle, jetzt lass mich kurz mit deiner Mutter sprechen.«

Er gab Silvia einen Kuss auf den Scheitel und Silvia lief wieder nach oben in ihr Kinderzimmer. Karl setzte sich Evelyn gegenüber, stellte den Cognac vor ihr auf den Wohnzimmertisch und zog vorsichtig eine Zeitschrift aus seiner Aktentasche, die neben seinem Sessel stand.

»Die hat mir ein Kollege aus Boston geschickt. Schau dir das an. Sind das nicht unglaubliche Bilder? Phänomenal.«

Evelyn betrachtete die Zeitschrift, ihr Titel war »LIFE«,

große weiße Buchstaben auf rotem Grund. Auf der Titelseite sah man die stark vergrößerte Farbfotografie eines Fötus im Mutterleib, achtzehn Wochen alt, wie Evelyn der englischen Bildunterschrift entnahm. Die Fruchtblase umgab ihn wie ein hauchdünner Ballon, aus seinem Bauch führte eine milchig weiße Nabelschnur aus der Fruchtblase heraus zur Plazenta, die man im Anschnitt am rechten Bildrand sah. Das Kind hatte den übergroßen Kopf zur Seite geneigt, die Augen waren geschlossen, wobei die Augäpfel sicher noch gar nicht entwickelt waren. Die durchscheinenden Händchen vor der Brust gefaltet, die Füßchen aufeinandergelegt wie der gekreuzigte Jesus.

»Ist das nicht fantastisch? Sie haben wohl eine winzige Kamera gebaut und sie der Mutter per Endoskop eingeführt. Ich hätte nicht für möglich gehalten, dass man so gestochen scharfe Bilder erhält«, sagte Karl. Der Bildhintergrund war schwarz mit kleinen weißen Sprenkeln, was das ungeborene Kind in seiner Fruchtblase wie einen Astronauten im Weltall wirken ließ. Unendlich allein, dachte Evelyn, und sie fühlte, wie aus der unbestimmten Wut nun nach dem Teppichklopfen eine erschöpfte Schwermut geworden war. Dieses Kind ist wie ich, dachte sie. Behütet, versorgt und trotzdem allein, ausgeliefert und nutzlos.

»Weißt du, was das für die Chirurgie bedeuten könnte? Stell dir vor, wie in ein paar Jahren solche winzigen Kameras zusammen mit genauso kleinen Skalpellen in den Körper eingeführt werden könnten, viel präziser und ohne große Schnitte. Man könnte so viel schonender operieren, die Heilungszeiten verkürzen, das wäre eine Revolution, meinst du nicht?« Karl leuchtete förmlich vor Enthusiasmus, er schwenkte seinen Cognac und hielt ihn gegen das Licht. Dann legte er den Kopf schief und sah Evelyn an.

»Und außerdem, meine liebe Frau, wurde ich heute zum Chefarzt befördert. Na, was sagst du?«

Evelyn sah Karl an und fühlte überhaupt nichts.

»Wie schön, ich freu mich«, sagte sie matt und nahm einen sehr großen Schluck von ihrem Cognac.

Jetzt war natürlich nicht die Zeit, um Karl von ihrem Tag zu erzählen, obwohl er eigentlich immer danach fragte. Und meistens hatte sie gar nicht viel zu berichten. Ihre Tage waren immer gleich und ereignisarm. Das Kind für die Schule fertig machen. Der Haushälterin bei der Arbeit zusehen. Etwas kochen. Rauchen. Manchmal ein Tee mit Betti oder der Schwiegermutter, so tun, als ginge es ihr gut. Silvia in Empfang nehmen, wenn sie aus der Schule kam wie ein geknickter Grashalm. Hausaufgaben überwachen. Sich zusammenreißen, obwohl das Kind vieles einfach nicht begreifen wollte. Träumte, unendlich langsam war, bockig wurde. Heute hatte Evelyn ein Gespräch mit Silvias Lehrerin führen müssen, sie war regelrecht einbestellt worden in die kleine Grundschule am Ortsrand, und da hatte sie sich dann nach Schulschluss auf eines der kleinen Viertklässler-Stühlchen in Silvias Klassenzimmer setzen und sich anhören müssen, dass Silvia doch arge Schwierigkeiten habe. Dass es ihr an »Willen« fehle, gerade neben den vielen aufgeweckten anderen Kindern falle das auf. Oftmals schaue Silvia einfach aus dem Fenster, beteilige sich nicht am Unterricht. Hole man sie an die Tafel, habe sie richtige Ausfälle und sage einfach gar nichts und schaue die Lehrerin nur mit großen, ängstlichen Augen an. Dabei könne sie es doch eigentlich, es fehle ihr ja nur der Mut. »Frau Doktor, sprechen Sie doch einmal mit ihrem Mann darüber und bedenken Sie das, wenn nun bald der Schulwechsel ansteht. Aufs Gymnasium wird das Kind ja sicher nicht gehen. Es gibt eine vernünftige Hauptschule im Nachbarort und sicher kann Silvia von dort irgendwann auf eine Hauswirtschaftsschule wechseln. Die Handarbeit liegt ihr ja, Frau Doktor. Schauen Sie!« Und dann hatte die Lehrerin von einem Regal an der Wand einen kleinen runden Stickrahmen geholt, aus dem unten bunte Fäden herausschauten, darauf verschiedene rote und blaue Blumen und in der Mitte ein Spruch, ungelenk und schief: »Vati ist der Bes«. Das T und E fehlten noch.

»Sie ist noch nicht ganz fertig, vielleicht können Sie sie anleiten und es zu Hause fertigstellen, die Klasse ist eigentlich schon weiter. Ja, Frau Doktor?«

Silvias Lehrerin hatte sie mitleidig angesehen, Evelyn hatte nichts erwidert und war mit knappem Gruß gegangen. Beschämend war das gewesen. Seit Jahren mühte sie sich ab. Hatte alles aufgegeben, was ihr wichtig war, saß jeden Nachmittag mit Silvia am Tisch und überwachte ihre Hausaufgaben und fühlte die gleiche Machtlosigkeit wie damals, als Silvia ein Säugling gewesen war, der nicht trinken und nicht essen wollte. Sie könnte kranke Menschen heilen, sie könnte Verzweifelte dem Tod von der Schippe reißen, sie könnte in dankbare Patientinnenaugen blicken, stattdessen saß sie hier und ließ Silvia die immer gleichen einfachen Sätze abschreiben, die immer gleichen Einmaleins-Zahlenreihen aufsagen. Sah, wie ihre Tochter immer und immer wieder die gleichen Fehler machte. Wie sie immer wieder den Stift in die linke Hand nehmen wollte. In Gedanken ständig woanders war, bei einem ausgedachten Hund namens Tuktuk, ihrem »besten Freund«. Manchmal fragte sich Evelyn, ob ihre Tochter das absichtlich machte. Ob sie instinktiv wusste, wie sie ihre Mutter in den Wahnsinn treiben konnte, und keine Gelegenheit ausließ, sie dafür zu bestrafen, sie überhaupt geboren zu haben.

Evelyn schaute auf das ungeborene Baby auf der amerikanischen Zeitschrift – sah das aus, als freute es sich auf seine Existenz außerhalb seiner kleinen Fruchtblase?

»Ich finde dieses Bild schrecklich«, sagte sie schließlich. »Ich verstehe nicht, wie dich das begeistern kann. Obwohl, ich verstehe es natürlich schon. Ihr Chirurgen bekommt ja immer nur schlafendes Menschenfleisch auf den Tisch, in dem ihr dann herummetzgern dürft. Ihr müsst euch nie fragen, wie sich so was anfühlt. Aber hast du daran gedacht, wie das für die Mutter war? Die lag nackt auf einem Gynäkologenstuhl und fremde Männer haben ihr eine Kamera in den Bauch geschoben. Und dann Fotos geschossen! Von ihrem Innersten! Für eine Zeitschrift! Und dieses Kind hat auch niemand gefragt. Wahrscheinlich ist es ohnehin tot. Glaubst du tatsächlich, so etwas würde bei einer intakten Schwangerschaft gemacht, wer würde ein solches Risiko eingehen? Was du hier siehst, ist doch nicht das Wunder des Lebens, sondern eine Abtreibung. Ein toter Fötus, im Bauch irgendeines gefallenen Mädchens, dem man im besten Fall ein paar Dollar dafür angeboten hat, damit sie sich eine Fahrkarte für den Bus nach Hause kaufen konnte. Das ist doch menschenverachtend!«

Evelyn war mitten in ihrer Rede aufgesprungen und lief mit dem Cognacglas in der Hand herum, sie war laut geworden, und Karl sah sie jetzt betroffen an, wie ein Schuljunge, mit einem Blick, den Evelyn sonst nur von ihrer Tochter kannte. Es machte sie nur noch wütender.

»Bitte beruhige dich. Ich gehe nach Silvia schauen«, sagte Karl schließlich und stand aus seinem Sessel auf.

»Ja, schau du nach Silvia«, rief Evelyn, »schau nach deinem kleinen Mädchen, dir hat sie was gebastelt in der Schule, dir wirft sie sich in die Arme, wenn du nach Hause kommst, dir und deiner Schwester! Ich tue alles für dieses Kind, seit neun Jahren denke ich den ganzen Tag an nichts anderes als an sie und an ihre Bedürfnisse. Ich wünschte manchmal, ich könnte mit Betti tauschen und einfach wegfahren. Ich wünschte, ich könnte nur einen Tag mit dir tauschen und morgens ins Krankenhaus fahren und mit Kollegen sprechen wie ein erwachsener Mensch. Und dann jemanden gesund machen, der dafür dankbar ist.«

Karl hatte sich Evelyns Ausbruch von der Treppe aus angehört, dann hatte er sich wortlos umgedreht und war in Silvias Zimmer verschwunden. Evelyn sank zurück auf die Couch, trank den Rest ihres Cognacs in einem Zug aus. Sie schämte sich. Unerträglich, wie der Nachhall ihrer viel zu lauten Stimme noch in der Luft hing, viel zu breit, viel zu hart, viel zu viel Raum einnehmend. Oben hörte sie Karl ruhig und gelöst mit Silvia reden, sie hörte Silvia lachen, sie konnte sich genau vorstellen, wie die beiden auf dem Kinderzimmerteppich saßen und Silvia stolz ihren Stickrahmen mit der unfertigen Liebeserklärung an ihren Vati vorzeigte und wie Karl Begeisterung vortäuschte, denn ihm war das genug. Er hatte eine liebe, etwas verträumte Tochter mit zwei hübschen langen Zöpfen. Sie hatte eine Tochter, die mit jeder vertrödelten Hausaufgabe, mit jedem nicht aufgegessenen Teller ihre eigene Unzulänglichkeit spiegelte. Mit jedem zerrissenen Strumpf, weil sie sich wieder aus Angst vor einem Gespenst oder einem Hund oder einem älteren Nachbarskind in einer Hecke versteckt hatte, mit jeder Blockflötenstunde, in der sie wieder und wieder an den einfachsten Etüden scheiterte, zeigte Silvia der Welt, dass sie eine Versagerin zur Mutter hatte.

Als Karl nach einer Weile wieder nach unten kam, saß Evelyn weinend auf dem Sofa, eines der steifen Sofakissen wie einen Schutzschild vor dem Bauch. Karl hatte sie seit Jahren nicht weinen sehen, und es erfüllte ihn mit einem Unbehagen, das ihm die Knie weich werden ließ. Er wusste, dass sie unglücklich war. Schon lang. Und er hatte keinen Weg gefunden, daran etwas zu ändern. Er hatte es einfach nicht angerührt, dieses Unglück, weil es ihm so groß und unberechenbar erschien, wie ein übermächtiger Gegner, den man besser nicht provozierte. Also war er darum herumgeschlichen und hatte versucht, es zu besänftigen. Mit Geld und Wohlstand und einer Haushaltshilfe, mit Sicherheit und Beständigkeit und einmal im Jahr einem Familienurlaub im Süden. Er heuchelte Begeisterung für Evelyns misslungenes Abendessen, er nahm sie in Schutz, wenn seine Eltern sich ihm gegenüber missbilligend äußerten, weil Evelyn nicht oft genug einlud. Er überschüttete seine Tochter mit Zuneigung und Lob, immer in der Hoffnung, dass das irgendwie den Graben zuschütten könnte, der sich zwischen Silvia und Evelyn aufgetan hatte. Damit Evelyn spürte, dass jedes liebevolle Wort an Silvia auch sie einschloss und sie darin seine Dankbarkeit erkannte.

Evelyn sah ihn nicht an und umklammerte das Sofakissen, die Zeitschrift mit dem Foto hatte sie umgedreht, sodass der durchscheinende schwebende Fötus in seiner Fruchtblase nicht mehr zu sehen war. »Es tut mir leid«, sagte sie schließlich, »es tut mir wirklich leid, ich hab es nicht so gemeint. Ich freu mich über deine Beförderung. Ich bin nur … ich weiß einfach nicht …«

Karl holte die Cognacflasche noch einmal aus der Anrichte und goss ihnen beiden nach. Zog eines der beiden Stofftaschentücher aus seiner Hosentasche und reichte es Evelyn.

»Du hast recht. Das Kind auf der Zeitschrift ist tot, sie haben die Bilder bei einem Abort aufgenommen. Es steht sogar im Artikel. Mir tut es leid, ich wusste nicht, dass dich das so … erschüttern würde. Ich wollte es dir zeigen, weil ich deine Meinung hören wollte. Deine fachliche Meinung.«

Evelyn schnäuzte sich. »Ich hab schon seit Jahren keine fachliche Meinung mehr.«

»Ich würde übrigens auch manchmal gern mit dir tauschen, einen Tag lang. Du fährst in die Klinik und stehst mit Stegemann am OP-Tisch und hörst dir seine langweiligen Jagdgeschichten an und plagst dich mit den unerfahrenen Assistenzärzten rum. Und ich bleibe zu Hause bei Silvia und verdresche draußen im Garten die Teppiche. Da würden die Nachbarn was zu schwätzen haben, meinst du nicht?«

»Die halten uns ohnehin für übergeschnappt. Es wäre auch egal.«

Draußen vor dem Fenster war jetzt mildes Frühlingsabendlicht und im Vogelhäuschen machten sich ein paar Blaumeisen über die Körner her, die Evelyn dort ausgestreut hatte. Der Läufer aus dem Flur hing immer noch über der Teppichstange und schaukelte sacht in der Abendbrise. Oben in ihrem Zimmer stickte Silvia noch ein T und ein E in ihren Rahmen, und unten im Wohnzimmer tranken ihre Eltern schweigend ihren Cognac aus, und Karl dachte darüber nach, was seine Tochter eben zu ihm gesagt hatte. Er hatte sie gebeten, ihrer Mutter mehr zur Hand zu gehen. Artiger zu sein und mehr zu helfen. Damit Evelyn sich nicht immer so anstrengen musste und nicht immer so erschöpft war.

»Mama will nicht, dass ich ihr helfe«, hatte Silvia erwidert und dabei umständlich einen neuen Faden in ihre Sticknadel gefädelt. »Ich bin zu langsam. Und Mama ist nicht erschöpft, Mama ist traurig. Weil sie keine Ärztin mehr sein kann wegen mir.«

Anruf

1989

Die Ecke hinter dem alten Schuppen in Hagerles Garten roch noch genau wie früher, nach frisch gehacktem Holz und modrigem Regentonnenwasser. Sogar der Sauerampfer wuchs hier immer noch, auf dem Silvia als Kind so gern herumgekaut hatte, wenn sie sich früher hier verkrochen hatte, mal mit, mal ohne Rüdiger. Inzwischen hatte Rüdiger aus dem niedrigen Holzschuppenvordach eine Art Sonnenterrasse gemacht, mit einer alten Decke und ein paar Kissen, sodass man im Schutz des höheren Schuppendachs unbeobachtet in den Himmel schauen konnte. Ab und zu trafen sie sich hier zum abendlichen Rauchen. Ein Joint und zwei Flaschen Bier, wenn Hannah und Frau Hagerle im Bett waren und wenn Silvia schon wieder nicht den Mut gefunden hatte, ihrer Mutter die Fernbedienung aus der Hand zu nehmen, die Glotze auszumachen und endlich ein richtiges Gespräch mit ihr zu beginnen.

Hier auf Hagerles Schuppenvordach konnte man auf dem Rücken liegen und in die Sterne schauen und über früher reden. Weißt du noch, als ihr mich im Kirschbaum habt sitzen lassen? Weiß du noch, als wir die Katzenbabys hier versteckt haben und mein Bruder hat uns verpetzt und mein Vater hätte sie fast alle in der Regentonne ersäuft, aber wir haben sie gerettet? Weißt du noch, als Jürgen mit dem Fahrrad gestürzt ist und fast unterm Traktor gelandet wäre? Du hast so geschrien …

»Kannst du dich noch an Georg erinnern?«, fragte Silvia eines Abends. »Der mal bei uns gewohnt hat und dann verschwunden ist? Ich glaube, den habe ich neulich gesehen.«

Rüdiger zog lang am Joint und antwortete nicht.

»Einfach verschwunden. Und dann wieder aufgetaucht. So wie du, gell?«

»Erinnerst du dich jetzt oder nicht?«

»Doch, ich erinnere mich an Georg. Nett war der. Der hat mich immer so angeschaut …«

»Wie angeschaut?«

Rüdiger seufzte.

»Als wüsste er alles über mich.«

Die Dachpappe, auf der Silvia und Rüdiger lagen, strahlte die Hitze des Sommertages ab, und Silvia rutschte näher an Rüdiger heran und legte ihren Kopf in seinen Arm. Erst schien Rüdiger nicht so recht zu wissen, wie er diese plötzliche Zuneigungsgeste deuten sollte, aber nach einer Weile entspannte er sich und sie lagen einfach gemeinsam im Dunkeln.

»Ich glaub, du musst hier auch mal abhauen, Rüdiger. Sonst platzt du irgendwann. Hier in diesem Kaff. Wie hältst du das aus?«

»Kann die Mutter nicht alleine lassen. Kann nicht jeder einfach von heute auf morgen verschwinden, so wie du, Silvia. Und außerdem bist du ja wieder da. Warum bist du denn zurückgekommen, wenn es hier so schlimm ist?«

»Also, lang bleib ich nicht mehr. Ich muss ein paar Dinge klären und mir Gedanken machen, wie jetzt alles weitergehen soll. Jetzt, wo ich Hannah habe. Aber irgendwann fahr ich wieder nach Berlin. Solltest mich mal besuchen kommen da. Ist den Leuten da nämlich egal, wie man rumläuft und mit wem man ins Bett geht. Denk drüber nach.«

An diesem Abend hatte sie Heimweh nach ihrer WG. Silvia vermisste Dirk, Iris und Zecki. Sie vermisste den Roten Hirsch, die Theke, und wie sie manchmal nach der Schicht noch alle zusammen Köfte essen gegangen waren, morgens um vier. Sie hatte Bock auf eine Diskussion in der Küche, auf eine Party im Ufo, auf einen warmen Sommerabend auf der Decke am Mariannenplatz. Sie stellte sich vor, wie das wäre, wenn Rüdiger zu Besuch käme. Wie der dann in seinen Dorfklamotten und mit seinem traurigen Schnauzbart in ihrer WG rumsitzen würde und sich wahrscheinlich erst mal fremd vorkäme. Und wie er dann auftauen würde, irgendwann, weil er sich nicht mehr verstecken musste. Das musste doch schrecklich sein, dieses Leben im Geheimen. Das ja noch nicht mal wirklich geheim war, sicher wusste jeder im Ort, dass Rüdiger schwul war, und alle zerrissen sich das Maul. Silvia konnte sich noch genau an den Tag erinnern, an dem sie das erste Mal nach Berlin gekommen war. Am Bahnhof Zoo raus aus dem Zug und sofort war ihr das Herz weit geworden. West-Berlin war das beste Versteck, das sie je gefunden hatte. Hier wurde sie in Ruhe gelassen, hier war sie sicher, hier war sie unter Gleichgesinnten. Vielleicht sollte sie Rüdiger einfach mitnehmen, wenn sie hier wieder abhaute. Dann könnten sie zusammenwohnen und zusammen Hannah großziehen, als Freunde. Und während sich Silvia das ausmalte, fiel ihr auf, dass sie etwas an Berlin nicht vermisste, und das war Martin.

Na, wenigstens etwas!

Am nächsten Morgen, als Evelyn gerade aus der Tür gestapft war, um einzukaufen, setzte Silvia sich auf den kleinen Stuhl im Flur, der neben dem Tischchen mit dem grünen Telefon stand. Sie konnte es nicht länger vor sich herschieben, sie musste in Berlin anrufen. Schon um ihr Gewissen zu erleichtern und sich zu entschuldigen, wegen Dirks Auto. Immerhin würde er es mit neuen Reifen zurückbekommen und Rüdiger hatte gesagt, er habe einen guten Draht zum Prüfer vom TÜV. Und sie musste sichergehen, dass die WG ihre Sachen nicht verscherbelt hatte. Nicht dass sie viel besessen hätte, aber ihre Platten und den Plattenspieler, ihre Pflanzen und ein paar von ihren Klamotten, an denen hing sie dann doch. In ihrem Zimmer wohnte bestimmt längst jemand anders, da machte sie sich keine Illusionen. Zwei oder drei Mieten hatte sie auch schon verpasst. Und vermutlich waren die anderen ohnehin froh, sie endlich los zu sein. Sie und Hannah. Sie hatten ja eigentlich eh nur gestört.

Sie tippte ihre alte Nummer in die Tasten und ließ es lange klingeln. Wahrscheinlich pennten noch alle und vielleicht war es doch keine so gute Idee, da jetzt anzurufen. Gerade als sie auflegen wollte, ging Zecki ran. Silvia atmete noch einmal tief durch.

»Hey, hier ist Silvi, ich wollte nur mal …«

»SILVIA!!!«

Zecki schrie so laut in den Hörer, dass Silvia ihn instinktiv von ihrem Ohr weghielt. War gar nicht seine Art, so ein Geschrei.

»Wo bist du? Mann, was ist passiert, wir dachten, du bist tot oder so! Ey, Iris, weck mal Dirk, Silvi ist am Telefon!«

Silvia hielt sich den Hörer jetzt wieder ans Ohr und hörte, wie im Hintergrund Türen auf- und zugingen, Dirk gerufen wurde. Sie konnte sich genau vorstellen, wie sie nun alle ums Telefon in der Küche saßen, in einer Mischung aus kaltem Rauch und angebranntem Toast. Vielleicht hatte Zecki gerade die braunschwarze Teekanne befüllt, die nie gewaschen werden durfte, weil Zecki behauptete, die Tee-Patina im Innern der Kanne verleihe dem Ostfriesengebräu erst das richtige Aroma. Dirk, der wahrscheinlich eingehüllt in seine braune Wolldecke aus seinem Zimmer gestolpert war, Iris mit frisch rasiertem Kopf und diesem immer leicht genervten Ausdruck im Gesicht. Jetzt nahm Iris den Hörer.

»Mann, Silvi, was machst'n du? Wir haben uns Sorgen gemacht. Wir haben Krankenhäuser abtelefoniert und alles. Zecki hätte fast die Bullen angerufen deinetwegen. Du kannst doch nicht einfach so abhauen! Was ist mit Hannah? Geht es euch gut? Ist euch auch nichts passiert?«

Silvia schoss das schlechte Gewissen in die Magengrube, zusammen mit einem merkwürdigen Gefühl der Erleichterung. Sie hatte damit gerechnet, dass die anderen sauer sein würden. Enttäuscht vielleicht, genervt von ihrer Aktion. Aber besorgt?

»Ja, tut mir leid, ich hätte mich früher melden sollen, ich ... musste mal weg. Hannah geht's gut. Mir geht's auch gut. Ich komme auch bald wieder, ich muss nur noch ein paar Dinge klären.«

Sie hätte wenigstens einen Zettel schreiben können. Eine Postkarte schicken, irgendwas. Man rennt doch nicht einfach so weg! So geht man doch nicht mit Freunden um! Zecki, Iris und Dirk riefen nun abwechselnd ins Telefon.

»Mann, ey, wir haben sogar deine Mutter angerufen. Weißt du, wie stressig das war, die Nummer rauszufinden? Ich hab echt mit allen möglichen Borowskis im Großraum Stuttgart telefoniert, sind gar nicht so wenige«, sagte Dirk.

»Wie, ihr habt bei meiner Mutter angerufen?«

»Ja, bei deiner Mutter. Vor drei Wochen oder so. Sie meinte, sie wüsste auch nicht, wo du bist. Hab sogar noch mal angerufen, weil ich dachte, vielleicht meldest du dich wenigstens bei der mal.«

Silvia fragte noch zweimal nach, ob Dirk ganz sicher sei, mit ihrer Mutter gesprochen zu haben, Evelyn Borowski aus Ildingen. Weil das ja nun eigentlich nicht sein konnte. Sie war ja bei ihrer Mutter. Inzwischen schon seit mehr als zwei Monaten. Und warum sollte ihre Mutter behaupten, sie wisse auch nicht, wo sie sei, wenn sie doch fast jeden Abend neben ihr auf der Couch saß? Und dann erzählte Dirk noch, Evelyn habe ihm Geld geschickt, um Silvias Mietanteil zu begleichen. Und das war ihm auch komisch vorgekommen, aber, na ja, »geschenkter Gaul, dem schauste nicht ins Maul, wa?«. Und außerdem sei ihm auch noch das Auto geklaut worden, da hätte er die Kohle gut gebrauchen können.

»Geklaut? Oh, das ist ja ... ärgerlich«, sagte Silvia kleinlaut.

Dirk war wirklich nicht der Hellste und nie hatte sie ihn so gern gehabt wie in diesem Moment am Telefon. Sie schämte sich für ihre Wut, mit der sie den kleinen roten Polo über die Autobahn gepeitscht hatte. Sie war schon wieder einfach abgehauen und hatte sich dann weggeduckt, weil sie sich nicht erklären wollte. Und weil sie fest davon ausging, ihre Abwesenheit würde kein Loch reißen, sondern eher ein Problem lösen. Stattdessen hatten ihre Freunde sich um sie gesorgt. Und jetzt wäre natürlich der Moment, die Sache mit dem Auto zu gestehen und sich bei Dirk zu entschuldigen.

Aber Silvia ließ ihn verstreichen, den Moment. Sie verabschiedete sich und versprach, sich regelmäßig zu melden, bis sie wieder zurückkäme, sie versprach, auf sich aufzupassen und Hannah zu knutschen und keine Scheiße zu bauen. Also, nicht mehr als sonst.

Silvia legte auf, schnappte sich das Tragetuch, das an der alten Garderobe im Flur hing, und wickelte Hannah darin ein, die gerade friedlich auf ihrer Decke zwischen Fernsehmöbel und Couchtisch gelegen und das Ohr eines kleinen Stoffhasen eingespeichelt hatte. Sie hatte es eilig, sie wollte los, bevor Evelyn wieder nach Hause kam, einem Impuls folgen, der ihr beim Auflegen plötzlich gekommen war. Sie lief den Bürgersteig entlang Richtung Friedhof, in ihrem Kopf ein Wust aus Stimmen: die Ildinger, die die Gardinen einen Spaltbreit aufzogen und sie beobachteten. Ach schau an, das feine Fräulein Arzttochter. Jetzt besucht sie das Grab. Nach all den Jahren. Hat sich nie blicken lassen. Hat sich nicht gekümmert. Die eigene Tochter, das muss man sich mal vorstellen. Und der Herr Doktor, das war so ein feiner Mann. Und was die ihm für Kummer bereitet hat, die Silvia. Kein Wunder, dass er so krank geworden ist. Das hat er ja nicht verdient. Nach alldem. Hat ja nicht jeder einen Vater, der einen lieb hat. Muss man sich ja nur das Kind ansehen, das sie da mit sich herumträgt. Dem hat sie keinen guten Vater ausgesucht, so wie der Herr Doktor einer war. Das muss man sich mal vorstellen, da liegt der gute Mann bald 17 Jahre auf dem Friedhof und die Tochter kommt nicht ans Grab. Weil sie ein Feigling ist, weil sie immer nur wegläuft, um sich zu verstecken. Und dann hält sie sich die Augen zu und meint, die Monster könnten sie dann auch nicht sehen. Eine, die ihre Freunde beklaut und sich nicht entschuldigt, ist das, eine, die ihrer Mutter auf der Tasche liegt, weil sie nicht für sich alleine sorgen kann.

Ich weiß, dachte Silvia. Ich weiß das alles, seid still jetzt, verdammt noch mal.

Auf dem Ildinger Friedhof hinter der gotischen Kirche aus hellem Sandstein schien glücklicherweise niemand zu sein an diesem Vormittag und Silvia konnte sich in Ruhe umsehen. Sie ging die sauber geharkten Kiesreihen ab, und ihr Herz klopfte gegen Hannahs verschwitzten kleinen Kopf, der schwer und ruhig an ihrer Brust lag. Die Borowskis hatten ein Familiengrab, im Zentrum des Friedhofs, besonders groß, eingefasst von einem niedrigen gusseisernen Gitter. Auf dem großen Stein der Großvater in Goldlettern, Prof. Dr. Dr. h. c. Theodor Borowski, darunter, etwas kleiner gefasst, die Großmutter Agnes Borowski. Zur Linken ein kleiner Stein, In Memoriam Margit Borowski, Tante Rita, die im Krieg gestorben war. Rechts ein größerer Stein, Dr. Karl Borowski. Unter der Inschrift eine Leerstelle, der Steinmetz hatte Platz für Evelyns Namen gelassen. Lilafarbene Stiefmütterchen umringten die Steine, vor jedem stand ein brennendes ewiges Licht. Sehr ordentlich, so wie sich das gehört, alles picobello, da haben *die Leut* gar nichts zu meckern, dachte Silvia. Sie starrte auf den Grabstein ihres Vaters, in der Hoffnung, eine Nähe zu spüren, irgendeine Präsenz, ein kleines Zeichen, dass ihr Vater wusste, dass sie nun da war und es ihr leidtat, weil sie so lange gebraucht hatte. Aber da war nichts. Und dann setzte ihr Herzschlag einen Moment lang aus, als ihr auffiel, dass ein Stein fehlte.

Ein Stein, mit dem sie gerechnet hatte, ein Stein, der eine Frage beantwortet hätte, die sie nie gestellt hatte, weil sie sicher war, die Antwort zu kennen.

Es gab keinen Stein für Tante Betti.

»Bravo«

1966

Silvia hatte die große Pause fast überstanden. Es konnte nicht mehr lange dauern bis zum Gong, und bis dahin würde sie einfach weiter in ihrer angestammten Ecke des Schulhofs stehen, an ihrem Käsebrot kauen und auf die Spitzen ihrer weißen Leinenschuhe schauen. So musste sie mit niemandem Blickkontakt aufnehmen, die Chancen, einfach in Ruhe gelassen zu werden, standen gut. Und sie konnte in Ruhe beobachten, wie sich eine Ameisenstraße direkt an ihren Fußspitzen entlang formierte, um Krümel ihres Pausenbrotes abzutransportieren. Für diese Ameisen bin ich eine Riesin, dachte Silvia. Ich könnte sie alle zerquetschen, wenn ich wollte.

Ich will aber gar nicht.

Zwei Stunden Mathematik standen ihr noch bevor, danach konnte sie zu Tante Betti. Vielleicht durfte sie dem Großvater einen Tee ins Arbeitszimmer bringen und dann noch kurz still bei ihm im großen Ohrensessel sitzen, der nach Pfeifentabak und altem Leder roch. Vielleicht durfte sie dann auch noch eine Tasse mit der Großmutter trinken, aus dem feinen Porzellan, und die Großmutter würde ihr das Döschen mit dem Kandiszucker hinstellen und sie durfte sich so viel nehmen, wie sie wollte. Es gab nichts Schöneres als das Knistern, wenn die Zuckerbrocken in den heißen Tee plumpsten. Und dann runter in die Einliegerwohnung zu

Tante Betti, Hausaufgaben machen bei Musik und Keksen, und dann noch ein Fährtle im Wolf oder ein gemeinsamer Ausflug in den Ort, irgendetwas Lustiges würden sie schon machen. Überhaupt war Silvias Leben deutlich lustiger geworden, seit Evelyn wieder arbeitete und sie nach der Schule nicht nach Hause musste, sondern zu ihren Großeltern und ihrer Tante konnte. Manchmal hörte sie zwar aus Bemerkungen der Großmutter heraus, dass die nicht ganz einverstanden damit war, dass Evelyn wieder jeden Tag in die Klinik fuhr. Sie musste doch nicht arbeiten, Karl verdiente doch genug. Andererseits fühlte Silvia sich willkommen, sie brachte Abwechslung in das Haus der Großeltern, ohne zu viel Lärm zu machen, sie war eine Aufgabe für Tante Betti, denn die brauchte offenbar eine, jedenfalls sagten das alle. Auch ihre Eltern hatte sie das sagen hören. »Betti braucht eine Aufgabe.« Und was war Silvia, wenn nicht eine Aufgabe?

Als sie kurz den Blick von der Ameisenstraße abwandte und den Kopf hob, sah Silvia, dass Monika im Schatten der Kastanie Hof hielt. Sie war größer als die anderen Mädchen, die langen dunkelbraunen Haare reichten ihr fast bis zum Po und ihr Gesicht sah schon beinah richtig jugendlich aus. Monika spielte auch nicht mehr. Sie machte nicht mehr mit beim Brennball oder beim Fangen, Rennen war inzwischen unter ihrer Würde, sie schritt nur noch den Schulhof ab, immer eine Gruppe von Mädchen um sich, ihr Gefolge. Jetzt sagte Monika etwas, was Silvia nicht hören konnte, und dann drehten sich alle zu Silvia um und schauten in ihre Richtung.

Silvia spürte, wie ihr die Ohren heiß wurden. Sie senkte den Blick und biss noch einmal in ihr Käsebrot, und während sie noch kaute, kam plötzlich Annegret zu ihr gelaufen.

»Moni sagt, du sollst mal rüberkommen.«

Dann packte sie Silvia an der Hand und zog sie über den Hof zum Kastanienbaum, Silvia stolperte ihr mit weichen Knien hinterher. Monika nickte ihr huldvoll zu, als sie sich unsicher zu den anderen Mädchen stellte, und sagte schließlich in einem Tonfall, der keinen Widerspruch duldete: »Silvia, du gehörst jetzt zu uns. Wir gehen nach der Schule noch auf den Marktplatz und du kommst mit.«

Und als der Gong ertönte, hakte Monika Silvia unter, als wären sie Freundinnen, und Silvia wusste überhaupt nicht, wie ihr geschah.

In der Mathematikstunde grübelte Silvia, was das nun zu bedeuten hatte, dass Monika ausgerechnet ihr plötzlich einen Platz in ihrem Hofstaat zudachte. Vielleicht war es eine Falle, vielleicht war es nur ein Scherz und gleich nach der Schule würden sie alle auslachen und mit dem Finger auf sie zeigen, aber dann nahm die Lehrerin sie plötzlich dran, sie hatte nicht zugehört und wusste die Antwort nicht und schon wieder wurden ihr die Ohren heiß, als sie Monika hinter sich »56« flüstern hörte.

»56«, sagte Silvia unsicher und die Lehrerin nickte und nahm danach jemand anderen dran und vielleicht war das alles ja doch keine Falle. Sondern sie war nun aufgenommen in den Kreis der Auserwählten.

Nach der Stunde zog Monika Silvia wieder mit sich und sie lief im Kreis der anderen Mädchen zum Ildinger Marktplatz. »Ich muss eigentlich zu meiner Tante«, sagte sie einmal leise, aber niemand reagierte darauf und Silvia traute sich nicht, einfach zu gehen. Vielleicht würde das alles nicht lange dauern, und ob sie eine halbe Stunde später im Haus der Großeltern auftauchte, würde kaum auffallen, also lief sie einfach mit und mit jedem Schritt wuchs ihr Selbstvertrauen.

Am Marktplatz war wenig los, die Mädchen versammelten sich an einer Bank und steckten die Köpfe zusammen, Monika hatte eine wichtige Sache zu besprechen.

»Silvia, du bist jetzt unsere Freundin«, sagte sie und schaute Silvia ernst ins Gesicht. »Aber wir müssen auch sicher sein, dass wir dir vertrauen können. Du musst auch was für uns tun. Es ist wegen Paul.«

»Welcher Paul?«, fragte Silvia.

»McCartney, du Dummerle«, zischte Birgit. »Von den Beatles.«

»Ach so.«

Silvia hatte keine Ahnung, wer Paul McCartney war, von den Beatles hatte sie natürlich schon gehört, aber was hatten die mit Monika zu tun?

»Paul heiratet und wir müssen herausfinden, wen«, sagte Monika und alle Mädchen nickten. Silvia wurde flau. Diese neu erwachte Freundschaft würde also sehr schnell wieder ein Ende finden und sie aus dem Kreis der Auserwählten wieder ausgestoßen werden, denn wie sollte sie herausfinden, wen Paul McCartney heiraten würde?

»Wir brauchen unbedingt die ›Bravo‹, Silvia. Und nur du kannst uns die beschaffen.«

Von der »Bravo« hatte Silvia natürlich auch schon gehört, das war eine Zeitschrift, von der Rüdiger ein paarmal gesprochen hatte, einer seiner Brüder hatte manchmal eine, die vor dem Vater versteckt werden musste. Denn in der »Bravo« ging es um Rockmusik und wohl auch um Liebe und beides war gefährlich für junge Menschen. Und für zehnjährige Mädchen erst recht.

»Du musst uns die ›Bravo‹ besorgen, Silvia. Du gehst da rein zu Kellenberger und holst uns eine.«

»Aber ... ich hab gar kein Geld«, sagte Silvia verzagt.

Monika sah sie spöttisch an. »Deine Familie hat so viel Geld und dir geben sie nichts davon ab?« Die anderen Mädchen lachten. »Dummerle. Du gehst da rein, wenn ein Erwachsener drin ist und Zigaretten kauft, und während Kellenberger abgelenkt ist, steckst du dir die ›Bravo‹ unter den Rock und gehst einfach wieder raus, als wäre nichts.«

»Aber das ist doch Stehlen«, flüsterte Silvia.

»Aber doch nicht, wenn so jemand Braves wie du es macht«, sagte Monika geduldig. »Dir kann gar nichts passieren. Du gehst da rein, holst uns die ›Bravo‹ mit Paul McCartney vorne drauf und bringst sie uns. Wenn du unsere Freundin sein willst.«

»Komm schon, das schaffst du«, sagte eines der anderen Mädchen und sie alle sahen Silvia erwartungsvoll an.

Silvia wollte los. Sicher warteten die Großeltern schon mit dem Tee auf sie. Aber dann dachte sie an Tante Betti und wie die ihr immer sagte, sie brauche keine Angst zu haben. »Und wenn du doch vor etwas Angst hast, dann musst du immer dahin gehen, wo die Angst ist. Immer mittenrein in die Angst. Dann geht die Angst weg, und wenn man das ein paarmal ausprobiert hat, dann hat man irgendwann vor nichts und niemandem mehr Angst«, hatte sie gesagt und es stimmte sicher. Denn Tante Betti hatte vor nichts und niemandem Angst. Und Tante Betti tat auch ab und zu verbotene Dinge: Sie fuhr zu schnell, sie pflückte heimlich Pflaumen bei den Nachbarn, sie gab ständig Widerworte, und mit Kellenberger, dem Mann vom Tabak- und Zeitungsladen, hatte sie sich auch schon angelegt.

»Gut, ich mach's«, hörte Silvia sich sagen, und bevor sie es sich anders überlegen konnte, marschierte sie einfach los. Quer über den Marktplatz, die erstaunten Blicke der anderen Mädchen im Rücken, schnurstracks auf Kellenbergers

Tabak- und Zeitschriftenläden zu. Direkt hinter einem älteren Mann ging sie durch die Tür, sagte artig »Grüß Gott«, und während Kellenberger den Mann bediente, der Zigarren und ein Lotterielos kaufen wollte und sich über die »Gammler« ereiferte, die er nun häufig auch in Ildingen beobachtet habe, stellte sich Silvia ans Zeitschriftenregal, gut verborgen hinter einem Postkartenständer mit Motiven aus dem Schwarzwald und von der Schwäbischen Alb.

Dort stand die »Bravo«, zwischen der »Neuen Illustrierten« und der »Hörzu«, große rote Buchstaben vorne drauf, »Paul wird heiraten – das sensationelle Beatles-Horoskop« war die Schlagzeile. Silvia nahm die Zeitschrift und steckte sie vorne in ihren Rockbund, wollte ihre Bluse darüberziehen, musste dafür aber die untersten zwei Knöpfe aufmachen, die Zeitschrift knisterte, Silvias Finger zitterten, aber noch war Kellenberger beschäftigt, schwätzte mit seinem Kunden, er bemerkte Silvia gar nicht, sie war unsichtbar für ihn, und als sie endlich die »Bravo« unter ihrer Kleidung versteckt hatte, sagte sie noch einmal leise »Grüß Gott« und huschte aus der Tür.

Sie hatte es geschafft.

Als Silvia die Tür hinter sich zufallen hörte, musste sie dem Impuls widerstehen, einfach wegzurennen. Ohne sich umzudrehen, ging sie langsam rüber zu den anderen Mädchen, sie fühlte, wie ihr Herz klopfte, und eine Mischung aus Stolz und Panik rieselte durch ihren Körper. Silvia sah, dass Monika sie zufrieden beobachtete, sie hatte sich bewiesen, sie war kein Feigling, sie gehörte jetzt dazu. Aber plötzlich änderte sich Monikas Gesichtsausdruck und auch die anderen Mädchen schauten erschrocken und nur eine Sekunde später ging Kellenbergers Türglocke. Hinter Silvia waren schnelle Schritte und ein verärgertes Schnaufen zu hören, und noch bevor Kellenberger sie eingeholt und am Arm gepackt und »Moment mal, junges Fräulein« gesagt hatte, wusste Silvia bereits, dass nun alles vorbei war. Ihr ganzes Leben, einfach vorbei. Hier auf dem Ildinger Marktplatz würde sie sterben. Eine Diebin, auf frischer Tat ertappt.

Die Mädchen, die gerade noch bereit gewesen waren, Silvia nach bestandener Mutprobe als eine der ihren aufzunehmen, rannten davon. Monika zögerte noch einen Moment, dann suchte auch sie das Weite.

Als Silvia an diesem Abend mit einem gigantischen Felsbrocken aus Scham im Magen in ihrem Bett lag und dem Streit ihrer Eltern lauschte, musste sie an diesen letzten, erschrockenen, vielleicht auch enttäuschten Blick von Monika denken. Sie spürte den blauen Fleck an ihrem Arm, wo Kellenberger sie gepackt und hinter sich her in seinen Laden zurückgezerrt hatte, weil er die Polizei rufen wollte. Sie erinnerte sich, wie es ihr warm das Bein runtergelaufen war und wie sie vollgepinkelt und weinend die »Bravo« unter ihrem Rock hervorgeholt und »bitte nicht die Polizei« geschluchzt hatte. Und als Kellenberger sie erkannte, griff er zum Telefon und rief ihren Großvater an. »Ja, Herr Professor, grüß Gott, ich hab hier Ihre Enkelin im Laden, die möchte hier einkaufen, aber nicht bezahlen. Ja, holen Sie das Mädle ab, bitte, die Leut gucken ja schon.«

Und dann war kurz darauf Tante Betti vorgefahren, mit quietschenden Reifen, hatte mit flackerndem Blick den Laden betreten und sich vor Kellenberger aufgebaut und ihn zur Schnecke gemacht. Was er sich einbilde. Wie er überhaupt dazu käme, ein kleines Mädchen so zu erschrecken. Aber Kellenberger ließ sich nicht aus der Ruhe bringen und sagte Betti, sie möge die kleine Ladendiebin doch nun bitte mitnehmen, er sehe großzügig von einer Anzeige ab, die Zeitschrift allerdings sei nun ja nicht mehr zu verkaufen nach Silvias Malheur und man schulde ihm eine Mark und fünfzig Pfennige.

Betti warf ihm ein paar Münzen auf den Tresen, schnappte sich die »Bravo« und die verheulte Silvia und stürmte aus der Tür. Silvia hörte noch sehr genau, wie Kellenberger »depperte Schachtel« zischte.

Tante Betti sagte lange nichts, während sie den Wolf viel zu schnell durch Ildingen lenkte, weg vom Ort des Verbrechens.

»Bitte sag's nicht der Mama«, flüsterte Silvia schließlich vom Rücksitz aus, aber ihre Tante schüttelte nur den Kopf.

»Das geht nicht, Mäusle, das weißt du doch. Sie erfährt es doch eh.«

Ja, das wusste Silvia natürlich. Dass ihre Mutter es so oder so erfahren würde – und nicht nur sie. Alle würden davon hören, der ganze Ort. Dass Silvia Borowski, die Arzttochter aus gutem Hause, beim Klauen erwischt worden war. In der Schule würden es alle erfahren. Die anderen Kinder. Deren Eltern. Ihre Lehrerin. Der Großvater wusste es nun schon von Kellenberger selbst, sie würde nie wieder in seinem Ledersessel sitzen dürfen. Einer Diebin wie ihr würde die Großmutter nie wieder Tee im feinen Porzellan servieren. Und wenn sie daran dachte, wie ihr Vater sie anschauen würde, mit dieser tiefen, schmerzvollen Enttäuschung im Blick, wollte sie direkt und auf der Stelle zu Staub zerfallen.

Tatsächlich hatte ihre Mutter gar nicht viel zu ihr gesagt, als Betti sie später nach Hause begleitet und direkt an der Tür in knappen Sätzen den Verlauf des Nachmittags geschildert hatte. Silvia hatte mit hängendem Kopf das Haus betreten und war direkt nach oben in ihr Zimmer geschickt worden und lauschte von dort den Stimmen aus dem Erdgeschoss.

»Ich habe mich auf dich verlassen.«

»Es war doch keine große Sache. Eine alberne Zeitschrift, bitte beruhige dich.«

»Du hast gesagt, du passt auf sie auf.«

»Mein Gott, das Kind hat doch niemanden umgebracht, morgen redet niemand mehr davon.«

»Ich wusste, es überfordert dich. Es war ein Fehler, ich hätte dich gar nicht erst fragen sollen.«

Sie hörte, wie die Haustür ging und wie Betti den Motor aufheulen ließ und davonfuhr. Dann hörte Silvia lange nichts, dann, wie ihr Vater nach Hause kam, dessen Schicht heute länger gedauert hatte. Vermutlich standen ihre Eltern nun in der Küche und ihre Mutter berichtete ihrem Vater, dass seine Tochter eine Diebin sei, Schande über sich und die Familie gebracht habe. Und dass ihre Tante mal wieder einen ihrer »Auftritte« gehabt habe, wie sie es nannte.

Als Silvia schließlich zum Essen gerufen wurde, saßen sie schweigend um den Tisch und Silvia versuchte, etwas von den Kartoffeln hinunterzubekommen, die Evelyn ihr aufgetan hatte. Sie traute sich kaum, ihrem Vater ins Gesicht zu schauen. Vielleicht sollte sie einfach alles sagen, die ganze Wahrheit. Dass sie die »Bravo« gar nicht haben wollte. Dass sie nicht mal wusste, wer Paul McCartney war. Dass sie eine Mutprobe hatte bestehen müssen. Dass sie es nur getan hatte, um einmal in ihrem Leben kein Angsthase zu sein. Aber als sie gerade den Mund aufmachte, um sich zu erklären, klingelte es.

»Grüß Gott Frau Doktor, ich bring der Silvia ihre Schultasche, die hat sie vergessen.«

Monika war an der Tür und reichte Evelyn Silvias ledernen Schulranzen, den sie bei der Bank auf dem Marktplatz stehen gelassen hatte. Evelyn hatte sie nicht hereingebeten, sich nur knapp bedankt und sich danach kopfschüttelnd wieder an den Tisch gesetzt und in ihrem Gulasch herumgestochert, das ihr selbst nicht zu schmecken schien.

»Silvia, geh ins Bett, wir sprechen morgen darüber«, sagte Silvias Vater schließlich, und es klang weniger wütend, als sie befürchtet hatte. Eher ein bisschen ratlos. Sie war erleichtert, vom Tisch aufstehen zu können, und gleichzeitig voller Anspannung, weil sich diese Gewitterwolke, die über dem Abendbrottisch hing, nun in ihrer Abwesenheit entladen würde.

Kaum lag sie oben in ihrem Bett, hörte sie durch die Tür, die sie einen Spaltbreit aufgelassen hatte, ihre Eltern streiten. Nicht laut, das wurden sie nie. Es war ein konzentrierter, sachlicher Streit. Es ging um die Frage, ob Silvia sich bei Kellenberger würde entschuldigen müssen. Ihr Vater schlug vor, die Sache unter Erwachsenen zu klären. Er werde morgen vorbeigehen, mit einer schönen Flasche, und die Angelegenheit regeln. Nein, erwiderte ihre Mutter, Silvia muss lernen, für ihr Handeln Verantwortung zu übernehmen. Dann ging es um Betti. Überfordert sei die und überhaupt zunehmend außer Rand und Band. Der Aufgabe nicht gewachsen. Vielleicht mit der Versorgung der alten Eltern ausgelastet genug. Man müsse nun an Silvia denken, sie brauche ein besseres Umfeld, anderen Umgang, mehr Führung. Ob man nicht doch noch mal das Internat in Betracht ziehen sollte. Ob das nicht für alle das Beste wäre. Und ganz besonders für Silvia.

Silvia lag in ihrem Bett und fror, trotz der dicken Federdecke. Sie war ganz leer geweint und kraftlos, bereit, sich in ihr Schicksal zu ergeben, in all das, was angeblich besser für sie war. Irgendetwas stimmte nicht mit ihr, das stand fest. Weil sich all die Dinge, von denen Erwachsene sagten, dass sie gut für sie seien, schlecht anfühlten. Ein Internat. Mit anderen Kindern spielen. Bewegung an der frischen Luft. Kaltes Abbrausen. Teller leer essen.

In Monikas Leben schien es diese Sorgen nicht zu geben, nichts, wovor sie Angst hatte. Nicht einmal davor, bei Silvias Eltern zu klingeln, um den vergessenen Schulranzen vorbeizubringen, nachdem sie Silvia in all diese Schwierigkeiten gebracht hatte. Wenn Silvia darüber nachdachte, morgen wieder in die Schule gehen zu müssen, wieder auf dem Platz vor Monika zu sitzen, wurde ihr schlecht. Monika würde während des Unterrichts auf ihren Nacken starren und sich heimlich Zettelchen schreiben mit den anderen Mädchen und in der Pause würde sie wieder unter der Kastanie stehen mit den anderen und sie würden zu Silvia rüberschauen und kichern und sich noch mal gegenseitig erzählen, wie lustig das gewesen war, die eingepinkelte Silvia auf dem Ildinger Marktplatz, auf frischer Tat beim Klauen ertappt.

Die fleckige Lederschultasche stand neben ihrem Bett, und Silvia setzte sich noch einmal auf, um sie zu öffnen. So als könnte dort zwischen ihren Schulheften noch ein Hauch von dem kurzen hoffnungsfrohen Gefühl verborgen sein, das sie am Vormittag in der Schule angeweht hatte. Stattdessen zog ihr der Geruch von Leder, Matrize und altem Schulbrot in die Nase und oben auf ihren Büchern lag ein zerknitterter Umschlag. Silvia öffnete ihn und zog ein zusammengefaltetes Papier heraus, eine Zeitschriftenseite: ein Bild von Pierre Brice als Winnetou. Und dazu ein Zettel, herausgerissen aus einem Schulheft, darauf mit Füllfeder Monikas rundliche Mädchenschrift.

»Liebe Silvia, das ist mein Lieblingsposter, ich schenke es Dir, wenn Du mich nicht verpetzt. Bitte, bitte sag Deinen Eltern nicht, dass ich dabei war. Bitte verpetz mich nicht!

Meine Mutter schlägt mich sonst tot.«

Verstecken

1989

Als Silvia das Friedhofstor hinter sich schloss, fühlte sie sich selbst wie eine Untote. Merkwürdig kalt und steif, als sei ihr sämtliches Blut aus dem Körper gewichen. Das Lebendigste an ihr war die fröhlich vor sich hin brabbelnde Hannah im Tragetuch. Da war sie nach Jahren des Weglaufens endlich dem Impuls gefolgt, sich den Toten zu stellen. Und dann waren vielleicht gar nicht alle tot, von denen sie es angenommen hatte. Wie konnte das sein? Wie konnte es sein, dass es im Familiengrab keinen Stein für Tante Betti gab? Woanders als in Ildingen hätte man sie kaum begraben, und wenn man sie nicht begraben hatte, dann konnte das nur bedeuten, dass Betti noch lebte ... aber warum wusste sie nichts davon? Und wo war ihre Tante?

»Jesses, Silvia, hast du mich erschreckt!«

Direkt vor ihr stand Monika, die offenbar ebenso dem Friedhof einen Besuch abstatten wollte und wie sie selbst in Gedanken gewesen sein musste. Jedenfalls standen sie nun ein wenig zu nah voreinander, und Silvia fand, dass Monika auch nicht gerade nach blühendem Leben aussah. Jedenfalls nicht wie die Kosmetikkönigin von Ildingen. Blass und ein wenig zerzaust und ohne das angeknipste Strahlen im Gesicht.

»Tut mir leid, ich hab dich nicht gesehen«, sagte Silvia und wollte rasch an Monika vorbei, sie hatte jetzt keine Zeit für Small Talk. Aber die hielt sie am Arm fest, und als Silvia noch einmal hinsah, hatte Monika feuchte Augen.

»Hast du den Basti irgendwo gesehen? Ich such ihn seit zwei Stunden und kann ihn nicht finden. Ich weiß nicht, was ich noch machen soll.«

Silvia hatte Basti nicht gesehen, zumindest keinen siebenjährigen Jungen, auf den Monikas Beschreibung passte: blaue Cordhose, hellblaues T-Shirt, braunes Haar. Am Morgen hatte es zu Hause Streit gegeben und nun war Basti nach der Schule nicht nach Hause gekommen.

»Der ist doch bestimmt mit seinen Freunden unterwegs«, sagte Silvia beschwichtigend. Sie wollte einfach nur los. Aber Monika schüttelte den Kopf, das sei unwahrscheinlich, der Basti sei »mehr so ein stiller Bub. Der ist am liebsten daheim«, und dann brach sie tatsächlich in Tränen aus.

Silvia stand etwas hilflos da, während Monika versuchte, sich wieder in den Griff zu bekommen. Sie hätte sie umarmen können, aber das ging schlecht mit Hannah vor ihrem Bauch, also tätschelte sie mit einer Hand Monikas Arm und pfriemelte mit der anderen eine Packung Taschentücher aus ihrer Umhängetasche.

»Hier. Ich helf dir suchen, wenn du willst«, sagte sie und reichte Monika die Taschentücher. Nicht dass sie große Lust gehabt hätte, aber Silvia hatte eine leise Ahnung davon, in welcher Panik Monika sein musste. Sie spürte Hannahs warmen Babykörper eng an ihren Bauch geschmiegt, und für einen Moment wurde ihr bewusst, dass sie da nicht ewig sein würde. Sicher und ganz nah bei ihr. Irgendwann würde Hannah auf ihren zwei Beinen losmarschieren und all die Dinge tun, die Kinder nun mal taten – abhauen, sich verstecken, Blödsinn machen.

»Ich hab schon alle seine Verstecke abgesucht und er ist

nirgends. Nicht bei der Brücke, nicht am Spielplatz, nicht hinterm Feuerwehrhaus«, sagte Monika verzagt.

»Wir finden deinen Basti, ich kenn mich aus mit Verstecken«, sagte Silvia.

Gemeinsam liefen sie durch Ildingen, und Monika stellte Silvia eine Frage nach der anderen, als wollte sie das Gespräch unbedingt in Gang halten, sodass sie niemanden auf der Straße grüßen musste. Ob die kleine Hannah denn lieber auf dem Bauch oder auf dem Rücken schlafe. (Bauch.) Ob die kleine Hannah denn durchschlafe. (Manchmal.) Ob die kleine Hannah denn hier oder in Berlin in den Kindergarten gehen würde eines Tages. (Berlin.) Ob man denn da gut leben könne, mit Kind. In Berlin. (Klar.) Ob das nicht beängstigend sei, mit der Mauer quer durch die Stadt. (Gewöhnt man sich dran.) Ob das wahr sei, dass es in Berlin keine Sperrstunde gebe. (Allerdings.) Wo Silvia denn Hannahs Vater kennengelernt habe. (Kneipe.) Warum sie eigentlich zurück nach Ildingen gekommen sei, nach so langer Zeit.

Silvia schwieg eine Weile, während sie über den alten Sportplatz liefen, an dessen anderem Ende eine Grillhütte stand, in der man sich theoretisch verstecken konnte, wenn der Platzwart nicht abgeschlossen hatte.

»Warum bist du eigentlich nie weg aus Ildingen?«, fragte sie schließlich zurück. »Du warst doch immer die Beste in allem. Hätte immer gedacht, dass du es hier rausschaffst, wenigstens bis nach Stuttgart.«

»Ach, Stuttgart«, sagte Monika und lachte etwas zu schrill. »Ich mach mir nichts aus der Stadt. Ich hab die Ausbildung hier gemacht und dann den Bernd kennengelernt. Das Bauland hier war günstig und seine Eltern haben uns bei der Finanzierung geholfen, die wohnen auch gleich in der Nähe, das ist ja auch schön für die Kinder, gell, die Nähe zu den Großeltern.«

Die Grillhütte war verschlossen und von Basti war nichts zu sehen. Silvia schlug vor, noch mal bei den Hecken am alten Schulhaus nachzusehen. Da jedenfalls hatte sie sich oft versteckt, bevor ihre Eltern sie ins Internat geschickt hatten. Ob Monika sich noch daran erinnerte? Ob sie wusste, dass der Entschluss gefallen war, nachdem Monika sie zum Klauen angestiftet hatte? Nach der Grundschule hatten sie sich aus den Augen verloren und nur noch selten zufällig auf der Straße gesehen, wenn Silvia in den Ferien nach Hause kam. Ob Monikas Zeit als unangefochtene Regentin des Schulhofs mit dem Wechsel auf die Oberschule geendet hatte?

»Ich dachte ja immer, du wirst mal berühmt. Du warst immer so ... furchtlos. Alle hatten solchen Respekt vor dir. Also: Ich hatte Respekt vor dir. Ich dachte immer, wenn eine hier mal wegzieht, dann Monika.«

Monika zuckte mit den Schultern. »Ich hab hier alles, was ich mir vom Leben erträumt habe, warum sollte ich hier weggehen?«

»Aber wolltest du nie mal was anderes sehen? Mal woanders leben als in Ildingen?«

Monika seufzte.

»Es hat nicht jeder reiche Eltern so wie du, Silvia.«

Sie liefen eine Weile schweigend nebeneinander her und Silvia fühlte sich plötzlich elend. Vielleicht erinnerte sie sich einfach nicht richtig. Vielleicht war Monika gar nicht so furchtlos und furchteinflößend gewesen, wie sie ihr als Kind immer vorgekommen war. Vielleicht hatte sie sich nur nicht leisten können, ihre Angst zu zeigen. So wie Silvia. Das behütete Arzttöchterchen.

»Wird dein Basti in der Schule gehänselt? Oder warum versteckt er sich?« Sie standen jetzt vor dem hüfthohen Mäuerchen, das den Schulhof von der Straße trennte. Sieht immer noch alles so aus wie damals, dachte Silvia. Nur mit einem moderneren Klettergerüst. Und auf den Asphalt waren kleine Straßen gemalt, für die Verkehrserziehung. Die alte Kastanie stand nun in der Mitte eines Miniaturkreisverkehrs. Die Büsche am Rand, in denen sie sich früher gern versteckt hatte, waren ordentlich gestutzt und boten wenig Sichtschutz.

»Ach, der Basti ist einfach sensibel. Er mag nicht Fußball spielen, so wie die anderen, deshalb hat er's schwer manchmal. Der Bernd hätt ihn ja gern im Verein, so wie den Michael. Der Michi spielt jetzt erste Mannschaft im Sturm, aber der Kleine hat gar kein Talent dazu, es macht ihm keine Freude, er ist einfach gern für sich«, sagte Monika. »Und wenn wir streiten, läuft er manchmal weg, damit wir uns wieder vertragen und ihn zusammen suchen gehn.«

Na, das schien ja nicht besonders gut funktioniert zu haben. Obwohl Silvia gar nicht nachgefragt hatte, erzählte Monika einfach weiter. Dass der Bernd eigentlich ein ganz Lieber sei. Nur in letzter Zeit oft gestresst. Viel los im Betrieb. Und dann werde er laut, bissle zu laut manchmal. Also, wenn er getrunken habe. Tue ihm dann auch hinterher immer leid. Weil er ja eigentlich ein Lieber sei. Sie wolle sich was Eigenes aufbauen mit der Kosmetik. Auch um den Bernd zu entlasten, der so viel finanzielle Verantwortung trage für die Familie.

»Ist okay, du musst es nicht erklären«, sagte Silvia. Hinter dem Schulgebäude hatte es früher noch ein Grundstück mit alten Garagen gegeben, vor dem Silvia sich ein bisschen gegruselt hatte. Andererseits konnte man von einem Baum aus sehr gut auf die flachen Garagendächer klettern und von dort hatte man einen guten Überblick. Vielleicht war Basti dort? Vielleicht saß er beinebaumelnd auf einem der Dächer und wartete darauf, dass seine in Sorge vereinten Eltern ihn dort finden und überglücklich in die Arme schließen würden. Silvia erinnerte sich gut an diesen Kindheitswunsch und wie übermächtig er gewesen war. Aber da, wo früher die Garagen waren, war nun einfach ein Parkplatz, keine Versteckmöglichkeit weit und breit.

»Vielleicht muss ich die Polizei rufen. Was, wenn ihn einer … ich hab ihm immer gesagt, er darf bei niemandem ins Auto steigen.«

Monika stiegen wieder Tränen in die Augen und Silvia nahm ihre Hand. »Wenn dein Basti ein schüchterner Junge ist, wird er ganz sicher nicht zu jemand Fremdem ins Auto gestiegen sein. Und wenn er vor allem von Bernd und dir gefunden werden will, dann wird er auch dafür sorgen, dass ihr ihn finden könnt.« Silvia hörte sich selbst beim Reden zu und stellte sich vor, sie hätte ihrem achtjährigen Ich damals eine Nachricht aus der Zukunft zukommen lassen können. Stell dir vor, kleine Silvi hinterm Busch, in ein paar Jahren wirst du mit der unvergleichlichen furchtlosen Moni an genau dieser Stelle stehen, und du wirst sie trösten und ihre Hand halten, weil sie ihr Kind sucht, das ein genauso armes Hascherl ist wie du und sich versteckt vor den anderen Kindern.

Sie liefen zurück zum Marktplatz, um dann über die kleine Brücke auf die andere Flussseite und ins Neubaugebiet zu kommen.

»Kannst du dich daran erinnern, dass du mir mal ein Winnetou-Poster geschenkt hast, als wir Kinder waren?«, fragte Silvia. »Das hing ganz lang bei mir im Kinderzimmer.

Man kann bis heute sehen, wo, das Holz ist immer noch heller an der Stelle.«

Monika erinnerte sich nicht daran, oder sie wollte es nicht zugeben. Kurz war Silvia versucht, Monikas Gedächtnis ein bisschen auf die Sprünge zu helfen. Über die Sache mit der »BRAVO« zu reden, über die kleinen Machtspiele und Boshaftigkeiten, die Silvia gequält hatten, und vielleicht auch über die Frage, warum ihr Wunsch, Monika als Freundin zu gewinnen, ihr ebenbürtig zu sein, trotz allem nie versiegt war. Aber sie verkniff es sich.

Als sie quer über den kleinen Ildinger Marktplatz liefen, saß neben dem Brunnen und der hässlichen Schraubenskulptur Basti auf einer der Bänke, den blauen Scout-Schulranzen neben sich, vertieft in ein zerfleddertes Micky-Maus-Heft. Manchmal ist das beste Versteck, sich einfach gar nicht zu verstecken, dachte Silvia. Als Basti seine aufgelöste Mutter über den Platz auf sich zulaufen sah, strahlte er, und dann musste er kräftig die Nase hochziehen und den Kopf sehr heftig gegen Monikas Schulter pressen, um sich die Tränen zu verkneifen, die offensichtlich schon auf ihren Einsatz warteten.

Silvia wickelte Hannah aus dem Tragetuch, sie war unruhig geworden, demnächst würde sie Hunger kriegen. Sie setzte sich mit ihrer Tochter auf dem Schoß neben Monika und Basti auf die Bank, die gerade besprachen, dass man doch nicht einfach weglaufen dürfe, einfach nicht nach Hause kommen nach der Schule, dass Monika sich Sorgen gemacht habe. Hannah quietschte vergnügt und strampelte mit ihren Beinchen und strahlte Basti an, der unvermittelt ihre kleinen Füße in die Hände nahm und befühlte.

»Hallo, ich bin Silvia, ich bin eine Freundin von deiner Mutter. Und das ist Hannah. Willst du sie mal halten?«, fragte Silvia und Basti nickte.

Heimkehr

1970

Georg Krauss lag in seinem Krankenbett, betrachtete zufrieden seine bis zur Schulter eingegipsten Arme und das Schattenspiel aus tanzenden Blättern, das die Herbstsonne an die Zimmerwand warf.

Vielleicht war es der vertraute Geruch nach Desinfektionsmitteln oder sein durcheinandergeratenes Zeitgefühl, das hier die Tage und Nächte auf die wunderbarste Art und Weise ins Unendliche dehnte – er fühlte sich so aufgehoben und geborgen wie schon lange nicht mehr. Seine schwitzenden Armbeugen juckten unter dem Gips, sein Rücken war vom vielen Liegen so verspannt wie sonst nur nach harter körperlicher Arbeit, aber das alles trübte sein Wohlgefühl nur wenig. Er mochte das Krankenhaus.

Es fühlte sich an wie zu Hause.

Vor zwei Wochen hatte man ihm ein Einzelzimmer auf der Privatstation organisiert, nachdem er angedeutet hatte, wegen seiner laut schnarchenden Zimmernachbarn nicht schlafen zu können. Da hatte ihm Doktor Borowski zwei Sekunden zu lang in die Augen gesehen und ihm versprochen, sie kümmere sich darum. Und nur eine Viertelstunde später hatten sie ihn mit seinem Bett in ein kleines Nebenzimmer geschoben, das sonst eigentlich vermögenderen Patienten vorbehalten war, die es sich leisten konnten, entsprechende Aufschläge zu zahlen. Er solle sich keine Sorgen machen, das ginge schon in Ordnung, hatte ihm eine der Schwestern augenzwinkernd gesagt. Hier konnte er sich entspannen, nun, da er nicht länger den anderen furzenden, schnarchenden, stinkenden alten Männern ausgesetzt war. Er hatte schließlich genug durchgemacht.

Jetzt konnte er auch die Zuwendungen der Krankenschwestern besser genießen, er ließ sich gern waschen und füttern wie ein Baby. Überhaupt: Seit er seine Lage akzeptiert hatte, ging es ihm blendend. Die zwei gebrochenen Arme, eine Brandwunde am Oberschenkel und den heftig verstauchten Knöchel hatte er sich bei einem beherzten Sprung aus einem Fenster im ersten Stock zugezogen. In seiner winzigen Ein-Zimmer-Wohnung am Ortsrand von Ildingen, in die er zuvor gerade erst als Untermieter eingezogen war, hatte es ein Gasleck gegeben, Georg erinnerte sich nicht mehr an viel, nur an einen enormen Knall, als er den Herd anschalten wollte, an eine Gardine, die sofort in Flammen aufgegangen war, und daran, dass er das offene Fenster reflexartig als schnellste und beste Fluchtmöglichkeit erkannt hatte.

Erstaunlich, dass er sich nicht auch die Beine gebrochen hatte oder gleich den Hals. Wie eine Katze war er auf allen vieren gelandet, hatte sich abgerollt und war dann auf dem Rasen liegen geblieben, hatte die Schreie seiner Nachbarn gehört und den beißenden Qualm gerochen, bis ihn die Feuerwehr aufgesammelt und mit einem Rettungswagen ins nächste Krankenhaus transportiert hatte. Von seinem Zimmer und seinen wenigen Habseligkeiten war nichts mehr übrig, so viel hatte er noch mitbekommen. Sein bisheriges Leben war ausgelöscht und das war ihm ganz recht.

Und dann hatte er sich einfach hingegeben. Dem tiefen Schlummer der Anästhesie während der Operation, dem Bedauern der Ärzte und Krankenschwestern über seine missliche Lage. Ihrer Fürsorge. So ein armer Kerl, 24 Jahre, und nun beide Arme in Gips, keine Familie, kein Zuhause, kein Besitz. Er genoss, dass ihm die Schwestern das Haar wuschen und ihm den Kopf massierten, dass sie ihm den Löffel mit der breiigen Gemüsesuppe in den Mund schoben und ihn anlächelten, wenn er sich bedankte.

Einmal Waisenkind, immer Waisenkind. Georg hatte früh gelernt, wie man einen Anker warf im Herzen einer Frau. Hedda, seine Ziehmutter, hatte ihn damals einfach mitgenommen, als sie ihre Stelle am Waisenhaus aufgegeben hatte und weitergezogen war. Nachkriegsjahre, niemand fragte so genau. »Wenigstens eines wollte ich retten«, hatte sie ihm später erzählt. »Und du warst das stillste Kind, mit den größten Augen.« Sie hatte dann in einem Heim für Kriegsinvaliden gearbeitet, später in einer Psychiatrie, schließlich in einem Provinzkrankenhaus in der Nähe von Wuppertal. Und der kleine Georg immer an ihrer Seite, gegen jede Vorschrift überall dort geduldet, wo sie eine Anstellung gefunden hatte. Er musste schon als Kleinkind gespürt haben, dass er auserwählt worden war von dieser herben, manchmal ruppigen Frau und dass er sich ihrer Fürsorge würdig erweisen musste. Es gab in Heddas nordischem Gemüt eine gut verborgene weiche Stelle, und solange es Georg gelang, diese Stelle immer wieder aufs Neue zu berühren, war er versorgt und sicher. Deshalb war er anschmiegsam und pflegeleicht. Hatte im Schwesternzimmer in der Ecke gesessen und Türmchen aus alten Arzneischachteln gebaut und keinen Mucks gemacht, so hatte Hedda es ihm später erzählt. Georg erinnerte sich noch, wie sie ihn manchmal in seinem weißen Hemdchen den Sterbenden ans Fußende ihrer Betten gesetzt hatte. Und wie dann diese flimmernde Unruhe aus ihren Körpern gewichen war, wie ungläubig und beseelt sie ihn mit ihren trüben Augen angesehen hatten, bevor sie den letzten tiefen Atemzug taten. »Sie halten dich für ein Engelchen, mit deinen blonden Locken«, hatte Hedda ihm gesagt und manchmal hatte er dann ein Stück Würfelzucker bekommen zur Belohnung und einen dicken feuchten Kuss auf die Wange.

Geküsst wurde er von den Schwestern heute nicht, aber den Würfelzucker, der neben seinem Tee lag, steckten sie ihm gerne in den Mund, wenn er darum bat. Sie gaben sich große Mühe bei der Körperpflege und beim Verbandswechsel, mehr als bei den anderen Männern, die zuvor mit ihm im Zimmer gelegen hatten. Geradezu zärtlich behandelten sie ihn. Er hatte sich schnell alle Namen gemerkt und darauf geachtet, sie auch zu verwenden. »Danke, Schwester Annett«, »Guten Abend, Schwester Marianne«. Er liebte es, zu sehen, wie sich ihre Gesichter dann jedes Mal aufhellten, sogar noch mehr, wenn er freundliche persönliche Fragen stellte. »Schönen Feierabend, Schwester Irmtraud, heute ist Ihr kurzer Tag, nicht wahr?«, »Wie geht es Ihrer Katze, Schwester Hannelore, frisst sie wieder? Sie machen sich sicher große Sorgen«.

Gern zwinkerte Georg den Schwestern zu oder rollte mit den Augen, wenn einer der Ärzte sich bei der Visite wieder besonders aufplusterte. Er ließ sie spüren, dass er sie, die Schwestern, für die eigentlichen Herrscherinnen der Station hielt, unverzichtbarer als all die wichtigen Weißkittel mit ihren Stethoskopen, die sie um den Hals trugen wie Ehrenabzeichen. Und die Frauen dankten es ihm mit Zuneigung und Gefälligkeiten, es gab im ganzen Krankenhaus keinen besser versorgten Patienten als ihn.

Nicht mehr lang, dann würde auch Frau Doktor Borowski zur Sondervisite vorbeischauen, sie sah immer kurz vor

Feierabend noch mal nach ihm, auch wenn es nichts zu sehen gab. Seine Frau Doktor. Die mochte ihn besonders, die unterhielt sich gern, die hatte so etwas Verlorenes im Blick, das war ihm gleich aufgefallen. Und Georg mochte sie auch. Sie war eine Außenseiterin, die ihre besten Jahre schon hinter sich hatte, die einzige Frau in der Ärzteschaft. Von ihren männlichen Kollegen wurde sie höflich geduldet, aber nicht als ebenbürtig betrachtet. Die Schwestern verachteten sie, weil sie glaubten, sie hielte sich für etwas Besseres. Wie einsam sie sich fühlen musste in diesem Krankenhaus, auf einem Posten, den sie sich sicher hart erkämpft hatte. Und nun saß sie doch zwischen allen Stühlen, durfte sich keine Schwächen und Fehler erlauben. Sicher verspürte sie eine starke Berufung, eine nicht zu unterdrückende Leidenschaft, sonst würde sie diesen Mangel an Anerkennung wohl kaum ertragen. Und Anerkennung – davon hatte Georg reichlich zu verteilen.

»Wie fühlen Sie sich, Herr Krauss? Was machen die Schmerzen?«

Georg hatte Doktor Borowskis schnelle, beflissene Schritte schon auf dem Gang gehört, nun betrat sie sein Zimmer und zog die Tür schnell hinter sich zu, so als wolle sie dabei nicht beobachtet werden. Sie blieb auch nicht vor seinem Bett stehen, so wie die anderen Ärzte, sondern nahm sich gleich den Stuhl, der für gewöhnlich in der Zimmerecke stand, und setzte sich zu ihm ans Bett. Routiniert legte sie zwei Finger an Georgs Hals, um ihm den Puls zu fühlen, seine Handgelenke steckten ja noch in Gips. Konzentriert sah sie auf die Uhr und Georg schaute in ihr ernstes Gesicht, so lange, bis sie zurücksah und er schnell die Augen niederschlug.

»Keine Schmerzen, Frau Doktor, danke. Wie geht es Ihnen denn? Sie hatten sicher schon einen langen Tag.«

Georg hatte in den vergangenen Wochen auf diesem Weg schon einiges über Frau Doktor Borowski erfahren. Er wusste bereits, dass seine Ärztin die Frau des Chirurgen war, der sein zerschmettertes Handgelenk operiert hatte. Dass sie eine Tochter hatte, die seit einigen Jahren im Internat lebte und die ihr hin und wieder Sorgen bereitete. Dass es ihr nicht ganz egal war, wenn die Nachbarn deshalb über sie tratschten, sie, die Mutter, die ihr Kind auf eine mehrere Autostunden entfernte Schule gegeben hatte und seitdem wieder voll im Krankenhaus arbeitete. Er wusste, dass sie sonst keine Familie hatte und nicht von hier stammte, wurzellos war, so wie er. Dass sie klassische Musik mochte und mit ihrem Mann gern im Schwarzwald wanderte, wobei sie daran vor allem die ungestörte Zeit mit ihrem Mann und nicht so sehr das Wandern schätzte.

»Ach, das ist nett, dass Sie immer fragen, das wird mir fehlen, wenn wir Sie bald entlassen müssen«, sagte Doktor Borowski, und Georg spürte, dass sich eine leichte Unruhe in ihm ausbreitete. Er seufzte und flüsterte kaum hörbar: »Daran möchte ich gar nicht denken.«

Bislang hatte er auf ihre Fragen nach Angehörigen und nach dem ausbleibenden Besuch irgendwelcher Freunde oder Verwandter immer ausweichend bis gar nicht geantwortet, den Blick gesenkt oder den Kopf abgewandt und aus dem Fenster geschaut, und irgendwann hörten die Fragen auf.

»Haben Sie jemanden, bei dem Sie wohnen können? Wenn der Gips abkommt, werden Sie die Arme noch ein wenig schonen müssen, da sollten Sie nicht allein sein.«

»Nein, da ist niemand, Frau Doktor, aber machen Sie sich keine Sorgen, ich komme schon zurecht.«

Georg lächelte tapfer und pustete sich eine Locke aus der

Stirn. »Ich bin ja schon dankbar, wenn ich mich wieder selber am Kopf kratzen und ein Buch halten kann.«

Und weil Frau Doktor ihn weiter freundlich interessiert anschaute, fragte er noch einmal nach, ob er seine Finger wieder würde bewegen können wie zuvor.

»Das ist schwer zu sagen, es kommt darauf an. Für eine Pianistenkarriere wird es möglicherweise schwierig werden«, sagte Doktor Borowski halb im Scherz. Aber dann schlug sie sich erschrocken die Hand vor den Mund.

»Mein Gott, es tut mir leid, ich weiß ja gar nicht ... ich habe ja nie gefragt ... Sie sind doch nicht womöglich Pianist?«

»Nein«, antwortete Georg und lächelte beruhigend. »Pianist bin ich nicht. Es ist nur ... ich hatte immer diesen Traum, eines Tages Chirurg zu werden. Aber das ist eh zu spät, es ist nicht wichtig.«

Doktor Borowski sah ihn nun voller Mitgefühl an.

»Sie haben Medizin studiert?«

»Abgebrochen, kurz vorm Physikum. Meine Ziehmutter hat Krebs bekommen, sie brauchte Pflege, sie hatte nur mich. Und als sie letztes Jahr gestorben ist, wusste ich eine ganze Weile nicht, wie es weitergehen soll.«

»Das kann ich sehr gut verstehen.«

»Ich wollte hier in Stuttgart vielleicht noch einmal einen Anlauf nehmen an der Universität, ich hatte gehört, dass es hier noch Studienplätze gibt, aber dann kam das Gasleck, der Brand, alle Unterlagen, alle Bücher, alle Zeugnisse sind zerstört. Vielleicht ist das auch ein Zeichen von oben. Ich bin ohnehin zu alt für solche Träumereien.«

In Doktor Borowskis Blick war nun plötzlich eine Wärme, die Georg so noch nie an ihr wahrgenommen hatte.

»Mein Gott, warum haben Sie das nicht gleich gesagt, ich

hatte ja keine Ahnung. Ich kann mir gut vorstellen, wie Sie sich fühlen.«

Wahrscheinlich erinnerte sie sich gerade an ihre eigenen Strapazen im Medizinstudium, an diesen unbedingten Wunsch, Ärztin zu werden, und wahrscheinlich stellte sie sich vor, wie sie sich gefühlt hätte, wäre dieser Traum nicht in Erfüllung gegangen. Georg dachte an das rauschhafte Glücksgefühl, das ihn durchströmt hatte, als Hedda ihn das erste Mal an ihrem Arm hatte Blut abnehmen lassen, in der Küche ihrer winzigen Wuppertaler Wohnung. Da war er vielleicht neun Jahre alt gewesen, sie hatte ihm alles genau erklärt, wie man den Stauschlauch anlegte, wie man die bläuliche Vene in der Armbeuge fand. »Und jetzt trau dich, schau genau hin, keine Angst, es tut mir nicht weh. Langsam, aber bestimmt, Georg, das ist das Wichtigste. Du musst fest daran glauben, dass du es kannst.« Und dann das Blut, wie es dunkelrot in die kleine Ampulle geflossen war, und wie stolz seine Ziehmutter ihn angesehen hatte, eines Tages würde er ein richtiger Arzt sein, da war sie sich sicher gewesen. Georg hatte schon als Kind gewusst, ob ein Zugang richtig gelegt worden war und wie man ein Bett frisch bezog, während ein Mensch darin lag, wie man den Puls fühlte und den Blutdruck maß. Er hatte offene Beine und offene Brüche gesehen und jede Art von Körperflüssigkeiten. Auch als er längst kein Kleinkind mehr war, hatte er die Tage nach der Schule im Krankenhaus verbracht und im Schwesternzimmer seine Hausaufgaben erledigt. Und sich dann ein paar Groschen Taschengeld verdient, indem er den Patienten Zeitungen brachte und ihnen daraus vorlas, Essen verteilte oder Bettpfannen anreichte. Die Schwestern wuschelten ihm durch die Locken und kniffen ihn in die Wange, und manchmal erzählte er ihnen ganz beiläufig, dass der Herr

Müller oder die Frau Stegemann von Station zwei die Nacht wohl nicht überleben würde, und meistens hatte es gestimmt. »Du hast eine Gabe«, hatte Hedda zu ihm gesagt. »Du wirst es weit bringen.«

Es war dieser Blick, den er auch an Doktor Evelyn Borowski wahrzunehmen meinte. Einen liebevollen, unverstellten Glauben an ihn.

»Kann ich heute noch etwas für Sie tun, Herr Krauss?«

»Nein, das ist so nett von Ihnen, Frau Doktor, Sie tun ja schon so viel für mich. Nur wenn Sie vielleicht einmal kurz ... wenn Sie mich einmal kratzen könnten hinten an der Schulter ... Verzeihung, ich kann sonst auch die Schwester bitten.«

»Aber nein, gar kein Problem«, sagte Doktor Borowski und Georg rollte sich zur Seite mit seinen schweren Gipsarmen und ließ sich von seiner Ärztin den Rücken kratzen. Auf der Fensterbank vor seinem Fenster saß eine Krähe im Abendlicht und schaute ihn mit schief gelegtem Kopf durchs Fenster hindurch an.

Er fühlte die kurzen Fingernägel von Doktor Borowski an seiner Schulter. Sie kratzte ihn etwas länger, als notwendig gewesen wäre, dann hörte sie abrupt damit auf, als hätte sie sich vor sich selbst erschrocken.

»Bis morgen, Herr Krauss«, sagte sie und huschte schnell aus seinem Zimmer, und ihre plötzliche Bewegung hatte auch die Krähe vertrieben.

Georg war es ganz recht.

In dieser Nacht schlief er so ruhig wie seit Langem nicht.

Dämmerung

1989

Als Silvia die Augen aufschlug, spürte sie ihren rechten Arm nicht mehr. Er war eingeschlafen und taub, und wo war sie überhaupt? Wie viel Uhr war es? Und wo um Himmels willen war Hannah?

Benommen setzte sie sich auf und schüttelte den Arm so lange, bis das Blut zurückfloss, tausend kleine Nadelstiche. Draußen war es dunkel und ihre Armbanduhr zeigte Viertel vor acht, allmählich kam die Erinnerung zurück. Sie war nach Hause gekommen, erschöpft von der Suche nach Basti und auch erschöpft von den Erkenntnissen des Tages. Sie hatte das Tragetuch von den schmerzenden Schultern gewickelt und der greinenden Hannah ein Gläschen mit Möhrenbrei ins Wasserbad gestellt. Evelyn war noch immer nicht zu Hause gewesen, was Silvia ungewöhnlich vorgekommen war. Aber nachdem Hannah ihren Brei gegessen und ihren Fencheltee getrunken hatte, hatte sie sie mit hoch in ihr altes Kinderzimmer genommen, sie in ihr Gitterbettchen gesetzt, um auf dem Bett kurz die Augen zuzumachen, nur für einen Augenblick …

Und dann musste sie eingeschlafen sein, so tief, dass sie nicht gehört hatte, wie Evelyn die kleine Hannah aus ihrem Gitterbettchen gehoben und mit nach unten genommen hatte. So musste es gewesen sein, denn als Silvia nach dem ersten Schreck die Zimmertür aufriss, hörte sie unten aus dem Erdgeschoss Hannahs fröhliches Gebrabbel – und dazu Evelyn, die auf Hannah einredete, in einem leise gurrenden Tonfall, den Silvia so noch nie von ihr gehört hatte.

»Ja, Mäusle, ich bin ja gleich bei dir, die Oma holt nur schnell noch das Abendbrot, na, toll machst du das, hast du dich ganz allein auf den Bauch gedreht, mein Schatz, ja, so groß bist du schon!«

Silvia fragte sich, ob ihre Mutter jemals so mit ihr geredet hatte. Schwer vorstellbar. Vielleicht tat sie ihrer Mutter unrecht, vielleicht hatte es zwischen ihr und Evelyn eine Zeit großer Innigkeit gegeben, in der Silvia einfach noch zu klein gewesen war, um an den Erwartungen ihrer Mutter scheitern zu können. Vielleicht war sie als Baby ja auch mit dieser honigsüßen Stimme angesprochen und gelobt worden und erst später hatte sich das ausgeschlichen.

Silvia streckte sich und rieb sich den Schlaf aus den Augen. Dabei fiel ihr Blick auf das Bücherregal. Ganz rechts unten, dort, wo sie das Fotoalbum vom Dachboden hingestellt hatte, war nun wieder eine Lücke. Ihre Mutter hatte es also entdeckt und wieder an sich genommen und wusste nun, dass Silvia es gefunden hatte. Gut, es gab ja ohnehin einiges zu besprechen.

Mit dem Gong der »Tagesschau« ging Silvia die Treppe hinunter und fand Evelyn mit Hannah auf dem Schoß in ihrem Sessel sitzend, vor sich den abendlichen Schnittchenteller, Schwarzbrot mit Tilsiter und Fleischwurst. Sie setzte sich auf die Couch und beobachtete ihre Mutter, die nervös kauend die »Tagesschau« verfolgte, Demonstrationen in Leipzig, Dresden und Berlin, »Gorbi, hilf uns!«-Rufe, immer mehr Flüchtlinge in den deutschen Botschaften, versiegelte Sonderzüge, die Menschen in den Westen brachten. Und Evelyn, die das Weltgeschehen am Bildschirm sonst stoisch und unbewegt mit angesehen hatte, schüttelte immer wieder den Kopf und flüsterte: »Wahnsinn. Schau dir das an, Hannah, ein Wahnsinn ist das.«

Nach dem Wetterbericht stand Silvia auf, schnappte sich die Fernbedienung vom Couchtisch und schaltete den Fernseher aus.

»Ach schau, unser Dornröschen ist aufgewacht«, sagte Evelyn, als habe sie Silvia gerade erst bemerkt. Silvia hatte keinen wirklichen Schlachtplan für dieses Gespräch und ihr war übel. Einfach loslegen, dachte sie. Einfach fragen. Endlich raus damit. Mit irgendetwas anfangen. Vielleicht nicht gleich mit Betti. Vielleicht lieber mit den Zeugnissen aus Evelyns Vergangenheit, die Silvia auf dem Dachboden gefunden hatte.

»Wo genau liegt eigentlich deine Tante Trude begraben?«, fragte sie schließlich.

»Warum fragst du?«

»Nur so. Weil du nie über sie sprichst und ich nichts über sie weiß. Ich habe ein Foto von ihr gefunden, in so einer Nazi-Schwesternuniform.«

»Du hast in meinen Sachen herumgestöbert.«

»Ja, vielleicht. Du hast mir ja noch nie irgendwas von ihr erzählt. Außer, dass du bei ihr aufgewachsen bist und dass sie tot ist. Es interessiert mich einfach.«

Evelyn sah Silvia prüfend an.

»Sie liegt in Bad Doberan begraben, an der Ostsee. In einem Massengrab. Sie ist an Typhus gestorben, im Lazarett, in dem wir beide als Krankenschwestern gearbeitet haben, kurz nach Kriegsende.«

»War sie ein Nazi?«

Evelyn zögerte. »Das geht dich alles überhaupt nichts an, Silvia.«

»Wieso geht mich das nichts an? Das ist ja auch meine Familie. Es geht mich sehr wohl was an und das weißt du ganz genau. Ich will das wissen. War sie ein Nazi, deine Tante Trude? Erzählst du deshalb nie von ihr?«

»Ich kann mich nicht erinnern, dass dich diese Familie jemals interessiert hätte, Silvia. Seit Jahren interessierst du dich doch nur und ausschließlich für dich selbst. Die Familie hat für dich nur existiert, wenn du Geld brauchtest oder in Schwierigkeiten gesteckt hast. Und dann tauchst du hier auf, mit einem unehelichen Kind, ziehst wieder ein, als wäre nichts gewesen, und hast auch noch die Nerven, mir solche Fragen zu stellen? Und in meinen Sachen herumzuwühlen, ohne vorher zu fragen?«

Silvia fühlte ein heißes Brennen in den Augen und hätte sich am liebsten geohrfeigt. Sie hatte vergessen, dass das immer passierte, wenn sie mit ihrer Mutter stritt, und offenbar war es dabei egal, ob man ein Teenager war oder eine erwachsene Frau. Es dauerte keine zehn Sekunden und sie musste weinen. Sie konnte es nicht abstellen und unterdrücken, egal, wie sehr sie es versuchte. Und da war er schon, der kaum wahrnehmbare triumphale Zug um Evelyns Mund, den Silvia so gut kannte. Ihre Mutter sah sie mit den Tränen kämpfen und wusste bereits, dass sie gewonnen hatte. Wer heulte, der wurde nicht mehr für voll genommen.

»Ich versteh nicht, warum wir nicht reden können, Mama. Warum erzählst du mir nichts? Du bist wie eine Wand. Ich bin hierhergekommen mit Hannah, weil ich …«

Silvia atmete tief ein, um die Tränen zurückzudrängen und um Anlauf zu nehmen für das, was sie jetzt sagen würde.

»… weil ich meine Mutter vermisse. Und weil ich dachte, wir könnten uns annähern, irgendwie. Damit Hannah nicht nur mich hat, sondern auch eine Großmutter. Aber wie soll das gehen, wenn wir über nichts reden können?«

Evelyn saß immer noch in ihrem Sessel, Hannah auf dem Schoß und deren kleine Händchen in den ihren. Silvia sah, wie ihr Blick die Fernbedienung suchte. Unangenehme Fragen einfach wegschalten, ausknipsen, übertönen, das wäre ihr sicher das Liebste. Plötzlich sah Evelyn alt aus. So als wäre auf einmal alle Luft aus ihr gewichen. Sie hatte aufgehört, Silvia mit diesem überlegenen, schneidenden Blick anzusehen, und schließlich sagte sie: »Gut, dann frag.«

»Vermisst du deine Tante? Denkst du viel an deine Familie? Hast du manchmal Heimweh nach dem Ort deiner Kindheit?«

»Ja.«

Silvia seufzte, das würde ein zähes Gespräch werden. Aber immerhin: Es gab nun ein Gespräch.

»Und war sie ein Nazi, deine Tante?«

»Das ist kompliziert.«

»Das ist überhaupt nicht kompliziert!«

»Sie war … nicht immer so.«

»Wie war sie denn?«

»Sie war eine sehr gute Krankenschwester. Ihretwegen bin ich heute Ärztin. Und sie hat mich großgezogen, obwohl ich nicht ihr leibliches Kind war. Sie hat auf vieles verzichtet meinetwegen. Und sie war immer da. Und dann … ach, ich will nicht darüber reden, es war eine schreckliche Zeit.«

»Also war sie ein Nazi.«

»Ich will nicht – darüber – reden«, sagte Evelyn, die plötzlich wieder aufrechter wirkte.

Silvia brauchte keine Antwort von ihr, sie kannte sie schon. Vielleicht war sie sogar ein wenig dankbar, dass Evelyn hier wieder ihre Mauer hochzog, denn sonst hätte sie weiterfragen müssen. Und du? Warst du auch ein Nazi, Mama? Warst du eines von diesen begeisterten BDM-Mädchen, hast du dem Führer zugejubelt und Fahnen geschwenkt? Und hast dich nicht gemuckst, als man deine jüdischen Mitschülerinnen und Nachbarskinder abgeholt hat? Und Papa? Mein Papa, was war mit dem? Was hat der über all das gedacht, bevor er mit dieser unergründlichen Traurigkeit aus dem Krieg zurückgekommen ist, mit diesem dunklen Morast aus Unaussprechlichem in seiner Seele? Und die Großeltern? Tante Betti? Und wer hat in diesem Haus gelebt, bevor es unser Haus wurde?

»Ich habe Briefe gefunden auf dem Dachboden, Briefe aus Brasilien, von deiner leiblichen Mutter. Warum hast du die nicht geöffnet?«

»Warum sollte ich? Und warum schnüffelst du auf dem Dachboden herum?«

»Wolltest du nicht wissen, was sie dir schreibt?«

»Nein. Sie hat mich als kleines Kind weggegeben, weil sie keine Mutter sein wollte. Sie hat sich gegen mich entschieden. Wir hatten kaum Kontakt, als sie nach dem Krieg ausgewandert ist. Ich wollte nichts mit ihr zu tun haben, und ich wollte auch nicht wissen, was sie mir schreibt.«

»Warum hast du die Briefe dann aufbewahrt?«

Evelyn zuckte mit den Schultern. Sie sah nach draußen in den dunklen Garten und schien zu überlegen. Vielleicht hatte sie tatsächlich keine Antwort auf diese Frage.

»Wolltest du eigentlich Mutter sein?«, fragte Silvia.

»Ja«, sagte Evelyn, sehr entschieden. »Ich habe mir sehr lange ein Kind gewünscht.«

»Warum hast du mich dann weggeschickt? Ins Internat?«

»Weil es das Beste für dich war.«

»Oder das Beste für dich?«

Hannah lachte Silvia vom Schoß ihrer Großmutter aus an und stieß ein fröhliches kleines Juchzen aus. Silvia wollte aufstehen und ihrer Mutter das Kind abnehmen und ihre Nase in Hannahs weichem Haarflaum vergraben. Die Tränen drängten wieder und jetzt ließ sie sie einfach laufen, es war eigentlich egal, wem wollte sie hier etwas beweisen?

»Es war das Beste für uns alle«, sagte Evelyn schließlich.

Sie schwiegen eine Weile und lauschten dem Ticken der Uhren. Silvia hasste dieses Geräusch wie sonst kein zweites, dieser nervöse Puls der vergehenden Zeit, während sich alles so unbeweglich und erstarrt anfühlte. Nur Hannahs kleine Schluckaufgeräusche durchbrachen diesen altvertrauten Rhythmus, und Silvia schwor sich, für Hannah ein Zuhause zu schaffen (wo auch immer das sein würde), in dem es nie so still wäre, dass man die Uhren ticken hörte.

»Du warst auf dem Friedhof heute«, sagte Evelyn schließlich. Typisch, dachte Silvia, in Ildingen blieb nichts unbemerkt. Das vieläugige Kontrollmonster namens Nachbarschaft hatte Evelyn natürlich längst darüber informiert, dass die verlorene Tochter nun nach all den Jahren endlich mal das Grab ihres Vaters besucht hatte.

»Ja«, sagte Silvia. »Ich weiß, ich hätte das längst machen müssen. Es hat mir Angst gemacht, aber jetzt weiß ich gar nicht mehr, warum eigentlich.« Sie hatte Angst davor gehabt, die Nähe ihres Vaters zu spüren und von der Traurigkeit überwältigt zu werden, aber tatsächlich war da gar nichts gewesen. Keine Angst und auch kein Gefühl der Nähe. Es war einfach nur ein Stein, auf dem sein Name stand, mehr nicht.

»Ich habe mir die Grabsteine angesehen und mich gefragt, warum es keinen Stein für Tante Betti gibt.«

»Wie meinst du das?«

»Na ja, wo ... wo liegt sie begraben, wenn nicht im Familiengrab?«

Jetzt lachte Evelyn laut auf, als hätte Silvia etwas vollkommen Irrwitziges gesagt.

»Wie kommst du nur auf solche Ideen, Dummerle?«

»Mama, bitte hör auf damit. Wo ist Tante Betti?«

»Deine Tante Betti lebt in einem sehr guten Heim, und soweit man das sagen kann, geht es ihr gut. Ich habe sie neulich erst besucht.«

Kurz überlegte Silvia, ob das alles ein schlechter Traum war, ob sie doch noch schlief und sich das alles nur einbildete, ihre amüsiert keckernde Mutter, die nun mit Hannah auf dem Schoß nach einem weiteren Fleischwurstschnittchen angelte und es sich in den Mund steckte, während Silvia das Herz bis zum Hals schlug.

»Mama, ich dachte, Tante Betti ist tot. Ihr habt mir damals gesagt ..., ich war mir ganz sicher, dass sie ...«

Evelyn hatte aufgehört zu kichern und kaute nun entschlossen auf ihrem Brot herum, während Silvia um Worte rang. Evelyn spülte die Reste mit einem Schluck Wasser hinunter und seufzte, während sie das Glas auf den kleinen Korkuntersetzer zurückstellte.

»Wir haben dir ganz sicher nie gesagt, Betti sei gestorben, Silvia. Du verdrehst alles immer so, wie es für dich gerade passt. Deine Tante lag nach dem Unfall im Koma, sie war schwer verletzt. Und du warst selber im Krankenhaus und musstest dich erholen. Und danach bist du zurück ins Internat, und dann bist du abgehauen. Du bist einfach verschwunden und hast nur einen Brief hinterlassen, dass du alles hinschmeißt. Dein Vater ist beinahe verrückt geworden aus Sorge um dich. Von dir kam immer nur ein Lebenszeichen, wenn du wieder Geld brauchtest. Und du hast dich nie mit auch nur einem Wort nach deiner Tante erkundigt.«

»Weil ich dachte, dass sie tot ist!«, schrie Silvia jetzt. »Ihr habt mir gesagt, sie wäre nicht mehr da. Ich wollte sie besuchen im Krankenhaus, ich bilde mir das nicht ein, ich verdrehe überhaupt nichts. Ihr habt mir gesagt: Es hat keinen Zweck, es ist kein schöner Anblick, sie ist nicht mehr da!«

»Sie ist auch nicht mehr da!«, schrie Evelyn nun zurück. »Sie lebt noch, aber sie ist nicht mehr da. Deine Tante Betti, so wie du sie kanntest, gibt es nicht mehr. Sie sitzt den ganzen Tag in einem Sessel, sie kann nicht mehr sprechen und es ist nicht mal klar, ob sie mich erkennt oder versteht. Du hast damals gehört, was du hören wolltest, und dann bist du verschwunden, Silvia. Du bist in der ganzen Welt herumgegondelt, während ich deine Großeltern versorgt, mich um deine schwerbehinderte Tante gekümmert und deinen Vater begraben habe. Es steht dir nicht zu, mir Vorwürfe zu machen und in meinen Sachen herumzuschnüffeln und mir unverschämte Fragen zu stellen. Du solltest mal deinen eigenen Dachboden aufräumen. Bevor du mich verurteilst, weil ich dir keine perfekte Mutter war!«

Hannah, die diesen Streit mit großen, erschrockenen Babyaugen verfolgt hatte, fing nun auch an zu weinen. Evelyn stand auf und reichte Silvia mit ausgestreckten Armen ihr Kind.

»Da, nimm du sie. Und vielleicht verschwindest du am besten einfach wieder mit Hannah, so wie du es sonst auch immer machst. Sonst gewöhn ich mich noch zu sehr an sie.«

Dann zog sie an der kleinen Kordel am Lampenschirm, trug den Schnittchenteller in die Küche und stapfte die Treppe nach oben. Silvia saß im Dunkeln, hatte sich Hannah an die Schulter gelegt, strich ihr beruhigend über den kleinen Babyrücken und weinte still in den Frotteestrampler.

Ein zarter, kaum wahrnehmbarer Geruch nach Pfeifentabak zog ihr in die Nase und verschwand wieder, wie ein Geist. Sicher nur Einbildung. Sicher nur ein Trick ihres Gehirns, das sich nach Trost sehnte.

Der Junge

1971

Was Karl Borowski an seiner Frau mitunter am allermeisten schätzte, das war ihre stoische Gelassenheit. In Momenten großer Hektik und Aufregung wurde sie ruhig und fokussiert, sie war die Wunderwaffe in der Notaufnahme und in jeder Krankenhaussituation, in der schnelle Entscheidungen getroffen werden mussten. Als Ärztin war Evelyn bestimmt und klar, da strahlte sie eine Kraft und Autorität aus, die selbst die großmäuligsten Nachwuchsärzte strammstehen ließen. Nichts konnte sie aus der Ruhe bringen.

Aber nun war ihr die Butterkrem geronnen und sie saß auf ihrem kleinen Schemel in der Küche, das Gesicht in den Händen, als hätte sie einen Todesfall zu verantworten.

»Ich versteh es nicht, ich versteh es einfach nicht, ich habe alles so gemacht wie im Rezept.«

Karl hatte keine Ahnung vom Backen und er würde den Teufel tun und sich in diese Dinge einmischen, aber zufällig wusste er, wie man eine geronnene Butterkrem retten konnte, er hatte es einmal als Kind mitbekommen, die Haushälterin seiner Eltern hatte die Krem noch einmal erwärmt und neu aufgeschlagen. Manchmal merkte er sich solche Dinge, nutzlose Kleinigkeiten, die sich in sein Gehirn brannten und dort über Jahrzehnte gespeichert blieben, während er andere, viel wichtigere Dinge schnell wieder vergaß.

»Vielleicht, wenn du sie noch einmal erwärmst und neu

aufschlägst …«, begann er vorsichtig, aber Evelyn nahm die Hände vom Gesicht und warf ihm einen messerscharfen Blick zu, der ihn sofort verstummen ließ.

»Ich lauf gschwind rüber zur Hagerle, vielleicht weiß die Rat«, sagte sie schließlich und erhob sich seufzend. »Der Junge bekommt seinen Geburtstagskuchen, und wenn ich noch mal ganz von vorne anfangen muss.«

Der »Junge« lebte nun schon seit beinahe vier Monaten bei ihnen und heute war sein 25. Geburtstag. Evelyn hatte Karls Eltern und Betti für später zu einem Sonntags- und Geburtstagskaffee eingeladen und Karls vorsichtigen Hinweis, dass das Georg möglicherweise nicht recht sei, schließlich sei er ja immer sehr diskret und bescheiden bei solchen Dingen und möge nicht gern Umstände machen oder im Mittelpunkt stehen, diesen Hinweis hatte sie abgetan. Und vielleicht lag sie ja richtig damit, sie wusste schließlich, wie das war, niemanden zu haben, keine Familie. Und dass es gerade an bestimmten Tagen wichtig war, sich nicht allein auf der Welt zu fühlen. Wer wusste schon, wann Georg das letzte Mal einen richtigen Geburtstagskuchen bekommen hatte und eine kleine Feier.

Karl mochte Georg. Es war aber auch einfach, Georg zu mögen. Er hatte keine Sekunde gezögert, als Evelyn ihm kurz vor Weihnachten vorgeschlagen hatte, den jungen Mann für eine Weile aufzunehmen. Viele Wochen hatte er als Patient bei ihnen im Krankenhaus gelegen, er selbst hatte ihn operiert, wirklich ein tragischer Fall. Ein verhinderter Medizinstudent, den die Härten des Lebens und nun ein tragischer Unfall ausgebremst hatten. Und der bei all seinem Kummer immer liebenswürdig und interessiert war, Karl immer mit großem Respekt und Bewunderung begegnete. Er sah sich selbst in diesem schlaksigen jungen Mann, der einen Traum gehabt hatte, so wie er. Karl wusste nur zu gut, wie viel Kraft es kostete, nach einem Schicksalsschlag wieder an eine Zukunft zu glauben und den Lebenstraum nicht aufzugeben. Er hatte es nur dank seiner Familie geschafft. Und dank Evelyn. Nichts wäre er ohne sie.

Seit Georg aufgetaucht war, ging es auch Evelyn besser. Sie blühte richtig auf in ihrer Rolle als mütterliche Mentorin. Über Weihnachten hatte sie Georg noch ein Klappbett in der winzigen Kammer aufgestellt, aber kaum war Silvia nach den Feiertagen wieder zurück ins Internat gefahren, hatte sie Georg das Zimmer ihrer Tochter hergerichtet. Hatte Silvias Poster und eine verunglückte Makramee-Eule von der Wand genommen und ihre alten Teddys und die bestickten Kissen in einen Schrank geräumt. Es war ja nur vorübergehend. Bis Georg all seine Papiere, Zeugnisse und Unterlagen wiederhatte, die ihm bei diesem schrecklichen Brand abhandengekommen waren. Und vor Ostern würde Silvia ja ohnehin nicht wieder auftauchen. In der ersten Zeit im Internat hatten sie ihr heimwehkrankes Mädchen noch an jedem zweiten Wochenende nach Hause geholt. Aber das hatte das Heimweh nur verstärkt und die Wochenenden waren angespannt und tränenreich verlaufen und Karl war sich entsetzlich hilflos vorgekommen. Sein weinendes Kind, das sich ihm in die Arme warf und ihn nicht loslassen wollte – dieses Gefühl, das ihn dann überkam, war zu wuchtig, zu groß, es ließ ihn innerlich erstarren. Und so hatten sie auch nach Rücksprache mit der Schule beschlossen, es bei Heimatbesuchen in den Schulferien zu belassen. Seit vier Jahren war Silvia nun dort, es war eine hervorragende Einrichtung, und inzwischen hatte sie sich gut eingelebt. Karl vermisste sie, aber er konnte diese Sehnsucht besser aushalten, wenn sie nur ab und an telefonierten. Es war ja auch zu Silvias Bestem.

Evelyn war inzwischen von ihrem Ausflug zu Frau Hagerle zurückgekehrt und stürzte zurück in die Küche.

»Erwärmen und noch mal neu aufschlagen, so müsste es gehen«, sagte Evelyn. »Ist Georg schon zurück?«

Nein, Georg war noch nicht von seinem ausgedehnten Spaziergang zurückgekehrt, den er an seinen freien Tagen immer gern vormittags unternahm. Er sagte eigentlich nie, wo genau er hinging, nur dass er an die Luft müsse, seine Gedanken sammeln, er brauche die Bewegung, und nie kam er zurück ohne einen kleinen selbst gepflückten Strauß aus Feldblumen. Manchmal brachte er auch Wildkräuter mit, über die er erstaunlich viel wusste, er interessierte sich auch für die Naturheilkunde, genau wie für die klassische Medizin. Abends saßen sie oft noch zusammen, und Georg fragte ihn minutiös aus über seine Operationen, jeden Schritt wollte er genau erklärt haben, alle Fachtermini wollte er hören. Sie teilten die Begeisterung für dieses ja im Grunde sehr handwerkliche Fachgebiet, das gleichzeitig etwas beinahe Unwirkliches hatte: einen kranken Menschen zu heilen, während dieser schlief. Was für ein Privileg es war, dass die Patienten sich ihm in ihrer ganzen Verletzlichkeit anvertrauten – Georg schien diesen Punkt genauso zu sehen wie er. Es war schön, mit Georg über diesen Beruf zu sprechen, viel schöner als mit den Kollegen, denen der Klinikalltag und die Routine längst die Leidenschaft und das Staunen ausgetrieben hatten. Karl war auf dem besten Wege gewesen, ebenso zu werden, aber die Begegnung mit diesem jungen Mann hatte ihn noch einmal spüren lassen, warum er diesen Beruf gewählt hatte. Er hatte sich bei Professor Bender für Georg verbürgt und ihm eine Beschäftigung als Hilfskraft organisiert, zur großen Freude des Pflegepersonals, wie ihm schien. So konnte Georg im Krankenhaus weiter Erfahrungen und

Eindrücke sammeln und ein bisschen Geld verdienen, bis er all seine Unterlagen, Papiere und Zeugnisse wieder beisammen hatte und sich erneut seinem Studium widmen konnte. Und Personal war so schwer zu bekommen, da war jede engagierte Kraft, die wusste, wie man einen Verband wechselt, hochwillkommen.

Die Geburtstagstorte – ein Frankfurter Kranz, garniert mit eingelegten Kirschen – war dann doch noch fertig geworden, der Tisch mit dem guten Porzellan gedeckt. Evelyn hatte mit Karls Einverständnis einen Fotoapparat gekauft und in Geschenkpapier eingeschlagen, es war eine richtige Geburtstagstafel. Sie und Karl, dazu Betti und die immer fragiler werdenden Eltern saßen schon um den Tisch, als Georg endlich nach Hause kam. Er grüßte höflich in die versammelte Runde, als wolle er nicht stören, und erst auf den zweiten Blick schien er zu begreifen, dass dies sein Geburtstagstisch, dass er der Anlass dieser Zusammenkunft war, und er schlug die Hände vors Gesicht, nein, das wäre doch nicht nötig gewesen, und wie er dann mit der unverstellten Freude eines Kleinkinds die Kerzen auspustete und sein Geschenk auspackte und begeistert »Für mich?, das ist wirklich für mich?« rief – das war unbezahlbar.

Karl sah in Evelyns rotwangiges Gesicht und wie stolz sie war auf die gelungene Überraschung. Silvias Geburtstage waren immer schwierig gewesen, ihre Tochter hatte manchmal vor lauter Aufregung und Vorfreude Fieber bekommen oder sich übergeben müssen und so war dieser Tag oft von Enttäuschung geprägt und nur selten von Leichtigkeit und Freude.

Sie tranken Kaffee, die guten Bohnen, aßen den Frankfurter Kranz mit der geretteten Butterkrem. Georg wurde von Karls Vater ausgiebig zu seiner Meinung zu den Studentenprotesten der letzten Jahre befragt und schien sich mit dessen ausweichenden Antworten zufriedenzugeben. Georg Krauss selbst war kein Krawallmacher, das war ihnen allen schon vorher klar gewesen, aber er hegte auch keinerlei Sympathien für die langhaarigen Studenten, die an der Hochschule plötzlich frech wurden, Vorlesungen stürmten, impertinente Forderungen stellten und für Unruhe sorgten mit ihren Sitzblockaden, K-Gruppen und Kommunen. Und auch Agnes Borowski war einmal mehr ganz verzaubert von diesem höflichen jungen Mann, spätestens als er in einem Nebensatz erwähnte, dass sein Weg ihn an diesem Morgen in die Kirche geführt habe, wo er an diesem besonderen Tag ein wenig in sich gegangen sei.

Zum Glück sah niemand außer Karl, wie Betti die Augen verdrehte. Sie war ungewöhnlich still heute, das passte gar nicht zu ihrer Aufmachung, einer knallorangefarbenen Bluse zu einem dunkelgrünen Rock, der ihr ein bisschen kurz geraten war für ihr Alter. Schon nach der ersten Tasse Kaffee war sie aufgestanden und an den kleinen Schrank getreten, in dem der Cognac stand, und hatte sich »zur Feier des Tages« einen eingeschenkt, was sie bei jedem ihrer Besuche tat, ob es nun etwas zu feiern gab oder nicht. Fast hätte Karl einen mitgetrunken, um seine eigene Nervosität zu besänftigen. Er spürte genau, dass in Betti irgendetwas brodelte, was sich über kurz oder lang seinen Weg nach außen bahnen würde. Warum brauchte seine Schwester immer eine Bühne für ihre Ausbrüche? Georg hatte sich freundlich um sie bemüht, hatte ein paar spezifische Fragen zu ihrem Auto gestellt, auf die sie sehr zurückhaltend geantwortet hatte, beinahe feindselig. Karl verstand nicht recht, was in ihr vorging. Betti wurde ihm zunehmend fremd. Es hatte eine Zeit gegeben, da hätte sie die freundliche Aufmerksamkeit eines gut aussehenden jungen Mannes aufgesogen wie eine Verdurstende. Und es war doch schon immer ehernes Prinzip in dieser Familie gewesen, dass man Menschen in Not bei sich aufnahm, dass man das Glück und den Wohlstand teilte, und selten hatte es jemanden gegeben, der sich dieser Geste der Großzügigkeit so würdig erwies wie Georg. Bettis unverhohlene Skepsis ihm gegenüber empfand Karl als Anklage gegen sich selbst.

Er beobachtete Betti, die ihrerseits beobachtete, wie Evelyn Georg ansah. In diesem Augenblick begriff er, was seine Schwester dachte, und er fühlte sich ertappt. Ertappt dabei, diesen Blick auch zu bemerken, den seine Frau dem jungen Mann schenkte, der gut und gern als jüngere Version seiner selbst durchgehen mochte, und er beschloss, diesen einen Gedanken gar nicht erst zuzulassen, so abwegig war er. Er wollte Evelyn glücklich sehen und das war sie offensichtlich. Glücklich darüber, in Georg eine Art Ziehsohn gefunden zu haben, der so dankbar war für alles, der so ein gutes Gespür dafür hatte, wann er zur Hand gehen oder sich diskret im Hintergrund halten sollte, der im Garten half, Einkäufe erledigte und sich auch im Krankenhaus unter ihrer Anleitung nützlich machte. Sie hatten ihm Fachbücher besorgt und angeboten, ihm bei den Vorbereitungen fürs Physikum zu helfen, aber er wollte sich zunächst allein einlesen, seine Erinnerungslücken waren wohl doch zu groß.

»Was sind denn nun Ihre Pläne für Ihr neues Lebensjahr?«, fragte Betti schließlich und wandte sich Georg zu. »Sie werden ja sicherlich nicht ewig hier wohnen bleiben wollen.«

»Betti«, zischte Evelyn, »ich bitte dich, was soll das, Georg kann so lange hier wohnen, wie er möchte.«

Georg sah schuldbewusst auf seinen Kuchenteller und umklammerte nervös seine Serviette.

»Nein, Sie haben ja recht, Betti, ich sollte Ihnen allen hier nicht länger als nötig zur Last fallen. Ich weiß diese Großzügigkeit wirklich sehr zu schätzen, ich weiß gar nicht, was ich ohne Sie alle täte. Sobald meine Papiere da sind, werde ich mich um ein Zimmer bemühen, gleich morgen, noch vor meiner Schicht, werde ich noch einmal aufs Amt gehen und nachfragen, warum sich alles so verzögert.«

»Oh bitte, mach dir überhaupt keine Gedanken«, sagte Evelyn und legte Georg die Hand auf den Arm, »du bist hier so lange willkommen, wie du es brauchst.«

»Georg hat sich im Krankenhaus schon unentbehrlich gemacht«, warf Karl ein. »Die Schwestern sind ganz begeistert.«

»Ach, ist das so«, sagte Betti und sah ihren Bruder spöttisch an. »Na, das ist doch schön.«

Sie schwiegen alle eine Weile und Betti leerte ihren Cognac. Wenn sie sich jetzt noch ein Glas einschenkte, würde er etwas sagen, dachte Karl. Und dann sah er zu, wie Betti sich ein zweites Glas einschenkte, und sagte nichts.

»Wann kommt denn nun unsere Silvia?«, fragte Karls Mutter in die Stille. »Ich weiß gar nicht, ob ich das Mädle noch erkenn, wenn ich es seh.«

»Zu Ostern nächste Woche holen wir sie ab«, sagte Evelyn. Karl freute sich auf seine Tochter und gleichzeitig fürchtete er ihren Besuch, auch weil Evelyn angespannt sein und die Stimmungen ihrer Tochter als stetige Anklage empfinden würde. Zu Weihnachten hatte Silvia den neuen Hausgast noch mit kindlicher Neugier betrachtet, aber seit nun klar war, dass er länger bei ihnen bleiben würde, fragte sie am Telefon nicht mehr nach Georg und quittierte jede Erzählung, in der Georg eine Rolle spielte, mit Schweigen.

»Lasst Silvia doch bei mir wohnen über Ostern!«, rief Betti. »Hier ist doch eh kein Platz mehr für sie.«

»Um Gottes willen, nein«, sagte Georg. »Ich kann über die Feiertage woanders unterkommen, ich will auf keinen Fall, dass …«

»Nein, nein, wirklich, lasst Silvia bei mir schlafen, ich nehm den Wolf und hol sie ab, und dann bleibt sie über die Feiertage gleich bei mir, da muss sich hier doch wirklich niemand Umstände machen oder sein Zimmer räumen«, erklärte Betti, und noch bevor Karl etwas sagen oder Georg weiter insistieren konnte, sagte Evelyn, dass das eine gute Idee sei, das wäre doch für alle das Beste, und Betti pflichtete ihr bei, ja wirklich, für alle das Allerbeste.

Als Betti und seine Eltern am Nachmittag wieder gegangen waren und Evelyn zusammen mit Georg den Abwasch in der Küche erledigte, saß Karl im Wohnzimmer im Sessel, trank nun doch ein Glas Cognac und steckte sich eine Pfeife an. Ihm war unbehaglich zumute und er wusste nicht recht, warum eigentlich. Er fragte sich, warum sich hinter allem immer noch etwas verbergen musste, warum nie etwas einfach so sein konnte, wie es den Anschein hatte. Immer gab es diese geheimen Ströme und Schwingungen zwischen seiner Frau und seiner Schwester, die er zwar empfangen, aber nicht deuten konnte. Er dachte an Silvia und wie unverstellt ihre Zuneigung zu ihm gewesen war als Kind. Ein scheues Mädchen mit zwei Zöpfen, dessen größtes Glück es war, abends noch eine Weile auf seinem Schoß sitzen und mit ihm gemeinsam die Nachrichten schauen zu dürfen. Silvia hatte ihn damals an Rita erinnert, an seine geliebte kleine Schwester, und es war nicht schwierig für ihn gewesen, ihr ein Vater zu sein. Aber jetzt war Silvia fünfzehn und Karl hatte keine Sprache mehr für die Liebe, die er für seine Tochter empfand. Und keinen Weg, die Kluft zu überbrücken, die sich zwischen Evelyn und Silvia aufgetan hatte. In der Küche klapperten Evelyn und Georg mit den Kuchentellern, und Karl hörte seine Frau fröhlich auflachen über einen Scherz, den Georg gemacht hatte. Anstatt seine Pfeife nachzustopfen, ließ er sie ausgehen, trank sein Glas in einem Zug leer und trat leise aus der Haustür.

Er brauchte frische Luft.

Disco

1989

Am Morgen nach ihrer verunglückten Aussprache stand Silvia gerade in der Küche und befüllte den Kaffeefilter, Hannah auf ihrer rechten Hüfte balancierend, als Evelyn die Treppe heruntergestapft kam. Ohne Guten Morgen zu sagen, nahm sie ein Einkaufsnetz vom Haken neben dem Kühlschrank.

»Ich gehe einkaufen, brauchst du was?«

»Nein, danke.«

»Gut, dann bis später.«

Und schon war sie aus der Tür. Ganz offenbar rechnete Evelyn nicht wirklich damit, dass Silvia mit Hannah verschwinden würde, so wie sie es ihr ja recht unmissverständlich nahegelegt hatte. Und Silvia war erleichtert darüber. Sie war noch nicht so weit. Sie hatte noch lange wachgelegen und beschlossen, diesmal nicht einfach abzuhauen. Nicht bevor sie ihre Tante Betti gesehen hatte.

Vom Küchenfenster aus konnte sie Rüdiger beobachten, der den Gehsteig vor seinem Haus fegte. Erst dachte sie, er würde dabei mit sich selber sprechen, aber dann sah sie die Walkman-Kopfhörer auf seinen Ohren und wie ihm beim Fegen ab und zu ein Ausfallschritt dazwischenkam – Rüdiger war ganz in irgendeinen Song vertieft, den er leise mitsang. Um Hannah nicht absetzen zu müssen, schlüpfte Silvia schnell in Evelyns beige Pantoffeln, die an der Haustür auf ihre Rückkehr warteten, und schlappte nach draußen in die feuchtkühle Oktoberluft. Rüdiger bemerkte sie erst, als sie direkt vor ihm stand, er zog sich die Kopfhörer von den Ohren.

»Herrgottzack, Silvia, erschrick mich nicht so.«

»Gehst du mit mir tanzen? Heute Abend? Bitte, Rüdiger, es ist Samstag, ich weiß, dass heute dein Ausgehabend ist. Ich bin nicht mehr lange da. Bitte geh mit mir tanzen, ich dreh hier sonst bald durch.«

Rüdiger stützte sich auf den Besen, strich sich den Schnauzbart glatt und betrachtete Silvia nachdenklich.

»Ich wollt eigentlich heute ... gut, ja, wir können auch tanzen gehen, ich wüsst schon, wo. Aber so kommst du da nicht rein.«

»Wie meinst du das?«

»Na, die Jeans voller Löcher und mit *den* Schuh'n.«

»Das sind die Schlappen meiner Mutter.«

»Das dacht ich mir, Dummerle, aber mit den dreckigen Turnschuh'n, die du sonst anhast, bekomm ich dich in keine Disco. Musst dir bis heute Abend was zum Anziehen organisieren. Und wir nehmen mein Auto. Mit deinem will ich hier nicht gesehen werden.«

Dann strahlte er Hannah an und stupste ihr mit dem Finger auf die Nase und Hannah strahlte zurück.

»Abfahrt um acht«, sagte Rüdiger noch, dann zog er sich die Kopfhörer wieder über die Ohren und fegte weiter im Rhythmus eines Songs, den Silvia nicht hören konnte.

Die Aussicht, den heutigen Abend nicht mit ihrer Mutter auf dem Sofa verbringen zu müssen, sondern sich irgendwo in einer verrauchten Großraumdisco den Kopf leer zu tanzen, war unglaublich verlockend. Evelyn würde sicher nichts dagegen haben, den Abend über auf Hannah aufzupassen, die sich nach einer Flasche Milch inzwischen leicht ins Bett legen ließ und schnell einschlief. Nach ihrem Streit am Abend zuvor würde es ihr ein Fest sein, dass Silvia sie um einen Gefallen bitten musste. Silvia sah es schon vor sich, wie ihre Mutter zunächst zögern und kaum merklich die Augen verdrehen würde, dazu diesen ihr eigenen Gesichtsausdruck, eine Mischung aus Resignation und Triumph, wenn so etwas überhaupt möglich war. War ja mal wieder typisch, nun kam es also wieder an, das feine Fräulein Tochter, und brauchte sie, nach all dem Ärger, gut, bitte schön, wenn es ohne ihre Hilfe nun mal so gar nicht ging, dann würde sie sich großzügig opfern und über ihre schlafende Enkeltochter wachen.

Nur das Klamottenproblem blieb bestehen. Evelyn zusätzlich um Geld zu bitten, um schnell noch ein Outfit zu besorgen – unmöglich. Aber dann fiel Silvia ein, dass es doch jemanden gab, der ihr einen Gefallen schuldete. Jemanden mit einem garantiert gut gefüllten Kleiderschrank. Sie schnappte sich das Telefon vom kleinen Tischchen im Flur, zog die Schnur bis ins Wohnzimmer, setzte sich in den heiligen Sessel ihrer Mutter und wählte Monikas Nummer.

Monika juchzte vor Begeisterung, ja, natürlich habe sie passende Klamotten und mitkommen wolle sie auch. Die Kinder könnten bei der Oma übernachten und Bernd sei eh in dieser Woche nicht da, Fortbildung, und sie sei schon ewig nicht mehr tanzen gewesen.

Als Silvia am frühen Abend in ihren dreckig-weißen Turnschuhen, der löchrigen Jeans und dem Parka vor ihrer Tür stand, hatte Monika schon einen umfassenden Plan für das große Umstyling erarbeitet.

Monika zog eine rote Bluse mit Schulterpolstern und eine

schwarze Lederhose für Silvia aus dem Schrank, die ihr angeblich »ein bissle zu groß« war, dann setzte sie Silvia auf einen Schemel, klappte ihren gigantischen Schminkkoffer auf und pinselte zwanzig Minuten lang sehr ausgiebig an ihr herum, so lang, bis Silvias Lider metallicblau schimmerten, ihre Wangenknochen perfekt betont und ihre Lippen dunkel umrandet waren. Dann zupfte sie mittels eines Diffuser-Aufsatzes auf dem Föhn und einer halben Dose Haarspray Silvias Nichtfrisur in ein mondänes Haarmonument und betrachtete schließlich zufrieden ihr Werk.

»Ich hol uns gschwind zwei Piccolo aus dem Kühlschrank.«

Sie stießen mit den beiden Glasfläschchen an und Silvia verschluckte sich prompt, als ihr der halbtrockene Sekt in die Nase stieg.

»Bissle verrückt, gell? Wir zwei. Und der Rüdiger. Zusammen in die Disco«, sagte Monika. »Wenn das der Bernd wüsste.« Und damit kippte sie den Sekt zügig und konzentriert hinunter, schälte sich in ein rotes Minikleid, »Das hatte ich seit zehn Jahren nicht mehr an«, schminkte sich rasch Smokey Eyes und legte noch vier Spritzer Gabriela Sabatini auf. Dann schlüpfte sie in sehr hohe schwarze Pumps und stellte Silvia ein Paar schwarze Stiefeletten mit nur wenig Absatz hin, »da gehst du ein bisschen sicherer drin«.

Ein bisschen wie ein Kostümball war das alles, dachte Silvia, während sie gemeinsam durch Ildingen staksten, schade, dass sie kein Polaroid von sich machen konnten. Das wäre irgendwann eine tolle Erinnerung für ihren Berliner WG-Kühlschrank. Sie kam sich angenehm fremd vor beim Blick in die spiegelnden Fenster der Einfamilienhäuser, an denen sie vorbeiliefen. Wie eines dieser Models aus der Stu-Stu-Stu-Studio-Line-Werbung, cool, selbstbewusst und grundlos gut gelaunt. Monika ging an ihrer Seite entschlossen voran, den Blick stur geradeaus, auf den Lippen ein siegesgewisses Lächeln. So hatte man sie im Ort wohl auch schon lang nicht mehr gesehen, und vielleicht gefiel ihr die Vorstellung ganz gut, dass sich die Nachbarinnen aus der Neubausiedlung in den nächsten Tagen garantiert das Maul über sie zerreißen würden.

Als Rüdiger die Haustür hinter sich zuzog und Monika und Silvia in der Garagenauffahrt stehen sah, strahlte er vor Begeisterung. Er hatte sich die Haare nach hinten gegelt und einen schwarzen Anzug angezogen, dazu Cowboystiefel.

»Wie zwei Engel für Charlie schaut ihr aus!«

Die Gardine am Küchenfenster bewegte sich, und während sie in Rüdigers blauen Opel stiegen, sah Silvia das strahlende Gesicht von Frau Hagerle durch die Scheibe. Sie winkte ihr freundlich zu und Frau Hagerle winkte aufgeregt zurück, ihr Rüdiger, unterwegs mit gleich zwei Frauen, das gefiel ihr sicherlich viel zu gut.

Sie fuhren über die Landstraße Richtung Stadt, Rüdiger hatte eine Depeche-Mode-Kassette in den Kassettenschlitz des Autoradios geschoben, Monika saß auf dem Beifahrersitz und prüfte ihr Make-up im kleinen Spiegel hinter der Sonnenblende. Silvia saß auf der Rückbank und versuchte sich vorzustellen, wie sie in den nächsten Tagen ihrer Tante gegenübertreten sollte. Ob es stimmte, was Evelyn sagte? Dass Tante Betti zwar nicht tot, aber eben auch nicht mehr da war. Sie würde Silvia sicher nicht erkennen, aber Silvia war sich auch nicht sicher, ob sie ihre Tante erkennen würde. Unvorstellbar – jemand wie Betti in irgendeiner formlosen Krankenhausklamotte, Hauptsache bequem und leicht zu reinigen. Ob sie einfach nur im Bett lag und an die Decke starrte? Ob man sie dort ruhigstellte mit Medikamenten, um ihr noch das letzte bisschen ihrer Persönlichkeit auszutreiben?

Dass Betti nicht ganz bei Trost sei, dass man sich Sorgen um sie mache – wie oft hatte sie das als kleines Mädchen gehört, wenn sie in ihrem Nachthemd nach dem Zubettgehen noch einmal die Treppe hinuntergeschlichen war, um ihre Eltern zu belauschen. Es musste eine geheime Krankheit sein, von der die Eltern und oft auch die Großeltern sprachen, etwas, was sich Silvias kindlichem Wissen entzog, denn ihre Tante war ihr ganz und gar nicht so vorgekommen, als müsse man sich Sorgen um sie machen. Im Gegenteil, in Silvias Erinnerung war ihre Tante Betti der lebendigste und wahrhaftigste Erwachsene gewesen, wie eine leuchtend orangefarbene Rettungsinsel in einem Meer aus Stille. Und nun war Betti selber Teil dieses Meeres, während um sie herum das Leben einfach weiterging. Sie dachte an die Amerikanerin, mit der sie sich auf Kreta eine Weile eine Höhle am Strand geteilt hatte, die hatte ein Geisterritual mit ihr durchgeführt und ihre Tante »gechannelt«, wie sie das nannte, sie hatte am Lagerfeuer gegessen, geraucht, Mantras gesungen und schließlich wild gezuckt, und hinterher hatte sie Silvia gesagt, ihre Tante sende ihr Frieden und Liebe aus dem Jenseits und nichts von alledem sei ihre Schuld, sie solle sich keine Sorgen machen. Und wie gern Silvia das geglaubt hatte. Wie sehr sie bereit gewesen war, an irgendwelche Geister zu glauben, die sie von ihrer Schuld freisprachen. Anstatt die Möglichkeit in Betracht zu ziehen, dass ihre Tante noch lebte und das alles sehr wohl ihre Schuld war. Und jetzt sollte Betti nur noch ein Stück Gemüse sein und Silvia konnte sie besuchen und sich entschuldigen für alles, aber sie würde es vermutlich gar nicht mehr begreifen. Gut, dass sie den heutigen Abend in einem lächerlichen Outfit und mit zwei Tonnen Schminke im

Gesicht in einer hoffentlich düsteren Disco verbringen konnte, zusammen mit ihrer ehemaligen Erzfeindin und dem großen Bruder, den sie sich immer gewünscht hatte.

Als sie die Stadtgrenze erreichten, waren Rüdiger und Monika vertieft in eine Diskussion über die Neuverpachtung des Ochsen. Nach 200 Jahren im Familienbesitz war der Ildinger Traditionsgasthof nun eine Pizzeria, und nicht überall im Ort schätzte man diese Neuerung, insbesondere Bernd sei gar nicht froh darüber, aber der Bernd tue sich ohnehin immer schwer mit Veränderungen, sagte Monika, und er werde sich schon daran gewöhnen, der Paolo und seine Frau, das seien ja schließlich ganz nette und fleißige Leut. Ihr Bernd sei ja einer, der immer viel schaffe, der sich reinhänge und sich engagiere, im Sportverein, bei der Feuerwehr, im Betrieb. So ein guter Vater für die Buben, aber seit einiger Zeit, da sei er oft so mürrisch ... manchmal erkenne sie ihn gar nicht mehr wieder.

Rüdiger parkte seinen Opel in einer kleinen Seitenstraße in der Stuttgarter Innenstadt, und bevor er ausstieg, nahm er Monikas Hand, sah ihr tief in die Augen und sagte: »Jetzt vergisst du den Bernd mal für einen Abend und hast Spaß.«

Sie gingen durch den Nieselregen, vorbei an einem Parkhaus und einer Spielhalle und schließlich durch eine Tür mit einem Bullauge, dahinter öffnete sich ein großer, für eine Disco außergewöhnlich heller Raum, ein junger Mann im orangeroten Gewand und mit einer Holzperlenkette um den Hals nahm ihnen das Eintrittsgeld ab und zeigte lächelnd hinüber zur Garderobe.

Ach du Scheiße, dachte Silvia enttäuscht. Bhagwan-Disco. Sie hatte nichts gegen diese beseelt wirkenden Hippies in ihren orangefarbenen Gewändern, die an einen Guru glaubten, an die freie Liebe und gerade genug an den Kapitalismus, um Diskotheken zu betreiben, die den Guru finanzierten. Aber sie selbst war durch mit der freien Liebe, sie hatte genug davon gehabt. Sie strebte auch nicht mehr nach Erleuchtung. Und speziell heute Abend nicht nach Beleuchtung – und Beleuchtung war geradezu das Markenzeichen jeder Bhagwan-Disco. Dieser Raum hier war Silvia eindeutig zu hell. Ein Ort, um gesehen zu werden, definitiv kein Ort, um sich vor der eigenen Angst zu verstecken und selbstvergessen zu tanzen.

An der weißen, von warmen Lichtern angestrahlten Bar bestellten sie unter den Blicken eines gigantischen Bildes des bärtigen, milde lächelnden Gurus ein Ginger Ale für Rüdiger und zwei Cola-Rum für Silvia und Monika und dann recht schnell das Gleiche noch mal. Monika saß aufrecht auf ihrem Barhocker und genoss die Blicke der vielen deutlich jüngeren Männer, die sie sofort auf sich zog. Sie kippte ihr zweites Glas Cola-Rum hinunter, strahlte Silvia an, streckte die Hand nach ihr aus, sie wollte tanzen.

»Bin noch nicht betrunken genug, geh du schon mal vor«, sagte Silvia und Monika lächelte, zuppelte ihr rotes Minikleid zurecht, warf ihre Haare nach hinten und stolzierte zur Tanzfläche, Sister Sledge sangen »We're lost in music« und Monika warf die Arme in die Luft und fing an zu tanzen, wie nur Frauen tanzen können, die Publikum lieben.

Silvia saß weiter am Tresen, bestellte bei der überfreundlichen, ebenfalls in ein orangerotes Gewand gekleideten Barfrau noch eine Cola-Rum und ein weiteres Ginger Ale für Rüdiger. Sie saßen eine Weile schweigend nebeneinander auf ihren Barhockern, Rüdiger strich sich über den dürftigen Schnauzer, von dem er sich offenbar nicht trennen konnte, und wippte mit seinen Cowboystiefeln im Takt.

»Was ist los? Du wolltest doch tanzen gehen«, sagte er.

»Ist mir zu hell hier, ehrlich gesagt. Ich tanz nicht so gern, wenn alle gucken.«

»Das ist doch das Beste am Tanzen«, sagte Rüdiger. »Und du siehst so toll aus heute Abend, ist doch nur recht so, dass alle gucken.«

»Hätte echt nicht gedacht, dass du auf Bhagwan stehst«, bemerkte Silvia.

»Tu ich nicht, aber ich mag, dass hier alle nett sind und jeder so sein kann, wie er ist. Schau, Moni gefällt's!«

Monika hatte sich auf der Tanzfläche inzwischen eine Gruppe von Bewunderern ertanzt, in deren Mitte sie mit geschlossenen Augen eins wurde mit dem Beat. Rüdiger nahm Silvias Hand und zog sie vom Barhocker, »Komm jetzt, ist doch albern, wir tanzen, dafür sind wir doch hier«, und Silvia ließ es geschehen, er hatte ja recht, und außerdem tat der Rum langsam seine Wirkung.

Sie tanzten und es fühlte sich gut an und mit der Zeit vergaß Silvia die Helligkeit und die Abwesenheit von Rauch und Nebel, sie mochte, wie ihre Lederhose bei jeder Bewegung knarzte und wie sich ihr inneres Gefühl langsam ihrer äußerlichen Erscheinung anglich. Betti hätte das gefallen hier, dachte sie unwillkürlich. Betti hätte hier selbstvergessen getanzt bis zum Morgengrauen und jede Minute genossen und sich überhaupt keine Gedanken gemacht, wie sie dabei aussah. Ob sie in ihrem Heim wohl Musik hören konnte?

Monika war inzwischen ganz und gar in ihrem Element, sie hatte weiter getrunken und sich irgendwann beim Tanzen die hohen Pumps ausgezogen. Jetzt tanzte sie barfuß, ließ ihre Haare und ihre Arme fliegen, ihr rotes Minikleid hatte inzwischen tellergroße Schweißflecke unter den Armen, die Typen, die den ganzen Abend schon versucht hatten, sie anzutanzen, hielten nun gebührenden Abstand. Silvia und Rüdiger setzten sich irgendwann wieder an die Bar und sahen zu und Silvia konnte in Monika plötzlich wieder die Zehnjährige erkennen, die sie damals bewundert hatte. Eine Energie ging von ihr aus, die sie sonst offenbar verbarg oder domestiziert hatte, furchtlos und schön war sie, trotz oder gerade wegen ihrer langsam verlaufenden Schminke und der sich auflösenden Frisur.

»Glaub, wir müssen Moni langsam mal nach Hause schaffen«, sagte Rüdiger. »Nicht dass sie Ärger bekommt.«

»Ach, ihr Bernd ist die ganze Woche auf Fortbildung, irgendwo bei Frankfurt, der ist gar nicht da und die Kinder schlafen woanders, kriegt doch keiner mit«, antwortete Silvia.

Rüdiger sah sie amüsiert und ungläubig an.

»Ja, gut«, räumte Silvia ein. »Schon klar, alle kriegen es mit, aber dann ist es doch jetzt auch egal. Wer weiß, wann sie das nächste Mal wieder so viel Spaß hat.«

Rüdiger nickte. »Hast recht. Vielleicht frag ich die Moni, ob sie ab und zu mit mir auf dem Schuppendach raucht, wenn du bald weg bist.«

Sie stießen noch einmal an, während Monika eine letzte, besonders wilde Performance zu »Love Shack« hinlegte und ihnen dann lachend entgegentaumelte.

»Ich liiiebe euch!«, rief sie und fiel Silvia in die Arme. »Ichmussheim!«

Sie hatten Monika rechts und links untergehakt, als sie die Disco verließen, weil sie in ihren hohen Schuhen nicht mehr trittsicher war, Monika sang »I will survive« mit einem Fantasietext und legt ihren verschwitzten Kopf im Wechsel an Rüdigers und an Silvias Schulter. Direkt vor dem Eingang der Spielhalle knickte sie um und rutschte aus einem schwarzen

Stiletto, und während sie in ihrem engen Kleid kichernd versuchte, sich auf einem Bein balancierend den Schuh wieder anzuziehen, öffnete sich die Tür der Spielhalle, gerade lang genug, dass Silvia und Rüdiger Bernd im Türrahmen stehen sahen, in seiner Lederjacke, unrasiert und mit leerem Blick.

Er hatte sie auch gesehen, das stand fest, denn Bernd zog instinktiv die Tür wieder zu, nachdem er die Situation erfasst hatte: seine Frau, sternhagelvoll, Arm in Arm mit dem schwulen Automechaniker und der Herumtreiberin aus Berlin. Und er: ertappt bei einer Lüge, denn dass Bernd nicht auf Fortbildung war – das war nun auch sonnenklar.

»Scheiße«, flüsterte Rüdiger, sah Silvia nervös an und legte den Zeigefinger seiner freien Hand an die Lippen. Kein Wort zu Monika, die nichts mitbekommen hatte und sich nun weiter von ihnen Richtung Auto ziehen ließ.

»Ich muss nicht spucken, ich muss ganz bestimmt nicht spucken«, lallte sie, als Silvia sie auf dem Beifahrersitz anschnallte, und Rüdiger sah nicht so aus, als fände er das besonders beruhigend. Sie fuhren schweigend durch die Nacht, zurück nach Ildingen, und Silvia bereute ein bisschen, nicht doch viel mehr zusammen mit Monika getanzt zu haben. Wer wusste schon, wann und ob sie wieder dazu kommen würden.

Ferien

1971

Silvia war früh aufgewacht am letzten Tag ihrer Sommerferien und eine bedeutsame, melancholische, aber auch irgendwie feierliche Schwere hatte sie überkommen. Sie lag in ihrem Bett und sah zu, wie ihr Atem die kleinen Staubkörner verwirbelte, die im orangefarbenen Morgenlicht schwebten, das durch ihre Gardine drang.

Das war also dieses Erwachsensein.

Neben ihrem Bett auf dem Fußboden lag ihr gepackter, aber noch aufgeklappter Koffer, nach dem Frühstück würden ihre Eltern sie zurückbringen ins Internat, zwei Stunden lang stumm im Auto, wie eine Zeitschleuse zwischen zwei Welten. Sie würde als ein anderer, ein neuer Mensch in die zehnte Klasse starten.

Dabei hatte dieser Sommer nicht sehr vielversprechend angefangen. Den üblichen Familienurlaub an den Gardasee hatten ihre Eltern in den Herbst verschoben, weil ihre Mutter neuerdings die Hitze nicht vertrug. Das bedeutete sechs Wochen Ildingen. Ab und zu ins Freibad, wo sie hoffentlich in Ruhe die Heftromane lesen konnte, die ihre Eltern für Schund hielten. Kartenspielen mit Tante Betti und den Großeltern, auf der Gartenliege mit dem gelben Blumenbezug liegen und braun werden. Ansonsten lähmende Sommerlangeweile.

Und dann war da ja noch der Untermieter. Falls der überhaupt Miete zahlte und nicht schon längst adoptiert worden war.

Ein halbes Jahr wohnte der nun schon bei ihren Eltern, Silvia hatte ihn nur selten gesehen in dieser Zeit, aber unzählige Male von ihm gehört. Immer wenn sie mit ihren Eltern telefonierte und es nichts mehr zu reden gab, wurde diese Stille mit Geschichten über Georg gefüllt. Was für ein Pech der gehabt habe. Dabei sei er so ein höflicher, talentierter junger Mann. Und er lasse Silvia ganz herzlich grüßen.

Silvia glaubte kein Wort davon.

Als sie das letzte Mal in Ildingen gewesen war, in den Osterferien, da hatte Tante Betti sie zu sich eingeladen. »Komm doch zu mir, Mäusle, wir machen uns eine gute Zeit, ich wünsch mir das so.« Betti hatte geradezu gebettelt und Silvia hatte gar nichts dagegen gehabt. Sie schlief gern bei ihrer Tante, auf dem großen dunkelgrünen Samtsofa neben der kleinen Küchenecke der Einliegerwohnung. Morgens machte ihre Tante ihr im Morgenmantel einen schwarzen Tee mit Milch und den durfte Silvia noch in ihre Decke eingewickelt trinken, und manchmal ließ Tante Betti sie an ihrer Morgenzigarette ziehen und dann tat Silvia so, als müsse sie davon husten, dabei hatte sie schon unzählige Zigaretten geraucht. Tante Betti fuhr mit Silvia in die Stadt und sie gingen ins Eiscafé und kauften Schuhe und ein sehr kurzes Minikleid, as Silvias Mutter ihr niemals gekauft hätte, und Silvia fand es ganz und gar nicht schlimm, die Osterferien über nicht in ihrem alten Kinderzimmer zu schlafen. Da wohnte ja nun der Hausgast. Oder der »Zögling«, wie Betti ihn abschätzig nannte. Nur vorübergehend natürlich, und jetzt für die Sommerferien würde er selbstredend in die kleine Kammer umziehen.

Die wenigen Male, die Silvia Georg bislang begegnet war,

hatten ihr wenig Vorfreude auf den Sommer gemacht. Nicht mal wegen Georg, der war ihr gegenüber höflich und zurückhaltend. Aber Silvia konnte ihre Mutter kaum ertragen, wenn Georg in der Nähe war. Wie fremd sie ihr dann wurde in ihrer aufgekratzten Fröhlichkeit, wie sie sich ständig übers kurze Haar strich, den Sitz ihrer Locken kontrollierte. Wie sie jetzt manchmal in die Stille hinein irgendein Lied summte.

In den ersten Tagen ihrer Sommerferien fühlte sich Silvia wie ein Fremdkörper in ihrem eigenen Zuhause. Anscheinend stand sie ständig im Weg herum. Ihr Zimmer roch anders, der Hausgast, der es in den letzten Monaten okkupiert und nun vorübergehend geräumt hatte, war schon in die holzige Raumluft eingesickert.

Tagsüber, wenn ihre Eltern und Georg in die Klinik fuhren und sie das Haus für sich allein hatte, fühlte sie sich am wohlsten, aber sobald der Mercedes in die Garage fuhr, wurde jeder Winkel des Hauses mit dieser merkwürdigen Energie geflutet, die vor allem Evelyn ausstrahlte. Meistens verzog sich Silvia dann auf die Gartenliege, und manchmal setzte sich ihr Vater zu ihr, die Pfeife im Mund, und Silvia hatte das Gefühl, dass er sich gern mit ihr unterhalten hätte, aber nicht so recht wusste, wie oder worüber. Dann stellte sie ihm Fragen zu seinem Arbeitstag und er antwortete vorsichtig und vage, als wäre sie noch immer ein kleines Mädchen, dem man nicht zu viele gruselige Dinge über Blinddarmoperationen erzählen durfte, und meistens stand er dann recht bald wieder auf, um sich im Haus einen Cognac einzuschenken.

Immer wenn Silvia ihrer Mutter begegnete, spürte sie deren besorgte Blicke auf ihrem Körper. »Du musst mehr Sonnenmilch nehmen, Silvia, du bist ganz rot. Du verbrennst dich und dann pellt sich deine Haut und wie sieht das dann wieder aus.« Manchmal, wenn Georg, der Hausgast, in der Nähe war und es sehen konnte, zog Evelyn sie unvermittelt an sich und umarmte sie und Silvia machte sich steif und ließ es geschehen. Sie erledigte tagsüber genau die Dinge, die ihre Mutter ihr aufgetragen hatte. Fegte die Küche, kaufte Gulaschfleisch ein, goss die Rosenbeete. Und ohne dass Evelyn es aussprechen musste, wusste Silvia, dass das nicht genug war, dass von ihr erwartet wurde, mehr zu tun, mehr zur Hand zu gehen, auch ohne dass man sie darum bitten musste. Sie machte es sich selbst zur Herausforderung, alles besonders langsam zu tun, noch einen Hauch mehr als sonst. Nicht so langsam, dass es ihr als Absicht ausgelegt worden wäre, aber eben doch so langsam, dass es ihre Mutter wahnsinnig machte. Meistens erhob die sich dann selbst, um noch eine Flasche Sprudel aus der Küche zu holen oder worum auch immer sie Silvia gebeten hatte, und dann sprang gleichzeitig auch Georg auf, »Nein, bitte, bleibt doch alle sitzen, ich mach das«, es war ein richtiges Spektakel.

Eines Nachts, als sie nicht schlafen konnte, fand Silvia zwischen ihrer Matratze und dem Lattenrost zwei Jerry-Cotton-Romane. Die musste Georg dort versteckt und dann vergessen haben. Den einen – »Auch Mörder holt der Teufel« – las sie noch in derselben Nacht. Und mit dem zweiten – »Der nackte Tod« – legte sie sich am nächsten Morgen demonstrativ auf die Gartenliege. Es dauerte keine fünf Minuten, bis ihre Mutter aus dem Haus gestürzt kam und ihr das Heft aus der Hand riss.

»Silvia, du weißt genau, was ich von diesem Schund halte, bitte lies etwas Anständiges, was für dein Alter gedacht ist. Woher hast du das überhaupt?«

»Das ist meins, ich hab es in Silvias Zimmer liegen gelassen, bitte entschuldigt«, sagte Georg, der hinter Evelyn aus der Terrassentür getreten war, mit seiner Kamera um den Hals, und sich nun schuldbewusst durch die braunen Locken strich.

»So was liest du? Das hätte ich ja nicht gedacht«, sagte Evelyn und Silvia registrierte mit Genugtuung die leise Enttäuschung in ihrem Blick. Ihr Wunderknabe, der doch angeblich in jeder freien Minute seine medizinischen Fachbücher wälzte, hatte also den gleichen Hang zu Heftchenromanen wie ihre missratene Tochter.

»Ja. Na ja. Zur Entspannung, manchmal«, sagte Georg, und Evelyn händigte ihm mit hochgezogenen Augenbrauen das zerfledderte Heft aus, bevor sie zurück ins Haus ging.

»Schade, war spannend gerade«, bemerkte Silvia.

»Bleib so«, bat Georg, der sich in einen der Stühle am Terrassentisch gesetzt und die Kamera gehoben hatte. »Das Licht ist gerade gut.«

Am selben Abend, als sie schon im Bett lag, schob Georg ihr den Jerry-Cotton-Roman unter der Tür hindurch.

Silvia wollte diesen Kerl nicht mögen, der sich hier in ihrem Zuhause breitgemacht hatte, aber in den Tagen danach sprach sie doch häufiger mit Georg. Er interessierte sich für ihren Alltag im Internat, mit wem sie dort befreundet war, ob die Lehrer streng waren, ob sie sich dort gefangen fühlte.

Silvia erzählte ihm ein paar leicht übertriebene Geschichten von nächtlichem Aus-dem-Fenster-Klettern und wie sie sich manchmal heimlich mit den Jungs von einem benachbarten Gymnasium zum Rauchen trafen. Von den meisten Dingen hatte sie selber nur gehört, aber Georg schien es zu beeindrucken. Silvia fragte nach dem Fotoapparat, und Georg zeigte ihr, wie er funktionierte, wie man die Belichtung einstellte und fokussierte, und jedes Mal, wenn er sich von hinten über ihre Schulter beugte, um ihr die Funktion der kleinen Hebel zu zeigen, während sie die Kamera hielt, sah sie die feinen blonden Haare auf seinem braun gebrannten Arm und spürte seinen Atem an ihrem Ohr und irgendetwas in ihr rieselte vom Kopf bis in ihren Bauch.

»Ich geh ins Wäldchen, Fotos von den Wildblumen machen. Kommst du mit?«, fragte Georg sie eines Sonntagmorgens beim Frühstück, und bevor Silvia antworten oder ihre Mutter es verhindern konnte, ermunterte ihr Vater sie: »Ja, geh doch mit, Silvia, die Bewegung wird dir guttun.«

Sie spazierte mit Georg Richtung Wald und sie unterhielten sich über die Bay City Rollers, und als sie sich zusammen ins Gras knieten, um einen Schmetterling zu fotografieren, der auf einem Wiesenschaumkraut saß, bekam Silvia Herzklopfen, weil sie genau wusste, was passieren würde, es lag schon die ganze Zeit in der Luft, eine gewittrige Spannung, und tatsächlich nahm Georg die Kamera ab, legte sie ins Gras, nahm Silvias Gesicht in beide Hände und küsste sie sehr lange auf den Mund. Und dann noch einmal. Und noch einmal.

Silvia hatte das Küssen viele Jahre lang geübt, erst an ihren Handgelenken, später mit den Mädchen, mit denen sie ihr Internatszimmer teilte, und einmal mit einem der Gymnasiasten hinter einem Bushaltestellenhäuschen, das war nass und eher schleimig gewesen. Aber so wie Georg hatte noch nie jemand sie geküsst. Und als er fertig war, lachte er sie an, sagte »Gut!«, als habe er gerade etwas besonders Gelungenes gegessen, zog sie an der Hand wieder nach oben und dann stolperte sie hinter ihm her, mit weichen Knien und glitzernden Punkten im Blick. Georg fotografierte noch ein paar Blumen und plauderte weiter ganz unbefangen mit Silvia, als wäre nichts passiert. Und als sie wieder zu Hause waren, ignorierte er sie für den Rest des Tages.

Die Sommerferien hatten eine für Silvia unvorhergesehene Wendung genommen, langweilig war ihr nun nicht mehr. Georg tat auch in den nächsten Tagen so, als wäre nichts passiert, und er hörte damit auf, sich mit Silvia zu unterhalten oder ihr besondere Aufmerksamkeit zu schenken. Aber immer dann, wenn niemand es sehen konnte, wenn sie sich zufällig oben im Flur begegneten, während die Eltern unten im Wohnzimmer waren, oder wenn Silvia den Müll in die Garage brachte und Georg dort zufällig nach einem Werkzeug suchte, lächelte er sie an, strich sich die Locken nach hinten, nahm ihr Gesicht in beide Hände und küsste sie.

»Ich werde verrückt. Vielleicht bin ich längst verrückt«, dachte Silvia, wenn sie nachts wach in ihrem Bett lag, die Bettdecke zwischen den Beinen, und an nichts anderes denken konnte als daran, dass Georg auf der anderen Seite der holzvertäfelten Wand lag. Sie hatten ein Geheimnis und es war das größte und beste Geheimnis, das sie sich vorstellen konnte. Und immer wenn ihre Mutter sie nun ermahnte, kritisierte, mit einem ihrer stechenden Blicke musterte, dachte Silvia zufrieden: Wenn du wüsstest.

Weil sie genau wusste, dass sie ihr Geheimnis vor ihrer Tante nicht würde bewahren können, mied sie Betti, auch wenn es schwer war. Betti hatte immer mal wieder einen Ausflug vorgeschlagen, sie wollte Zeit mit Silvia verbringen, in die Stadt fahren oder einfach nur über die Höhen. Silvia sagte das meiste davon unter einem Vorwand ab. Sie fühle sich nicht gut, ihr sei schlecht, sie habe Kopfweh. Sie wusste ganz genau, dass sie Betti nichts vorspielen konnte, Betti würde merken, dass etwas anders war, und würde nicht lockerlassen und irgendwann würde sie es ihr erzählen. Und das durfte sie nicht.

So verbrachte Silvia den Sommer zu Hause, jeden Tag Gelegenheiten herbeisehnend und herstellend, in denen sie und Georg irgendwo unbeobachtet waren, nach jedem Kuss die kurze Erleichterung, dass sie sich den vorausgegangenen nicht einfach nur eingebildet hatte. Sie liebte den warmen Klang seiner Stimme, den blonden Flaum auf seinem Nacken, den leicht schiefen Eckzahn, der sein Lächeln so besonders machte. Einmal hatte er bei der Gartenarbeit vor ihren Augen das Hemd gewechselt, und sie hatte seinen harten, muskulösen Bauch gesehen und die feinen Schweißtropfen auf seiner Brust, sie hatte sich zusammenreißen müssen, um nicht zu starren.

Georg dagegen wirkte ganz entspannt und kein bisschen nervös. Er tat so, als wäre alles wie immer, während er den Rasen mähte, abends mit Silvias Vater den Grill im Garten anfeuerte, Evelyn Kaffee eingoss oder ihr beim Abwasch half. Dabei war ja auch er nun Träger eines Geheimnisses, aber vielleicht wurde das einfach leichter, je älter man war, dachte Silvia. Als Erwachsener hatte man womöglich mehr Übung darin, Geheimnisse zu haben.

Das Ildinger Weinfest im August war wie in jedem Jahr der Höhepunkt des Kleinstadtkalenders, und wie in jedem Jahr würden Silvias Eltern nicht hingehen. Der Trubel auf dem Marktplatz, all die Leut und dann auch noch der schlechte Wein – keine zehn Pferde hätten Karl und Evelyn Borowski dazu gebracht, sich dort unters Volk zu mischen. In den beiden Jahren zuvor war Silvia mit Betti zum Weinfest gegangen, es war eine gute Gelegenheit, eine Cola spendiert zu bekommen und dann noch eine Bratwurst, vielleicht einen kandierten Apfel. Und an Bettis Seite fühlte sie sich wohl, jedenfalls so lang, bis Betti den einen Wein zu viel getrunken hatte und streitlustig wurde. Dann war es immer Silvia gewesen, die ihre Tante daran erinnern musste, sie rechtzeitig nach Hause zu bringen, und vermutlich hatten ihre Eltern sie überhaupt nur gehen lassen, damit sie auf Tante Betti aufpasste und nicht umgekehrt.

Aber in diesem August lag Tante Betti mit einer Angina im Bett. Und als Silvia das Weinfest erwähnte und dass sie gern hingehen würde, sagte ihre Mutter kategorisch: »Nicht allein, Silvia. Zu viel betrunkenes Volk.«

»Ich kann mit Silvia hingehen«, bot sich Georg an und sah Evelyn treuherzig ins Gesicht. »Das ist ja mein erstes Weinfest und Silvia könnte mir alles zeigen, ich bringe sie dann auch rechtzeitig nach Hause.«

Silvias Herz machte einen Hüpfer, als Evelyn zustimmte, sie würde den ganzen Abend mit Georg verbringen und sie konnte es kaum erwarten, dass man sie auf dem Marktplatz gemeinsam mit ihm sah. Sie dachte an die Mädchen aus der Grundschule, die sich kaum dazu herabließen, Silvia zu grüßen, wenn sie ihnen beim Einkaufen oder im Freibad begegnete. Für die sie immer nur die seltsame, verwöhnte Arzttochter war, die sich damals auf dem Marktplatz beim Klauen hatte erwischen lassen und dann in die Hosen gepinkelt hatte. Tja, dieses dumme Mädchen war sie nun nicht mehr, sie war eine andere. Sie war eine 15-Jährige, die ein gut aussehender 25-Jähriger heimlich küsste – und zwar nicht so, wie man seine kleine Schwester küsst.

Der Tag war heiß und der Abend roch nach weichem Asphalt und frisch gemähtem Rasen, Silvia hatte ihr blaues Lieblingskleid an und eine kleine Handtasche mit Geld dabei, als sie mit Georg zum Ildinger Marktplatz spazierte. Um zehn sollte sie zu Hause sein und Georg hatte versprochen, sie pünktlich abzuliefern und unterdessen gut auf Silvia aufzupassen.

Das Weinfest war von Jahr zu Jahr größer geworden, neben den Ständen der Winzer, die in ihren Kellern Platz schaffen mussten, bevor die Weinlese losging, gab es Bratwurststände und einen Stand mit kandierten Äpfeln und gebrannten Mandeln, Kunsthandwerk aus der Region und sogar eine Schießbude. Georg holte sich einen Weißwein und natürlich ließ er Silvia probieren, obwohl das verboten war, dann schoss er ihr eine Pfauenfeder und ließ auch Silvia schießen, und als er sich von hinten über ihre Schulter beugte, um ihr zu zeigen, wie man das Luftgewehr halten musste, und mithilfe von Kimme und Korn zielte, da dachte Silvia, dass sie möglicherweise gleich platzen würde vor Anspannung und Glück.

Georg trank noch mehr Wein, Silvia durfte noch mehr davon probieren, sie teilten sich eine Bratwurst, sie hörten der Blaskapelle zu, die von einer Bühne herunter Schlager spielte, sie winkte Rüdiger zu, dem Nachbarsjungen, mit dem sie als Kind gespielt hatte und der zusammen mit anderen jungen Männern um einen Biertisch herum saß und ihr zugenickt hatte.

»Komm, wir gehen«, sagte Georg irgendwann und Silvia war es ganz recht. Sie gingen besonders langsam durch die Ildinger Gassen und Silvia hoffte die ganze Zeit, Georg werde sie in irgendeiner dunklen Toreinfahrt endlich an sich ziehen und küssen, aber er machte keinerlei Anstalten. Der Himmel hatte noch einen letzten zartrosafarbenen Sonnenuntergangsschmelz, als sie an der Wiese vom alten Huber vorbeiliefen. »Da hinter der Scheune haben mich früher mal die anderen

Kinder im Kirschbaum vergessen, ich saß bestimmt drei Stunden da oben, bis meine Tante mich gefunden hat«, sagte Silvia. Georg schaute sie versonnen an und schob sich die Locken aus der Stirn. »Ich liebe Kirschen. Komm, wir pflücken uns welche.«

Sie kletterten über den Zaun und liefen durch das hüfthohe Gras und Silvia sagte nicht, dass dort am alten Kirschbaum Ende August sicher keine Kirschen mehr hingen, die hatten die Vögel längst alle gefressen, aber das war egal, denn Georg nahm ihre Hand und zog sie hinter sich her, und dann endlich, neben dem Kirschbaum, runter ins hohe Gras.

Silvia lag auf dem Rücken mit geschlossenen Augen und Georg küsste sie auf den Mund und dann auf den Hals, er schob seine Hände unter ihr Kleid, sodass es nach oben rutschte, und zog ihren Schlüpfer nach unten. Silvia fühlte das Gras unter ihrem nackten Hintern, irgendein Käfer krabbelte ihren Rücken hinauf und ihr blieb die Luft weg, als Georg sich auf sie legte. Sie öffnete vor Schreck die Augen und sah Georg ins Gesicht, der plötzlich ernst und konzentriert aussah, keine Spur mehr von dem amüsierten, verschmitzten Gesichtsausdruck, mit dem er Silvia sonst nach dem Küssen angeschaut hatte. Georg spuckte sich in die Hand und rieb die Spucke zwischen ihre Beine, Silvia spürte seine Härte und dann einen ziehenden Schmerz. Sie schloss die Augen und dachte an Judith aus ihrer Klasse, Judith, die der Sportlehrer für ein großes Turntalent hielt und der er deshalb nach der Schule zusätzliche Trainingsstunden verordnet hatte. Der hatte Judith ein Buch von Oswalt Kolle gezeigt und Judith hatte es heimlich mitgenommen, damit Silvia und die anderen Mädchen es auch ansehen konnten: lauter nackte Menschen, die das taten, was Georg und sie nun taten, es war ganz normal, ganz natürlich, es war Liebe. Und Judith hatte

Silvia gesagt, die Männer wüssten schon, wie es geht, am besten halte man dabei einfach still und lasse die machen, es sei ziemlich schnell vorbei.

»Scheiße«, sagte Georg, nachdem er sich von Silvia heruntergewälzt hatte.

Sie lagen eine Weile nebeneinander auf dem Rücken, Silvia atmete flach und wartete darauf, dass Georg noch etwas sagen würde, irgendetwas. Hatte sie was falsch gemacht? Musste sie sich entschuldigen?

Georg seufzte schließlich.

»Komm, zieh dich an, wir kommen zu spät nach Hause.«

Silvia stand auf, zog sich die Unterhose nach oben, strich sich das Kleid glatt, und Georg zupfte ihr kopfschüttelnd ein paar Grashalme aus dem Haar, als verstünde er nicht, wie die dort hingekommen waren, als hätte sie sich bekleckert wie ein ungeschicktes Kind.

»Das darf niemand erfahren, verstehst du?«, sagte er, bevor sie über den Jägerzaun kletterten, der Hubers Wiese von der Straße trennte, und Silvia nickte. Ja, natürlich, sie verstand. Was sie nicht verstand, war, dass Georg in den nächsten Tagen ihren Blick mied, dass er keine Fotos mehr von ihr machte und sie auch nicht mehr heimlich küsste. Es tat weh, andererseits: Was hatte sie denn erwartet?

Nun also, am Morgen ihrer Abreise, lag Silvia in ihrem Bett und betrachtete ihr Zimmer, das nun endgültig kein Kinderzimmer mehr war und das wohl wieder Georgs Zimmer werden würde, sobald man sie im Internat abgeliefert hatte.

Es kam ihr vor, als habe sie ein geheimes Portal durchschritten in diesen letzten Wochen, und plötzlich hatte sie all die Geheimnisse der Erwachsenen durchschaut. Sie hatte solche Angst gehabt vor ihrem »ersten Mal«, Angst davor, es zu erleben, und Angst davor, es nie zu erleben, und nun war auch diese Angst besiegt. Es war eigentlich ganz banal. Es war viel weniger geheimnisvoll, als sie gedacht hatte. Nur schmerzhafter.

Silvia stand auf, zog sich an, kämmte sich die Haare, band sich einen Pferdeschwanz, versteckte den Jerry-Cotton-Roman, den Georg ihr gegeben hatte, zwischen ihrer Kleidung und schloss den Koffer. Unten hatte ihre Mutter den Frühstückstisch gedeckt, Schwarzbrot, Margarine, Leberwurst, Himbeermarmelade.

Georg tauchte nicht auf an diesem Morgen, auch nicht, als Silvia ihren Koffer holte und ihr Vater schon mal das Auto aus der Garage fuhr. Silvia wollte an seine Zimmertür klopfen und sich verabschieden, aber Evelyn hielt sie auf.

»Lass ihn ausschlafen, Silvia, er arbeitet hart. Jetzt sei leise und stör ihn nicht. Wir müssen los.«

Gehen

1989

Immer wenn Evelyn ihre Enkeltochter im Kinderwagen durch Ildingen schob, fragte sie sich, wer hier eigentlich mit wem spazieren ging: sie mit Hannah oder nicht viel eher Hannah mit ihr? Am Anfang hatte sie es als ihre Pflicht empfunden, das Kind an die frische Luft zu bringen, und zwar auf dem Rücken liegend, wie es sich gehörte. Aber schon nach wenigen Tagen hatte sie bemerkt, dass sie es war, die frische Luft brauchte. Bewegung, Licht. Sie kam sich vor wie ein altes Fahrrad, das nach vielen Jahren wieder aus dem Keller geholt wurde, mit platten Reifen und rostiger Kette. Sie war schwergängig, schnell außer Atem und hatte an den ungewöhnlichsten Stellen Muskelkater bekommen.

Bevor Silvia hier aufgetaucht war, hatte sie das Haus monatelang kaum noch verlassen, außer einmal in der Woche zum kleinen Supermarkt, möglichst früh, um bloß niemandem zu begegnen und womöglich grüßen zu müssen. Sie hatte sich von Käse- und Fleischwurstbroten ernährt und so viel ferngesehen, dass sie nachts von der »Schwarzwaldklinik« träumte, und in ihren Träumen lief sie in ihrem weißen Arztkittel hektisch durch die Kulisse, rüttelte die Kranken aus dem Schlaf und rief: Das sind keine echten Ärzte, es sind nur Schauspieler!

Bei ihrem Ausstand vor gut einem Jahr war sie von den Kollegen im Krankenhaus gefragt worden, was sie denn nun anstellen werde mit ihrem – ha ha – »Unruhestand«. Reisen vielleicht? Ein neues Hobby? Endlich mehr Zeit mit der Familie verbringen? Sie hatte keine Antwort darauf gehabt, weil sie bis zur letzten Minute verdrängen musste, dass sie bald keine Ärztin mehr sein würde. Sie hatte keine Hobbys, sie interessierte sich nicht für Reisen – und die Familie? Welche Familie?

Sie hatte keinen Schimmer gehabt, wie sie den Tag herumbringen sollte, wenn sie ihn nicht in der Klinik verbrachte, und nach ihrem Ausstand war sie nach Hause gefahren, hatte den großen Blumenstrauß ihres Nachfolgers in die schwarze Mülltonne in der Garage geschmissen, zusammen mit den Abschiedskarten der übrigen Belegschaft, hatte sich in ihren Sessel gesetzt, den Fernseher angemacht und übers Sterben nachgedacht. Wochenlang.

Und dann war Silvia aufgetaucht, wie aus dem Nichts.

Überraschend war für Evelyn nicht, dass ihre Tochter sich von irgendeinem Kerl ein Kind hatte machen lassen und nun in ihrer Not bei ihr Unterschlupf suchte, nach all den Jahren. Jahre, in denen sich ihr Kontakt auf das Nötigste beschränkt hatte, ihre wenigen Telefonate hatten sich meistens darum gedreht, ob Evelyn Geld schicken könne.

Die Überraschung war, wie froh es Evelyn machte. Sie glaubte nicht an Vorsehung oder Telepathie und all diesen Hokuspokus, aber es hatte sie doch verblüfft, dass ihre Tochter genau in dem Moment bei ihr vor der Tür stand, als sie gerade dabei war, mit dem Leben abzuschließen. So als hätte Silvia gespürt, dass sie gebraucht wurde, als gäbe es da doch ein archaisches, unsichtbares Band, trotz aller Fremdheit.

Und dann war da plötzlich Hannah. Evelyn betrachtete

ihre Enkeltochter, die schlafend unter einer Daunendecke lag, unter der nur der Kopf und eine kleine Faust herausschauten. Wie friedlich und zufrieden dieses Kind war, vollkommen unbeeindruckt von dem ruckeligen Kopfsteinpflaster, über das Evelyn den Kinderwagen schob auf ihrer immer gleichen Runde durch den Ort. Ab und zu musste sie anhalten, weil sie jemand grüßte und einen Blick in den Kinderwagen warf: »Ja, grüß Gott, Frau Doktor, Sie hab ich ja lang nicht mehr gesehen. Ja schau an, was für ein herziges Mädle, ach, hat die Silvia geheiratet? Da sind Sie sicher stolz!«

War sie stolz? Evelyn war sich nicht ganz sicher, was genau sie fühlte. Immer wenn sie Silvia mit Hannah sah, wenn sie sie anfangs noch beim Stillen beobachtet hatte, beim Wickeln, Baden, Herumalbern, fragte sie sich, wo Silvias Angst geblieben war. Silvia hatte doch früher immer und vor allem Angst gehabt, vor jeder Herausforderung, wie war es ihr gelungen, als Mutter so furchtlos zu sein im Umgang mit ihrem Kind? Es war, als wüsste sie ganz instinktiv, was wann zu tun war, wie Hannah zu beruhigen war, wenn sie weinte, wie man sie in den Schlaf summte. Was Evelyn fühlte, war kein Stolz auf ihre Tochter, es war Verblüffung. Und Neid. Und Scham. Scham, weil sie nach all den Jahren noch einmal daran erinnert wurde, was ihr selbst alles nicht gelungen war.

Da war aber noch etwas anderes, was Evelyn spürte, immer dann, wenn sie Hannah im Arm hatte oder draußen durch Ildingen schob: eine unerwartete, überwältigende Liebe. Damit hatte sie nicht gerechnet, dass sie einmal ein Baby im Arm halten oder beim Schlafen betrachten würde und ihr dabei das Herz überlaufen würde. Dass sie plötzlich wieder Pläne machen würde für die Zukunft. Aber genau so war es. Morgens, wenn sie aufstand, verspürte sie wieder den Drang, sich die Haare zu machen, saubere Kleidung anzuziehen, ihr Leben wieder in die Hand zu nehmen.

Hinter der Kirche bog Evelyn in die kleine Straße ein, die zum Friedhof führte, die Inhaberin des Friseursalons, den sie nun auch wieder regelmäßig besuchte, hielt ihr das gusseiserne Friedhofstor auf und spähte verzückt in den Kinderwagen. »Ach Gott, wie goldig, Frau Doktor, gell, Oma werden, das ist doch das größte Glück!«

Ja, dachte Evelyn, das ist es offenbar. Es kam selten vor, dass sie dem einfältigen Geplauder ihrer Friseurin zustimmte, aber diesmal hatte sie recht. Sie schob Hannah zum großen Familiengrab, setzte sich dort auf eine Bank, hüllte sich ein in die grenzenlose Sehnsucht, die sie an diesem Ort immer umfing wie ein dicker schwarzer Mantel, und dachte an Karl. An die Ruhe und Klarheit, die er immer ausgestrahlt hatte, wie sicher und geliebt sie in seiner Gegenwart gewesen war.

Was für eine Schande, dass du das nicht mehr erleben kannst, dachte Evelyn, den Blick auf Karls schlichten Grabstein geheftet. Diese Freude an einem Kind. Was für ein wunderbarer Großvater du gewesen wärst, mein Lieber. Aber schau, ich bin auch gar nicht so schlecht, jedenfalls besser als gedacht. Und unsere Tochter läuft zwar immer noch herum wie eine Vogelscheuche, und wie sie da in Berlin haust und wovon sie eigentlich lebt, das willst du dir nicht vorstellen. Aber sie ist alles in allem eine gute Mutter. Und Hannah ist ein sehr geliebtes Kind.

Evelyn dachte an das Leben, das sie oben auf dem Dachboden sortiert hatte. Wie viel man so ansammelte im Laufe der Jahre und wie leicht es ihr gefallen war, das allermeiste davon in Mülltüten zu stopfen, die nächste Woche vom Entrümpler abgeholt werden würden. Es fühlte sich an wie eine

Befreiung. Drei Kisten voller Vergangenheit wollte sie behalten, dazu die wenigen Zeugnisse ihrer Herkunft. Aber was soll ich mit den Briefen machen?, wandte sie sich stumm an Karl. Zwei Blechdosen voller Kummer. In der einen lagen die Briefe von Silvia, die sie damals aus dem Internat geschickt hatte. Karl hatte sie geöffnet und auch gelesen und sorgenvoll den Kopf hin und her gewiegt dabei. Sie hatte es nicht vermocht, sich dem Heimweh und dem Flehen ihrer Tochter auszusetzen. Aber wegschmeißen konnte sie die Briefe auch nicht, sie hatte sie aufbewahrt wie ein Mahnmal ihrer Schuld und ihres schlechten Gewissens. Oder vielleicht wie ein Gegengewicht zu der anderen Blechbüchse voller Briefe. Der Briefe, die ihre Mutter nach dem Krieg aus Brasilien geschickt hatte und die sie auch nicht lesen konnte. Und dabei hatte sie es eigentlich belassen wollen, diese Briefe sollten für immer eine Möglichkeit bleiben, doch dann hatte Silvia ihr dazwischengefunkt. Sie hatte einen der Briefe geöffnet und womöglich auch gelesen und damit alles durcheinandergebracht. Die Briefe ungeöffnet zu lassen, war für Evelyn auch ein Akt des Trotzes gewesen. Zu spät, hatte sie jedes Mal gedacht, wenn wieder ein Umschlag mit exotischen Briefmarken und vielen Poststempeln in ihrem Briefkasten gelandet war. Zu spät, um diese Fremdheit zu überwinden, um wiedergutzumachen, was zwischen ihr und Senta stand. Zu spät, um diese Wunde zu heilen, ein Kind zu sein, das die Mutter nicht gewollt hatte, auch wenn sie längst eine erwachsene Frau war. Evelyn wollte Senta bestrafen und sich gleichzeitig die Illusion bewahren, dass in diesen Zeilen ihrer Mutter all die Liebe verborgen war, nach der sie sich gesehnt hatte. Dass sie dort eine Entschuldigung finden würde, ein Eingeständnis, dass es falsch gewesen war, einfach zu gehen. Viele Male hatte sie mit diesen Briefen vor dem alten Kachelofen in der Küche gestanden, wild entschlossen, sie einfach zu verbrennen. Die abwesende Mutter einfach für immer aus ihrem Leben zu tilgen. Und dann hatte sie es doch nicht getan.

Der Kinderwagen bewegte sich und Evelyn sah, dass sich eine kleine Kinderhand über den Rand streckte. Hannah war aufgewacht, und als Evelyn aufstand und sich zu ihrer Enkeltochter beugte, strahlte Hannah und streckte ihre Ärmchen nach ihr aus.

»Komm, wir fahren wieder nach Hause, mein Spätzle«, sagte Evelyn und schob den Kinderwagen Richtung Friedhofstor.

Auf dem Weg zurück schaute Hannah in den Ildinger Herbsthimmel über sich, sodass sich die Wolken in ihren großen Augen spiegelten, und Evelyn versuchte sich vorzustellen, dass sie womöglich auch einmal in einem Kinderwagen gelegen hatte und von ihrer Mutter durch Rostock geschoben worden war. Mit welchem Blick hatte ihre Mutter sie angeschaut? Mit Liebe? Mit Angst? Mit Gleichgültigkeit? Und war es auf einem dieser Spaziergänge gewesen, als sie sich entschlossen hatte, Evelyns Vater zu verlassen und allein, ohne ihr Kind, nach Berlin zu gehen, weil ihr das Leben als Hausfrau und Mutter nicht reichte? Und was war eigentlich an dieser Stadt, dass sie Evelyn immer die Menschen nahm, die ihr am nächsten waren? Selbst jetzt noch, obwohl sie wie eine Insel, umschlossen von einer Mauer und einem Todesstreifen, mitten in einem fremden Land lag?

Es würde nicht mehr lange dauern und Silvia würde Hannah einpacken und wieder verschwinden. Sie hatte es nun schon öfter angekündigt und bislang offenbar nur nicht die Kraft gefunden, es auch wirklich zu tun. Und Evelyn sah ein, dass Silvia nicht für immer in Ildingen bleiben konnte. Sie war zwar hier geboren worden, aber im Grunde genauso fremd in diesem Ort wie sie selbst. Silvia würde Hannah wieder mitnehmen und sich irgendwie weiter durchschlagen, mit ihren halbseidenen Jobs und in irgendwelchen WGs. Evelyn überkam eine kalte Angst bei der Vorstellung, bald wieder in das Leben vor Silvias Auftauchen zurückzukehren. Sessel, Fernseher, Käsebrote, das Ticken der Uhren, keine Hannah. Allein zu bleiben in diesem viel zu großen, viel zu stillen Haus, das nur mit Karl ein Zuhause gewesen war. Allein am falschen Ort. Je häufiger sie abends in den Nachrichten die Bilder von den Grenzen sah, von durchschnittenen Zäunen und von Menschen, die über Botschaftsmauern kletterten, von Demonstrationen in den großen ostdeutschen Städten, desto mehr überkam sie eine Unruhe, ein Bedürfnis nach Aufbruch. Sie wollte noch einmal nach Rostock, nach Bad Doberan, nach Güstrow, noch einmal an die Ostsee. Dort am Strand sitzen und die Zehen in den Sand graben. Den kleinen Waldweg zum Forsthaus ihres Großonkels entlanglaufen. Die Orte noch einmal sehen, an denen sie meistens glücklich gewesen war als Kind, in der Obhut ihrer stoischen und loyalen Tante Trude, so lang, bis deren Loyalität nur noch dem Führer galt.

Vielleicht wäre sie dort weniger fremd, vielleicht würde sich das alles mehr nach Zuhause anfühlen, die flache, pastellige Mecklenburger Landschaft und die Leute, die genauso ernst und verschlossen waren wie sie. Vielleicht würde es ja möglich werden, irgendwann.

Vielleicht konnte sie Hannah eines Tages zeigen, wo sie herkam.

Ein kalter Nieselregen setzte ein, Evelyn klappte das Kinderwagendach hoch und schob schneller.

Zu Hause angekommen, setzte sie Hannah Silvia auf den Schoß, die im Schneidersitz auf dem Sofa saß und in der »Hörzu« blätterte. Dann verschwand sie noch einmal auf dem Dachboden.

Sie hatte einen Entschluss gefasst und sie wollte nicht mehr warten. Sie zog sich einen kleinen Schemel direkt in den Lichtkegel der nackten Glühbirne, holte die Blechbüchse mit den Briefen aus Brasilien. Öffnete sie und las einen nach dem anderen.

Liebe Evelyn, hier ist es sehr warm und die Blumen blühen.

Liebe Evelyn, gestern waren Kolibris im Garten, das sind winzige Vögel mit langen Schnäbeln.

Liebe Evelyn, die Arbeit macht große Freude, nächste Woche reise ich ganz in den Norden und treffe dort einen berühmten Schriftsteller.

Liebe Evelyn, seit gestern regnet es ununterbrochen, ich habe eine Magenverstimmung.

Es waren banale Alltagsschilderungen und Gedanken, die Senta aufgeschrieben hatte. So als wären diese Briefe an ihre nie antwortende Tochter eine Art Tagebuch. Es stand keine einzige Frage an sie darin.

Evelyn fand in den Briefen nicht, was sie gesucht hatte. Keine Entschuldigung, kein Eingeständnis, keine Reue. Aber sie erkannte in den Zeilen ihrer Mutter auf einmal sich selbst. Den Plauderton, den sie immer angeschlagen hatte in den Briefen, die sie Silvia ins Internat geschickt hatte, weil sie das Eigentliche, das Große nicht in Worte fassen konnte, drum herumschreiben musste um das Unsagbare.

Liebe Silvia, heute war viel los in der Notaufnahme.

Liebe Silvia, gestern hat Dein Vater einen Igel im Garten gesehen.

Liebe Silvia, morgen fahre ich zu einem Kongress nach Würzburg, das wird sicher sehr anstrengend.

»Ich bin wie sie«, dachte Evelyn. »Ich bin genau wie meine Mutter.«

Die Wucht dieses Gedankens ließ sie aufspringen, sodass der kleine Schemel polternd umfiel. Evelyn nahm die Blechdose mit den geöffneten Briefen, schnappte sich einen der Müllsäcke und stopfte die Dose hinein, vergrub sie tief unter alten Stoffresten und zusammengeknüllten Zeitungen.

Sie hatte sie lange genug mit sich herumgetragen, jetzt ließ sie sie los.

Hexenzirkel

1971

Das Geläut vom Ildinger Kirchturm schreckte Annett aus ihrer Grübelei. Sie war so in Gedanken gewesen, dass sie die Zeit vergessen hatte und nun noch gar nicht fertig vorbereitet war für ihren Besuch, der jeden Moment eintreffen musste. Sie pustete ein paar Krümel ihres Frühstücksbrotes vom Küchentisch, dann stürzte sie noch einmal ins Badezimmer, schaute in den Spiegel und zog sich nach kurzer Überlegung die beiden Klammern aus dem Haar, die ihr die rotblonden Locken aus der Stirn hielten. Besser, viel besser, dachte Annett und in ihre Anspannung mischte sich eine hoffnungsvolle Vorfreude. Sie musste Betti heute etwas Wichtiges sagen und sie wollte ihr gefallen dabei.

Immer sonntags, wenn die anständigen Leute im Gottesdienst waren, kam Betti auf einen Tee bei Annett vorbei. Knapp zwei Stunden, in denen sie niemand vermisste und niemand etwas von ihnen wollte und bestimmt kein anderer unangekündigter Besuch klingeln würde. Normalerweise trank Annett morgens eine Tasse dünnen Kaffee oder Hagebuttentee, aber für Bettis Sonntagsbesuche kaufte sie in einem chinesischen Teeladen in Stuttgart regelmäßig losen Schwarztee, den sie unter der Woche nicht anrührte, damit er länger hielt.

Den Sommer über hatten sie die Zeit oft für Ausfahrten genutzt. Die Fenster runtergekurbelt und das Radio so laut gedreht wie möglich, später irgendwo an einem abgelegenen Ort angehalten, für einen Waldspaziergang und ein Picknick auf einer Decke, wenn es irgendwo eine einsame Lichtung gab. Aber der Sommer war vorbei und ihre gemeinsame Sonntagsroutine bestand wieder aus den Treffen in Annetts kleiner Eineinhalb-Zimmer-Wohnung am Rand der Siedlung. Hierhin, in diesen Teil von Ildingen, kam Betti nie mit dem Wolf, sondern immer zu Fuß, auch jetzt, im Oktoberregen. Annett sah sie vom Fenster aus kommen, sah, wie sie unter dem kleinen Vordach über der Haustür verschwand, hörte die Klingel, die mit dem letzten Schlag der Kirchenglocke zusammenfiel. Sie strich sich die Bluse glatt, die Betti ihr vor vielen Jahren geschneidert hatte, aus einem dunkelgrünen Stoff, der ihre rotblonden Haare besonders leuchten ließ. Dann öffnete sie die Tür.

»Ach, das olle Ding, dass dir das noch passt …«, sagte Betti zur Begrüßung und strich Annett über den Arm, wie um den Stoff zu befühlen, der mit der Zeit rau und durchscheinend geworden war.

»Aber die Farbe steht dir immer noch so gut. Ich muss mal schauen, ob ich noch mal einen ähnlichen Stoff finde, dann mach ich dir gleich ein ganzes Kostüm.«

Annett goss den Tee auf und stellte Bettis Tasse auf den Küchentisch, an den Platz vor dem Fenster. Sie mochte es, wenn Betti genau dort saß, weil Annett sie dann im Gegenlicht betrachten konnte, während sie Tee trank und rauchte. Dann sah sie ein bisschen aus wie Marlene Dietrich, mit diesem kühlen Blick und dem immer leicht in den Nacken gelegten Kopf. Und Betti wiederum konnte von diesem Platz aus den Wasserfleck nicht sehen, der mit Einsetzen des Herbstregens in der Ecke über dem Fenster aufgetaucht war. Eine braune Schliere, die sich ausbreitete und jeden Tag neue Fratzen bildete.

»Wie war deine Woche?«, fragte Betti und zündete sich die erste Zigarette an, auch um den Kohlgeruch zu vertreiben, den sie besonders hasste und der in Annetts schäbigem Mietshaus zu jeder Tages- und Nachtzeit durchs Treppenhaus zog, als befände sich im Keller eine geheime Kohlküche. Annett wusste, dass Betti nun eigentlich Krankenhausgeschichten hören wollte. Sie liebte Krankenhausgeschichten. Den Klatsch und Tratsch unter den Schwestern, die Dramen aus der Notaufnahme, die tragischen Todesfälle, die komplizierten und zum Schluss doch geglückten Geburten. Annett kam dem gern nach. Sie mochte es, ihre Freundin zu unterhalten, und sie schmückte bereitwillig aus, ging ins Detail und übertrieb an den richtigen Stellen. Wenn sie Betti eine besondere Freude machen wollte, dann erzählte sie eine kleine Heldengeschichte über Bettis Bruder. Eine besonders heikle Operation, ein besonders dankbarer Patient, den Karl Borowski gerettet hatte – Annett ahnte, dass sie auch eine Art Spionin war für ihre Freundin, die sich nach der Nähe ihres Bruders sehnte und zu wenig davon bekam.

Aber heute wollte sie keine Krankenhausgeschichten erzählen.

»Es war ruhig diese Woche, nichts Besonderes. Aber ich war wieder in der Stadt, beim Hexenzirkel.«

Annett schaute Betti nicht an, weil sie deren skeptischen Blick erahnte. Seit sie nun regelmäßig in die Stadt fuhr und sich dort mit anderen Frauen in einem Gemeindekeller traf, wo sie im Kreis saßen und sich austauschten, über Gesundheitsfragen, Politik, sogar über Sexualität, über ihre Körper, hatte sie das Gefühl, dass etwas Neues für sie begonnen hatte. Plötzlich war da ein Gefühl von Aufbruch und Gemeinschaft, endlich offene Gespräche, wie sie sie so noch nie geführt hatte. Sie hoffte immer noch, Betti eines Tages mitzunehmen zu diesen Treffen. Bisher hatte sie immer abgewunken.

»Hexenzirkel. Das klingt, als wärt ihr ein Fasnachtsverein«, sagte Betti schließlich.

»Hexenzirkel klingt besser als Frauengruppe«, sagte Annett. »Warum kommst du nie mit? Ich glaube, es würde dir gefallen.«

Betti pustete Rauch Richtung Zimmerdecke und sagte nichts, Annett wusste, dass sie am liebsten das Thema wechseln würde. Sie hatte sich im Sommer an Straßenaktionen beteiligt, Solidaritätsbekundungen für die Frauen, die sich auf der Titelseite des »Stern« zu ihren illegalen Abtreibungen bekannten, sie hatte mit den anderen Unterschriften gesammelt für die Abschaffung von Paragraph 218 und sich auf einmal voller Tatkraft und Energie gefühlt. Vielleicht müsste doch nicht immer alles so bleiben, wie es war. Wenn sie zusammenstanden, gemeinsam für etwas eintraten. Vor ein paar Wochen hatte sie auch Betti eine der Listen vorgelegt, und Betti hatte schließlich unterschrieben, nach langem Zögern. Es sei ja richtig in der Sache, aber sie mache sich Sorgen um Annett, nicht dass sie sich in Schwierigkeiten brachte. Sie hatten sich gestritten danach und passenderweise hatte es dann gewittert und bei dem anschließenden Platzregen war der Wasserfleck zum ersten Mal aufgetaucht.

Annett konnte nicht so recht verstehen, woher Bettis Zögern kam. Und warum sie so wenig wissen wollte von dem, was Annett gerade beschäftigte. Gerade Betti, die doch sonst immer eine klare Meinung hatte und keine Hemmungen, sie auch zu äußern. Die ihr immer so furchtlos erschien.

»Geh nur zu deinem Hexenzirkel, ich wette, du bist die beste und schönste Hexe von allen«, sagte Betti schließlich.

»Aber denk dran, was man mit Hexen macht in diesem Land. Immer schon.«

»Es ist nur ein Name, Betti. Es klingt einfach geheimnisvoller, mächtiger. Und darum geht es ja, um Macht und Selbstermächtigung. Sonst sind es bis in alle Ewigkeit die Kerle, die das Sagen haben«, sagte Annett. »Das hab ich schon jeden Tag auf der Arbeit und das ist schlimm genug.«

Annett nahm einen großen Schluck von ihrem Tee und konzentrierte sich auf das feine, leicht bittere Aroma. Betti trank diesen Tee jeden Tag, es war überhaupt nichts Besonderes für sie, und hin und wieder fragte sich Annett, ob es auch daran lag, dass Betti sie nicht verstand.

»Apropos Kerle. Sag mal, arbeitet dieser Georg noch bei euch?«

Annett nickte. Sie wusste, dass Betti nicht begeistert war von dem Protegé ihres Bruders, der in den letzten Monaten so viel Raum in ihrer Familie eingenommen hatte. Da war eine Eifersucht in ihr, die Annett aus den wenigen abfälligen Bemerkungen heraushören konnte, die Betti dann und wann über Georg hatte fallen lassen. Gefragt hatte sie Annett bislang nie nach ihm, Georg Krauss schien ihr kein gutes Thema zu sein für die wenigen Stunden in der Woche, in denen sie sich ungestört sehen konnten.

Im Krankenhaus dagegen war Georg Krauss vom ersten Tag an unter den Schwestern ein überaus beliebtes Gesprächsthema gewesen, da hatte er noch eingegipst und frisch operiert als Patient auf der Station gelegen. Schnell waren Gerüchte aufgekommen über seine Herkunft und sein Schicksal, alles habe er verloren, niemanden, der sich um ihn kümmere, und was für ein gut aussehender und freundlicher Kerl er sei, alle Kolleginnen waren verzaubert. Und nicht nur die. Schnell war aufgefallen, wie intensiv sich

Frau Doktor Borowski um Georg Krauss kümmerte. Und auch, dass man ihn deutlich länger im Krankenhaus behielt, als üblich gewesen wäre, in einem Einzelzimmer, das ihm gar nicht zustand. Über Weihnachten hatten ihn die Borowskis sogar zu sich nach Hause geholt und dann war er dort eingezogen und damit nicht genug – nur wenige Wochen später war Herr Doktor Borowski mit ihm ins Schwesternzimmer marschiert und hatte verkündet, dass der Herr Krauss noch eine Weile als Hilfskraft im Krankenhaus arbeiten werde, bis er sein Medizinstudium fortsetzen könne. Er habe sich persönlich bei Professor Bender für ihn verbürgt und erwarte, dass man ihn hier kollegial aufnehme und ihm ermögliche, Einblicke und Erfahrungen zu sammeln. Und, du liebe Zeit, wie sich die anderen darum gerissen hatten, den jungen Herrn Krauss »kollegial« aufzunehmen. Wie die Schwestern nun morgens mit frisch aufgetragenem Rouge zur Schicht erschienen, obwohl das eigentlich verboten war, wie sie sich förmlich überschlugen, dem Herrn Krauss alles zu zeigen. Er war überaus freundlich, zuvorkommend und fleißig, half beim Umlagern und Bettenbeziehen, sortierte Verbandsmaterial, zog Spritzen auf, kontrollierte Tröpfe, säuberte Bettpfannen. Immer häufiger durfte er sogar bei Operationen zusehen oder Frau Doktor holte ihn ab und nahm ihn mit auf Visite. Und Annett war durchaus gewillt, ihm eine Chance zu geben, aber irgendwas an Georg Krauss kam ihr merkwürdig vor. Da war etwas Flirrendes an ihm, für das sie feine Antennen hatte, sie wusste ja, wie man sich verbarg. Und Georg war auf eine schwer zu greifende Art zu gut, um wahr zu sein. Wie er die jungen Assistenzärzte mied, die ihm doch eigentlich viel näher sein müssten, und sich lieber mit den Krankenschwestern abgab. Die kleinen Dinge, die er sich über jede von ihnen merkte.

Warum gab er sich so viel Mühe? Auch die Legende um seine Herkunft – war es möglich, dass ein junger Mann wie er einfach aus dem Nichts auftauchte und niemanden hatte? Keine Freunde, keine Verwandtschaft?

»Ich verstehe nicht, warum Karl und Evelyn einen solchen Narren an dem gefressen haben«, sagte Betti und steckte sich die nächste Zigarette an. »Wenigstens ist er jetzt endlich ausgezogen. Und spätestens wenn jetzt im Herbst das neue Semester losgeht an der Universität, bist du ihn sicher auch los, wenigstens für eine Weile.«

Annett kaute auf ihrer Unterlippe herum. Sie hätte Betti längst etwas sagen sollen, aber sie war zu feige gewesen. Vielleicht war sie auch einfach nur paranoid, vielleicht brachte sie sich in Schwierigkeiten, sie wollte sich um jeden Preis heraushalten aus den Familienangelegenheiten der Borowskis. Andererseits wäre Betti die Einzige, die bei ihrem Bruder vielleicht etwas bewirken konnte, bevor noch etwas Schlimmes passierte.

»Betti, ich glaube nicht, dass der studieren geht oder jemals studiert hat. Mit dem stimmt was nicht.«

»Wie kommst du darauf?«

»Ist so ein Gefühl, schon seit einer ganzen Weile. Ich habe jeden Tag mit Weißkitteln zu tun, auch mit Medizinstudenten, und die sind … anders. Die geben sich nicht mit uns Schwestern ab, so wie dieser Georg das tut.«

»Du magst es also nicht, wenn Männer nett zu dir sind«, sagte Betti, lächelte und stupste ihren Fuß unterm Küchentisch gegen Annetts Schienbein.

»Es ist nur … er hat keine Ahnung von Anatomie. Und das ist doch das Allererste, was man im Medizinstudium lernt, du erinnerst dich doch sicher selber daran. Die ganzen lateinischen Begriffe, du müsstest das mal sehen, wenn die

Studenten im klinischen Semester bei uns das erste Mal auf Visite mitlaufen, wie sie damit um sich werfen, weil sie so stolz darauf sind, was sie alles auswendig gelernt haben.«

Betti zuckte mit den Schultern. »Vielleicht hat er Gedächtnisprobleme, der ist doch aus dem Fenster gestürzt.«

»Aber nicht auf den Kopf. Ich hab es getestet, vor ein paar Tagen erst, ich habe ihm gesagt: Georg, bitte kümmern Sie sich heute besonders um den Herrn Scholz in Zimmer 5, der braucht sicher häufiger die Pfanne nach seiner Hysterektomie. Und da hat er ganz brav ›natürlich, Schwester Annett, sehr gern‹ gesagt. Das hätte ihm doch auffallen müssen, dass Herrn Schulz wohl kaum die Gebärmutter entfernt worden ist.«

»Vielleicht hat er sich einfach nur verhört.«

»Glaube ich nicht.«

»Aber mein Bruder und seine Frau reden doch mit Georg ständig über medizinische Themen. Das wäre doch aufgefallen. Das hätten die doch gemerkt.«

»Die Leute glauben, was sie glauben wollen«, sagte Annett.

Betti dachte einen Moment lang nach, ihr Blick verfinsterte sich, dann schüttelte sie energisch den Kopf.

»Ich mag den Kerl nicht, aber das trau ich ihm nicht zu. Dass er meinen Bruder so täuschen könnte. Ich glaube, du bist einfach überarbeitet, du solltest dich mehr ausruhen«, sagte sie und sah sich suchend in Annetts spärlich eingerichteter Küche um. »Hast du Cognac da? Ich könnte einen vertragen.«

Nein, Annett hatte keinen Cognac da, sie hatte nie Cognac da, außerdem war es immer noch Vormittag. Sie bereute jetzt, dass sie keinen Kuchen gebacken oder sonst irgendetwas vorbereitet hatte außer Tee, was sie Betti nun hätte anbieten können, um die Anspannung zu vertreiben, die plötzlich in der Luft lag. Sie war nicht überarbeitet, sie musste sich nicht ausruhen, im Gegenteil, sie hatte das Gefühl, viel zu lange viel zu träge gewesen zu sein. Annett stand auf, um mit beiden Füßen fest auf dem abgewetzten Linoleum ihres Küchenbodens zu stehen. Vielleicht war heute nicht der beste Tag, um Betti zu sagen, was sie ihr zu sagen hatte, aber sie wollte nicht länger warten.

»Es gibt noch etwas, was ich mit dir besprechen will. Ich habe eine Entscheidung getroffen. Ich geh in die Stadt, ich ziehe hier weg.«

Betti sah sie entgeistert an. »Wie meinst du das? Du ziehst weg? Warum?«

»Ich will nicht länger in Ildingen bleiben. Und ich will, dass du mitkommst. Lass uns zusammen von hier weggehen. Nicht weit weg, nur nach Stuttgart. Ich will, dass sich etwas verändert.«

Betti sagte nichts, nahm einen Schluck von ihrem Tee, und Annett sah, dass ihr die Tasse in der Hand zitterte, kleine Wellen einer großen Erschütterung.

»Ich will aber nicht, dass sich etwas verändert«, sagte sie schließlich. »Und ich kann hier nicht weg, das weißt du ganz genau.«

»Natürlich kannst du.«

»Nicht, solange die Eltern leben. Du hast keine Familie, du verstehst das nicht.«

Doch, Annett verstand. Die sonntäglichen Treffen in dieser schäbigen Mietswohnung, das war der kleine geheime Schatz, den Betti sich bewahren wollte, hier hatte sie Annett ganz für sich allein, wie einen hübschen kleinen Singvogel in einem Käfig. Dabei war es eigentlich Betti, die gefangen war. Für immer gefangen in den Erwartungen ihrer Eltern, in der

Verklärung ihres Bruders, in der Bequemlichkeit ihres Wohlstands. Zu schwach für einen echten Neuanfang.

Der Wasserfleck am Fenster hatte sich weiter auf der Tapete ausgebreitet, unaufhaltsam würden Feuchtigkeit und Moder bald die ganze Wohnung für sich beanspruchen. Es war keine Herausforderung für Annett, dieses Zeichen zu deuten.

Sie stand nun hinter Betti, legte ihr beide Hände auf die Schultern und Betti lehnte ihren Kopf an Annetts Bauch und für eine Weile blieben sie einfach so. Für einen Augenblick verschwanden der Wasserfleck auf der nikotinstichigen Tapete und der elende Kohlgeruch, das Geschrei der Nachbarskinder aus dem Stockwerk über ihnen, die abgewetzten Kanten des alten Resopaltischs – einen Moment lang war alles gut.

»Ich bin ja nicht wirklich weg«, sagte Annett. »Du besuchst mich dann einfach in der Stadt.«

»Ja, natürlich. Ich besuch dich dann.«

Bettis Stimme klang matt. In einer einzigen fließenden Bewegung knickte sie ihren Zigarettenstummel in den Aschenbecher und erstickte die Glut. Dann stand sie auf und nahm ihren Mantel. Dabei wäre eigentlich noch Zeit gewesen. Vom Ildinger Kirchturm schallte gerade erst das Wandlungsgeläut herüber.

Segen

1989

Wie tritt man jemandem gegenüber, den man jahrelang für tot gehalten hat? Und vor allem: Was zieht man an?

Silvia stand vor ihrem Kleiderschrank, aus dem ihre Mutter die gefalteten Tischdecken und Bettbezüge geräumt hatte, die sie sonst dort aufbewahrte, und in dem nun Silvias überschaubare Garderobe lag. Seit sie in Ildingen angekommen war, widersetzte sie sich Evelyns stetigem Drängen, doch bitte endlich ein paar neue Klamotten zu kaufen, was Anständiges, Angemessenes, wirklich, Silvia, du läufst herum wie eine Vogelscheuche!

Jetzt bereute sie, nicht wenigstens einmal in der kleinen, spießigen Boutique am Marktplatz nach einer weißen Bluse geschaut zu haben. Tante Betti hatte ihr früher so tolle Kleider genäht und war selbst immer besonders stilvoll gekleidet gewesen, Silvia genierte sich, ihrer Tante in ihrem gewollt unaufwendigen Look gegenüberzutreten, aber es half alles nichts. Nicht mal das bestellte Make-up, das Monika ihr feierlich überreicht und das sie zur Feier des Tages mit zitternden Händen aufgetragen hatte, gab ihr Sicherheit. Nur dass sie Hannah bei sich haben würde, half. Wenigstens der konnte sie heute einen ihrer besonders niedlichen Strampler anziehen.

Evelyn hatte darauf bestanden, Silvia und Hannah zu begleiten, und nun fuhren sie zusammen in Evelyns altem

Mercedes über die Landstraße. Hannah brabbelte auf Silvias Schoß fröhlich vor sich hin, Silvia war übel, Evelyn stierte übers Lenkrad, als steuerte sie einen Kampfpanzer in feindliches Gebiet.

»Sie wird nicht wissen, wer du bist. Schon gar nicht nach all den Jahren.«

»Hm.«

»Sie lag wochenlang im Koma, es ist ein Wunder, dass sie überhaupt überlebt hat. Hemiparese, Aphasie, offensichtlich auch eine Amnesie, die Schäden waren immens.«

»Ich bin keine Ärztin, Mama, ich weiß nicht, was das heißt.«

»Deine Tante ist halbseitig gelähmt und hat ihre Sprache verloren und auch nie wiedergefunden. Sie scheint niemanden zu erkennen. Am Tag, nachdem der Anruf kam vom Internat, dass du verschwunden bist, da ist sie aufgewacht.«

»Ah.«

»Das war kurz vor Weihnachten.«

»Ich weiß.«

Sie schwiegen eine Weile und Silvia dachte an die Nacht im Dezember, in der Judith und sie abgehauen waren. Judith hatte Pläne gemacht, auf keinen Fall wollte sie über Weihnachten nach Hause zu ihrem prügelnden Vater, eher würde sie sich erschießen, sie kannte jemanden in einer Landkommune, nicht weit weg, da wollte sie erst mal unterkriechen, und da hatte Silvia gefragt, ob sie mitkönne. Die Vorstellung, nach allem, was passiert war, über Weihnachten zurück nach Ildingen zu müssen, kam ihr unerträglich vor, und was für eine Befreiung das gewesen war, wie gut es sich angefühlt hatte, einfach wegzugehen, alles hinter sich zu lassen, die erste richtige Flucht, ohne jeden Abschiedsschmerz.

Keinen Gedanken hatte sie damals daran verschwendet,

welche Verheerungen ihr Verschwinden anrichten würde. Da war zu viel eigener Schmerz, um an den Schmerz der anderen zu denken. Die würden sich schnell daran gewöhnen, hatte sie damals gedacht. Eine Sorge weniger.

»Es tut mir leid«, sagte Silvia.

»Ist gut«, sagte Evelyn. »Ich weiß.«

Nach einer Stunde Fahrt parkten sie vor einem alten herrschaftlichen Gebäude, das wie ein ehemaliger Adelssitz aussah, ein Herrenhaus mit weitläufigem Park. Wie eine Mini-Schwarzwaldklinik, dachte Silvia, und sofort kam sie sich noch deplatzierter vor in ihrer löchrigen Jeans und ihrem Sweatshirt mit den ausgeleierten Bündchen. Sie schnürte Hannah in ihr Tragetuch und folgte ihrer Mutter mit weichen Knien zur Eingangstür.

»Grüß Gott, Frau Doktor!«

Hinter einem ausladenden Empfangstresen stand eine junge Pflegerin in hellblauer Uniform und strahlte Evelyn an. »Das ist ja schön, dass Sie schon wieder da sind. Ach, da wird sich unsere Betti sicher freuen. Ich glaube, sie ist gerade noch im Atelier, wollen Sie dort mal nach ihr schauen?«

Evelyn nickte huldvoll, bedankte sich und durchquerte die Eingangshalle wie eine Kaiserin den Thronsaal. Weitere Pflegerinnen grüßten höflich und ehrerbietig, sogar einige der älteren Damen, die in großen Polstersesseln in einem Wintergarten saßen, Tee tranken und riesige Tortenstücke verzehrten, winkten ihr freundlich zu.

Von Silvia schien niemand Notiz zu nehmen, sie stolperte ihrer Mutter hinterher, durch den Eingangsbereich, an großzügigen Blumenarrangements vorbei, einen Flur entlang bis in den Seitentrakt. Dort öffnete Evelyn eine Tür, hielt sie Silvia auf und bedeutete ihr, hindurchzugehen.

Silvia betrat einen geräumigen, hellen Saal, die großen Fenster öffneten den Blick auf den Garten und das bunte Herbstlaub. Im Raum verteilt standen Staffeleien und vor einigen saßen Menschen in Rollstühlen und tupften mit langen Pinseln auf Leinwänden herum, im Hintergrund lief leise Klaviermusik.

Silvia erkannte Tante Betti sofort. Sie saß ganz vorne am Fenster, die grauen Haare zu einem Dutt geknotet, sie trug eine gelbe Bluse und über ihre Knie hatte jemand eine blaue Decke gebreitet. Den Pinsel hielt sie in der linken Hand, die rechte lag reglos in ihrem Schoß, und überhaupt schien ihre rechte Körperhälfte verrutscht zu sein. Die Leinwand, vor der sie saß, war noch gänzlich weiß.

»Hallo, Tante Betti. Ich bin's. Silvia.« Betti drehte den Kopf und sah Silvia an, ohne auch nur die kleinste Regung eines Wiedererkennens zu zeigen. Sie hob den Pinsel wie zum Gruß und drehte sich dann wieder zur Leinwand. Silvia nahm sich einen der Stühle, die an den Wänden des Ateliers bereitstanden, wickelte Hannah aus ihrem Tragetuch und setzte sich neben ihre Tante. Evelyn war nirgends zu sehen, sie hatte das Atelier offenbar gar nicht erst betreten und Silvia war ganz dankbar dafür.

»Es tut mir leid, dass ich dich nicht schon früher besucht habe. Ich dachte … ich wusste nicht …«

Silvia stockte, es fühlte sich falsch an, hier, in Anwesenheit der anderen Bewohner, von denen sie nicht wusste, was die so mitbekamen, vor ihrer Tante die große Beichte abzulegen. Und ob Betti überhaupt irgendetwas verstand? Ob da wohl irgendwo in ihrem Bewusstsein ein kleiner Glimmer Erinnerung an Silvia schimmerte?

»Schau, das ist Hannah, meine Tochter, sie ist jetzt ein halbes Jahr alt.«

Betti wandte sich wieder zu Silvia und betrachtete Hannah mit einem freundlichen, wässrigen Blick. Hannah juchzte und verzog ihren kleinen Mund zu einem Lächeln und Betti schien zurückzulächeln, sie öffnete den Mund und ein helles Krächzen kam heraus, wie eine Antwort auf Hannahs kleinen Juchzer. Betti nahm den Pinsel und stupste damit vorsichtig gegen Hannahs Fuß, Hannah strampelte und juchzte noch einmal und Betti krächzte, es war wie eine kleine Zwiesprache, als wären sowohl Betti als auch Hannah froh, dass endlich mal jemand vorbeischaute, mit dem man sich unterhalten konnte.

Die große Flügeltür ging auf und Evelyn erschien, zusammen mit einer älteren Pflegerin, mit der sie in routiniertem Arztton plauderte.

»Und die Aquatherapie?«

»Scheint ihr gut zu bekommen, Frau Doktor, sie ist schon viel beweglicher geworden, eine gute Ergänzung zu den anderen physiotherapeutischen Maßnahmen.«

»Und das Cholesterin?«

»Wieder im normalen Bereich, wir haben die Medikation angepasst. Alle anderen Blutwerte sind auch in Ordnung. Ich gehe einmal am Tag mit ihr an die frische Luft, wenn das Wetter es zulässt, meistens schiebe ich sie zur Pferdekoppel hier in der Nähe, sie liebt Pferde.«

Evelyn legte Betti die Hand auf die Schulter, sagte »Grüß Gott, meine Liebe!« und dann, an die Pflegerin gewandt: »Das ist meine Tochter. Und das meine Enkeltochter Hannah.«

Silvia nickte der Pflegerin zu und für eine Sekunde hatte sie das Gefühl, sie schon einmal gesehen zu haben, sie aber nicht gleich zuordnen zu können, und dieses Gefühl schien beiderseitig zu sein, denn die Pflegerin sah Silvia einen kurzen Moment zu lang und zu intensiv an, vielleicht sogar ein bisschen erschrocken, bevor sie die Augen niederschlug und sich eilig verabschiedete.

»Ich muss dann auch los, Frau Doktor, bleiben Sie ruhig noch hier, es ist noch Zeit bis zum Mittagessen, ich hole Betti dann ab.«

»Danke, Schwester Annett, ich weiß es sehr zu schätzen, dass Sie sich so kümmern.«

»Sicher, Frau Doktor, das mache ich gern.«

Auf der Rückfahrt nach Ildingen schaute Silvia aus dem Fenster in die neblige Landschaft und wusste nicht so recht, was sie fühlen sollte. Sie war traurig, aber auch erleichtert und ein bisschen verwirrt. Sie hatten noch eine Weile bei Betti gesessen und ihr dabei zugesehen, wie sie mit dem Pinsel in der Hand auf ihre weiße Leinwand schaute. Noch ein paarmal betrachtete sie Hannah recht aufmerksam, und immer wieder ging ihr Blick zu der halb zugezogenen Gardine, die sich in der aufsteigenden Heizungsluft leicht bewegte, als würde sie dort etwas sehen. Zum Abschied hatte Silvia Betti umarmt und ihre Hand gehalten – war da ein Händedruck gewesen? Und ein kurzes Flackern in ihrem leeren Blick?

»Ich habe dir ja gesagt, sie wird dich nicht erkennen. Schon gar nicht nach so langer Zeit«, sagte Evelyn, die Silvia im Rückspiegel beobachtete und ihre Gedanken zu erraten schien.

»Ich weiß.«

»Sie ist dort wirklich in den besten Händen, es kostet ein Vermögen, aber es geht ihr gut. Wirklich eine hervorragende Einrichtung.«

»Ja.«

»Schwester Annett war früher bei uns im Krankenhaus,

die kümmert sich ganz rührend, ich zahle ihr ein bisschen was extra dafür.«

»Gut.«

»Manchmal denke ich, es ist ja vielleicht auch ein Segen.«

»Was meinst du?«

»Alles zu vergessen. Nicht mehr reden zu müssen.«

Ja, vielleicht, dachte Silvia. Für manche wäre das sicher ein Segen.

Aber ganz sicher nicht für Betti.

Hilfe

1971

Die Thermoskanne war gefüllt, die Käsebrote geschmiert, eine frische Packung HB lag im Handschuhfach bereit und der Wolf war frisch gewaschen und vollgetankt – Betti war bereit für ihren Ausflug, auf den sie sich schon seit Wochen freute. Es hatte nicht viel Überzeugungskraft gebraucht, Karl und Evelyn hatten sofort und geradezu erleichtert Ja gesagt, als Betti vorgeschlagen hatte, Silvia aus dem Internat abzuholen für die Herbstferien. Sie freute sich auf ihre Nichte und auf die Fahrt mit ihr, wenn sie sich nicht zu sehr beeilten, hatte sie Silvia zwei Stunden ganz für sich. Betti wollte alle Geschichten aus dem Internat hören, sie wollte mit Silvia zusammen rauchen und das Gefühl genießen, eine großzügige Tante zu sein, mit der man verbotene Dinge tun und bei der man sich darauf verlassen konnte, dass sie einen nicht bei den Eltern verpetzte.

In den Sommerferien hatten sie sich viel zu selten gesehen und das hatte Betti traurig gemacht. Es war sicher der ganz normale Prozess des Erwachsenwerdens, das Bedürfnis nach Abgrenzung. Trotzdem verspürte Betti einen säuerlichen Neid auf Evelyn und Karl, die so viel Gelegenheit hatten, Zeit mit ihrer Tochter zu verbringen, und so selten davon Gebrauch machten. Und wenn sie es dann doch taten, war es immer mit Anstrengung und Anspannung verbunden. In der zweiten Woche der Herbstferien wollten Evelyn und Karl mit

Silvia zusammen an den Gardasee fahren, obwohl Evelyn nicht gern verreiste und nun schon seit Tagen missmutig und angespannt war wegen der Vorbereitungen. Umso mehr wollte Betti alles daransetzen, Silvia wenigstens am Anfang der Ferien ganz für sich zu haben. Sie beide, unterwegs im Wolf – das war doch immer das Schönste. Eine willkommene Ablenkung nach dem Gespräch mit Annett, die ihr wenige Tage zuvor eröffnet hatte, in die Stadt ziehen zu wollen.

Als Betti vor dem Internatsgebäude vorfuhr, einem ehemaligen Kloster, sah sie Silvia schon am Eingang auf ihrem Koffer sitzen. Betti freute sich, zu sehen, dass sie eines der Kleider trug, die sie im Frühling genäht hatte und das ein bisschen davon ablenkte, wie blass sie war. Silvia fiel Betti widerstandslos in die Arme, als wäre sämtliche Kraft aus ihrem Körper gewichen.

»Können wir gleich los? Bitte lass uns schnell fahren.«

Vielleicht war sie einfach nur müde von den vergangenen Schulwochen, vielleicht hatte sie Streit mit den anderen Mädchen gehabt, Betti bemühte sich um gute Stimmung und plauderte fröhlich drauflos. Erzählte, dass die Großeltern sich schon freuten auf Silvias Besuch, dass der Großvater nun einen Gehstock benutzte, dass sie ein zahmes Eichhörnchen im Garten hatten, das ihr bei der Gartenarbeit schon auf die Schulter geklettert sei. Sie fragte, ob Silvia sich schon freue auf die Woche am Gardasee, herrlich sei es dort Ende Oktober, ja, ganz sicher, nicht mehr so schrecklich heiß, und das Essen, ach, das italienische Essen, das sei doch das allerbeste auf der ganzen Welt.

»Halt bitte an«, sagte Silvia plötzlich, die davor stumm und mit glasigem Blick neben Betti gesessen und zugehört und, wenn überhaupt, nur einsilbig geantwortet hatte. »Bitte, Tante Betti, jetzt gleich.«

Betti fuhr rechts ran, und kaum hatte sie den Wolf zum Stehen gebracht, öffnete Silvia die Beifahrertür und erbrach sich. Sie würgte eine ganze Weile, und als sie endlich alles losgeworden war, sank sie mit geschlossenen Augen zurück auf den Beifahrersitz und begann zu schluchzen.

»Was ist denn los, Mäusle, bist du krank?«, fragte Betti. Silvia schüttelte langsam den Kopf. »Ich weiß nicht, was ich machen soll«, sagte sie matt zwischen zwei Schluchzern. »Mir ist die ganze Zeit schlecht und … meine Regel kommt nicht und … Mama und Papa bringen mich um.«

Betti wurde kalt. »Wer war das?«, fragte sie nach einer kurzen Pause, in der sie sich sammeln musste, aber Silvia schüttelte nur weiter weinend den Kopf.

»Silvia, bitte sag mir, wer das war. Jemand aus der Schule? Jemand Fremdes? Bitte sag mir, wie das passiert ist.«

Aber Silvia schüttelte nur weiter den Kopf und aus der Kälte in Bettis Bauch wurde heiße Wut. Sie wusste plötzlich, wer es gewesen war, wer Silvia das angetan hatte. Sie hatte die ganze Zeit dieses merkwürdige Gefühl gehabt, das sie dann doch immer wieder beiseitegeschoben hatte, selbst dann noch, als Annett ihr von ihrem Verdacht erzählt hatte. Sogar da war es ihr noch ungeheuerlich vorgekommen, geradezu absurd, dass Karl und Evelyn sich so täuschen ließen. Aber nun passte alles zusammen, alles ergab einen Sinn.

»War es Georg?«

Silvia schlug sich die Hände vors Gesicht und schluchzte.

»Hat er dich … hat er dir wehgetan?«

»Es ist meine Schuld, Tante Betti, wirklich. Es ist alles meine Schuld. Bitte, du darfst es niemandem sagen.«

»Silvia, das wird sich nicht verhindern lassen, man wird es sehen, ziemlich bald schon, du musst es deinen Eltern sagen. Und Georg muss die Verantwortung übernehmen. Es ist nicht deine Schuld.«

Silvia nahm die Hände vom Gesicht und sah ihre Tante mit einem Blick an, den Betti noch nie an ihr gesehen hatte: voll verzweifelter Entschlossenheit. Als sei mit einem Mal alles Kindliche von ihr abgefallen.

»Wenn du es jemandem sagst, spring ich vom Dach. Ich war schon in der Schule kurz davor und ich schwöre dir, ich tu es, wenn du es Mama und Papa erzählst oder Georg oder irgendjemand sonst davon erfährt. Ich will einfach nur, dass es weggeht. Bitte hilf mir, es wegzumachen, ohne dass jemand davon weiß. Bitte!«

Betti sehnte sich nach einem großen Schluck Melissengeist, der wäre nun genau das Richtige, um ihre wirren, in alle Richtungen fliehenden Gedanken wieder in eine gerade Bahn zu lenken, aber sie hatte die Flasche zu Hause im Nachtschrank gelassen. Stattdessen fielen ihr die Zigaretten im Handschuhfach wieder ein. Sie öffnete die Klappe und holte die Packung heraus, kramte in ihrer Handtasche nach Streichhölzern und steckte sich eine an. Dann hielt sie Silvia die offene Packung hin.

»Hier. Nimm eine, du musst dich beruhigen.« Silvia griff mit zitternden Fingern zu.

Eine Weile saßen sie einfach nur nebeneinander und rauchten. Ein Autofahrer hielt neben ihnen, bedeutete Betti, das Fenster ganz runterzukurbeln, und fragte, ob er den Damen irgendwie behilflich sein könne. Aber Betti winkte ihm nur ungehalten, er solle weiterfahren, sie bräuchten keine Hilfe und kämen sehr gut alleine klar. Sie würde hier so lange am Straßenrand stehen, bis Silvia sich beruhigt hatte. Der Rauch füllte ihre Lungen und den Wolf und im blaugrauen Nebel sah sie plötzlich ganz klar. Betti wusste genau, was zu tun war, sie wusste, wie sie Silvia helfen konnte und wen sie um einen Gefallen bitten musste. Betti startete den Motor, und bevor sie den Gang einlegte, griff sie nach Silvias Hand.

»Ich helfe dir, versprochen. Und niemand wird davon erfahren. Du kannst dich auf mich verlassen. Du kannst dich immer auf mich verlassen, Silvia.«

Silvia nickte benommen und flüsterte: »Danke.«

Betti fuhr los, mit quietschenden Reifen und entschlossener Wut. Sie würde ihre Nichte retten. Und wenn das alles vorbei war, würde sie sich mit Georg befassen.

Zahltag

1989

Evelyn als Dirigentin, als Kommandantin, als Matriarchin, die Untergebenen Anweisungen erteilte – das war noch immer ihre beste Rolle. Amüsiert sah Silvia vom Sofa aus zu, wie ihre Mutter die beiden Männer durchs Haus scheuchte, die den Dachboden und die Garage entrümpeln sollten.

»Vorsicht, junger Mann. Ich sagte Vorsicht, Sie schrappen mir ja die Tapeten kaputt. Und die Kommode nehmen Sie bitte erst draußen auseinander, das staubt ja alles schrecklich. Sie tragen mir sehr viel Dreck ins Haus, ist Ihnen das klar?«

Heute war der große Tag, an dem endlich alles abgeholt und endgültig entsorgt wurde, was Evelyn in den Wochen zuvor zu unnötigem Ballast erklärt und aussortiert hatte. Silvia genoss das Spektakel und wie eingeschüchtert die beiden glatzköpfigen Bodybuilder-Typen waren, sogar ihr Kofferradio hatten sie augenblicklich ausgemacht, aus dem zuvor Roland Kaiser geknarzt hatte, dabei hatte Evelyn nicht mal etwas dagegen gesagt, nur einen ihrer Blicke abgefeuert.

In der Einfahrt stand ein kleiner Kipplaster, auf dessen Ladefläche sich nun also ein Haufen Müllsäcke, alte Nachttische und Schränkchen, kaputte Korbsessel, ein Schaukelpferd, zwei gelblich verfärbte Matratzen, lose Bretter, alte Schlitten, ein verrosteter Rasenmäher angesammelt hatten. Die beiden Entrümpler waren gerade dabei, die letzten Formalitäten zu klären – einer von ihnen hatte schon auf dem Fahrersitz Platz genommen, der andere hielt Evelyn ein Klemmbrett hin, auf dem sie unterschreiben sollte, dass der Auftrag ausgeführt worden war.

»Ach Gott, die Altkleider!«, rief Evelyn plötzlich und fasste sich an den Kopf. »Silvia! Lauf doch gschwind hoch in mein Zimmer, da stehen noch zwei Säcke, und bring die noch runter, komm, mach dich nützlich.«

Während Silvia nach oben ging, fiel ihr auf, dass das Schlafzimmer ihrer Mutter der einzige Ort war, den sie noch nicht betreten hatte, seit sie wieder in Ildingen war. Zu intim, zu nah. Selbst jetzt fiel es Silvia schwer, die Tür zu öffnen, und sie hielt unwillkürlich die Luft an, als sie die Klinke der Schlafzimmertür nach unten drückte. Kalt war es hier oben, das Fenster stand offen. Gleich neben der Tür das alte Ehebett, in dem nur noch die linke Seite bezogen und die rechte mit einem Matratzenschoner abgedeckt war. An der Wand der große Kleiderschrank mit Spiegelschiebetür, davor standen zwei große schwarze Müllsäcke voller Altkleider. Silvia wollte gerade nach ihnen greifen, als ihr Blick auf den kleinen Sekretär fiel, der zwischen Kleiderschrank und Wand eingeklemmt war, eigentlich nur eine Abwurfstelle für Post und Unterlagen, bevor sie wegsortiert oder weggeworfen wurden.

Dort lugte unter einem »Quelle«-Katalog und den »Stuttgarter Nachrichten« vom Vortag die graue Ecke eines Ordners hervor, und noch bevor sie ihn in die Hand genommen hatte, wusste Silvia, dass er das war: der G-Ordner. Der Ordner, der plötzlich aus dem Regal in ihrem Zimmer verschwunden war, nachdem Silvia gemeint hatte, Georg gesehen zu haben.

Silvia klappte den Ordner auf, und ihr Herz schien ein paar Schläge auszusetzen, bevor es wie verrückt gegen ihre Rippen hämmerte: Im Ordner waren Überweisungsdurchschläge abgeheftet. Kleine Zettel aus dünnem hellgelbem Papier, ausgefüllt in der Handschrift ihrer Mutter, monatliche Überweisungen an einen Herrn Georg Krauss in Höhe von 400 Mark, die jüngste aus diesem Monat, die älteste aus dem November 1971.

»Herrgott, wo bleibst du denn, Silvia, die Tüten müssen doch noch …«

Plötzlich stand Evelyn im Türrahmen und Silvia sah, wie ihr Gesichtsausdruck von Verärgerung in Panik umschlug, als sie die Situation erfasste. Es war ein Blick, den Silvia noch nie an ihrer Mutter gesehen hatte, und einen Moment lang konnte sie überhaupt nichts sagen oder fühlen, sie stand einfach wortlos da, den Ordner mit den Überweisungsdurchschlägen in der Hand, und sah zu, wie ihre Mutter hektisch die beiden Tüten ergriff.

»Ich erkläre es dir gleich. Bitte lass es mich dir erklären, Silvia. Es ist nicht …« Das »so wie du denkst« ließ sie ungesagt im Raum schweben, dann stürzte sie mit den beiden Säcken aus der Tür.

Silvia stand noch eine Weile da, mit dem Ordner in der Hand, bis ihre Fassungslosigkeit in helle Wut umgeschlagen war. Sie hörte, wie der Motor des Lasters startete und das Entrümpelungsduo davonfuhr, sie hörte, wie die Haustür ins Schloss fiel und wie Evelyn mit süßlicher Stimme mit Hannah sprach, die die ganze Zeit auf ihrer Decke gelegen und ein Buch aus dicken Pappseiten eingespeichelt hatte. Dann klappte Silvia den Ordner zu, warf ihn zurück auf den Sekretär und ging nach unten ins Wohnzimmer, wo Evelyn mit nervös flackerndem Blick in ihrem Sessel saß und sich Hannah wie einen Schutzschild auf den Schoß gesetzt hatte.

»Du hast mich angelogen.«

»Silvia, ich wollte nur …«

»Das war Georg neulich im Möbelhaus. Der Mann neben uns an der Kasse. Ich habe ihn erkannt und du hast so getan, als hätte ich mir das bloß eingebildet.«

»Ich war mir nicht sicher.«

»Ach, Blödsinn!«, schrie Silvia jetzt. »Du schickst dem Kerl seit achtzehn Jahren jeden Monat Geld und mir hast du gesagt, er sei einfach verschwunden. Warum, Mama? Ich versteh das nicht, warum machst du das?«

»Ich habe ihm nicht die ganze Zeit Geld geschickt, ich hatte nach dem Tod deines Vaters damit aufgehört, und neulich, als ich ihn gesehen habe im Möbelhaus, da … habe ich wieder damit angefangen.«

»Trefft ihr euch heimlich und macht euch lustig über mich? Ist er immer noch dein Wunderknabe, der immer so viel besser war als ich?«

»Nein, Silvia, ganz im Gegenteil.«

»Aber warum, Mama? Warum schickst du ihm Geld? Und warum versuchst du, es vor mir geheim zu halten?«

»Ich wollte, dass er uns in Ruhe lässt. Ich habe ihm damals Geld gezahlt, damit er verschwindet und nie wieder hier herkommt. Und jetzt, damit er nicht hier auftaucht und alles wieder durcheinanderbringt. Ich bin in Panik geraten. Ich wollte dich beschützen, Silvia.«

»Ich muss nicht beschützt werden. Ich will, dass du mir die Wahrheit sagst!«

Silvia hatte sich diesmal nicht auf die Couch gesetzt, sie lief im Wohnzimmer auf und ab, und eigentlich hatte sie nicht übel Lust, irgendetwas gegen die Wand zu schmeißen, hier mal ein bisschen Krawall zu schlagen, mit der Hand so in einem Wusch einen gedeckten Tisch leer zu fegen. Aber im Wohnzimmer ihrer Mutter stand ja nie etwas herum. Nicht mal eine verdammte Topfpflanze gab es.

»Und überhaupt, wofür braucht der Geld von dir? Der ist doch bestimmt längst Arzt? Dann verdient der doch genug, warum zur Hölle schickst du ihm Geld?«

Evelyn seufzte und schien Hannah auf ihrem Schoß noch ein bisschen fester an sich zu ziehen.

»Die Wahrheit ist, dass wir uns getäuscht haben in Georg«, sagte sie schließlich und sah dann Silvia gerade ins Gesicht. »Wir alle.«

»Mama, ich war fünfzehn. Ich wusste überhaupt nicht, wie mir geschah.«

»Ich spreche ja auch nicht von dir. Ich spreche von deinem Vater und mir. Wir haben Georg vertraut, wir haben uns für ihn verbürgt und er hat uns damit geschadet.«

»Euch geschadet?« Silvia lachte höhnisch auf.

»Georg war ein Betrüger. Ein Hochstapler. Er hat nie Medizin studiert und es auch nie vorgehabt, er hatte nicht mal einen Schulabschluss. Wir haben dafür gesorgt, dass er im Krankenhaus arbeiten konnte, weil wir ihm all seine Lügen geglaubt haben und ihm auf die Beine helfen wollten. Wir haben ihn Blut abnehmen lassen, er hat Medikamente verteilt, Patienten versorgt, er hat sogar bei Operationen assistiert. Wenn das herausgekommen wäre, dass wir uns so haben täuschen lassen – es hätte uns alles gekostet. Alles.«

»Ach so, na klar, da ist es natürlich die naheliegendste Lösung, dem auch noch Geld zu geben. Hat uns belogen und betrogen und nebenbei noch die minderjährige Tochter geschwängert, hier, bitte sehr, was soll es denn kosten, junger Mann?«

»Ich musste sicher sein, dass er verschwindet. Dass er wegbleibt, nie wieder auftaucht und mit niemandem redet. Ich habe ihn nach Bettis Unfall nur noch einmal gesehen. Und ich wusste keinen besseren Weg, Silvia. Es war auch für dich. Damit wir das alles hinter uns lassen können.«

Silvia lehnte an der Terrassentür und widerstand dem Impuls, diese Tür zu öffnen und zu verschwinden. Ihre Mutter im Sessel war auf einmal so klein und geradezu zerbrechlich, wie sie sie noch nie gesehen hatte, nicht mal am Tag ihrer Rückkehr nach Ildingen. Wie sie sich an Hannah klammerte, die ernst und ratlos vor sich hinschaute und mit ihren kleinen Händchen auf die runzligen Hände ihrer Großmutter patschte. Wie sie in all den Jahren trotz ihrer Zähigkeit und ihrer Härte doch keinen besseren Weg gefunden hatte, als jedes Problem mit Geld zu ersticken.

»Und wo ist Georg jetzt? Wo wohnt er?«, fragte Silvia.

»Ich weiß es nicht, wirklich, Silvia. Ich dachte, er wäre weit weg. Ich habe nur diese Kontonummer, und als ich ihn gesehen habe, in diesem Möbelgeschäft, da habe ich solche ... Angst bekommen. Ich meine, das ist doch verrückt. Du tauchst hier auf und er taucht hier auf ... ich wollte nicht, dass er ... ich wollte nicht, dass du ...«

Und dann brach Evelyn die Stimme und aus ihrem Hals kam ein krächzendes Geräusch, das Silvia im ersten Moment nicht zuordnen konnte, sie hatte ihre Mutter noch nie weinen sehen, sie hatte noch nie gesehen, dass Evelyn um Fassung rang und gegen das Beben ankämpfen musste, mit dem die anbrandenden Gefühle sich eines Körpers bemächtigten. Evelyn hielt weiterhin Hannah umschlungen, als könnte ihr das Kind sonst vom Schoß in einen tiefen, dunklen Abgrund rutschen, sie atmete ein und aus und schließlich sagte sie: »Ich wollte nicht, dass du schon wieder gehst. Ich bin so froh, dass du hier bist. Mit Hannah. Und ich habe Angst, dass du wieder verschwindest. Es tut mir leid, Silvia. Mir tut das alles wirklich sehr leid.«

Draußen donnerte es und an das Fensterglas in Silvias Rücken prasselten plötzlich schwere Regentropfen. Es war, als würde sich um Silvia herum nun alles entladen, als würde eine viel zu lang aufgebaute Spannung die Atmosphäre verlassen. Evelyn saß so erschöpft in ihrem Sessel, als hätte sie gerade einen Marathon absolviert. Merkwürdig, dachte Silvia, da wartet man fast zwanzig Jahre auf so einen Satz, nur einmal, ein einziges Mal wollte sie hören, dass es ihrer Mutter leidtat, und kaum war der Satz tatsächlich gefallen, wollte sie ihn am liebsten ungesagt machen, sich ihrer Mutter in die Arme werfen und versichern, dass es gar nichts gäbe, wofür sie sich entschuldigen müsse, dass doch alles ihre Schuld gewesen sei. Es war fast noch schmerzhafter, Evelyn so zu sehen, so bedürftig und verzweifelt, als diesen unberührbaren Mutterkoloss vor sich zu haben, den nie irgendetwas aus der Ruhe bringen konnte. Sie hatte immer geglaubt, es würde ihr Genugtuung verschaffen, die Mutter nur ein einziges Mal schwach zu erleben, aber in Wahrheit machte es ihr Angst.

Hannah hatte angefangen zu weinen, nachdem sie sich die Auseinandersetzung zwischen ihrer Mutter und ihrer Großmutter zuvor staunend angesehen hatte, und Silvia hob sie Evelyn vom Schoß und nahm sie auf den Arm.

»Bleib sitzen«, sagte sie schließlich und legte ihrer Mutter die Hand auf die Schulter, eine ungewohnte Geste, die ihr nur halb gelang. »Ich mach uns Abendbrot, gleich fängt ›Lindenstraße‹ an.«

Abgrund

1971

Karl betrachtete das Bündel italienischer Lire in seiner Hand, zufrieden und voller Vorfreude, bevor er die bunten Scheine in die kleine Mappe mit den Reisepässen steckte. Er war gerade auf der Bank gewesen, es war der letzte Teil der Vorbereitungen, nun müssten nur noch die Koffer gepackt und im Wagen verstaut werden, den er selbstverständlich noch einmal gewaschen und gesaugt und zur Inspektion in die Werkstatt gebracht hatte. Rüdiger, der Nachbarsjunge, war fertig mit seiner Mechanikerausbildung und hatte den Reifendruck sowie den Öl- und Kühlwasserstand kontrolliert, Karl war ganz gerührt gewesen davon. Gerade war er doch noch ein kleiner Bub mit aufgeschlagenen Knien und ständig laufender Nase gewesen und jetzt schon fast ein richtiger Mann, die Zeit verging so schnell.

Morgen schon würden sie in Italien sein. Karl freute sich auf die Autofahrt, die belegten Brote, den Thermoskannenkaffee, den Blick auf die Berge, wenn sie den Brennerpass überquerten. Die Woche am Gardasee würde ihnen allen guttun. Wenn sie erst mal dort wären. Die Tage davor waren immer durchdrungen von Evelyns Reisenervosität, die Karl mit besonderer Gelassenheit auszugleichen versuchte, und nun war auch noch Silvia krank geworden. Seit zwei Tagen lag sie im Bett und fieberte, sie hatte schon ganz blass ausgesehen, als Betti sie vom Internat abgeholt und nach Hause gebracht hatte. Schweigsam und bedrückt schien ihm seine Tochter, sicher das Wachstum, es war ja gerade für junge Frauen ein delikates Alter und Silvia war schon immer anfällig für Infekte gewesen und fieberte schnell.

Evelyn hatte Silvia Wadenwickel gemacht, um das Fieber zu senken, und Karl hatte gespürt, dass sie dabei versuchen musste, ihre Enttäuschung im Zaum zu halten. Warum ausgerechnet jetzt? Warum musste das Kind immer zum unpassendsten Zeitpunkt krank werden? Karl wollte gleich selbst noch einmal nach Silvia schauen, das Fieber musste nun doch langsam runtergehen, und wenn sie morgen fuhren, konnte Silvia sich ja auf der Rückbank noch ein wenig hinlegen, und vielleicht würde sie in den ersten beiden Tagen noch im Hotel bleiben und sich ausruhen.

Er hatte sich eine Pfeife angesteckt und die Cognacgläser bereitgestellt, gleich würde Evelyn von ihrer Schicht kommen, und er freute sich darauf, mit ihr auf den bevorstehenden Urlaub anzustoßen. Seit Georg vor einigen Wochen bei ihnen ausgezogen war und sich ein Zimmer in der Stadt gesucht hatte, war sie häufig niedergeschlagen, sie vermisste ihn ganz offensichtlich. Karl vermisste ihn auch, aber man sah sich ja noch im Krankenhaus und bald würde auch sein Semester beginnen – es war nur folgerichtig, dass der Junge sich etwas Eigenes suchte, das hier war ja nur eine Übergangslösung gewesen. Sicher würde er nun im nächsten Anlauf das Physikum bestehen, dann im ersten klinischen Semester zurück zu ihnen ans Krankenhaus kommen, vielleicht schließlich ganz dort anfangen. Eines Tages könnte er Karls Nachfolger werden und er würde ihm ein Mentor sein, so wie er selbst gern einen gehabt hätte.

Das Auto, das in diesem Augenblick vor dem Haus hielt, war nicht Evelyns Wagen, das hörte Karl gleich. So schwungvoll fuhr nur ein Mensch in ihre Einfahrt, nämlich Betti. Noch bevor sie klingeln konnte, öffnete Karl seiner Schwester die Haustür. Sie sah aufgebracht aus, zerzaust und leicht entrückt, Karl roch Alkohol in ihrem Atem, als sie ihn begrüßte. Er würde etwas sagen müssen, das konnte so nicht weitergehen. Gleich nach dem Urlaub würde er mit Betti ein ernstes Wort reden, übers Maßhalten und ihre Verantwortung, auch den Eltern gegenüber, und was man im Ort über sie redete, wenn sie schon am frühen Nachmittag mit einer solchen Fahne unterwegs war.

Betti schob sich an ihm vorbei ins Wohnzimmer und schaute sich nervös um, als wäre sie auf der Flucht.

»Wo ist Silvia? Evelyn hat gesagt, sie ist krank?«

»Ja, ein Infekt. Sie fiebert seit zwei Tagen, aber es sollte langsam besser werden.«

»Kann ich sie sehen? Ist sie oben?«

»Ja, aber sie schläft sicher, lass sie …«

Noch bevor Karl Betti davon abhalten konnte, war sie die Treppe nach oben in den ersten Stock gelaufen und in Silvias Zimmer verschwunden. Warum konnte sie nicht einfach auf ihn hören? Er hoffte nur, Bettis Besuch würde enden, bevor Evelyn nach Hause kam, eine angetrunkene Schwägerin wäre nun wirklich nicht das, was sie nach Feierabend vorfinden wollte.

Betti war blass, als sie wieder zurück ins Wohnzimmer kam, wo Karl die erloschene Pfeife noch einmal angezündet hatte und im Sessel saß. Jetzt bereute er, die Cognac-Gläser schon auf den Couchtisch gestellt zu haben, denn Betti schnappte sich die Flasche von der kleinen Anrichte, setzte sich aufs Sofa und goss sich mit zitternden Fingern ein halbes Glas ein.

»Karl, ich mache mir Sorgen um Silvia«, sagte sie, nachdem sie einen großen Schluck getrunken hatte. »Das Fieber ist sehr hoch, sie ist kaum ansprechbar.«

Karl sah seine Schwester ungläubig an. Wollte sie ihm nun ernsthaft erklären, ab wann ein Fieber besorgniserregend war?

»Betti, sie hat einen Infekt, es ist sicher nichts Bedrohliches.«

Betti nahm noch einen Schluck und jetzt wollte er etwas sagen, aber er verkniff es sich. Nach dem Urlaub. Da würde er es sagen. Da würde er sich kümmern um den Alkoholismus seiner Schwester. Es tat ihm weh, dieses Wort auch nur zu denken und es würde noch schwerer sein, es auszusprechen.

»Warum bist du dir so sicher, dass es nichts Bedrohliches ist? Eine Entzündung vielleicht?«, fragte Betti.

Karl seufzte. »Betti, ich bitte dich, Silvia fiebert schnell, das hat sie schon immer. Es ist ein grippaler Infekt, sie hat selber gesagt, dass sie Gliederschmerzen hat, und sie zieht sich oft nicht warm genug an, das weißt du doch.«

»Karl«, sagte Betti tonlos und sah ihn mit wässrigen Augen an. »Bitte, ihr müsst sie ins Krankenhaus bringen. Ich glaube, dass Silvia in Gefahr ist. Es ist ... etwas schiefgegangen ... ich muss dir etwas sagen, bitte hör mir zu.«

Und dann erzählte Betti, und unter Karl tat sich ein Abgrund auf, wurde tiefer mit jedem Wort von ihr, und alles, was ihm wichtig war, sein ganzes Leben, drohte hinabzustürzen. Dass Silvia schwanger war, sich Betti anvertraut und um Hilfe gefleht hatte. Dass sie gedroht hatte, sich umzubringen, sollte irgendwer davon erfahren. Dass sie auf gar keinen Fall ein Kind haben wollte. Dass Betti versprochen hatte, ihr zu helfen. Dass sie schwören musste, nichts zu sagen, weil Silvia sonst vom Dach springen würde. Dass sie

Silvia zu jemandem gebracht hatte, der das Kind wegmachen konnte, gleich am Tag nach ihrer Ankunft. Und dass Silvia nun zwar bluten, aber auf keinen Fall fiebern durfte. Und wenn sie jetzt fieberte, dann deshalb, weil irgendetwas schiefgegangen war.

Karl hörte sich selber fragen, von wem das Kind war, so als würde er neben sich stehen, als wäre sein Kopf unter Wasser, er hörte seine Stimme wie aus großer Entfernung, und als Betti Georgs Namen sagte, schüttelte er den Kopf.

»Das glaub ich nicht. Das kann nicht sein.«

»Du bist ein solcher Seggl, ein Idiot bist du!«, rief Betti nun und zeigte mit dem Finger auf Karl. »Du bist diesem Kerl auf den Leim gegangen, du hast ihn in dein Haus geholt und ihm Arbeit verschafft und ihm alles geglaubt. Der hat euch alle nach Strich und Faden belogen. Hast du jemals irgendein Papier von ihm gesehen? Ein Zeugnis? Hast du mal bei seiner alten Universität angerufen und dich erkundigt, ob er da je eingeschrieben war? Ich wusste, dass mit dem was nicht stimmt, der hat euch alle um den Finger gewickelt. Ein junger Mann, ohne Freunde, ohne Familie, taucht hier einfach auf und erzählt dir, er hätte Ahnung von Medizin? Und macht deiner Frau schöne Augen, sodass die sich benimmt wie ein Backfisch? Und dann verführt er deine Tochter, und du merkst nichts davon, und jetzt liegt sie da oben und krepiert vielleicht und du glaubst ihm immer noch? Und mir glaubst du nicht? Was bist du für ein Mann? Was bist du für ein Vater? Was bist du für ein …«

Wahrscheinlich hatte sie noch »Arzt« sagen wollen, aber dazu kam Betti nicht mehr, weil Karl mitten in ihrer Tirade wie ferngesteuert aufstand, in sich eine bodenlose Wut und Verzweiflung, die sich aufblähten und immer größer wurden und seinen Brustkorb zu sprengen drohten. Er nahm Betti das Glas aus der Hand und warf es auf den Boden, dann holte er aus und schlug zu, schlug seiner Schwester mit der flachen Hand ins Gesicht. Das Bild in seinem Kopf war ihm unerträglich. Silvia, seine Tochter, halb nackt auf dem Küchentisch irgendeines Kurpfuschers mit dreckigen Händen, der ihr das Kind wegmachte, für eine schnelle Mark. Seine eigene Schwester, die das eingefädelt hatte, die Silvias Leben riskiert hatte, die ihn nicht ins Vertrauen gezogen hatte, ihn, einen Arzt. Georgs leutseliges Lächeln, mit dem er hier an diesem Tisch gesessen hatte. Georg, den er behandelt hatte wie seinen eigenen Sohn.

Im Türrahmen bemerkte er plötzlich Evelyn, die ihn fassungslos ansah. »Was ist hier los?«, fragte sie, aber Karl konnte nicht antworten, er konnte nur Betti am Arm vom Sofa ziehen, er blickte in das rote, verweinte Gesicht seiner Schwester, sah die geplatzten Äderchen rund um ihre Nase, das trübe Graugrün ihrer Augen, er roch ihren Cognac-Atem und er sagte: »Verschwinde!«

»Verschwinde und komm nie wieder in mein Haus. Wag es nie wieder, dich meiner Tochter zu nähern. Du bist nicht mehr meine Schwester und du bist nicht mehr ihre Tante. Du bist krank, Betti. Krank bist du! Eine kranke, versoffene alte Frau. Und wenn Silvia etwas zustößt, wenn sie deinetwegen stirbt, so wie Rita, dann gnade dir Gott!«

Damit schob er seine Schwester aus der Haustür und drehte sich um zu Evelyn, die völlig perplex im Wohnzimmer stand und ihn fragend und erschrocken ansah, er konnte jetzt nichts erklären, er musste jetzt funktionieren und die Scham niederringen, die sich schon ankündigte und darauf lauerte, die Wut in seiner Brust zu ersetzen.

Er fasste seine Frau an beiden Schultern, als wolle er sie stabilisieren oder vielleicht auch sich selbst: »Ruf im Krankenhaus an, in der Gynäkologie«, sagte Karl, »hol Selmayer an den Apparat, nur Selmayer, dem können wir vertrauen. Sag ihm, dass wir mit unserer Tochter kommen und dass wir ihn brauchen, und zwar nur ihn, jetzt sofort, für eine Ausschabung wegen septischem Abort. Ich verlange absolute Diskretion, kein Personal, niemand darf davon erfahren.« Dann stürzte er die Treppe nach oben, während Evelyn unten verarbeiten musste, was sie gerade gehört hatte, aber Karl kannte seine Frau, er wusste, wie besonnen sie in Notsituationen reagierte und dass sie nun in diesen Krisenmodus umschalten würde, bis alles überstanden war. Dann war immer noch genug Zeit für alles andere.

Karl öffnete die Tür zu Silvias Zimmer, das bis vor Kurzem noch Georgs Zimmer gewesen war, und dort lag seine Tochter, in ihrem Bett, in dem auch Georg gelegen hatte, und plötzlich ergab alles Sinn. Betti hatte recht. Er hatte sich täuschen lassen, er hatte blind vertraut, und nun lag hier sein einziges Kind kaltschweißig und mit flatterndem Blick unter einer Decke, vielleicht mit einer Blutvergiftung oder einer Bauchfellentzündung, die er und Evelyn für einen gewöhnlichen Infekt gehalten hatten. Karl ging neben Silvias Bett auf die Knie, legte ihr die eine Hand auf die Stirn, schlug mit der anderen vorsichtig die Decke zurück und tastete ihren Bauch ab. Silvia stöhnte und zuckte unter seiner Hand zusammen vor Schmerz.

»Es wird alles gut, Mäusle, alles wird gut«, sagte Karl. Dann legte er sich Silvias Arm um den Hals, griff unter ihre Knie und hob sie aus dem Bett, wie früher, als sie noch ein kleines Kind gewesen war. Wenn sie im Auto auf der Rückbank eingeschlafen war und sich auch nach der Ankunft zu Hause schlafend gestellt hatte, damit ihr Vater sie ins Bett trug.

Unten vor dem Haus hörte Karl, wie Betti den Motor des Wolf aufheulen ließ. Sie gab zweimal Gas, wie zum Abschied. Dann fuhr sie davon.

Er hätte am liebsten mitgeheult.

Hochzeitsfoto

1989

Als Silvia an diesem trüben Novembernachmittag Rüdiger die Tür öffnete, sah sie ihm gleich an, dass etwas passiert war.

»Es ist so weit«, sagte er mit belegter Stimme, während er sich den Schnauzbart glatt strich und Silvias erster Gedanke war, dass seine Mutter gestorben sein musste. Aber zu ihrer großen Erleichterung fügte er hinzu: »Monika weiß jetzt Bescheid über Bernd. Wir müssen hin, sie braucht unsere Hilfe.«

Rüdiger und sie hatten nach ihrem Discoabend lange überlegt, ob sie Monika erzählen sollten, dass sie Bernd gesehen hatten, als er gerade eine Spielhalle verlassen wollte. Dass er in Stuttgart gewesen war und damit nicht, wie Monika geglaubt hatte, auf Fortbildung irgendwo bei Frankfurt. Irgendetwas Gravierendes musste er also vor seiner Frau verheimlichen. Zwei Wochen – das hatten sie schließlich vereinbart. Zwei Wochen würden sie Bernd Zeit geben, die Sache selbst zu klären, dann würden sie Monika davon erzählen.

In der Zwischenzeit war Bernd bei Rüdiger in der Werkstatt aufgetaucht, nach Feierabend. Hatte erst am Garagentor herumgelungert und finster geschaut und dann ein bisschen Stress gemacht. Was Rüdiger eigentlich einfiele, seine Frau auszuführen. Wie er auf so eine Idee käme. Ob er seine Moni mit in irgendeine Schwuchtelkneipe genommen habe? Ob er eine Ahnung habe, was er, Bernd, mit ihm machen würde, wenn er sein Maul nicht hielte? Gar nichts habe er gesehen. Und es ginge ihn auch überhaupt nichts an.

Rüdiger hatte sich Bernds Gepolter angehört und ganz ruhig weiter am Motor eines silberfarbenen Opel Calibra herumgeschraubt. Aber als Bernd immer näher gekommen war, hatte er sich schließlich aufgerichtet, den schweren Schraubenschlüssel fest in der Hand, und hatte sich breitbeinig vor Bernd hingestellt. So hatten sie eine Weile voreinander gestanden, Bernd mit vor Wut bebendem Unterkiefer und Rüdiger ganz ruhig.

»Dir geht's nicht gut, oder? Schon seit einer Weile nicht, das merkt hier jeder. Kannst mit mir darüber reden, Bernd. Ich bin für dich da.«

Rüdiger hatte fest damit gerechnet, dass Bernd ihm jetzt eine reinschlagen würde, aber stattdessen hatte Bernd plötzlich das Gesicht verzogen und dann seine Stirn gegen Rüdigers Schulter sinken lassen. Zweimal hatte ein Schluchzen seinen Oberkörper durchzuckt, sodass Rüdiger ihm beruhigend auf den Rücken geklopft hatte.

»Fast hätte ich ihn mal richtig in den Arm genommen«, hatte er Silvia erzählt, »aber das hab ich mich dann doch nicht getraut.«

Jedenfalls habe der Bernd sich dann beruhigt und Rüdiger hatte ihm gesagt, er solle einfach mal mit seiner Frau reden und ihr die Wahrheit sagen.

»Weiß ich selber, du Schwuchtel«, hatte Bernd gerufen und war aus der Werkstatt gestürmt. Aber ganz offenbar hatte er sich den Rat zu Herzen genommen, denn Monika hatte Rüdiger weinend angerufen und gebeten, vorbeizukommen und Silvia mitzubringen. »Ihr zwei seid die Einzigen, mit denen ich reden kann, sonst weiß gleich wieder der ganze Ort Bescheid.«

Evelyn war mit Hannah gerade auf ihrer täglichen Spazierrunde, deshalb schrieb Silvia ihr einen Zettel, dann nahmen sie den Polo und fuhren den kleinen Hügel abwärts, auf die andere Seite des Flusses, zu Monikas Haus in der Siedlung. Monika öffnete ihnen verheult die Tür und winkte sie schnell herein, musste ja nicht gleich die ganze Nachbarschaft mitbekommen, wie es ihr ging. Bernd war nirgends zu sehen, die Jungs waren bei der Oma, und im Wohnzimmer war das Chaos ausgebrochen, überall lagen Unterlagen herum, Fotoalben, dazwischen zerknüllte Papiertaschentücher, zerbrochenes Geschirr. Monika sank auf ihre Kunstledercouch, bedeutete Silvia und Rüdiger, sich ebenfalls zu setzen, seufzte tief und griff nach der Packung Taschentücher, die vor ihr auf dem gläsernen Couchtisch lag.

»Eine Katastrophe«, sagte sie tonlos. Der Bernd. Arbeitslos seit einem halben Jahr. Sei hier jeden Morgen aus der Tür gegangen und habe so getan, als führe er in den Betrieb, aber in Wahrheit habe er sich nur irgendwo herumgedrückt. Weil er sich so geschämt habe. Einer wie er, arbeitslos, unvorstellbar. Wie sehe das aus. Sie habe schon gedacht, er habe eine Affäre, weil er so verändert gewesen sei in letzter Zeit. Gestern dann der Zusammenbruch: die Kreditraten für das Haus seit Monaten nicht bedient, die Ersparnisse für die Ausbildung der Kinder verzockt.

»Könnt ihr euch das vorstellen? Seit einem halben Jahr mach ich dem jeden Morgen seine Brotdose fertig und seine Thermoskanne voll und er fährt zur Arbeit, und abends erzählt er mir von seinem anstrengenden Tag und in Wahrheit fährt er einfach nur in der Gegend herum. Ich kann das alles gar nicht glauben. Das Geld, alles, was mit der Bank zu tun hatte – das hat immer alles der Bernd geregelt. Und jetzt ist er bei seinen Eltern und verkriecht sich da und ich … ich … was mach ich denn jetzt?«

Silvia schämte sich ein bisschen dafür, erleichtert zu sein, dass sie und Rüdiger nicht die Überbringer der schlechten Nachricht sein mussten. Und sie war sicher nicht die geeignete Beraterin, wenn es darum ging, eine Ehe- und Finanzkrise zu bewältigen. Aber es rührte sie, dass Monika sie und Rüdiger ins Vertrauen zog, die beiden Außenseiter, denen man kein perfektes Vorstadtfamilienleben vorspielen musste. Also rückte sie auf der Couch näher an Monika heran, legte ihr den Arm um die Schulter und sagte: »Jetzt räumen wir erst mal auf hier. Und der Rest findet sich. Zur Not auch ohne Bernd.«

Rüdiger hatte sich inzwischen am HiFi-Turm zu schaffen gemacht und aus dem CD-Regal ein Roxette-Album gezogen. »She's got the look«, tönte aus den hüfthohen Boxen. Monika schnäuzte sich ein letztes Mal, dann stand sie auf, holte ein Kehrblech aus der Abstellkammer und begann damit, die Scherben zusammenzufegen, offenbar war gestern Abend Geschirr geflogen. Rüdiger und Silvia kümmerten sich um die auf dem Boden verstreuten Unterlagen. Rüdiger machte auf dem Esstisch einzelne Stapel: einen für Kontoauszüge, einen für andere Bankunterlagen, einen für alle anderen Papiere. Silvia hatte sich die Fotoalben geschnappt, aus denen nun einzelne Seiten herausgerissen waren: Monika und Bernd mit den Kindern beim Feuerwehrfest, beim Trimmdich-Wettbewerb, am Nordseestrand, beim ersten Spatenstich für das Haus, vor dem neuen Auto – eine mit Fotoecken sorgfältig eingeklebte und mit Orten und Daten versehene Dokumentation eines gelungenen Familienlebens. Das Hochzeitsalbum hatte besonders gelitten. Silvia sah Monika in einem weißen Traum aus Tüll vor einem blauen Studiohintergrund, vor einem gelb blühenden Busch, neckisch hinter einem Baumstamm hervorlugend, die Augen geschlossen zum Kuss. Von manchen Bildern war Bernd abgerissen worden, und während Silvia zwischen all den Unterlagen nach den passenden Schnipseln suchte, nur für den Fall, dass Monika später das Bedürfnis haben sollte, die Bilder wieder zusammenzukleben, fiel ihr Blick auf einen kleinen Aufkleber unten rechts auf der hinteren Einbandinnenseite, goldene Prägeschrift auf dunkelgrünem Grund: Fotostudio Krauss, Hochzeits- und Familien-Fotografie, Am Kirchberg 7, 7145 Hösslach.

»Moni, euer Hochzeitsfotograf … wieso kam der aus Hösslach? Das ist doch fast eineinhalb Stunden weg.«

Monika nahm Silvia das Album aus der Hand und stopfte es in einen schwarzen Müllsack.

»Was weiß ich, ich glaube, es gab zu viele Hochzeiten an dem Tag, wir haben lange gesucht, bis wir einen gefunden haben, der noch Kapazitäten hatte. Der wollte erst gar nicht kommen, erst als der Bernd ihm das doppelte Honorar angeboten hat, alles rausgeschmissenes Geld. So wie diese ganze Hochzeit und diese Ehe und überhaupt alles.«

Sie hatte wieder angefangen zu weinen und Rüdiger hatte sie in den Arm genommen und redete beruhigend auf sie ein: »Na, na, jetzt mal langsam, nichts überstürzen, denk an die Kinder, ich red mal mit dem Bernd, es wird sich eine Lösung finden, beruhige dich, alles wird gut.«

»Es tut mir leid, ich muss nach Hause zu Hannah«, sagte Silvia plötzlich. »Rüdiger, kannst du noch hierbleiben? Ich fahr schon mal vor.«

Auf dem Weg nach Hösslach hatte Silvia ein schlechtes Gewissen, weil sie ihre Freunde im Stich ließ. Und weil sie ihre Mutter hätte anrufen und Bescheid sagen sollen, dass es länger dauern würde. In ihrem Geldbeutel hatte sie einen frischen 20-Mark-Schein gefunden, den Evelyn dort hineingetan haben musste, was sie regelmäßig tat, ohne ein Wort darüber zu verlieren. Es reichte für eine halbe Tankfüllung und eine Schachtel Zigaretten, und Silvia rauchte während der Fahrt, bis ihr schlecht wurde.

Sie wusste auch nicht so genau, was sie nun eigentlich vorhatte. Vielleicht war es einfach nur ein Zufall und es war überhaupt nicht gesagt, dass die Adresse aus Monikas Hochzeitsfotoalbum zu Georg führte. Wer wusste schon, wie viele Menschen hier in der Umgebung Krauss hießen. Aber sie hatte so ein Gefühl und es war unmöglich, dem nicht nachzugehen.

Was würde sie tun, wenn sie Georg nun tatsächlich aufspürte? Ihn konfrontieren? Ihm die Nase brechen mit einem gezielten Faustschlag mitten in sein sicher immer noch hübsches Gesicht? Ihn anschreien, wie er es wagen konnte, jahrelang Geld von Evelyn Borowski anzunehmen und sich dann nicht wenigstens an seinen Teil der Abmachung zu halten, nämlich zu verschwinden, weit weg zu verschwinden und nicht einfach nur ein paar Kleinstädte weiter? Ob Georg überhaupt klar sein würde, wer sie war? Und wenn nicht, wie würde sich das anfühlen, nach all den Jahren, in denen Silvia oft, viel zu oft an Georg gedacht hatte, weil mit ihm der ganze Mist losgegangen war?

Als sie damals nach ihrem Sommer mit Georg zurück ins Internat gekommen war, hatte sie das Gefühl gehabt, nun die geheime Tür zum Erwachsenendasein durchschritten zu haben. Ein richtiger, echter Mann hatte Notiz von ihr genommen, sie gehörte nun zu den Erleuchteten. »Wie war's?«, hatte ihre Zimmernachbarin Judith verschwörerisch gefragt, und Silvia hatte »schön« geantwortet. Sie hatte in den ersten Wochen, bevor sie bemerkte, dass ihre Periode ausblieb, jeden Abend in ihrem Bett gelegen und an Georg gedacht und gehofft, er würde ihr schreiben. Oder sie abholen im Internat und sie könnten zusammen durchbrennen. Oder wenigstens, dass sich alles wiederholen möge, wenn sie in den Herbstferien nach Hause käme, die heimlichen Küsse und auch der Sex. Nicht weil der tatsächlich »schön« gewesen wäre, sondern weil er bedeutete, dass sie begehrt wurde, dass sie gewollt war. In all den Jahren danach war es mit jedem verdammten Typen so gewesen, all die Männer, mit denen sie im Bett war, waren doch der Beweis, dass sie einen Platz hatte auf dieser Welt. Die fusseligen Hippies am Strand, die netten Familienväter, die sie gern beim Trampen mitnahmen, die Kerle aus der Disco und der Kneipe, ja, manchmal war das alles ganz schön gewesen, aber meistens doch eher die zwangsläufige Folge einer Autofahrt, eines Gratisgetränks oder auch nur der Aufforderung, sich doch bitte nicht so anzustellen. Bei Martin hatte sie eine Zeit lang das Gefühl gehabt, es könne diesmal anders sein, aber das war ja nun auch Geschichte. Und selbst jemand wie Monika, die doch scheinbar alles richtig gemacht hatte, stand am Ende allein da.

Hösslach war genauso ausgestorben wie Ildingen um diese Uhrzeit, hinter halb heruntergelassenen Rollläden flackerte blaues Fernseherlicht, durch den Novembernebel konnte Silvia einen angeleuchteten Kirchturm ausmachen – dort irgendwo würde sicher die Straße »Am Kirchberg« sein. Und tatsächlich: Als sie in die schmale Gasse einbog, konnte sie an deren Ende ein erleuchtetes Schaufenster ausmachen: Fotostudio Krauss.

Silva parkte den Polo so, dass sie die Auslage betrachten konnte. Hochzeitsfotos, Familienfotos, Kinderfotos, kleine Mädchen mit Schultüten, kleine Jungs in Kommunionsanzügen und mit Kerze in der Hand, sich innige Blicke zuwerfende Brautpaare, Großfamilien, umständlich drapiert vor blauem Hintergrund, das Lächeln unecht und eingefroren. Der Laden war längst geschlossen, aber drinnen brannte noch ein funzeliges Licht, vielleicht war noch jemand da, vielleicht saß Georg Krauss noch dort hinten und erledigte ein paar Büroarbeiten und hatte keine Ahnung davon, dass hier vor der Tür Silvia Borowski auf ihn wartete und daran dachte, wie sehr sie damals sterben wollte, als sie bemerkt hatte, dass sie schwanger war. Wie ihre Tante sie zur Wohnung einer Freundin gebracht hatte, die ihr das Kind wegmachen würde. Sie hatte ihr vorher eine Tablette zur Beruhigung gegeben und Silvia konnte sich an fast nichts erinnern, nur an den Küchentisch, auf den sie sich legen musste, den Blick auf einen bräunlichen Wasserfleck an der Zimmerdecke geheftet. Und an ihre Tante, die ihr die Hand hielt, während eine Frau zwischen ihren Beinen kniete und etwas Kaltes in sie einführte. Dann das viele Blut. Alles danach war nur noch ein einziger Nebel, das Fieber, das Gesicht ihres Vaters, als er sie ins Krankenhaus fuhr, der Schmerz im Blick ihrer Mutter, als sie irgendwann wieder zu sich gekommen war und versprechen musste, mit niemandem über das zu reden, was geschehen war. Die Scham, als man ihr von Bettis Unfall berichtete, und der Wunsch, einfach nur wegzuwollen, bloß nicht wieder nach Hause.

Das Licht hinter dem Schaufenstervorhang erlosch, die Tür ging auf und heraus trat Georg Krauss, gefolgt von einer

Frau etwa in Silvias Alter, die ein vielleicht fünfjähriges Kind an der Hand hielt. Georg sah schmächtiger aus, als Silvia ihn in Erinnerung hatte. Ein Mann Mitte vierzig, das wellige Haar am Hinterkopf schon recht dünn, er trug ein Karohemd und darüber ein Sakko, im Blick eine rechtschaffene Feierabend-Erschöpfung. Georg Krauss sah aus wie alle Männer seines Alters in einer süddeutschen Kleinstadt, und er hatte nichts von dem Mysterium an sich, zu dem er nach seinem Verschwinden für Silvia geworden war.

Er war einfach nur ein ganz gewöhnlicher Scheißtyp, der vor vielen Jahren auf einer Dorfwiese mit einer 15-Jährigen geschlafen hatte, die danach jahrelang versucht hatte, sich einzureden, sie habe das gewollt und alles, was daraus gefolgt war, sei ihre und nur ihre Schuld allein gewesen.

Silvia sah Georg dabei zu, wie er die Ladentür abschloss und gemeinsam mit der Frau und dem Kind davonging. Sie wartete eine Weile, bis sie außer Sichtweite waren, dann startete sie den Motor.

Sie wollte zurück zu Hannah. Und gleich morgen wollte sie noch einmal zu Monika fahren und sich dafür entschuldigen, dass sie so plötzlich aufgebrochen war. Dieses plötzliche Verschwinden – das wollte sie sich ja eigentlich abgewöhnen. Sie fuhr über die Landstraße, noch eine gute Stunde würde sie brauchen bis Ildingen, hoffentlich schlief Hannah schon und Evelyn machte sich nicht zu große Sorgen. Im Radio lief die SWF-Hitparade, und als in den Nachrichten kam, dass Günther Schabowski das Ende der Reisebeschränkungen verkündet und sich am Grenzübergang Bornholmer Straße in Berlin eine Menschenmasse angesammelt hatte, die nun sofort in den Westen wollte, dachte Silvia bloß: »Na so was«, bevor sie den Sender wechselte.

Straßengraben

1971

Das ist gerade noch mal gut gegangen, dachte Georg, während er im fahlen Licht dieses neblig-trüben Nachmittags am Rand der Landstraße entlangging und jedem vorbeifahrenden Auto den Daumen entgegenstreckte.

Aber es war verdammt knapp gewesen. Er gefiel sich nicht, wenn er sich nicht an seine eigenen Regeln hielt. Er hatte sich verstrickt und fast nicht mehr die Kurve bekommen. Das geschah manchmal, wenn er sich zu wohlfühlte, wenn die Dinge zu gut liefen. Dann wurde er bequem und fing an, sich selbst zu glauben und sich eine Zukunft auszumalen, und dann war es immer höchste Zeit zu verschwinden.

Das mit der kleinen Silvia, das hatte er zu weit getrieben. Das war ja geradezu Selbstsabotage gewesen, als habe er sich selbst einen Grund schaffen müssen, diese Verbindung zu den Borowskis endlich zu lösen, nach ruhigen Monaten, in denen er es warm und komfortabel hatte und umsorgt und geliebt wurde. Er war ja eigentlich nur auf der Durchreise gewesen. Er hatte sich vage an einem Strand in der Provence gesehen, neu anfangen, dort, wo die Sonne öfter schien und ihn niemand kannte, nach all den Jahren des Herumziehens. Er hatte sich nur als Hilfsarbeiter ein paar Mark für die Weiterreise verdienen wollen, als ihm dieses Gasleck und der Sprung aus dem Fenster dazwischengekommen waren. Und dann war er in diese ganze Sache hineingeraten, es hatte sich alles wie von selbst ergeben, scheinbar mühelos, eine Fügung des Schicksals. Und es hatte sich gut angefühlt, besonders die Arbeit im Krankenhaus. Die aufgeben zu müssen, tat ihm eigentlich am meisten leid, nicht nur wegen des Lohns. So sehr, dass er über Möglichkeiten nachgedacht hatte, die Lüge weiter zu leben, vielleicht tatsächlich noch zu studieren, ein richtiger Arzt zu werden. Er hatte das Zeug dazu, er war weit über seine Fähigkeiten hinausgewachsen in den letzten Monaten, er wusste so viel mehr über Pflege, Krankheiten, Heilung als all diese aufgeblasenen Assistenzärzte. Er wusste verdammt gut, wie man mit Menschen umging, wie man sie las, wie man erkannte, was sie brauchten. Wenn seine Ziehmutter nicht plötzlich gestorben wäre, als er gerade 15 geworden war, wenn er dann die Schule nicht geschmissen und sich herumgetrieben hätte, dann wäre er ein sehr guter Arzt geworden. Vielleicht ja sogar ein Chirurg. Aber so musste er seine Gabe zum Überleben einsetzen, immer irgendwo unterkriechen, immer das Pflaster sein für die Wunde seiner jeweiligen Gönner. Ein Ziehsohn, ein Liebhaber, ein Zuhörer, eine Aufgabe. Und um all dies sein zu können, musste er lügen. Aber war das eigentlich so schlimm? Wollte nicht jeder Mensch in Wahrheit auf genau die richtige Art und Weise belogen werden?

Die Lüge, die er den Borowskis erzählt hatte, war seine bislang größte gewesen. Um sie aufrechterhalten zu können, um wirklich ein Medizinstudent kurz vor dem Physikum zu werden, hätte er Zeugnisse fälschen müssen. Er hatte ernsthaft darüber nachgedacht, aber es erschien ihm schließlich doch zu heikel. Am Ende wäre man ihm vielleicht auf die Schliche gekommen, und der Gedanke war ihm unerträglich. Er mochte die Borowskis und vor allem mochte er das

Bild, das sie von ihm hatten. Sie waren großzügig gewesen, er wollte sich im Guten von ihnen verabschieden und eine schöne Erinnerung für sie bleiben. Ausgezogen war er schon, nun musste er nur noch die Arbeit im Krankenhaus kündigen und sich dort seinen letzten Lohn auszahlen lassen, unter dem Vorwand, nun in Stuttgart zu studieren – und dann einfach verschwinden, so wie er gekommen war. Es wäre außerdem fahrlässig gewesen, Silvia noch einmal zu begegnen. Er wusste, wozu verliebte Mädchen fähig waren.

Sein großes Glück war, dass immer eine neue Tür weit aufgerissen wurde, wenn er gerade dabei war, eine andere zu schließen. Vielleicht war da doch ein guter Geist, der über ihn wachte. Vielleicht war es auch nur sein Talent, eine Möglichkeit sofort zu erkennen und zu nutzen. Der ältere Herr zum Beispiel, mit dem er vor ein paar Wochen am Tresen einer Stuttgarter Kneipe über Fotografie ins Gespräch gekommen war, der hatte recht schnell angeboten, ihn seine Dunkelkammer nutzen zu lassen und ihm noch ein paar Tricks und Kniffe zu zeigen. Und weil Georg dringend aus Silvias altem Kinderzimmer ausziehen wollte und eine Bleibe brauchte, hatte er gefragt, ob man in diese Dunkelkammer auch ein Klappbett stellen könne. Klar, konnte man. Die Fotos, die der ältere Herr im Gegenzug von ihm machen wollte, nahm er für Unterkunft und warme Mahlzeiten gern in Kauf. Ihm gefiel der traurige, vielleicht sogar andächtige Blick seines neuen Förderers, dieser Hunger, den er nie ganz würde stillen dürfen. Es war ein gutes Arrangement, es füllte die Leere in ihm, er war wie eine weiße Leinwand, auf die andere ihre Träume und Wünsche pinselten, aber selber wusste er gar nicht so genau, was er sich eigentlich wünschte. Eine Weile hatte er die Vorstellung genossen, immer nur umherzuziehen, immer jemand anderes zu sein, aber inzwischen fühlte er sich damit nicht mehr so richtig wohl. Vielleicht war es doch an der Zeit, irgendwo anzukommen.

Fürs Erste würde ihm jetzt allerdings ein Auto reichen, das ihn nach Stuttgart mitnehmen würde. Bislang hatte er kein Glück gehabt an diesem düsteren Herbstnachmittag. Schon eine knappe Stunde lief er nun hier am Straßenrand entlang. Am Horizont hing eine dunkle Regenwolke, deshalb blieb er bei der Eisenbahnbrücke stehen, die hier die Straße überquerte, zur Not würde er sich dort eine Weile unterstellen können.

Auf der Landstraße, die sich durch die Felder wand, näherte sich mit zu hoher Geschwindigkeit ein Auto. Er hob den Daumen ohne große Hoffnung und tatsächlich wurde der Wagen langsamer, je näher er ihm kam. Es war ein älteres rotes Auto, das Georg nicht erkannte. Zweihundert Meter von ihm entfernt kam der Wagen fast zum Stehen, rollte im Schritttempo weiter auf ihn zu, wie ein lauerndes Raubtier. Kurz überlegte Georg, wie er das deuten sollte. Sollte er dem Auto entgegenlaufen? Aber dann blendete der Fahrer plötzlich auf, gab mit quietschenden Reifen Vollgas und der Wagen schoss direkt auf ihn zu.

Einen Augenblick lang erstarrte Georg ungläubig, dann rettete er sich mit einem Hechtsprung in den Straßengraben. Dann das Geräusch von nachgebendem Metall und splitterndem Glas, der Geruch von Gummi und Benzin. So war das also mit dem Tod, dachte Georg seltsam emotionslos, während er im kalten Schlamm am Rande eines Stoppelfeldes lag. So kam er einen holen, ganz unvermittelt, nur ein Wimpernschlag hatte gefehlt und er wäre auf die andere Seite gewechselt. Georg richtete sich schließlich auf und lief wie in Trance zum Brückenpfeiler, der den roten Wagen in einen rauchenden, unförmigen Schrotthaufen verwandelt hatte, einer seiner Schuhe war im Matsch stecken geblieben und die Scherben schnitten in seinen Fuß. Die Fahrertür war durch die Wucht des Aufpralls aufgesprungen und im Gurt hing eine bewusstlose Frau mit zerschmettertem Gesicht und einem unnatürlich verdrehten Arm – Georg erkannte Betti erst auf den zweiten Blick. Er löste den Gurt und zog sie vom Sitz, legte ihren Körper auf die Straße, zog sich das Hemd aus und presste den Stoff gegen die pulsierende Wunde an ihrer Schläfe. Sie atmete schwach und Georg hoffte, sie würde kein Blut spucken und daran ersticken. Ein Auto hielt neben ihm und Georg schrie den Fahrer an, er solle in den nächsten Ort fahren und die Feuerwehr und den Notarzt rufen, und als er eine gefühlte Ewigkeit später in der Ferne die Sirenen hörte, war sein Hemd komplett durchtränkt von Blut.

Als er in dieser Nacht auf seinem Klappbett in der Dunkelkammer lag, konnte er das rote Licht nicht anschalten, das er sonst so mochte. Wenn er die Augen schloss, sah er wieder die beiden runden Scheinwerfer vor sich, die ihn geblendet hatten wie ein Reh. Wie die Leute ihn angesehen hatten, als er mit dem blutdurchtränkten Hemd und leerem Blick schließlich in den Zug nach Stuttgart gestiegen war. Und er hatte noch die Stimme des Notarztes im Ohr. »Zum Glück waren Sie vor Ort. Wenn sie das hier überlebt, dann nur Ihretwegen.«

Wende

1989

Die größte Nacht, die Berlin seit Jahrzehnten gesehen hat, und ich sitze hier im gottverdammten Ildingen, dachte Silvia. Vielleicht geschah ihr das ganz recht, vielleicht hatte sie es nicht anders verdient. Sie hatte ja auch nicht gleich begriffen, was für ein historischer Moment sich da anbahnte, als sie im Autoradio die Nachrichten gehört hatte, und dass nun also, ab sofort, unverzüglich, die Reisebeschränkungen für DDR-Bürger aufgehoben waren. Sie war zu sehr mit sich und ihrer Georg-Sichtung beschäftigt gewesen und mit ihrem Versuch, diesen mittelalten, eher unscheinbaren Mann mit dem Georg von früher übereinzubringen. Mit diesem gewaltigen Mysterium, ihrer ersten Liebe. Oder dem, was sie für Liebe gehalten hatte.

Aber kaum hatte sie die Haustür aufgeschlossen, war Evelyn ihr entgegengestürzt und hatte sie fest umarmt, so wie vielleicht noch nie in Silvias Leben.

»Es ist was passiert in Berlin, Silvia, die lassen die Leute über die Grenze. Es ist Wahnsinn, schau dir das an!«

Den ganzen Abend und dann die ganze Nacht saßen sie zusammen vor dem Fernseher, Hannah lag friedlich auf dem Sofa und schlief, weder Silvia noch Evelyn konnten sich vom Bildschirm lösen, um sie nach oben in ihr Bett zu bringen. Grenzer mit leeren Gesichtern, hupende Trabis, schließlich die ersten Wagemutigen auf der Mauer am Brandenburger

Tor, Fremde, die sich in den Armen lagen, ungläubig, euphorisch, aufgeregte Reporter vor jubelnden Menschenmengen – Evelyn saß kopfschüttelnd da und irgendwann liefen ihr Tränen über die Wangen.

Silvia heulte auch. Vor Heimweh. Zecki, Dirk und Iris waren sicher längst vor Ort, einmal meinte sie die drei in der feiernden Menge auf der Straße des 17. Juni erkannt zu haben. Sie musste nach Hause – und zwar schnell.

Als Silvia ihrer Mutter am nächsten Tag eröffnete, dass sie nun endgültig zurück nach Berlin fahren werde, war sie erstaunt, dass Evelyn nicht viel dazu zu sagen hatte. Silvia hatte mit jeder Menge Fragen gerechnet: Wovon willst du leben? Was machst du mit Hannah, während du arbeitest? Sie einfach mitzunehmen in die Kneipe, gehe ja wohl kaum. Wo willst du wohnen? Weiter in dieser Wohngemeinschaft, die kein Umfeld ist für ein Kind? Im Grunde hatte sie selbst auch nach all den Wochen noch keine rechte Antwort auf all diese Fragen, aber sie war so optimistisch wie nie zuvor. Den Kneipenjob würde sie aufgeben, tagsüber in der Gemüsekooperative arbeiten und Hannah einfach mitnehmen, in ein paar Monaten könnte sie sich nach einem Kinderladenplatz für sie umsehen. Sie würde sich eine eigene Wohnung suchen, in der es für Hannah ein Kinderzimmer gab. Und Martin hatte monatlichen Unterhalt versprochen – an dieses Versprechen würde sie ihn erinnern, im Zweifel musste sie ja nur mit Hannah auf dem Arm mal bei ihm vor der Tür stehen und einen Plausch mit der Gattin halten.

»Ich komme auch bald wieder zu Besuch. Mit Hannah. Ich verschwinde nicht wieder einfach so«, sagte sie schließlich zu ihrer Mutter, die schweigend dasaß. »Ich verspreche es dir.«

Am nächsten Tag fuhr Silvia noch einmal zu Tante Betti, diesmal allein. Sie hatte Glück, ausnahmsweise kein Nieselregen, der Himmel war blau und die Luft war klar, man konnte bis zum Schwarzwald sehen. Sie hatte einen vollen Tank und sie hatte eine Idee.

Die Dame am Empfangstresen, die bei ihrem letzten Besuch so freundlich und zuvorkommend gewesen war, ließ Silvia allerdings umgehend abblitzen. Betti mitnehmen auf einen Ausflug? In diesem alten Polo? Unmöglich, nein, da könne sie keine Ausnahme machen.

Silvia konnte selbst kaum fassen, was sie dann tat. Wie sie sich streckte und mit der Überzeugungskraft und dem klaren, schneidenden Tonfall ihrer Mutter sagte: »Doch, das können Sie sehr wohl. Ich bin Silvia Borowski und ich nehme jetzt meine Tante mit auf einen kleinen Ausflug. Ich bin sicher, dass ihr das guttun wird. Und wenn Sie das anders sehen, können Sie sich darüber gern mit meiner Mutter unterhalten. Doktor Evelyn Borowski. Vielleicht wollen Sie sie gleich anrufen?«

»Ja, nun, wenn das so ist«, sagte die Empfangsdame und lächelte gequält. »Also, wenn das auch im Sinne von Frau Doktor ist, ja, dann können wir wohl eine Ausnahme machen. Aber nur für eine Stunde.« Und dann rief sie zwei junge Männer zu sich, offenbar Zivildienstleistende, und wies sie an, Betti Borowski zu holen und dabei zu helfen, sie vom Rollstuhl auf den Beifahrersitz von Silvias Polo zu hieven.

Betti ließ die Prozedur teilnahmslos über sich ergehen und gab keinen Laut von sich. Sie trug eine Bluse, eine bequeme Baumwollhose und erstaunlich modische Turnschuhe in Blau mit weißen Streifen. Silvia musste grinsen. Ob ihr die wohl gefallen hätten, wenn sie sie selber hätte aussuchen können?

»Keine Sorge, Tante Betti, wir machen nur ein kleines Fährtle«, sagte Silvia, als Betti schließlich angeschnallt und von zwei Kissen notdürftig gestützt auf dem Beifahrersitz neben ihr saß. Betti schaute einfach geradeaus und Silvia konnte nicht sagen, ob sie sich freute oder ob sie nervös war, ob es da überhaupt irgendeinen Erinnerungsglimmer in Bettis Kopf gab. Silvia zog den kleinen grauen Filzwolf aus ihrer Manteltasche, den sie in einer der Kisten auf dem Dachboden gefunden hatte: Bettis Talisman, der so viele Jahre an ihrem Rückspiegel gehangen hatte. Sie drückte ihn ihrer Tante in die Hand, sagte: »Gut festhalten!«, und startete den Motor.

Sie fuhren durch die hügelige Landschaft und Silvia sagte Betti all die Dinge, die sie auf dem Herzen hatte. Wie leid ihr alles tat, wie schuldig sie sich gefühlt hatte all die Jahre. Dass sie gedacht hatte, Betti wäre tot, und dass sie schuld war an diesem schrecklichen Unfall. Wie dringend sie einfach verschwinden wollte nach dieser schiefgegangenen Abtreibung, wie sehr sie sich geschämt hatte für all die Sorgen, die ihre Eltern sich hatten machen müssen, all die Schwierigkeiten, in die sie sie gebracht hatte. Und wie diese Scham immer größer geworden war, je länger sie weg war, und als dann der Vater starb und Silvia es erst viel zu spät erfahren hatte bei einem ihrer seltenen Anrufe, war diese Scham so übermächtig geworden, dass sie nie wieder nach Hause zurückwollte. Sie hatte sich eingeredet, dass es so besser für alle war. Niemals hatte sie alldem ins Auge sehen wollen. Und wie froh sie jetzt war, dass es Hannah gab und mit Hannah einen Grund, es eben doch zu tun.

Betti saß einfach stumm da, schaute aus dem Fenster und hielt den kleinen Filzwolf umklammert. Silvia war sich nicht sicher, ob ihre Tante irgendetwas von ihrer großen Beichte mitbekam, ob sie irgendwo tief drinnen spürte, dass es hier um Liebe ging, aber vielleicht war das gar nicht so wichtig. Es war gut, all das auszusprechen und loszuwerden. Und es war gut, mit Betti gemeinsam Auto zu fahren, so wie früher, nur mit vertauschten Rollen. An den Bäumen hing noch ein letzter Rest Herbstlaub, und manchmal, wenn Silvia den Kopf zu ihrer Tante drehte, glaubte sie, so etwas wie Frieden in Bettis Ausdruck wahrzunehmen. Und im Zucken ihrer Mundwinkel vielleicht sogar ein angedeutetes Lächeln.

»Ich komme ganz bald wieder«, sagte Silvia zum Abschied, als die Zivis Betti wieder umständlich vom Beifahrersitz in den Rollstuhl bugsiert hatten und sie zusammen in der Auffahrt des Pflegeheims standen. »Und dann machen wir das noch mal. Versprochen.«

Ich bin jetzt keine Wegläuferin mehr, dachte Silvia, während sie zurück nach Ildingen fuhr. Ich bin eine Wiederkommerin.

Als sie den Polo vor ihrem Elternhaus parkte, wunderte sie sich über die Festbeleuchtung. Normalerweise sah man um diese Uhrzeit von der Straße aus durch die Schlitze der heruntergelassenen Rollos nur das blaue Flackern des Fernsehbildschirms, aber jetzt waren alle Fenster hell erleuchtet. Als Silvia die Tür aufschloss, saß Evelyn nicht in ihrem Sessel, so wie sonst, sondern zum ersten Mal am Tisch. Ganz offensichtlich hatte sie auf Silvia gewartet. Und als Silvia ihr Hannah abnahm, ihre Tochter überschwänglich an sich drückte, ihr an den Hals prustete, um Hannah ein kleines, keckerndes Babylachen zu entlocken, sagte Evelyn feierlich: »Ich habe einen Entschluss gefasst. Ich komme mit.«

»Nach Berlin?«, fragte Silvia ungläubig.

»Dummerle«, sagte Evelyn. »Natürlich nach Berlin. Wohin denn sonst.«

Pakt

1971

Evelyn befand sich im Auge des Sturms, der ihre ganze Familie erfasst hatte, und atmete zum ersten Mal seit Langem durch. Es gab nicht viel zu tun für sie an Silvias Krankenbett, außer hier zu sitzen, ihr schlafendes Kind zu betrachten und ihre Gedanken im Zaum zu halten. Silvia hatte ein eigenes Krankenzimmer und Karl und sie hielten abwechselnd Wache. Ruhig und friedlich war es hier, das Zimmer war etwas abgelegen, sodass wenig Betrieb auf dem Flur war, morgen würden sie Silvia wieder mit nach Hause nehmen können und bis dahin war es gut, wenn Silvia mit so wenig Personal wie möglich in Berührung kam. Der Kollege aus der Gynäkologie, der die Ausschabung durchgeführt hatte, hatte allerhöchste Diskretion versprochen, den Schwestern wurde gesagt, es handele sich um eine Lebensmittelvergiftung und dass Herr und Frau Doktor Borowski ihr Kind selbst versorgten, man möge bitte keinesfalls stören.

Immer wenn Silvia zwischendurch wach wurde, nahm Evelyn ihre Hand und sprach beruhigend auf sie ein, wie auf ein nervöses Pferd. Sie kam sich selber albern dabei vor, wie sie dasaß und immer nur »alles wird wieder gut« flüsterte, dabei wusste sie doch, dass es gelogen war. Es wurde eben nicht wieder gut, gar nichts wurde gut.

Betti lag im städtischen Klinikum im Koma, mit zerschmetterten Knochen und schweren Kopfverletzungen, es sah schlecht aus. Karl hatte es Silvia erzählt, als sie wieder zu sich gekommen war und als Erstes nach Betti gefragt hatte. Ein schrecklicher Unfall, für den niemand etwas könne. Und er hatte Silvia gefragt, wo Betti sie hingebracht habe. Wer ihr das Kind weggemacht habe und verantwortlich sei dafür, dass sie nun in dieser Lage war, vollgepumpt mit Schmerzmitteln und Antibiotika. Dass sie hätte sterben können, dass man sie belangen könne, wenn das alles rauskäme.

Silvia hatte nur beteuert, dass sie sich an nichts erinnere, alles sei ein einziger Nebel, sie wisse nichts mehr, und dann war sie wieder eingeschlafen, erschöpft vom Weinen und den vielen schrecklichen Nachrichten.

»Frau Doktor, bitte verzeihen Sie …«

Die Tür war aufgegangen und eine nervöse Krankenschwester steckte den Kopf herein.

»Ich weiß, ich soll nicht stören, aber der Empfang schickt mich. Der Herr Krauss ist da und Sie hatten ja gebeten, dass man Sie sofort informiert …«

Evelyn scheuchte die Schwester mit einer Handbewegung aus dem Zimmer. Sie war froh, dass Karl gerade im OP war, dass sie es sein würde, die die Sache mit Georg ein für alle Mal regelte. Sie warf noch einen Blick auf die schlafende Silvia, und bei der Vorstellung, was Georg mit ihr gemacht hatte, unter ihrem Dach, quasi vor ihren Augen, fühlte sie eine so lodernde Wut, dass es in ihren Ohren zu rauschen begann. Sie stand auf, strich ihren weißen Kittel glatt, streckte sich und marschierte zum Empfang, wo sie Georg lässig an den Tresen gelehnt vorfand. Er schäkerte mit der Empfangsdame, strich sich die Locken aus der Stirn, er schien bester Laune und nicht zu ahnen, was als Nächstes geschehen würde. Aber kaum hatte er Evelyn erblickt, verstummte er und schaute besorgt.

Evelyn packte ihn am Arm und zog ihn wortlos vor die

Tür Richtung Parkplatz. Bei diesem Gespräch durfte es keine Zeugen geben. Georg wusste nicht recht, wie ihm geschah, er stotterte, fragte, wie es Betti gehe, er habe versucht anzurufen, aber weder Karl noch sie seien ans Telefon gegangen, der Unfall, das Blut, er sei Zeuge, er habe Erste Hilfe geleistet … Evelyn konnte nicht zuhören und sich keinen Reim auf sein Gestammel machen, sie hatte alle Mühe, gegen das Rauschen in ihrem Kopf anzudenken, und als sie Georg endlich weit genug vom Krankenhausportal weggezogen hatte und sie am Rande des angrenzenden Parkplatzes außer Sicht- und Hörweite waren, ließ sie seinen Arm los und ohrfeigte ihn, so fest sie konnte, weil sie sonst geplatzt wäre oder geschrien hätte vor lauter Wut.

»Wer bist du?«, zischte sie. »Wie konntest du nur? Nach allem, was wir für dich getan haben?!«

Georg hielt sich die Wange. »Ich versteh nicht …«

»Doch, du verstehst ganz genau. Wir haben dich aufgenommen wie einen eigenen Sohn, monatelang hast du an meinem Tisch gesessen, und dann wagst du es, Silvia anzurühren? Ausgerechnet meine Tochter? Unter meinem Dach? Sie ist fast noch ein Kind!«

»Es war nicht so, wie du … es war nur eine kleine …«

»Nein, das war es nicht. Für dich war es klein, für euch Kerle ist es immer nur eine kleine Sache, aber für sie war es groß und es hätte sie beinahe umgebracht.«

Georg schlug die Augen nieder und fasste sich ins Haar und Evelyn hätte sich nun am liebsten selbst geohrfeigt, weil sie spürte, dass ihre Wut schon wieder abebbte. Sie betrachtete Georg und sehnte sich zurück in den früheren Zustand, als sie ihn noch anders hatte sehen können. Als jemanden, der all ihre Zuwendung verdiente und der sie nie belügen und verraten würde.

»Karl hat übrigens heute Morgen in Köln angerufen, in der Universität. Dort, wo du angeblich studiert hast. Es gibt dort nichts über dich, keinen einzigen Akteneintrag über einen Georg Krauss, auch keine Bitte um Neuausstellung einer Studienbescheinigung. Und auch an der Universität in Stuttgart hat man deinen Namen nie gehört.«

Georg schwieg weiter und schaute auf seine Schuhspitzen.

»Georg, wir haben uns für dich verbürgt, wir haben dir hier Arbeit besorgt, hast du eine Ahnung, in was für Schwierigkeiten du uns bringst? Was alles hätte passieren können? Du hast Patienten in Gefahr gebracht.«

Jetzt hob Georg doch den Kopf und sah Evelyn sehr fest ins Gesicht. Da war nun auf einmal etwas Neues in seinem Blick, etwas, was Evelyn noch nie an ihm gesehen hatte, eine Selbstgewissheit, die er sonst hinter seiner freundlichen, beflissenen Fassade verborgen hatte.

»Nein, das habe ich nicht. Ich habe niemanden gefährdet und niemandem geschadet. Ich habe keinen einzigen Fehler gemacht. Ich war gut, ich habe kranken Menschen geholfen und ich war besser darin als die allermeisten.«

»Das spielt keine Rolle, Georg. Es ist verboten und du hast uns belogen. Wir könnten die Polizei rufen und dich anzeigen.«

Evelyn wusste sofort, dass es ein Fehler gewesen war, gleich in dem Moment, als sie den Satz aussprach. Georgs Blick wurde kühl.

»Mich anzeigen? Ihr habt das alles freiwillig getan«, sagte er und es klang geradezu triumphierend. »Ich habe euch um nichts gebeten und zu nichts gezwungen. Und wenn du jetzt die Polizei rufst, hängst du genauso mit drin wie ich. Und Karl auch.«

Da standen sie nun also, Auge in Auge, am Rande des

Krankenhausparkplatzes, und Evelyn hatte das Gefühl, dass der Boden unter ihren Füßen nicht mehr trug. Dass sie nur noch eine Option hatte, einen letzten Schuss, mit dem sie Georg Krauss erledigen musste, um sich zu retten. Sich und Karl und auch Silvia. Georg Krauss hatte nichts, außer seinem Talent zu gefallen und seinem Gespür für Schwächen. Und jemanden, der wenig zu verlieren hatte, den musste man kaufen.

Evelyn drückte den Rücken durch und sah Georg in die Augen. Er solle verschwinden, sagte sie ihm so ruhig, wie es ihr möglich war. Jetzt sofort, und ohne sich von irgendwem zu verabschieden. Er solle weit weg gehen und nie wiederkommen. Sie nie wieder kontaktieren. Nicht einmal daran denken, sich jemals wieder Silvia zu nähern. Mit niemandem über all das sprechen, was hier geschehen war. Für immer verschwinden und schweigen. Und dafür würde sie ihm Geld schicken, jeden Monat, auf dasselbe Konto, auf das ihm das Krankenhaus seinen Lohn überwiesen hatte.

Georg nickte.

»Gut«, sagte er. »Ich verstehe.«

Dann drehte er sich um und verschwand. Evelyn stand noch eine Weile da und sah ihm hinterher. Wie er ruhig und federnd über den Parkplatz lief, eine Hand in der Hosentasche, als wäre nichts geschehen. Als würde er nun unbeschwert in ein neues Leben starten. Evelyn sammelte sich, sah sich noch einmal um, ob sie auch wirklich niemand beobachtet oder belauscht hatte, dann ging sie zurück ins Krankenhaus.

»Kommt der Herr Krauss jetzt doch nicht zum Dienst, Frau Doktor?«, fragte die Schwester am Empfang.

»Nein, der hat gekündigt«, sagte Evelyn.

Oben in Silvias Krankenzimmer sank sie erschöpft auf

den Stuhl neben dem Bett und hielt die Hand ihrer schlafenden Tochter. In einer halben Stunde würde Karl sie ablösen und dann würde ihre Schicht auf Station beginnen, dann würde sie wieder ihrer Arbeit nachgehen und fremden Menschen helfen. Und hier lag ihr einziges Kind und sie hatte es nicht beschützt. Sie hatte ihre Tochter verraten, für einen Betrüger, den sie für eine verwandte Seele gehalten hatte. So ruhig, wie Silvia schlief, in ihrem Krankenhausnachthemd, blass, sommersprossig, die Gesichtszüge immer noch kindlich, sah sie aus, als läge sie auf ihrem Totenbett. Nur dass ihr Brustkorb sich hob und senkte. Es war knapp gewesen. Sie hätte sterben können, in ihrem eigenen Kinderzimmer, während ihre Eltern, zwei Ärzte, im Wohnzimmer saßen, fernsahen und sich auf den Urlaub freuten.

Als Silvia schließlich die Nase krauszog, blinzelte und die Augen öffnete, war Evelyn sich ganz sicher, was nun zu tun war, wie sie doch ein bisschen was wiedergutmachen konnte. Sie strich ihrer Tochter über die Wange und sagte: »Es wird jetzt alles gut, Silvia. Du musst dir keine Sorgen mehr machen. Du musst nicht zurück ins Internat. Du bleibst jetzt hier bei uns, zu Hause. Wir finden hier in der Nähe eine passende Schule für dich, wir verbringen wieder mehr Zeit miteinander, zu dritt. Und den Urlaub holen wir nach, ganz bald, ich verspreche es dir.«

Silvia sah ihre Mutter mit großen Augen an und in ihrem Blick war plötzlich eine Fremdheit, die Evelyn schaudern ließ.

»Mama, ich will nicht nach Hause«, sagte sie matt. »Ich will hier nicht bleiben, ich will nicht hier zur Schule gehen, ich will zurück ins Internat. Bitte fahrt mich hin. So bald wie möglich.«

Transit

1989

Silvia wollte nicht undankbar sein, aber den Wunderbaum »Grüner Apfel«, der am Rückspiegel des Polos baumelte, würde sie nicht nach Berlin mitnehmen. An der nächsten Raststätte würde sie Rüdigers Abschiedsgeschenk in den Müll schmeißen, im Polo roch es auch so schon intensiv genug: Auf dem Rücksitz lag Hannah mit voller Windel in einem Kindersitz, den Silvia anlässlich der großen Fahrt gekauft hatte, neben Silvia auf dem Beifahrersitz saß Evelyn, Nervosität und einen intensiven Haarsprayduft verströmend.

Silvia war ausnahmsweise dankbar für die Stille, sie wusste, wie sehr ihre Mutter sich zusammenreißen musste. Der klapprige, voll beladene Polo wackelte jedes Mal, wenn auf der linken Spur ein Auto oder gar ein Laster vorbeizog. Was sie beide in Berlin erwartete, war ungewiss, und sicher dachte Evelyn gerade darüber nach, ob sie auch wirklich den Herd ausgeschaltet, die Rollläden runtergelassen und sämtliche Türen fest verschlossen hatte. Noch eine knappe Stunde, dann würden sie an der Zonengrenze sein. Oder dem, was davon noch übrig war.

Als ihre Mutter ihr ein paar Tage zuvor eröffnet hatte, dass sie sie nach Berlin begleiten würde, war Silvia sich nicht sicher gewesen, was sie fühlen sollte. Verblüffung? Panik?

»Du willst aber nicht …«

»... bei dir wohnen? Um Gottes willen, nein! Es gibt sicher eine Pension in einem angenehmen ruhigen Viertel, und von dort aus sehe ich dann weiter. Es ist erst mal nur für ein paar Wochen.«

Sie könne nicht länger in Ildingen bleiben. Sie gehöre dort nicht hin, hatte Evelyn gesagt. Gerade jetzt, da endlich so viel in Bewegung gerate. »Es gibt doch sicher Aufnahmelager in Berlin, die werden sich jetzt füllen mit all den Menschen, die jetzt über die Grenze kommen, und dann werden sie dort Ärzte brauchen. Hier braucht mich niemand, aber in Berlin gibt es was zu tun für mich. Und außerdem ist Hannah dort.«

Und ich, dachte Silvia. Ich bin auch da. Aber sie sagte nichts. Wenn Evelyn tatsächlich mit nach Berlin kommen wollte, dann würde Silvia sie mitnehmen. Es gab noch genug Ungesagtes zwischen ihnen, genug offene Fragen. Vielleicht würde Silvia von ihrer Mutter ja doch noch ein paar Antworten bekommen.

In den Tagen darauf war Evelyn geschäftig und konzentriert, machte Telefonanrufe und erkundigte sich, ob es für eine pensionierte Internistin mit Zeit und Erfahrung etwas zu tun gäbe – und tatsächlich, im Notaufnahmelager Marienfelde gab es dringenden Bedarf. Sie brachte ihre Arztkittel zur Reinigung, ging noch einmal zum Friseur und deckte das Familiengrab mit Tannenzweigen ab.

Auch Silvia hatte wichtige Dinge zu erledigen. Einen Moment lang hatte sie überlegt, ob sie ihre Mutter mitnehmen sollte zu dem Fototermin, den sie kurzfristig vereinbart hatte, aber dann hatte sie sich doch dagegen entschieden. Sie wollte diesen Augenblick für sich allein. Eine freundliche Frauenstimme am anderen Ende der Telefonleitung hatte ihren Wunsch nach einem Mutter-Kind-Porträt entgegengenommen. »Das macht mein Mann besonders gern, er kann sehr gut mit kleinen Kindern. Wenn Sie möchten, gleich morgen hier im Studio. Wie war noch Ihr Name?«

»Silvia Borowski. Dann bis morgen.«

Auf dem Weg nach Hösslach zum Fotostudio Krauss machte sie noch einmal bei Monika halt, schon um sich für ihren übereilten Aufbruch zu entschuldigen. Und weil sie hoffte, Monika würde noch einmal ihre magischen Make-up-Künste zur Verfügung stellen. Wenn Silvia nach so vielen Jahren Georg Krauss gegenübertrat, dann wollte sie dabei nicht müde aussehen.

Monika wirkte erstaunlich aufgeräumt und gefasst, als sie Silvia mit ihren Pinseln zu Leibe rückte. Der Bernd war wieder aufgetaucht. Auf Knien war er angekrochen gekommen und hatte seine Moni um Verzeihung gebeten. Alles wollte er tun, um es wiedergutzumachen. Alles. Mit der Bank hatte er gesprochen, seine Eltern hatten vorübergehend den Hauskredit übernommen, er war nun auch ganz offiziell auf Arbeitssuche, er hatte sich seinen besten Freunden anvertraut und versprochen, nicht mehr zu trinken.

»Ich glaub das erst, wenn ich's seh. Und deshalb geh ich nächste Woche und miete den kleinen Laden am Marktplatz, der steht schon länger leer. Für mein Kosmetikstudio!« Monika strahlte. »Du, ich werd jetzt Geschäftsfrau, ich mach jetzt mein eigenes Ding, nicht nur nebenher, sondern ganz professionell. Aber gell, Silvi, in dem Aufzug willst du dich nicht fotografieren lassen. Komm, ich leih dir was!«

Nein, Silvia wollte diesmal nichts geliehen haben, sie wollte genau so fotografiert werden, in Jeans, Sweatshirt und Turnschuhen. Die Haare wild und das Make-up dezent. Sie umarmte Monika zum Abschied und fuhr nach Hösslach und mit jedem Kilometer, den sie zurücklegte, war sie sich ihrer Sache sicherer.

»Ach Gott, wie süß«, juchzte die Frau, die Silvia im Fotostudio in Empfang nahm. Es war dieselbe Frau, mit der Silvia am Tag zuvor telefoniert hatte und die sie mit Georg an jenem Abend aus dem Fotostudio hatte kommen sehen. Die Mutter seines Kindes. Ungefähr in Silvias Alter, mit einem praktisch-kessen Kurzhaarschnitt und freundlichen Augen.

»Meine Deborah ist ja schon älter, ach, sie wachsen so schnell, das glaubt man ja nicht. Mein Mann ist gleich bei Ihnen, er holt nur schnell noch ein paar Sachen aus dem Keller. Was schwebt Ihnen denn vor? Sie können das Spätzle auch auf ein Schaffell legen, wenn Sie mögen, das sieht immer sehr schön aus. Wir hätten noch einen großen Teddy, der ist auch sehr beliebt als Motiv. Wollen Sie eher klassisch oder lieber künstlerisch in Schwarz-Weiß?«

»Klassisch. Und ohne Teddy. Nur das Kind und ich.«

Die Frau lächelte und rief nach hinten: »Schatz, kommst du? Die Frau Borowski wartet.«

»Wer?«

»Die Frau Borowski, dein Fototermin. Das Mutter-Kind-Porträt.«

Aus einer Zimmertür hinter dem Empfangstresen trat Georg Krauss, einen riesigen Jahrmarkt-Teddybär im Arm. Blass sah er aus, als wäre ihm gerade alles Blut aus dem Kopf gewichen. Silvia wusste sofort, dass er sie erkannt hatte.

»Okay, ja, gut«, stotterte er schließlich und strich sich die schütter gewordenen Haare aus dem Gesicht, mit einer Geste, an die Silvia sich gut erinnerte. »Ich wär dann so weit, Schatz, geh ruhig und kümmer dich um Debbie, es dauert sicher nicht lang.«

Silvia lief vor Georg in den hinteren Teil des Studios, wo

eine hellblaue Leinwand aufgebaut war. Sie setzte sich Hannah auf die Hüfte, stellte sich gerade hin und schaute mit festem Blick in Richtung Kamera.

»Was willst du?«, fragte Georg schließlich, noch immer den albernen Riesenteddy unterm Arm.

»Ich will Fotos«, sagte Silvia. »Von mir und meiner Tochter. Sonst nichts.«

Und tatsächlich war das die Wahrheit. Sie wollte nichts von Georg Krauss. Kein Gespräch, keine Erklärung, noch nicht mal eine Entschuldigung. Er kam ihr jämmerlich vor, wie er dastand und nervös an seiner Kamera herumfummelte, sie konnte sehen, dass seine Hände dabei zitterten, und sie fühlte sich so stark wie lange nicht mehr.

Hannah saß entspannt auf ihrer Hüfte, zog Babygrimassen und machte Babygeräusche. Kein Scheißtyp soll meiner Tochter jemals zu nahe kommen, dachte Silvia. Alles wollte Silvia dafür tun, dass Hannah nicht passierte, was ihr passiert war. In Hannah würde sie so viel Liebe pumpen wie nur möglich, sie immun machen gegen Schuldgefühle. Wie glücklich sie war über dieses Kind. Dieses warme, lebendige Gewicht auf ihrem Arm, das sie so viel leichter machte.

Georgs Kamera klickte mehrmals hintereinander und Silvia stand aufrecht da, mit erhobenem Kinn und ernstem Blick, wie eine Kriegerin.

»Jetzt vielleicht ein bisschen freundlicher?«, fragte Georg vorsichtig.

»Nein«, sagte Silvia.

»Vielleicht noch eine andere Pose, ihr könntet euch hinsetzen und das Kind könnte sich an den Teddybär …«

»Nein, auf keinen Fall.«

Georg stand ein wenig krumm hinter seinem Stativ, hilflos und unsicher.

»Gut«, sagte er schließlich. »Dann sind wir hier fertig, denke ich.«

»Nein, sind wir nicht. Ich will mehr Fotos«, sagte Silvia und blieb weiter regungslos stehen. Hannah quiekte vergnügt.

Also drückte Georg weiter auf den Auslöser seiner Kamera, immer und immer wieder das gleiche Bild. Silvia Borowski und Hannah Borowski, Mutter und Tochter, die eine ernst und furchteinflößend, die andere quietschfidel. Sicher kein Motiv, das er sich in sein Schaufenster stellen würde.

Nach einer weiteren Viertelstunde und vier Filmrollen später hatte Silvia genug. Sie marschierte mit Hannah auf dem Arm einfach grußlos aus dem Laden.

»Bezahlt ist ja schon«, sagte sie über das Klingeln der Ladentürglocke hinweg. Abholen würde sie die Bilder sicher nicht. Georg konnte damit tun und lassen, was er wollte. Sie würden sich sicher nie wieder begegnen.

Abends saß Silvia bei Hagerles auf der Eckbank und trank Tee mit Rüdiger. Für einen Joint auf dem Schuppendach war das Wetter zu schlecht, aber Frau Hagerle war ohnehin in ihrem alten Ohrensessel eingeschlafen, das Strickzeug auf dem Schoß, sie konnten also ungestört reden. Und weil es gemütlich war und es sich ein bisschen so anfühlte wie in ihrer Berliner WG-Küche, erzählte Silvia Rüdiger die ganze Geschichte mit Georg. Die Affäre, die missglückte Abtreibung, bei der sie beinahe draufgegangen war, ihre verunglückte Tante, die sie für tot gehalten hatte, all die Gründe, warum sie kurz vor ihrem 16. Geburtstag abgehauen war, beladen mit einem großen Rucksack voller Schuldgefühle, von denen sie heute einen Großteil losgeworden war. Und dass sie nun endgültig zurück nach Berlin fahren werde.

Rüdiger strich sich über den Schnauzer und schüttelte den Kopf. »Hab ich mir schon gedacht, dass du jetzt wirklich fährst. Weil, meine Mutter, die ist zwar bissle deppert, aber sie spürt so was. Schau, was sie mir heute für dich gegeben hat, sie wollte unbedingt, dass ich es dir gleich bringe. Für Hannah.«

Er stand auf und holte ein kleines Paket, das oben auf dem Kachelofen lag. Es war eine winzige Babyjacke aus blauer, abgegriffener Wolle. Das ewige Knäuel hatte nun also seine endgültige Bestimmung gefunden.

»Darf ich dich mal besuchen in Berlin, irgendwann?«

»Immer«, sagte Silvia und umarmte Rüdiger zum Abschied lang und fest. »Und warte nicht zu lang.«

Den kleinen Polo zu beladen und schließlich das Ortsschild von Ildingen auf dem Weg nach Berlin zu passieren, hatte sich gut angefühlt. Auch weil Silvia wusste, dass sie wiederkommen würde, ab jetzt regelmäßig. Sie wollte Betti besuchen, solange es noch ging. Wenn Dirk ihr die Autoentführung würde verzeihen können, dann könnte sie vielleicht bald noch einmal mit dem Polo nach Süddeutschland fahren. Und dann mit Betti wieder einen Ausflug machen, ein Fährtle über die Höhen, Silvia am Steuer und Tante Betti auf dem Beifahrersitz – und auf dem Rücksitz Hannah.

Je weiter sich Silvia, Evelyn und Hannah dem Grenzübergang zur DDR näherten, desto mehr Trabis, Ladas und Wartburgs fielen ihnen auf, die in die Gegenrichtung fuhren. Am Abfertigungshäuschen wurden sie einfach durchgewunken, keine Passkontrolle, keine Kofferraumschikane, Silvia konnte es kaum glauben. Je flacher die Landschaft wurde, desto mehr schien sich Evelyn zu entspannen, vielleicht hatte auch das gleichförmige Rattern der Reifen über die Betonnarben des DDR-Asphalts eine ähnlich beruhigende Wirkung auf sie wie auf Hannah. Nicht mehr lang und sie würden den Grenzübergang Dreilinden passieren, und dann würde man den Funkturm sehen, das ICC, die alte Zuschauertribüne an der AVUS-Rennstrecke. Silvia wurde die Brust weit vor lauter Vorfreude.

»Ich habe übrigens Georg gefunden«, sagte sie schließlich. »Ich war gestern bei ihm. Er hat ein Fotostudio in Hösslach, für Familien- und Hochzeitsbilder. Ziemlich spießig. Und er ist verheiratet und hat ein Kind. Scheint ihm ganz gut zu gehen.«

Evelyn blieb stumm und schaute weiter aus dem Fenster.

»Hösslach«, sagte sie schließlich abschätzig. »Na, da hat er es ja nicht weit gebracht. Nicht mal bis nach Berlin.«

Dann holte Evelyn eine Tupperdose aus ihrer Handtasche und vertrautes Schnittchenaroma füllte den Polo.

»Fleischwurst oder Tilsiter«, fragte sie.

»Beides«, sagte Silvia.

Dank

Allen Mitarbeiter*innen des dtv danke ich von ganzem Herzen, ganz besonders Barbara Laugwitz für ihr unerschütterliches Vertrauen, ihre Ermutigung und ihre Geduld. Meiner Lektorin Alice Huth danke ich für ihren herzlichen Zuspruch, ihre Unterstützung und den Feenstaub. Danke an Hella Reese für den letzten kritischen Blick und an Monika Köhler für die Form.

Ohne meine Agentin Barbara Wenner hätte ich dieses Buch nicht angefangen und ganz sicher niemals fertig geschrieben. Danke!

Dem Hilfsprogramm »Neustart Kultur« der VG-Wort danke ich für die Förderung.

Für Anfeuerung, Mitfreude, liebe Gesellschaft, Trost und Hilfe danke ich außerdem Janet Wagner, Caroline Ring, Eva-Maria Nyckel, Simone Baum, Sabine Strehlow, der gesamten Reschucha-Familie, Janina Nentwig, Birte Templin, Maike Rasch, Markus Friederici, Margarete Stokowski, Julia Bähr, Andrea Diener, der Gruppe, Anne Rabe, Silke Stuck, Johanna Richter, Mareice Kaiser, Jantina Mandelkow, Nataly Bleuel, Diana Helfrich, Stefanie Bruckwilder, Claudia und Christine Schumacher und besonders Ingrid Schröder.

Ich danke allen Hörer*innen von »sexy & bodenständig« und ganz besonders meinem klugen Freund Till Raether, weil das Schreiben viel mehr Freude macht und viel weniger einsam ist, seit wir miteinander darüber sprechen.

Milan und Bruno: Ihr seid die Allerallerbesten, aber das wisst ihr ja.

LESEPROBE

ISBN der gedruckten Ausgabe 978-3-423-28528-5
eBook ISBN 978-3-423-44879-6

Prolog

Berlin, Dezember 1989

Evelyn Borowski hatte wenig Hoffnung für den jungen Mann, den man ihr in Zimmer 214 an die Seite gestellt hatte. Er hatte nicht, was es brauchte, um irgendwann ein guter Arzt zu werden. Vor allem hatte er zu viel von etwas, was es definitiv nicht brauchte: Humor. Oder von dem, was junge Männer wie er für Humor hielten. So eine aufsässige Witzigkeit. Vielleicht brauchte man die auf dem Schulhof, wenn man Kohl hieß, wie der Kanzler. Aber hier waren sie ja nicht auf dem Schulhof.

Die ganze Woche schon ertrug sie ihn stoisch, es gab viel zu tun und da war man froh über jeden Freiwilligen, der junge Herr Kohl hatte sich genau wie sie gleich nach dem Mauerfall hier gemeldet. All die Menschen aus dem Osten, die jetzt rüberwollten, die nicht darauf vertrauen mochten, dass die Mauer für immer aufbliebe, die mussten hier im Notaufnahmelager Marienfelde in Westberlin registriert, versorgt, untergebracht, später dann weiterverteilt werden auf andere Bundesländer. Aber zuallererst mussten sie ärztlich untersucht werden, das war Punkt eins auf dem blassgelben Laufzettel, es brauchte Personal, das im Schichtsystem den nicht abbrechenden Strom von Menschen abfertigte. Und der Herr Kohl wartete gerade auf einen Medizinstudienplatz, Evelyn hingegen war Internistin im Ruhestand, seit einem Jahr pensioniert, nach Jahrzehnten im Klinikdienst.

Diese Woche hatten sie jede ihrer Schichten zusammen.

»Na, das passt doch mit uns beiden«, hatte Kohl gleich am ersten Morgen gesagt, als sie sich einander kurz vorgestellt hatten, und Evelyn war zusammengezuckt, einen Moment lang hatte sie befürchtet, er würde ihr nun auf den Rücken klopfen. Was bildete der sich ein?

»Das wird sich zeigen«, hatte sie kühl geantwortet und seitdem nur noch das Nötigste mit ihm gesprochen, er war zum Protokollieren da, sie untersuchte die Neuankömmlinge.

Nur noch eine Wartenummer bis zum Ende ihrer Schicht.

Kohl öffnete die Tür des Arztzimmers zum Flur. »So, der Nächste bitte, Wartenummer 372, Sie sind die Letzte für heute, hereinspaziert!«

Es war ein langer Tag und Evelyn taten die Füße weh. Sie freute sich auf die Heimfahrt mit dem Bus und schließlich mit der U-Bahn in Richtung Kaiserdamm, sie freute sich auf die schaukelnde Fahrt durch die große, dunkle Stadt und auf die Bettschwere, das wunderbare, erfüllende Gefühl am Ende eines echten Arbeitstages, das sie im letzten Jahr so vermisst hatte. Nach ihrer Pensionierung hatte sie tagelang im Sessel gesessen und dann nachts nicht schlafen können – jetzt endlich gab es wieder etwas zu tun für sie, Evelyn hatte eine Aufgabe, sie konnte den weißen Kittel anziehen, das Stethoskop um den Hals legen, und schon war sie wieder sie selbst. Es ging etwas Neues los. In der Stadt, im ganzen Land, aber auch für sie.

»So, willkommen in Westberlin, die Dame, Sie sind hier bei der Gesundheitsprüfung, mein Name ist Kohl, keine Sorge: nicht verwandt, nicht verschwägert. Das ist Frau Doktor Borowski, und jetzt sagen Sie mir erstmal Ihren Namen bitte.«

»Marlen Engels«, sagte die Frau. Sie musste ungefähr in Evelyns Alter sein, vielleicht ein bisschen jünger, Anfang sechzig, sie war zierlich, trug die grauen Haare kinnlang mit einem geraden Pony und einen dunkelgrünen Strickpullover.

»Marlene wie Dietrich, ja?«

Kohl hatte das Formular für den Gesundheitspass in die elektrische Schreibmaschine gespannt.

»Dietrich?«, fragte die Frau mit verständnislosem Blick.

»Na, Marlene Dietrich, die Schauspielerin. Kennen Sie nicht?« Kohl sprach nun besonders langsam, wie mit einem Kind. »Wegen der Schreibweise.«

»Marlen. Nicht Marlene. Nur ein e«, sagte die Frau.

»Geboren?«

»2. Mai 1931 in Demmin.«

»Ach Demmin, das liegt an der Peene, was? Hat meine Mutter Verwandtschaft gehabt, hat da immer Pakete hingeschickt. Marlene von der Peene, is ja lustig.«

»Marlen. Nur ein e«, wiederholte die Frau, erschöpft, aber mit einer Klarheit in der Stimme, die Evelyn gefiel.

»Letzter Wohnort?«

»Güstrow.«

»Nehmen Sie regelmäßig Medikamente? Die Frau Doktor hier kann Ihnen alles aufschreiben, also auch was für gute Laune.«

Kohls Augenzwinkern und sein verschwörerisches Kopfnicken in ihre Richtung gaben Evelyn den Rest, jetzt reichte es. Ehrenamt hin oder her, man musste sich auch nicht alles bieten lassen, weder sie als diensthabende Ärztin noch die armen Menschen, die alles zurückgelassen hatten, um im Westen neu anzufangen.

»Kohl, machen Sie Feierabend, ich mache hier fertig, Sie können gehen.«

»Aber ich …«

»Sie können gehen. Gehen Sie nach Hause und gehen Sie in sich, auch, was Ihren Ton betrifft. Ich übernehme Frau Engels allein, sie ist ja ohnehin die Letzte für heute.«

Der junge Mann ließ die Hände von der Schreibmaschine in seinen Schoß sinken, so als habe er gegen erbitterte Widerstände sein Bestes gegeben und nun resigniert, stand schließlich auf, nahm seine Umhängetasche und seinen Parka und verschwand mit einem genuschelten »Schönen Feierabend!« aus der Tür.

Evelyn stellte sich der Frau nun noch einmal vor, nahm ihren Blutdruck, schaute ihr in den Hals, horchte ihre Lunge ab, warf einen kurzen Blick auf ihren graubraunen Scheitel, um Kopfläuse auszuschließen. Fragte nach Krankheiten und Medikationsbedarf, tippte alles in das von Kohl noch eingespannte Formular und sammelte Mut.

Es war sonst nicht ihre Art, sie fand es unprofessionell, ihren Patienten persönliche Fragen zu stellen, die nichts mit ihrer Krankengeschichte zu tun hatten, normalerweise blieb auch keine Zeit dafür, die Leute warteten stundenlang geduldig mit ihren Wartemarken und Laufzetteln in der Hand. Aber nach Marlen Engels wartete niemand mehr draußen. Und wer wusste schon, ob sie noch einmal die Gelegenheit haben würde.

»Sie kommen aus Güstrow?«, fragte Evelyn und lächelte die Frau vorsichtig an. Eine dumme Frage, sie hatte es ja gerade selber gesagt.

»Ja.«

»Wie ist es dort?« Noch eine dumme Frage.

»Schön. Gibt ein Schloss, den Dom. Viel Wasser in der Nähe.«

»Ich weiß«, sagte Evelyn und genierte sich schon. »Ich

habe als Kind einige Jahre dort gelebt. Ich habe bislang noch nie jemanden getroffen, der auch von dort stammt. Deshalb …«

Die Frau sah Evelyn skeptisch an, als müsste sie erst abschätzen, worauf dieses Gespräch hinauslaufen würde.

»Was machen Sie denn beruflich?«, fragte Evelyn weiter. »Also nur aus Interesse, es ist eigentlich nicht wichtig …«

Die Frau schwieg, so als müsste sie über die Antwort nachdenken.

»Ich bin Malerin«, sagte sie schließlich.

Evelyn hoffte, dass man ihr den leichten Anflug von Enttäuschung nicht anmerkte. Sie mochte die Frau und das passierte selten genug, dass ihr jemand grundlos sympathisch war. Vielleicht war es die Art gewesen, wie sie den impertinenten Herrn Kohl hatte an sich abtropfen lassen, ohne den kleinsten Anflug von Gefallsucht oder Unterwürfigkeit. Es war nur so eine kurze Ahnung gewesen, die Evelyn hatte glauben lassen, sie hätte hier vielleicht eine Kollegin vor sich.

»Ich würde gern mal hinfahren, wenn sich die Situation ein wenig beruhigt hat«, sagte Evelyn. »Nach Güstrow. Ich hab es in so schöner Erinnerung. Wissen Sie zufällig … kennen Sie vielleicht das alte Forsthaus? Es liegt ein bisschen außerhalb, an einer Straße nach Osten raus. Da habe ich gelebt mit meiner Tante. Mein Großonkel war Revierförster, vor dem Krieg.«

Mein Gott, was tu ich hier, dachte Evelyn. Diese alberne Plauderei. Als bräuchte sie neue Freundinnen, als hätte sie hier nicht einfach eine Arbeit zu tun. Jetzt hielt sie diese arme Frau auf, die den ganzen Tag auf dem kalten Flur herumgestanden hatte mit ihrer Wartemarke und nachher in eines der Notbetten in einem Mehrbettzimmer steigen musste, nachdem sie ihre Heimat verlassen hatte. In der sie offensichtlich nicht bleiben wollte, trotz Dom, Schloss und Nähe zum Wasser.

Marlen Engels sah Evelyn immer noch skeptisch, aber nicht unfreundlich an, während Evelyn ihren Stempel für die absolvierte Gesundheitsprüfung auf den Laufzettel drückte.

»Kann ich gehen?«, fragte sie.

Evelyn nickte.

Sie war schon fast zur Tür raus, als sich Marlen Engels doch noch einmal umdrehte.

»Ich kenne das Forsthaus, natürlich. Aber ich bin sehr müde jetzt. Vielleicht können wir ein anderes Mal darüber sprechen? Fröhliche Weihnachten.«

Dann schloss sie die Tür und Evelyn hörte noch ihre Schritte auf dem Linoleum im Flur, die langsam leiser wurden.

Fröhliche Weihnachten, dachte Evelyn. Es war noch ein wenig ungewohnt, diesen Feiertagen mit Freude entgegenzusehen, Evelyn hasste all die komplizierten, sentimentalen Empfindungen, die mit dem Fest einhergingen. Aber dies war das erste Weihnachtsfest mit ihrer Enkeltochter Hannah. Und mit einem Baby, das fröhlich glucksend auf einer Decke neben dem kleinen Weihnachtsbaum lag, den Evelyn besorgt hatte, ließ sich dieser Abend viel besser aushalten.

»Warum hast du die Frau nicht eingeladen für heute?«, fragte Evelyns Tochter Silvia, während sie die Kartoffeln für den Salat pellte. »Jetzt sitzt sie da in der Unterkunft in ihrem Mehrbettzimmer und kriegt Anstaltsfraß zum Fest. Und ihr hättet euch heute den ganzen Abend über Güstrow unterhalten können.«

»Ach, ich weiß nicht. Ich kenn sie ja nicht, sie hätte das sicher auch merkwürdig gefunden«, sagte Evelyn. »Es wäre auch unprofessionell gewesen.«

Silvia lachte. »Nein, es wäre menschlich gewesen. Und wer weiß schon, was jetzt passiert. Ob die Grenzen wirklich offenbleiben und wie sich das alles noch entwickelt.«

Hannah, die auf dem Bauch liegend mit den Beinchen strampelte, spuckte einen großen Schwall Milch auf ihre Decke und Evelyn war ganz froh, dass Silvia davon abgelenkt wurde und sie nun das Thema wechseln konnten. Sie hasste es, wenn ihre Tochter recht hatte.

Ja, vielleicht wäre es schön gewesen, Marlen Engels einzuladen und mehr über deren Leben in Güstrow zu erfahren, Erinnerungen an die Stadt ihrer Kindheit auszutauschen. Evelyn hatte in den vergangenen Wochen so viele Menschen erstuntersucht, und keiner von ihnen war ihr länger als zehn Minuten im Gedächtnis geblieben, keines der Schicksale hatte sie besonders berührt. An Marlen Engels allerdings dachte sie die ganzen Feiertage lang. Und als sie zwischen den Jahren wieder zum Dienst in Marienfelde erschien, hielt sie Ausschau nach ihr, konnte sie aber nicht mehr finden.